U0088898

古典文獻研究輯刊

十八編

曾永義 主編

第 5 冊

由志士到文士——
辛棄疾在宋孝宗朝（1162～1189）的「政」與「文」

黃全彥 著

國家圖書館出版品預行編目資料

由志士到文士——辛棄疾在宋孝宗朝（1162～1189）的「政」
與「文」／黃全彥 著—初版—新北市：花木蘭文化事業有
限公司，2018〔民107〕
目 2+234 面；19×26 公分
（古典文學研究輯刊 十八編；第 5 冊）
ISBN 978-986-485-506-3（精裝）
1.（宋）辛棄疾 2.宋代文學 3.文學評論
820.8   107011619

ISBN-978-986-485-506-3

9 789864 855063

古典文學研究輯刊
十八編 第五冊   ISBN：978-986-485-506-3

由志士到文士——
辛棄疾在宋孝宗朝（1162～1189）的「政」與「文」

作 　 者　黃全彥
主 　 編　曾永義
總 編 輯　杜潔祥
副總編輯　楊嘉樂
編 　 輯　許郁翎、王筑 美術編輯 陳逸婷
出 　 版　花木蘭文化事業有限公司
發 行 人　高小娟
聯絡地址　235 新北市中和區中安街七二號十三樓
　　　　　電話：02-2923-1455／傳真：02-2923-1452
網 　 址　http://www.huamulan.tw 信箱 hml 810518@gmail.com
印 　 刷　普羅文化出版廣告事業
初 　 版　2018 年 9 月
全書字數　209148 字
定 　 價　十八編 15 冊（精裝）新台幣 29,000 元

由志士到文士——
辛棄疾在宋孝宗朝（1162～1189）的「政」與「文」

黃全彥　著

作者簡介

黃全彥，男，四川德陽人，1970 年 11 月生，畢業於四川大學中文系，文學博士，教授。主要研究方向：中國古典文學與中國文化。出版著作四部，發表論文四十餘篇，分別見於《文化中國》〔加拿大〕、《東亞文獻研究》〔韓國〕、《中州學刊》、《天府新論》、《文藝評論》、《孔學堂》、《文史雜誌》、《語文建設》、《文史知識》、《古典文學知識》等刊物。

著作目錄：
《水滸，那個江湖》（獨著，四川人民出版社，2009 年 1 月）
《最愛讀國學書系——唐詩三百首》（獨著，四川文藝出版社，2012 年 3 月）
《雅魅——行走在中國熊貓之都》（獨著，四川人民出版社，2011 年 3 月）
《唐詩鑒賞辭典》（參編，商務印書館，2012 年 1 月）

提　　要

　　本書是對辛棄疾的個案研究，著重以宋孝宗一朝（1162 ～ 1189）爲立足點，就辛棄疾政治與文學作一雙向考察。對「事功」的辛棄疾與「文學」的辛棄疾二者角色的轉換以及互動的關係，給予了某種解答。

　　第一章爲總論。辛棄疾進取精神頗爲強烈，在那樣一個時代，他的一切努力只會是一場悲劇，但這一悲劇，高度體現了辛棄疾的士人風骨精神。

　　第二章與第三章，著重從時代和個人兩個方面展開，孝宗時代被稱作南宋的「中興」，卻並沒帶來南宋眞正意義的崛起。從當時的具體環境入手，對孝宗由起初的懷抱雄心到後來的壯志消泯，進行了闡釋。在這一形勢下，辛棄疾的悲情更爲濃烈，主要體現在一種孤獨上，這種孤獨，導致他不可能展現自己懷抱。

　　第四章到第七章，旨在對辛棄疾孝宗朝文學創作（詞、詩、文）成就和特徵進行深入研究。首先探討了辛棄疾的文藝觀，見出辛棄疾文學旨趣所在。辛棄疾詞作，本文放棄了慣用的「豪放」提法，而改用「稼軒體」來作涵蓋，找出其「特質」所在，並就「稼軒體」的超越性作了詳盡探討。同時對辛棄疾文章和詩作給予充分關注，它們於辛棄疾情志的承載，進行了解讀。

　　第八章，爲把握全面的辛棄疾，對辛棄疾後期文學進行了論述。光宗、寧宗兩朝，國家悲劇無可避免，個人命運充滿悲愴。辛棄疾整個文學都是這一悲劇籠罩下的敘說，文章、詩歌、詞作，這一時期呈現出高度一致性，都是和國勢緊密相關，對辛棄疾的理解，提供了縱深的視角。

目次

緒論：宋孝宗時代於辛棄疾的
重要關係

　　辛棄疾研究，一直是學界的熱點，歷宋元明清，不斷有人進行評述。宋人范開、劉克莊、劉辰翁，元人元好問，明人王世貞，清人周濟、謝章鋌、陳廷焯等人，於辛棄疾其人其詞，都有獨到評價。延及民國，隨著王國維、梁啓超對辛棄疾研究的深入，更是掀起了辛棄疾研究的一個高峰，三十年代，吳世昌《辛棄疾論略》即言：「說到稼軒，簡直是何從說起？這樣一位偉大的詩人，我們正不知應該寫多少卷的文章，去分析、批評、欣賞他的人格，他的身世，他的作品。」〔註1〕這種研究熱情，直到今天也未減弱，同時也取得了豐碩成果，鄧廣銘、龍榆生、夏承燾、繆鉞、葉嘉瑩、王水照、劉揚忠諸先生都取得了顯著成就。目前有關辛棄疾研究著作不下二十本，單篇論文近千篇，可謂蔚爲大觀。其中著作如鄧廣銘《稼軒詞編年箋注》《辛稼軒年譜》、辛更儒《辛稼軒詩文箋注》、劉乃昌《辛棄疾論叢》、鄭臨川《稼軒詞縱橫談》、劉揚忠《辛棄疾詞心探微》、鞏本棟《辛棄疾評傳》等，論文如夏承燾《辛詞論綱》、程千帆《辛詞初論》、繆鉞《論辛稼軒詞》、葉嘉瑩《論辛棄疾詞》等，都稱得上超邁前人而成一家之言。

　　辛棄疾研究看似碩果累累，卻仍有不盡人意處，看有關辛棄疾研究著作，更多集中在傳記一類，且其中以訛傳訛張冠李戴者不少，稱不上嚴謹的學術著作。單篇論文雖說汗牛充棟，但多就詞論詞，於辛棄疾時代、詩文極

〔註1〕 吳世昌《羅音室學術論著》（第二卷），中國文聯出版公司，1991年，第267頁。（本文引用書籍，若重複出現，注釋均只標明書名、卷數、頁碼。）

少觸及，缺乏一種通觀和深入。朱麗霞將辛棄疾研究和蘇軾研究作過對比，認爲「辛稼軒研究倒相對黯然」〔註2〕，並以爲「沒有系統的研究專著的問世」〔註3〕，是辛棄疾研究的一大缺憾。

確實，就辛棄疾研究來看，主要集中在三個方面，一是傳記著作，二是詞風研究，三是作品考辨，缺乏照顧全面的研究著作。這當然是因爲辛棄疾研究存在著很大難度，最大問題就是辛棄疾所處時代的不易把握，辛棄疾南渡前資料極少，現存辛棄疾所有文學作品中，沒有一篇作於金國時期。南渡後他跨越高、孝、光、寧四朝，經歷三起三落的起伏人生，白雲蒼狗，變幻莫測，很難找到一個執一馭萬的名詞對其進行概括。因此人們說到辛棄疾，多離不開「抗金」、「愛國」、「豪放」等詞語，這當然是不錯的，但如果盡以這樣籠而統之的語言來作涵蓋，對看到一個深度的立體的辛棄疾來說，多有不足。

鄧廣銘言道：「辛棄疾是一個兼具文才武略的英雄豪傑人物，如果只把他當作一個傑出的愛國詞人看待，那是不夠全面的。」〔註4〕閻步克指出中國古代爲「士大夫政治」，乃是「以學者（文人）兼爲官僚」〔註5〕，宋代的文官政治，即是典型。由此要對辛棄疾進行全面考察的話，必須得從「古典文學的歷史文化研究」〔註6〕角度進入才行。辛棄疾並非純粹意義的文人，其生命重心更多放在政治事功方面，終其一生，都和當時政治局勢牢固膠結，如果這一大前提沒有弄明白，對辛棄疾研究只會流於摸象揣龠。辛棄疾的文學創作，許多都和當時政治有著緊密聯繫，可以說，正是政治的苦悶與失意，讓他以文字爲慰藉，鑄成了文學的高峰。

但辛棄疾生活的這一政治背景及其文學關係是極難把握的，龐蕪繁雜，千頭萬緒，稍不注意，就可能流於空泛之論。辛棄疾一生和時代關係極緊，時代變易，他的人生道路也隨之發生改變，並影響到他的文學中來。筆者以爲，辛棄疾一生可分爲三個時期：慷慨悲憤的少年時代（1140～1162）、昂揚

〔註2〕 朱麗霞《清代辛稼軒接受史》，齊魯書社，2005年，第13～14頁。
〔註3〕 朱麗霞《20世紀辛棄疾研究的回顧與思索》，《文學評論》2007年第3期，第204頁。
〔註4〕 《辛棄疾詞鑒賞》，齊魯書社，1986年，第2頁。
〔註5〕 閻步克《士大夫政治演生史稿》，北京大學出版社，2015年，第411頁。
〔註6〕 張明非《一種切實而有生命力的研究方法──古典文學的歷史文化研究》，見《百年學科沉思錄──二十世紀古代文學研究回顧與前瞻》，人民文學出版社，1998年，第77頁。

壓抑的壯年時代（1162～1189）、勉力爲之的晚年時代（1189～1207）。慷慨悲憤的少年時代，即辛棄疾在金國領土所度過的那一階段，辛棄疾受祖父影響，愛國種子早就在心中播下，對祖國淪陷深感悲痛，對金人殘暴尤爲痛憤，他的揭竿而起率眾南歸，正是這一悲憤心理的驅使。昂揚壓抑的壯年時代，即宋孝宗時代，孝宗的振作有爲，士人的果敢進取，國家「中興」意味甚濃，辛棄疾昂揚奮發的個性也得到了充分表露。但隨著國家再次回到「和」的局面，陷入沉悶當中，注定辛棄疾一生志業難以實現、個人才具不能施展，這又使他備感壓抑。勉力爲之的晚年時代，即辛棄疾在光宗、寧宗朝的經歷，此時的辛棄疾已步入老境，國家再也沒了孝宗朝的「中興」景象，看他在孝宗時代，雖然身在下位，依然滿懷豪情上《十論》、進《九議》，詳細闡述國家恢復計劃。光宗、寧宗時代，辛棄疾地位更爲顯赫，卻再沒有這樣的上書，而是對國家充滿深深的憂慮。所謂「風會所趨，庸人亦能勉赴；風會所去，豪傑有所不能振也」〔註7〕，他此時的出山，更多是抱以知其不可而爲之的態度。

縱觀辛棄疾一生，最堪注意當是辛棄疾的第二階段，即孝宗一朝的仕履生涯及文學創作。首先，辛棄疾南渡四十五年中，高宗朝生活不足一年，孝宗朝生活二十八年，光宗朝生活五年，寧宗朝生活十二年，在孝宗朝不光生活時間最長，經歷也最爲曲折，從 23 歲到 50 歲，這是他人生當中最爲關鍵時期。近三十年時間中，他由一個低級官員做到封疆大吏，入仕時間最長也最爲顯達。同時他又從權力巔峰直接跌落下來，使自己壯志難伸。這種大起大落的人生也決定了他以後的人生軌跡，然而同後來的坎坷相比，無疑屬這一階段最讓他耿耿於懷。其人生境遇和心路歷程也直接影響到他的文學創作中來，在這期間，辛棄疾有文章 27 篇（全部作品爲 38 篇），詩作 45 首（全部作品爲 143 首），詞作 253 首（全部作品爲 629 首），在辛棄疾的文學創作上具有相當重要的意義，他一生中最重要的文章是在這一階段產生，詩作也奠定了以後詩歌的整體趨向，詞的創作同樣具有非凡意義，孝宗淳熙十五年（1188），辛棄疾的第一本詞作結集，標誌著「稼軒體」的形成和辛棄疾詞壇大家地位的確立，而辛詞「昂揚奮發而又沉鬱頓挫的特有風格」〔註8〕，和他

〔註7〕 （清）章學誠著、葉瑛校注《文史通義校注》卷四，中華書局，1985 年，第353 頁。

〔註8〕 金諍《宋詞綜論》，巴蜀書社，2001 年，第 168 頁。

的人生遭遇可謂如出一轍。這一時期，辛棄疾完成了「志士」到「文士」的轉化，展現出中國傳統士人「道」與「文」的相互激盪，沖決而出的人生道路與文學光芒。把握人生是爲了更好解讀文學，可以說，把握好了辛棄疾這近三十年人生與文學的相互關係以及文學本質，是解讀辛棄疾整個人生與文學的關鍵一環，對辛棄疾研究具有相當之意義，對中國傳統士人的出處進退、心路歷程、文學人生，也提供了一個極好的參照。

在研讀這一階段當中，筆者深深體會到一種籠罩一切的時代之悲。辛棄疾一生無疑是場悲劇，他個人的悲劇正是時代集體悲劇的必然結果。但這種悲劇，特別是孝宗一朝，並不能單純用好與壞的衝撞、敵與我的對立、正義與邪惡的較量來作簡單化處理，而自有複雜深層以及獨特的地方，這正是辛棄疾最震撼人心之處，也是其文學感人心志之所在，乃是其由志士到文士轉化的關鍵動因。

在這樣出發點之下，本文力圖解決三個方面問題：文學作爲一個時代最顯著特徵，時代怎樣影響了他的文學？他的文學又是怎樣來表現這一時代？這是其一。辛棄疾作爲一個強烈事功型人物，爲何反倒會成爲一個詞壇大家？政治在他心中究竟占到怎樣地位？文學在他眼裏處於怎樣位置？「政」與「文」兩者是否存在一種相互激盪關係？這是其二。詩、文、詞三種文體當中，最突出是辛棄疾詞，他的詞怎樣表現了那個悲劇時代及其悲劇人生？在這一悲劇心理驅使之下，辛詞在詞史流變當中對前人形成怎樣一種超越？這是其三。這三個問題可以說是理解辛棄疾的關鍵，只有將這幾個問題理解清楚了，才能走出單純的「愛國」、「豪放」這樣一些泛泛而談的字眼，對其人其文有更深切的把握，眞正做到一種「瞭解之同情」。

如魯迅所言：「我總以爲倘要論文，最好是顧及全篇，並且顧及作者的全人，以及他所處的社會狀態，這才較爲確鑿。」〔註9〕在重點把握辛棄疾孝宗朝文學時候，本文還對辛棄疾後期文學進行了簡要論述，光宗、寧宗時代其實只是孝宗一朝的影子而已，時代和個人的每一次掙扎，都無情證明那只是一場徒勞無力，但它爲看到一個悲情的辛棄疾，提供了縱深的視角。

〔註9〕 魯迅《且介亭雜文二集·題未定草》，《魯迅全集》（第六卷），人民文學出版社，1981 年，第 430 頁。

第一章　士的精神與辛棄疾的
悲劇意義

一、宋代的士人精神

　　中國歷史上，「士」這一角色，在國家政治上起著極爲重要的作用，錢穆先生言道：「中國史之演進，乃由士之一階層爲之主持與領導。」〔註1〕士人的奮鬥目標，即《論語・里仁》所言「士志於道」〔註2〕。儒家人物所尊崇的「道」，是一種徹底入世的進取精神，清人章學誠言「思以其道易天下者也」〔註3〕，完全立足於政治和社會的振興與重建上。

　　士所信奉的「道」，從最早得到體認的儒家學派開創者孔子那裡，就將其與君臣遇合一展才能爲國爲民的「事功」緊密結合在了一起，「士」這種政治舞臺上縱橫捭闔的作用，也構成了中國政治文化的一個重要基石。中國傳統的「士」，從來都是一種自上而下的行爲，一個士人要想施展才能實現大濟蒼生的願望，必須進到朝廷，獲得君王的青睞和重用。正因爲洞悉到「士」和國君及國家機制這種緊密相連的關係，陳寅恪才言道：「吾中國文化之定義，具於《白虎通》三綱六紀之說。」並作進一步闡述道：「夫綱紀本理想抽象之物，然不能不有所依託，以爲具體表現之用；其所依託以表現者，實爲有形之社會制度。」〔註4〕正透露出士和政治如影隨形之關係。

〔註1〕　錢穆《國史大綱》，商務印書館，1996年，第561頁。
〔註2〕　（清）程樹德《論語集釋》卷七，中華書局，1990年，第246頁。
〔註3〕　（清）章學誠著、葉瑛校注《文史通義校注》卷二，中華書局，1985年，第133頁。
〔註4〕　陳寅恪《王觀堂先生挽詞序》，《陳寅恪詩集》，清華大學出版社，1993年，第10頁。

作爲「本朝與士大夫共天下」〔註5〕的宋王朝，其中「士」的政治熱情和參與精神，較其他朝代無疑更爲顯著。錢穆將中國「士」的演進劃分爲四個時期，宋代即第四個時期，爲士階層「新覺醒」時期，並認爲范仲淹所提出的「士當先天下之憂而憂，後天下之樂而樂」，乃是「那時士大夫社會中一種自覺精神之最好的榜樣。」〔註6〕余英時亦認爲宋代這種新士風，標誌著「一個嶄新的精神面貌已浮現於宋代『士』的儒家社群之中」〔註7〕。宋代士人這種對政治積極投入的態度，以天下爲己任的進取精神，承平時代輔佐君王，以求四海清平。更爲可貴的是在國勢維艱黑雲壓城大廈將傾之時，他們那種挽狂瀾於既倒勇往直前百折不回的大無畏精神。不計個人安危，將國家的生死存亡完全置於一己利益之上，這種理想精神在宋代士人身上表現尤爲強烈。《宋史‧忠義傳》高度讚揚了宋代士人的這種精神：「諸賢以直言讜論倡於朝，於是中外搢紳知以名節相高，廉恥相尙，盡去五季之陋矣。故靖康之變，志士投袂，起而勤王，臨難不屈，所在有之。及宋之亡，忠節相望，班班可書，匡直輔翼之功，蓋非一日之積也。」〔註8〕南宋立國，風雨飄搖，更有賴於士大夫「風雨如晦，雞鳴不已」的頑強進取精神，「南渡後，宰相無奇才遠略，以苟且心術，用架漏規模，紀綱法度、治兵理財無可恃。所恃扶持社稷者，惟士大夫一念之忠義耳。」〔註9〕正見出士人剛大忠貞的進取精神。

二、辛棄疾的悲劇命運

辛棄疾，作爲宋代士人著名人物，其所值年代正是國家淪陷南北分裂之際，還我河山、恢復故國也成爲當時士人的最強音。一腔愛國熱血，滿腹文韜武略，辛棄疾事功的急切性，較諸他人，無疑更爲熱烈，「了卻君王天下事，贏得身前身後名」（《破陣子‧爲陳同甫賦壯詞以寄之》）〔註10〕、「馬革裹屍當自誓」（《滿江紅》）、「萬里功名莫放休，君王三百州」（《破陣子》）、「好都

〔註5〕　（清）畢沅《續資治通鑑》卷二二一，中華書局，1979 年，第 5370 頁。

〔註6〕　《國史大綱》，第 558 頁。

〔註7〕　余英時《士與中國文化》，上海人民出版社，1987 年，第 503 頁。

〔註8〕　（元）脫脫《宋史》卷四四六，中華書局，1977 年，第 13149 頁。

〔註9〕　（宋）謝枋得《祭辛稼軒先生墓記》，《疊山先生文集》卷七，《四部叢刊》本。

〔註10〕　本文所涉辛詞甚多，所有詞作不作詳注，均引自鄧廣銘《稼軒詞編年箋注（定本）》，上海古籍出版社，2007 年。

取山河獻君王」(《洞仙歌》)，正是他一生為之拼搏奮鬥的真實寫照，也是宋代士人以天下為己任的典型範例。對抗金大業這一重任，以辛棄疾的才略，是能夠擔當的，當時人陸游說他「管仲蕭何實流亞」[註11]，姜夔說他「前身諸葛」[註12]，清人陳廷焯言：「稼軒有吞吐八荒之概，而機會不來，正則可以為郭、李，為岳、韓，變則即桓溫之流亞。」[註13]鄧廣銘對辛棄疾的才能也給予了高度肯定，「就現存的文獻資料看來，在南宋文武百官當中，在如何對待金朝的軍事威脅的問題上，真能知己知彼，能就彼己形勢作出恰當的比較和分析，從而作出精確的具有說服力判斷的人，為數實在有限得很，而辛棄疾卻的的確確是這有限的人物當中的一個。」[註14]

　　然而在以「和」為最高綱領，從上至下普遍偏安半壁萎靡低沉的年代，抱著這樣十二分的熱情投身到時代潮流當中，縱然再有能力，注定要遭遇一種逆水行舟的艱難和無可避免的悲劇。胸有全局，眼觀四海，無奈羈絆處處，趑趄難行，千古仁人志士的人生悲劇幾乎莫不如此。但在這諸多悲劇當中，悲劇有大有小，中國文化長於消解彌合，士人大多抱一種「達則兼濟天下，窮則獨善其身」的處世原則，「獨善其身」，這一頗有老莊意味的內在自適，正是對悲劇一種潛移默化的消解。許多士人見時代不可救藥，由原來的果敢進取很快變成了逍遙世外、不問興亡，這種悲劇性無疑要小得多，所以真正動人心魄的悲劇當是一種終其一生歷經百折千回都不改其追求目標的執著者，熊十力言：「悲劇者，出於情之堅執，堅執則不能已於悲也。」[註15]劉小楓亦言悲劇在於：「主體人格的執著與現實給定型的頑固，產生尖銳的不可緩解的衝突。」[註16]劉揚忠認為辛棄疾身上具有堪與屈原相比的「一種全始全終、深沉廣遠，之死靡它的眷戀祖國和憂患一生的高尚情操」[註17]。確實，辛棄疾「精忠自許，白首不衰」[註18]，三仕三已，屢僕屢起，這份

[註11]　(宋)陸游《送辛幼安殿撰造朝》，《陸游集・劍南詩稿》卷五七，中華書局，1976年，第1384頁。

[註12]　(宋)姜夔《永遇樂・次稼軒北固樓詞韻》，(宋)姜夔著、夏承燾箋校《姜白石詞編年箋校》卷五，上海古籍出版社，1981年，第91頁。

[註13]　(清)陳廷焯《白雨齋詞話》卷六，人民文學出版社，第166頁。

[註14]　鄧廣銘《辛棄疾詞鑒賞・序言》，《辛棄疾詞鑒賞》，第3頁。

[註15]　熊十力《現代新儒學的根基——熊十力新儒學論著輯要》，中國廣播電視出版社，1996年，第322頁。

[註16]　劉小楓《個體信仰與文化理論》，四川人民出版社，1997年，第11頁。

[註17]　劉揚忠《辛棄疾詞心探微》，齊魯書社，1990年，第11頁。

[註18]　(宋)衛涇《辛棄疾辭免除兵部侍郎不允詔》，《後樂集》卷三，文淵閣《四

堅毅執著的精神，較諸他人濃烈百倍，但具有如此頑強意志的辛棄疾，最後卻發出這樣的無奈感歎，「卻將萬字平戎策，換得東家種樹書」（《鷓鴣天》）、「歎詩書萬卷致君人，翻沈陸」（《滿江紅》）、「汗血鹽車無人顧，千里空收駿骨」（《賀新郎》）、「江頭未是風波惡，別有人間行路難」（《鷓鴣天‧送友人》）、「羊腸九折歧路，老我慣經從」（《水調歌頭》）、「半夜一聲長嘯，悲天地，為予窄」（《霜天曉角》）。回顧一生，他在《永遇樂》一詞更是無限痛心寫道：「烈日秋霜，忠肝義膽，千載家譜。得姓何年？細參辛字，一笑君聽取：艱辛做就，悲辛滋味，總是辛酸辛苦。更十分向人辛辣，椒桂搗殘堪吐。」縱觀辛棄疾一生，真可謂演出了一幕懷抱忠誠終身不改英雄失路遺恨千古的大悲劇。這樣的悲劇性，無疑極為震撼人心。

為何會出現這般情況？命運作祟還是時代弄人？

更多還是時代原因。德國學者雅斯貝爾斯對悲劇有這般闡釋：「當新方式逐漸顯露，舊方式還依然存在著，面對尚未消滅的舊生命方式的持久力和凝聚力，新方式的巨大突進最初注定要失敗，過度階段是一個悲劇地帶。」〔註19〕講的是時代對主人公的悲劇影響，辛棄疾的「巨大突進」，正是因為時代的阻力才導致其悲劇的人生。

造成辛棄疾悲劇的時代根源具體是怎樣一種情形？

《南宋史稿》論述南宋政權有這樣四個特點：「一是宰相擅權的不斷出現，造成政治更加腐敗；二是貪污盛行，軍費開支龐大，賦稅苛重，農民起義頻繁發生；三是邊患嚴重，民族矛盾時時尖銳；四是一方面士大夫參與政治意識強烈，另一方面清談、保守之風盛行，統治集團內部的爭吵始終沒有停息。」〔註20〕辛棄疾在南宋生活的近五十年，國家的不振造成了他理想的破滅。如果純粹因為普遍的現實黑暗造成個人的悲劇命運，這一悲劇性還並沒有達到十分撼人心魂的作用。最動人的悲劇在於它不能用簡單的好與壞、對與錯、是與非來作劃分，而是具有某種多面性、複雜性、特殊性。辛棄疾整個一生都是悲劇的，在這當中，最值得注意的是辛棄疾在孝宗一朝的仕履經過和心路歷程，這一階段生活經歷最為多面複雜，同時也最具打動人心的悲劇力量。

庫全書》本。

〔註19〕 （德）雅斯貝爾斯著、亦春譯《悲劇的超越》，工人出版社，1988年，第35頁。

〔註20〕 何忠禮、徐吉軍《南宋史稿》，杭州大學出版社，1999年，第1～2頁。

三、悲劇的複雜性

辛棄疾自紹興三十二年（1162）南渡，到開禧三年（1207）去世，一生歷高、孝、光、寧四朝，在南宋共生活 46 年，經歷三起三落的起伏人生，其中以孝宗朝生活最久，即由紹興三十二年（1162）到淳熙十六年（1189），辛棄疾由 23 歲到 50 歲的這段人生。另外幾朝中，他在高宗朝生活不足 1 年，光宗朝生活 5 年，寧宗朝生活 12 年。辛棄疾不光在孝宗朝生活時間最長，精力最為旺盛，同時也是一生最為關鍵意義最為重大時期。這一階段他仕宦最久也最為顯達，由江陰軍簽判、廣德軍通判、司農寺主簿、倉部郎中、一路做到江西提點刑獄、湖北安撫史、江西安撫史、湖南安撫史。不光官職做得高，更是辛棄疾一生「事功」最著的一個時期，上《十論》、進《九議》，是他一生抗金力陳恢復大計的最主要體現，賑災滁州、創飛虎軍、剿茶商軍，為一生政績最突出表現。辛棄疾本人在其《新居上梁文》談到這段時間的官場經歷，說是：「稼軒居士，生長西北，仕宦東南。頃列郎星，繼聯卿月。兩分帥閫，三駕使軺。」〔註21〕語氣十分自豪。朝廷對他的褒獎也說是：「爾以軼群之才，早著事功，壽皇三界大藩，寵以論譔之華。」〔註22〕但突然的彈劾罷官，由一個封疆大吏直接變成一介平民，一生最有作為的年華就此白白蹉跎，辛棄疾對這一段的生命寫有這樣的詞句，「笑塵勞三十九年非，長為客」（《滿江紅》）、「四十九年前事，一百八盤狹路」（《水調歌頭·元日》），又是何等的痛心疾首。

胡應麟言：「文章關氣運，非人力。」〔註23〕李澤厚對「氣運」解釋道：「社會時代的變異發展所使然。」〔註24〕辛棄疾及其文章，同樣存在著一個「時代氣運」問題。

於辛棄疾所處時代，陳寅恪言道：「稼軒本功名之士，仕宦頗顯達矣，仍鬱鬱不得志，遂有斜陽煙柳之句。」〔註25〕「斜陽煙柳之句」指辛棄疾淳熙六年（1179）所作《摸魚兒》詞，該詞寄託個人的身世慨歎，言語間多有哀怨

〔註21〕　（宋）辛棄疾著、辛更儒箋注《辛稼軒詩文箋注》，上海古籍出版社，1995年，第 102 頁。

〔註22〕　（宋）樓鑰《攻媿集》卷三五，《叢書集成》本。

〔註23〕　（明）胡應麟《詩藪·內編》卷四，中華書局，1958 年，第 57 頁。

〔註24〕　李澤厚《美的歷程》，《李澤厚十年集》，安徽文藝出版社，1994 年，第 151頁。

〔註25〕　陳寅恪《鄧廣銘〈宋史·職官志〉考證序》，《金明館叢稿二編》，生活·讀書·新知三聯書店，2001 年，第 278 頁。

彷徨，據傳孝宗覽之，心下不悅。臣子有才、主上昏聵，往往是鑄成一代志士悲劇的根源所在，這似乎也成了中國歷史的一個通例。於辛棄疾關係甚巨的這一時期，其最高統治者宋孝宗是否就是這樣一個昏庸暗弱置國家於度外從而使志士扼腕抱恨終身的一代君王呢？

有人確實就這樣看的，「南宋小王朝，無論高宗、孝宗、光宗、寧宗，都庸碌無所作為，面對外敵，忍辱求全。」〔註26〕

然而答案並非如此簡單，和南宋其他帝王相比，孝宗無疑是出類拔萃的一位，孝宗「天縱聖睿，英武果斷」〔註27〕，「英睿夙成，秦檜憚之」〔註28〕，在尚未登上帝位時，岳飛見了，就曾十分欣喜說道：「社稷得人矣，中興基業，其在是乎？」〔註29〕孝宗二十八年的帝王生涯，可算是一個有道明君，並且開創了南宋的鼎盛。中興，一個最大表現是於故國收復所持態度，孝宗更是殫精竭慮銳意進取，「孝宗初立，銳志以圖恢復，怨不可旦夕忘，時不可遷延失」〔註30〕，紹興三十二年（1162）甫一即位，就宣稱：「我家有不共戴天之仇，朕不及身圖之，將誰任其責？」〔註31〕並一再向大臣表示：「朕不忘恢復，欲混一四海。」〔註32〕他追復岳飛官職，貶斥秦檜一黨，先後重用主戰派的張浚、虞允文，力圖完成恢復大業。大臣王質言孝宗：「即位以來，慨然起乘時有為之志。」〔註33〕陳亮亦言孝宗：「留神政事，勵志恢復，罔敢自暇自逸。」〔註34〕葉適《上孝宗皇帝箚子》亦言：「陛下感念家禍，始初嗣位，葺兩淮，理荊襄、慰綏蜀道、安集歸正人，立忠毅、忠銳等軍，教民兵、弩手，新城壁、造器械、講馬政，糴米儲貨，處處椿積。」〔註35〕陳良祐亦言：「上銳意圖治，以唐太宗自比。」〔註36〕辛棄疾有詞寫道：「聞道是君王著意，太平長策。」（《滿江紅·送信守鄭舜舉被招》），《續宋編年資治通鑑》記

〔註26〕 宋景昌《論辛詞的用典》，見《辛棄疾研究論文集》，中國文聯出版公司，1993年，第250頁。

〔註27〕 （宋）周密《齊東野語》卷一，中華書局，1983年，第1頁。

〔註28〕 《齊東野語》卷一一，第201頁。

〔註29〕 《宋史·岳飛傳》，《宋史》卷三六五，第11388頁。

〔註30〕 （清）王夫之《宋論》，中華書局，1964年，第203頁。

〔註31〕 （宋）葉紹翁《四朝聞見錄》丙集，中華書局，1989年，第102頁。

〔註32〕 《續資治通鑑》卷一四七，第3923頁。

〔註33〕 《續資治通鑑》卷一四八，第3688頁。

〔註34〕 （宋）陳亮《陳亮集》（增訂本）卷二，中華書局，1987年，第21頁。

〔註35〕 （宋）葉適《葉適集》卷一五，中華書局，1961年，第831頁。

〔註36〕 《宋史》卷三八八，第11902頁。

載：「孝宗有恢復之志，置恢復局，覽華夷圖，建國用使，開外都督府，立奉使司，自偏裨而下各有長記，將自準備而上又有揭帖，江北諸城，潛陴增隍，沿淮分戌，鼓聲達於泗、潁，蓋無一日不爲恢復之事。」〔註37〕一生與宋孝宗相始終的金世宗看到了孝宗的勃勃雄心，「世宗每戒群臣積錢穀，必曰：『吾恐宋人之和，終不可恃。』蓋亦忌帝之將有爲也。」〔註38〕見出金人對他的忌憚。鄧廣銘亦言孝宗：「是一個長久以來就抱有恢復中原、報仇雪恥的大志的人。」〔註39〕

縱觀孝宗一朝，除隆興元年（1163）符離之戰出師北伐外，終其一生卻再無用兵之舉，是否是一挫而倒壯心即失呢？其實對這樣一個「卓然爲南渡諸帝之首」〔註40〕的帝王來看，並不能簡單地用膽怯畏敵缺乏雄心來作概括。細細考察，對孝宗一生迫於現實的無奈，「用兵之意弗遂而終焉」〔註41〕，反而應當抱以深深的同情才對。辛棄疾在《美芹十論》言孝宗：「聰明神武，灼見事幾。雖光武明謨，憲宗果斷，所難比擬。」〔註42〕對孝宗是甚爲推崇，一方面讚揚了孝宗才能，同時把他比作歷史上兩個著名的「中興之主」漢光武帝劉秀和唐代憲宗皇帝，希望國家能收復山河重振漢唐雄風。孝宗對辛棄疾也曾頗爲器重，在位期間，他曾先後兩次召見辛棄疾，虛心向他諮詢國家大事，並對辛棄疾授以高官、委以重任，劉揚忠言：「宋孝宗是辛棄疾南歸後所歷事的四個皇帝中較能理解他、賞識他的一個君王。」〔註43〕宋人劉克莊對孝宗和辛棄疾兩人的遭遇和悲劇十分同情，寫了這樣一段沉痛而又深刻的文字：「嗚呼！以孝皇之神武，及公盛壯之時，行其說而盡其才，縱未封狼居胥，豈遂置中原於度外哉？機會一差，至於開禧，而向之文武名臣欲盡，而公亦老矣，余讀其書而深悲焉。」〔註44〕孝宗神武，辛棄疾有抱負有才能，爲何都會是這樣一種悲劇結果？「問何人會解連環？」（《漢宮春‧立春》），歷史給人留下的懸疑就是這樣的撲朔迷離難以索解。辛棄疾處在這樣一個充

〔註37〕　（宋）劉時舉《續宋編年資治通鑒》卷九，文淵閣《四庫全書》本。
〔註38〕　《宋史‧孝宗本紀》，《宋史》卷三五，第692頁。
〔註39〕　鄧廣銘《辛棄疾歸附南宋的初衷和奏進〈美芹十論〉的主旨》，《鄧廣銘治史叢稿》，北京大學出版社，1997年，第269頁。
〔註40〕　《宋史‧孝宗本紀》，《宋史》卷三五，第692頁。
〔註41〕　《宋史‧孝宗本紀》，《宋史》卷三五，第692頁。
〔註42〕　《辛稼軒詩文箋注》，第2頁。
〔註43〕　《辛棄疾詞心探微》，第94頁。
〔註44〕　（宋）劉克莊《辛稼軒集序》，《後村先生大全集》卷九八，《四部叢刊》本。

滿矛盾糾葛不清的時代，個人的悲劇必然深深打上了時代的烙印。政治上的風雨變幻和身不由己，也必然深深影響到他的文學中來。

四、文學的深遠意義

　　魯迅言道：「生命力受了壓抑而生的苦悶懊惱乃是文藝的根柢。」〔註45〕辛棄疾的文學正是這種悲劇時代和悲劇人生的深切體現。

　　宋孝宗淳熙十五年（1188），辛棄疾第一本詞作正式結集，這是詞史上的一件大事，標誌著一個詞壇大家正式出現在兩宋詞林。《宋史·辛棄疾傳》稱辛棄疾：「雅善長短句，悲壯激烈。」〔註46〕清人周濟亦指出：「稼軒不平之鳴，隨處輒發。」〔註47〕「夜半狂歌悲風起，聽錚錚，鞍馬簷間鐵」（《賀新郎》），「說劍說詩餘事，醉舞狂歌欲倒，老子頗堪哀」（《水調歌頭》），「長恨復長恨，裁作短歌行」（《水調歌頭》），辛棄疾詞作，正是「鳴其不平」的悲劇發泄。

　　滿載個人悲情的文學，往往格外具有打動人心的力量，並對世人起著振聾發聵之作用，明人焦竑言道：

> 古之稱詩者，率羈人怨士，不得志之人，以通其鬱結，而抒其不平，蓋《離騷》所從來矣。豈詩非在勢處顯之事，而常與窮愁困悴者直邪？詩非他，人之性靈之所寄也。苟其感不至，則情不深，情不深則無以驚心而動魄，垂世而行遠。〔註48〕

　　「出於情之堅執」的悲劇無疑具備了這樣一種深度，也足以使人驚心動魄，並具警頑立懦之作用。詞，這一文學，如清人張惠言所言：「以道賢人君子幽約怨悱不能自言之情，低回要眇，以喻其致。蓋詩之比興，變風之義，騷人之歌，則近之矣。」〔註49〕探討辛棄疾的悲劇人生及其藝術價值，意義正在於此。

〔註45〕　《魯迅全集》（第十卷），第 232 頁。
〔註46〕　《宋史》卷四○一，第 12166 頁。
〔註47〕　（清）周濟《介存齋論詞雜著》，唐圭璋主編《詞話叢編》，中華書局，1986年，第 1633 頁。
〔註48〕　（明）焦竑《雅娛閣集序》，郭紹虞主編《中國歷代文論選》（第三冊），上海古籍出版社，1980 年，第 135 頁。
〔註49〕　（清）張惠言《詞選序》，《詞話叢編》，第 1617 頁。

第二章　中興時代之困頓

　　宋孝宗的即位，不光是皇位的一次轉換，更是南宋中興的標誌。皇帝，作爲全體政府官僚活動圍繞的中心，他代表了一個時代，也往往左右了這一時局。余英時論及宋孝宗言道：「他生在『靖康之恥』的後一年，成長於『二帝蒙塵』的氛圍當中，更親見高宗『稱臣』的屈辱，我們不難想像，他大概很早便激發了『復仇』、『攘夷』的悲願。」〔註1〕1162 年登基的宋孝宗，正是南宋采石之戰對金取得重大勝利之時。采石一戰，宋軍大勝，金國發生內亂，金主完顏亮被殺，北方義軍風起雲湧，南宋朝野上下更是群情激昂，張孝祥《水調歌頭・和龐祐父》一詞，就抒發了這種壯志豪情，「雪洗虜塵靜，風約楚雲留。何人爲寫悲壯，吹角古城樓？湖海平生豪氣，關塞如今風景，剪燭看吳鉤。剩喜然犀處，駭浪與天浮。　　憶當年，周與謝，富春秋。小喬初嫁，香囊未解，勳業故優游。赤壁磯頭落照，肥水橋邊衰草，渺渺喚人愁。我欲乘風起，擊楫誓中流。」〔註2〕振作有爲的宋孝宗此時即位，標誌著高宗一朝投降主義的結束，辛棄疾上書孝宗言道：「皇帝陛下，聰明神武，灼見事幾。雖光武明謨，憲宗果斷，所難比擬。一介醜虜，尙勞宵旰，此正天下之士獻謀效命之秋。」〔註3〕這一段充滿期待的話語，也顯示了諸多有志之士的滿腔熱情。

　　靖康之變，金人入侵中原，強佔了淮河以北，並對南宋構成巨大威脅，

〔註 1〕　余英時《朱熹的歷史世界》，生活・讀書・新知三聯書店，2004 年，第 734～735 頁。
〔註 2〕　（宋）張孝祥《于湖居士文集》卷二一，上海古籍出版社，1980 年，第 297 頁。
〔註 3〕　《辛稼軒詩文箋注》，第 2 頁。

南宋有志士人始終在爲一場正義的收復活動而奔走，但高宗的含垢忍辱，只會讓英雄失路、志士寒心，孝宗的主政，讓人們看到了一雪前恥的希望。和眾人的熱切希望相比，孝宗自己也是昂揚奮發，「乾坤歸獨御，日月要重光」〔註4〕，朱熹對孝宗的兩句評價，既是臣下對孝宗的期待，也顯示了孝宗的遠大抱負。孝宗也是躊躇滿志，作有《新秋雨霽》一詩：「平生雄武心，覽鏡朱顏在。豈惜長憂勤，規恢須廣大。」〔註5〕可見其遠大志向。孝宗還作有《春晴有感》一詩：「春風歸草木，曉日麗山河。物滯欣逢泰，時豐自此多。神州應未遠，當繼沛中歌。」〔註6〕「沛中歌」，即漢高祖劉邦一統天下，回歸故鄉，所作的《大風歌》。孝宗此詩，開疆拓土之志一瀉無餘。他在即位的第二年，改年號爲隆興，「務隆中興之政」〔註7〕，可見其不凡抱負。並於隆興元年（1163）任命主戰派人物張浚爲帥，發動了對金的戰爭。由於出師的倉促，將領的不和，符離之戰，宋軍以失敗告終。這一戰對氣勢正盛的孝宗來說，無疑是個沉重打擊，對當時正處在上升勢頭的士氣，也是一次嚴重摧折。辛棄疾《滿江紅·暮春》正寫出了這種傷心和無奈：「家住江南，又過了清明寒食。花徑裏，一番風雨，一番狼藉。紅粉暗隨流水去，園林漸覺清陰密。算年年落盡刺桐花，寒無力。　庭院靜，空相憶。無說處，閒愁極。怕流鶯乳燕，得知消息。尺素如今何處也？彩雲依舊無蹤跡。謾叫人休去上層樓，平蕪碧。」孝宗其實並沒有喪失信心，一樣是夕惕若屬，兢兢業業，儘管恢復始終是他的最大心事，但詞中的那句「算年年落盡刺桐花，寒無力」，用來形容孝宗以後的時局，卻是那麼貼切。孝宗在位二十八年，終其一生，他的「神州應未遠，當繼沛中歌」的宏願一直沒能實現。這不光是孝宗的悲劇，也是如辛棄疾一般所有愛國主戰人士的悲劇。探討這一中興時代的悲劇之因，對理解這些愛國志士的出處進退心路歷程都有極大幫助。

一、將才匱乏

孝宗時期，國家只餘半壁江山，士大夫最念念不忘就是光復故國，重振山河。既然恢復大業必須通過武力，而「三軍之命，繫於將帥之才智」〔註8〕，

〔註4〕　（宋）黎靖德編《朱子語類》卷一二七，中華書局，1986年，第3061頁。

〔註5〕　（宋）張端義《貴耳集》卷上，文淵閣《四庫全書》本。

〔註6〕　（宋）陳岩肖《庚溪詩話》卷上，丁福保輯《歷代詩話續編》，中華書局，1983年，第164頁。

〔註7〕　（宋）李心傳《建炎以來朝野雜記》甲集卷三，中華書局，2002年，第92頁。

〔註8〕　（宋）田況《論攻策七不可奏》，《全宋文》第30冊，上海辭書出版社、安徽

孝宗對人才尤其是將才的渴慕尤為迫切。

「自古有為之君，必有心腹之臣，相與協謀同志，以成治功」〔註9〕，一個國家的組成如果用金字塔來作比喻的話，塔的底座是廣大民眾，塔的頂端是皇帝，中間是各層次士人，士人上下相聯的樞紐作用，也決定了一個王朝的興衰成敗。振作有為的孝宗對人才充滿了渴慕之情，他常以兵威震懾萬里之外的漢武帝為自己楷模，其實也是對漢武帝時期人才鼎盛的羨慕。漢武帝時期，國家外患頻仍，但由於有衛青、霍去病、李廣等名將，漢王朝取得了對北方匈奴的全面勝利，也使得漢武帝「興造功業」達到「後世莫及」〔註10〕的程度。

張孝祥在孝宗即位伊始，即上有《論用才之路欲廣箚子》：「臣聞國之強弱，不在甲兵，不在金谷，獨在人才之多少。」〔註11〕針對當時的選材之弊，他言道：「今入官之門雖廣，而用才之路實狹。古者取於盜賊、取於夷狄、取於仇讎、取於姻戚，初不問其生出之本末也。今茲不然，非進士科，則朝廷已不敢輒有除用。幸而用一人焉，議者必曰：『此非清流也，此某人之戚黨也，此某人之子若孫也，此故嘗有所貞犯也，此跌宕而不羈也。』其用武臣亦然，吹毛求疵，深排力沮。夫如是而欲力致天下之豪傑，以濟非常之事，難矣！欲望聖慈深詔大臣，各體此意，捨去拘攣，收拾度外之士，博取而詳察，以備緩急之用。大才既多，使之治財賦、使之治軍旅、使之為宣四方，陛下將無往而不獲，無為而不成矣。」〔註12〕張孝祥在這裡給孝宗指出了人才的重要性，並希望國家在人才特別是武臣錄用上不拘一格，以實現復興故國的偉大使命。而孝宗對武將的汲汲之意，確實相當強烈。

《續資治通鑒》記乾道七年（1171）孝宗和虞允文有這樣一段對話：

帝曰：「朕常恨功業不如唐太宗，富庶不如漢文、景耳。」虞允文曰：「陛下以儉為寶，積以歲月，何患不及文、景。如太宗功業，則在陛下日夜勉之而已。」帝曰：「朕思創業、守成、中興，三者皆不易，早夜孜孜，不敢迨遑，每日昃無事，則自思曰，豈有未至者乎？反覆思慮，惟恐有失。」又曰：「朕於几上書一『將』字，往來

教育出版社，2006年，第28頁。
〔註 9〕 《續資治通鑒》卷一三八，第3670頁。
〔註 10〕 （漢）班固《漢書》卷五八，中華書局，1962年，第2634頁。
〔註 11〕 《于湖居士文集》卷一八，第159頁。
〔註 12〕 《于湖居士文集》卷一八，第175頁。

尋繹，未得擇將之道。」虞允文曰：「人才臨事方見。」帝曰：「然，
唐太宗安市之戰，始得薛仁貴。」〔註13〕

　　從這裡可以看出孝宗渴望有將才輔佐，建立一番如唐太宗那樣的豐功偉
績。於此，朱熹也曾言道：「壽皇直是有志於天下，要用人，嘗歎自家不如孫
仲謀，能得許多人才。」〔註14〕雖然孝宗黽勉以求，但終其一朝，除了張浚、
虞允文兩位將才以外，竟難以找出第三人來，將才如此稀缺，怎能實現恢復
志願？

　　確實，縱觀孝宗一朝，將才真是少之又少。在對金戰鬥中，他前後重用
的人只有張浚、虞允文，除二人外，再無其他。對這僅有的兩個將才，孝宗
甚為倚重，於張浚，他曾言：「朕倚魏公如長城，不容浮言搖奪。」〔註15〕但
這個元老重臣，在對金作戰中，卻多以失敗告終，符離之戰，更是大傷宋軍
元氣，清人王夫之評價孝宗和張浚的關係，以及張浚的才幹，說道：「孝宗初
立，銳志以圖興復，怨不可旦夕忘，時不可遷延失，誠哉其不容緩已。顧當
其時，宋所憑藉為折衝者奚待哉？摧折之餘，凋零已盡，唯張德遠之孤存耳。
孝宗專寄腹心於德遠，固捨此而無適於謀也。然而德遠之克勝其任，未可輕
許矣。其為人也，志大而量不弘，氣勝而用不密。」〔註16〕鄧廣銘亦言：「張
浚是一個書生，言大而誇，將略實非所長。」〔註17〕張浚逝後，接下來的另
一個主戰派人物虞允文，孝宗更是將全部的恢復大業寄託在他身上，較之張
浚，虞允文無疑更勝一籌，《宋史·虞允文傳》言其「慷慨磊落有大志，而言
動有則度，人望而知為任重之器」〔註18〕。由虞允文親手指揮的采石大戰，
被認為是中國南方王朝所取得的堪與赤壁之戰、淝水之戰相提並論的三大戰
役之一，這一戰挽救了整個南宋王朝，於國家建功卓著。孝宗對虞允文期望
甚殷，曾與他有合謀攻金計劃，乾道八年（1172），虞允文官拜左丞相兼樞密
使，孝宗對虞允文言道：「丙午之恥，當與丞相共雪之。」〔註19〕後來又將虞
允文派到抗金前線四川，任命他為四川宣撫使，孝宗希望大軍兵分兩路，一

〔註13〕　《續資治通鑒》卷一四二，第 3801～3802 頁。
〔註14〕　《朱子語類》卷一二七，第 3060 頁。
〔註15〕　《宋史·張浚傳》，《宋史》卷三六八，第 11308 頁。
〔註16〕　《宋論》，第 203 頁。
〔註17〕　鄧廣銘《辛棄疾（稼軒）傳》，上海人民出版社，1956 年，第 27 頁。
〔註18〕　《宋史》卷三八三，第 11800 頁。
〔註19〕　《宋史》卷三八三，第 11800 頁。

路由他親自率領由東面渡淮河，一路由虞允文率領由西面出四川進陝西，會
師河南，收復中原。孝宗向虞允文言道：「若西師出而朕遲回，即朕負卿；若
朕已動而卿遲回，即朕負卿。」〔註 20〕孝宗對虞允文是寄予最高期望的，據
《建炎以來朝野雜記》載：「虞丞相再撫蜀，壽皇以詩送之曰：『一德如公豈
合閒，聊分西面欲憂寬。不辭論道虛臺席，暫假宣威築將壇。風教已興三蜀
靜，干戈載戢萬方安。歸來尚想終霖雨，未許鄉人衣錦看。』其恩數之盛，
自渡江以來，宰相去國所未有也。」〔註 21〕1174 年，孝宗認爲時機已經成熟，
國家先是改元純熙，用《詩經・周頌》中「時純熙矣，是用大介」〔註 22〕，
用武之意甚明。然而不幸的是，虞允文卻於同年二月去世。虞允文的去世，
對孝宗無疑是最沉重打擊，虞允文是孝宗恢復的最大希望所在，歷年的枕戈
待旦，都爲他和虞允文的共同目標而發。缺少了這樣一個股肱大臣，孝宗的
雄心也迅速收斂，孝宗隨即將年號由「純熙」改爲「淳熙」，合北宋太宗淳
化、雍熙年號，淳化、雍熙年間，國家平安，不見干戈，孝宗這次的年號更
改，絕對有某種深意在內，《建炎以來朝野雜記》載：「乾道盡九年，時以爲
乾元用九之數已極，乃改爲純熙，尋又易純爲淳，言欲致淳化、雍熙之美也。」
〔註 23〕標誌著孝宗開始傾向於偏安局面。

　　虞允文去世，不光對孝宗是個沉重打擊，朝野上下普遍感到一種無限痛
惜，楊萬里寫了《虞丞相挽詞三首》，其一爲：「負荷偏宜重，經綸別有源。
雪山真將相，赤壁再乾坤。奄復人千古，淒涼月一痕。世無生仲達，好手
未須論。」〔註 24〕虞允文去世，當時正在四川的陸游，敏銳感到國家恢復大
業難以實現，《蜀州大閱》一詩寫道：「曉束戎衣一悵然，五年奔走遍窮邊。
平生亭障休兵日，慘淡風雲閱武天。戍隴舊遊真一夢，渡遼奇事付他年。
劉琨晚抱聞雞恨，安得英雄共著鞭。」〔註 25〕虞允文的突然去世，給孝宗的
打擊應該是相當沉重。孝宗一生可分前後兩期，即前期的積極進取，後期
的恬退保守，中間的界限大致可以淳熙元年（1174）虞允文去世爲分水嶺。虞
允文這位國之干城，孝宗對他滿懷希望，孝宗一生共有五次大閱，其中乾道

〔註 20〕　《宋史》卷三八三，第 11799 頁。
〔註 21〕　《建炎以來朝野雜記》乙集卷一二，第 691 頁。
〔註 22〕　（宋）朱熹集注《詩集傳》卷一九，上海古籍出版社，1980 年，第 253 頁。
〔註 23〕　《建炎以來朝野雜記》甲集卷三，第 92 頁。
〔註 24〕　（宋）楊萬里《誠齋集》卷六，《四部叢刊》本。
〔註 25〕　《陸游集・劍南詩稿》卷五，第 149 頁。

二年（1166）到乾道六年（1170），不到五年時間裏，連續三次大規模閱兵，為整個南宋所僅有。但隨著虞允文的去世，孝宗壯心消磨，再難有圖謀中原之心。

孝宗一朝，難道只有張浚、虞允文二人能夠率軍北伐，除此以外，別無將才？

也許不盡然，然而一個不可迴避的事實卻是，孝宗一朝，確實將才匱乏，這和前朝高宗、秦檜於人才的摧折消磨大有關係。高宗抱殘守缺，不思進取，秦檜腆顏事敵，毫無骨氣，二人可謂沆瀣一氣，對有志之士打擊更是不遺餘力。陸游言：「紹興間，秦丞相檜用事，動以言語罪士大夫，士氣抑而不伸。」〔註26〕《宋史紀事本末》言秦檜：「性陰險深阻，如崖穽不可測。同列論事上前，未嘗力辯，但以一二語傾擠之，俾帝自怒。一時忠臣良將，誅鋤略盡。」〔註27〕「太平翁翁十九年，父子氣焰可薰天」〔註28〕，秦檜的囂張也使真正人才受到嚴重壓抑摧折。王夫之論孝宗朝的人才狀況有言：「人才之摧抑已極，則天下無才。流及於百年之餘，非逢變革，未有能興者也。故邪臣之惡，莫大於設刑網以摧士氣，國乃漸積以亡。迨其後，摧折者之骨已朽矣，毛擊鉗網之風亦漸不行矣，後起者出而任當世之事，亦可盡出其才，建扶危定傾之休烈。而薰灼之氣挫其初志，偪側之形囿其見聞，則志淫者情為之靡，而懷貞者德亦已孤。情靡者相沿而濫，德孤者別立一不可辱之崖宇，退處以保其貞。於是而先正光昭俊偉之遺風，終不可復。」〔註29〕而對秦檜的人才打壓，王夫之更痛心言道：「宋自秦檜持權，摧折剛勇，其僅免於死亡者，循牆而走，不敢有所激揚，以奠國家他日干城之用。諸帥老死，而充將領者，皆循文法、避指謫之庸材。其士卒，則甲斷矛撓，逍遙坐食，抱子以嬉，視荷戈守壘之勞，如湯火之不可赴。其士大夫，則口雖競而心疲，心雖憤而氣茶。不肖者耽一日之娛嬉，賢者惜生平之進止。苟求無過，即自矜君子之徒，談及封疆，且視為前生之夢。如是，則孝宗雖跂踔以興，疾呼心瘂，固無如此充耳無聞者何也！故符離小衄，本無大損於國威，而生事勞民之怨謗已喧囂而起。及其稍正敵禮，略減歲幣，下即以此獻諛，上亦不容不

〔註26〕 陸游《澹齋居士詩序》，《陸游集·渭南文集》卷一五，中華書局，1976年，第2110頁。

〔註27〕 （明）陳邦瞻撰《宋史紀事本末》卷七二，中華書局，1977年，第763頁。

〔註28〕 陸游《追感往事》，《陸游集·劍南詩稿》卷四五，第1135頁。

〔註29〕 《宋論》，第207頁。

以自安。無可奈何，而委之於命，而一僕不能再起，奄奄衰息，無復生人之氣矣。」〔註30〕

　　南宋將才之盛，高宗一朝最為突出，以岳飛為首的中興四大名將，對金作戰，取得一連串大捷，這也是南宋史上最佳收復時機，但由於高宗、秦檜的投降路線，最終卻是與金達成屈辱和議。並自毀長城，殺害岳飛，驅逐主戰人士。他們的這套治國之策，嚴重摧折了國家人才，也讓整個士人群體深感寒心。秦檜為人，權欲薰心，陰險毒辣，對異己人士的戕害，更是無所不用其極。他前後入相十九年，在兩宋歷史上，沒有哪個宰相壟斷朝政如此之長，其怪異的用人政策，直接造成了萬馬齊喑的局面，朱熹十分痛憤言道：「秦檜倡和議以誤國，挾虜勢以邀君，終使彝倫斁壞，遺親後君，此其罪之大者。至於戮及元老，賊害忠良，攘人之功，以為己有，又不與也。」〔註31〕又言：「秦檜在相時，執政皆用昏庸無能者。」〔註32〕《續資治通鑑》於秦檜用人總結道：「兩居相位，凡十九年，薦執政，必選無名譽柔佞易制者，不使預事，備員書姓名而已，其任將帥，必選駑才。」〔註33〕秦檜對人才的一意打壓，波及後來，對急需人才的孝宗一朝，一樣影響巨大，真可謂流毒無窮。乾道年間，孝宗謀求北伐，吏部尚書陳良祐即痛心言道：「將帥庸鄙，類乏遠謀，對君父則言效死，臨戰陣則各求生。有如符離之役，不戰自潰；瓜州之遇，望風驚奔，孰可仗者？」〔註34〕朱熹談到當時的情況亦言：「南渡時，有許多人出來做得事，經變故後，將許多人都摧折了。到而今卻是氣卑弱了，凡事都無些子大，只是細巧。」〔註35〕對當時將官，朱熹更言：「今日將官全無意思，只似人家驕子弟了。褒衣博帶，談道理，說詩書，寫好字，事發遣。如此，何益於事？」〔註36〕黃榦在致辛棄疾書信言道：「國家以仁厚揉馴天下士大夫之氣，士大夫之論，素以寬大長者為風俗。江左人物，素號怯懦，秦氏和議又從而銷靡之，士大夫至是，奄奄然不復有生氣矣。語文章者多虛浮，談道德者多拘滯。求一人焉，足以持一道之印，寄百里之命，已不復可得。

〔註30〕　《宋論》，第211頁。
〔註31〕　《朱子語類》卷一三一，第3158頁。
〔註32〕　《朱子語類》卷一三一，第3159頁。
〔註33〕　《續資治通鑑》卷一三○，第3459頁。
〔註34〕　《宋史·陳良祐傳》，《宋史》卷三八三，第11902頁。
〔註35〕　《朱子語類》卷一二三，第2963頁。
〔註36〕　《朱子語類》卷一一○，第2710頁。

況敢望其相與冒霜露、犯鋒鏑，以立不世之大功乎？」〔註37〕在這樣的局面之下，孝宗痛心言道：「將帥中難得人」〔註38〕。他和臣下發生的這樣一段對話，也就不足為怪，《續資治通鑒》載：

> 國子博士錢聞詩言：「今日登用武臣，不過於武臣中用有文采者，欲以此激勵武勇，恐反怠其素習。將見將帥子弟，必有習文墨，弄琴書，趨時好尚以倖進用者。」帝曰：「若如此，朕安能得人？」〔註39〕

陳亮談到孝宗恢復之志不成，也特別提到將帥的缺乏，「方南渡之初，君臣上下痛心疾首，誓不與虜俱生。卒能以奔敗之餘而勝百戰之虜。及秦檜倡邪議以沮之，忠臣義士斥死南方，而天下之氣惰矣。」〔註40〕並言「今天下之士爛熟委靡，誠為厭惡」〔註41〕。在給宰相葉衡的書信裏，陳亮也言：「文士既不識兵，而武夫又怯於臨敵。」〔註42〕對當時的帶兵之將更是進行了無情指責：「今中原半為夷狄，而國家之大恥未灑，此天下之義不能以一日安者，顧獨恬然如平時。為士者論安言計，動引聖人；居官者宴安江沱，無復遠略；而農民、工商又皆自謀之不暇。聖上慨然有北向之志，作之而不應，鼓之而不動，是天下皆無人心，而崇高之勢亦無如之何也。然則厭棄文士，崇獎武夫，本不為過。而數年以來，武舉之程文，武人之威儀進退，武官之議論詞風，往往更浮於進士。」〔註43〕並由此對孝宗抱以同情：「臣不佞，自少有驅馳四方之志，常欲求天下豪傑之士而與之論今日之大計。蓋嘗數至行都，而人物如林，其論皆不足以起人意，臣是以知陛下大有為之志孤矣。」〔註44〕王夫之於此可謂深惡痛絕：「故摧折人才者，雖不受其摧抑，而終為摧抑，害乃彌亙百年而不息。故曰邪臣之惡，未有大於此者也。」〔註45〕

由於高宗一朝的著意打壓，國家缺乏雄圖遠略之士，孝宗即位，雖有雄心，卻有勢單力孤之感，元人劉一清對此評道：「高宗之朝，有恢復之臣而無

〔註37〕　（宋）黃榦《與辛稼軒侍郎書》，《全宋文》第287冊，第507頁。
〔註38〕　《續資治通鑒》卷一三一，第3780頁。
〔註39〕　《續資治通鑒》卷一四六，第3905頁。
〔註40〕　《陳亮集》（增訂本）卷一，第2頁。
〔註41〕　《陳亮集》（增訂本）卷一，第14頁。
〔註42〕　《陳亮集》（增訂本）卷二九，第377頁。
〔註43〕　《陳亮集》（增訂本）卷一四，第158頁。
〔註44〕　《陳亮集》（增訂本）卷一，第9頁。
〔註45〕　《宋論》，第209頁。

恢復之君；孝宗之朝，有恢復之君而無恢復之臣。故其出師才遇少衄，滿朝爭論，其非屈己請和而不能遂，孝宗之志惜哉。」〔註46〕清人趙翼言及符離之役，並評論當時將帥道：「宋則孝宗為君，張浚為相，皆銳意恢復者。使有韓、岳諸人，以訓練之兵，討離攜之眾，自當大有克捷。而諸宿將已無在者，僅一劉錡，老病垂死，吳璘亦暮氣不振，所恃李顯忠、邵宏淵輩，望輕才薄，才得靈、虹，至宿州輒大潰，於是三京終不可復。」〔註47〕並將孝宗和高宗對比，發出了和劉一清一致的無奈感歎：

> 前則有將帥而無君相，後則有君相而無將帥。〔註48〕

對孝宗來說，這確實是一種莫大的悲恨與遺憾。

二、宋金對比

辛棄疾《美芹十論·審勢》一文，於「形勢」二字，提出了這樣一個論點，形與勢異，勢強於形，他言：「自今論之，虜人雖有嵌岩可畏之形，而無矢石必可用之勢。其舉以示吾者，特以威而疑我也；謂欲用以求勝者，固知其未必能也。」〔註49〕辛棄疾這裡認為，以勢而論，金不能戰勝宋，那麼反過來看，是否宋當時能夠對金保持必勝之勢？

答案是否定的。

作戰勝利著重在自我的強大、民心的向背、對手的虛弱，從這三方面來看，宋不足以戰勝金國。

有宋建國，重文輕武，武將地位低下，「世胄之彥，場屋之士，田里之豪，一或即戎，即指之為粗人，斥之為噲伍」〔註50〕，招募為兵者，「大抵皆偷惰頑猾不能自振之人」〔註51〕。在這樣情勢之下，武功怎會強盛？南宋外患最重，此風依然未減，孝宗滿懷雄心，急需用人，可乾道元年（1165），起居舍人王稽中向孝宗言道：「今日將臣子弟，皆以武弁為恥。」〔註52〕當時部分將領確如辛棄疾所斥責那樣：「營幕之間，飽暖有不充，而主將歌舞無休

〔註46〕 （元）劉一清《錢塘遺事》卷二，上海古籍出版社，1985年，第40頁。

〔註47〕 （清）趙翼著、王樹民校證《廿二史劄記校證》，中華書局，1984年，第554頁。

〔註48〕 《廿二史劄記校證》，第554頁。

〔註49〕 《辛稼軒詩文箋注》，第6頁。

〔註50〕 《宋史·余玠傳》，《宋史》卷四一六，第12469頁。

〔註51〕 《宋史·兵志》，《宋史》卷一九二，第4778頁。

〔註52〕 《續資治通鑒》卷一三九，第3696頁。

時；鋒鏑之下，肝腦不敢保，而主將雍容於帳中。」〔註53〕符離之敗，導致孝宗用兵一蹶不振，就和宋將的這種怠惰有極大關係，大將邵宏淵和金人對壘，《宋史紀事本末》這樣記載：「宏淵顧眾曰：『當此盛夏，搖扇清涼且不堪，況烈日被甲苦戰乎？』人心遂搖，無復鬥志。」〔註54〕將領如此，士兵也是不堪，當時軍中以南方士兵為主，辛棄疾批評道：「若夫通、泰、眞、揚、舒、蘄、濡須之人，則手便犁鋤，膽驚鉦鼓，與吳人一耳，其例可以為邊丁哉？」〔註55〕話本小說《范鰍兒雙鏡重圓》於當時南宋軍隊有這樣記載：「只因武備久馳，軍無紀律，叫他殺賊，一個個膽寒心駭，不戰自走。及至遇著平民，搶擄財帛子女，一般會揚威耀武。」〔註56〕這樣的軍隊，不光作戰不力，反而只會招致百姓痛恨。而宋朝的民兵組織，更是不值一提，由南宋詩人尤袤《淮南民謠》一篇可見，「東府買舟船，西府買器械。問儂欲何為？團作山水寨。寨長過我廬，意氣甚雄粗。青衫兩承局，暮夜連勾呼。勾呼且未已，推剝到雞豕。供應稍不如，向前受笞箠。驅東復驅西，棄卻鋤與犁。無錢買刀劍，典盡渾家衣。去年江南荒，趁熟過江北。江北不可住，江南歸未得。父母生我時，教我學耕桑。不識官府嚴，安能事戎行？執槍不解刺，執弓不能射。團結我何為，徒勞定無益。流離重流離，忍凍復忍餓。誰謂天地寬，一身無所依。淮南喪亂後，安集亦未久。死者積如麻，生者能幾口？」〔註57〕從這頗為怨恨的話語裏，可見南宋民兵組織之不堪一擊。正是看到國家軍事的不振，陳亮才憂心忡忡上書孝宗道：「三十年之餘，雖西北流寓皆抱孫長息於東南，而君父之大仇，一切不復關念，自非逆亮送死淮南，亦不知兵戈之為何事也。況望其憤中國之腥膻，而相率北向以發一矢哉？」〔註58〕於宋朝武功，顧炎武專門言道：「若其官職軍旅食貨之制，冗雜無紀，後之為國者，並當取以為戒。」〔註59〕另外，自宋開國以來，雖然軍隊龐大，但更多是「冗兵」、「冗將」。對其將領，朝廷著重在一個

〔註53〕辛棄疾《美芹十論・致勇》，《辛稼軒詩文箋注》，第42頁。

〔註54〕《宋史紀事本末》卷七七，第812頁。

〔註55〕（宋）程珌《丙子輪對箚子》，《洺水集》卷二，文淵閣《四庫全書》本。

〔註56〕（明）馮夢龍《警世通言》，人民文學出版社，1956年，第159頁。

〔註57〕北京大學古文獻研究所編《全宋詩》卷二三三六，北京大學出版社，1991年，第20854頁。

〔註58〕《陳亮集》（增訂本）卷一，第2頁。

〔註59〕（清）顧炎武著、（清）黃汝成集釋《日知錄集釋》，嶽麓書社，1994年，第572～573頁。

「防」字，兵不知將，將不知兵，戰爭發起，將領往往只能機械執行上邊命令，很難發揮主觀能動性。鄧廣銘言：「然而最影響了宋朝的國祚，也最影響了千年來中國民族的命脈的，是在宋初強幹弱枝政策下所造成的軍事的不競。」〔註60〕

宋軍之無能，中原的民心向背又是如何？辛棄疾《美芹十論・觀釁》言「自古天下離合之勢常繫乎民心」〔註61〕，大臣張栻對孝宗言：「欲得中原之土，必先收中原百姓之心。」〔註62〕如果民心多傾向南宋的話，宋一樣有獲勝可能。

乾道六年（1170），范成大出使金國，過長江、越淮河、經故國、抵中都，於沿途所聞所見，十分感慨，寫有諸多詩篇，同時還寫了一本《攬轡錄》的筆記，其中有諸如這樣的記載，「遺黎往往垂涕嗟嘖，指使人云：『此中華佛國人也。』老嫗跪拜者尤多。」〔註63〕於這一情景，好友陸游甚為感慨，寫了《夜讀范至能〈攬轡錄〉，言中原父老見使者多揮涕，感其事作絕句》一詩：「公卿有黨排宗澤，帷幄無人用岳飛。遺老不應知此恨，亦逢漢使解沾衣。」〔註64〕可見中原百姓的故國深情。

但也還存在另外一種情況，《攬轡錄》寫范成大路過故國都城開封，看到那裡情況，十分傷感，留下了這樣一則記載：

東京，虜改為南京。民亦久習胡俗，態度嗜好與之俱化。更甚者衣裝之類，其制盡為胡矣。自過淮以北皆然，而京師尤甚。〔註65〕

這段話可謂沉痛，然而卻是事實，一個國家原來的某些國土，如果長期被異族統治的話，其國民很容易被同化，陳寅恪先生論及北朝時代北方領地胡化傾向，提出一個重要觀點，即「文化重於血統」，唐振常《〈唐代政治史述論稿〉學習筆記》一文，作有這樣的概括：「北朝時代，漢人與胡人的分別是文化重於血統，凡漢化之人即目為漢人，胡化之人即目為胡人，血統如何，在所不論。」〔註66〕陳寅恪即言唐代當時河朔一帶民族，「其人之氏族雖為漢

〔註60〕 鄧廣銘《陳龍川傳》，生活・讀書・新知三聯書店，2007年，第27頁。
〔註61〕 《辛稼軒詩文箋注》，第20頁。
〔註62〕 （清）李銘漢《通鑑紀事本末》卷七〇，甘肅人民出版社，2005年，第2053頁。
〔註63〕 （宋）范成大《范成大筆記六種》，中華書局，2002年，第13頁。
〔註64〕 《陸游集・劍南詩稿》卷二五，第706頁。
〔註65〕 《范成大筆記六種》，第12頁。
〔註66〕 陳寅恪《唐代政治史述論稿》，上海古籍出版社，1997年，第5頁。

族，而久居河朔，漸染胡化，與胡人不異。」〔註67〕其實不光北朝、唐朝如此，有宋一代依然如故，特別南宋時候北方被金人所據，胡化更爲突出，張亮采論及宋金時期民眾有言：「當時民族最富於服從性。」〔註68〕一點不假，《金史・張中孚張中彥傳贊》言靖康之變時候，當時知鎮戎軍張中孚、知德順軍張中彥兄弟，「以宋大臣之子，父戰沒於金，若金若齊，義皆不共戴天之仇。金以地與齊則甘心臣齊，以地歸宋則忍恥臣宋，金取其地則又比肩臣金，若趨市然，唯利所在，於斯時也，豈復知所謂綱常也哉？」〔註69〕《三朝北盟會編》亦言：「靖康變故，仕於中都者，曾無仗節死難之士，而偷生取容，何其眾也。甚者乘時爲奸，靡所不至，實爲中國羞。」〔註70〕將帥如此，廣大民眾胡化傾向也許更爲嚴重，「張安國，中國人，又嘗受旗榜招安，見利而動，賊殺耿京。」〔註71〕想來這樣一段話，對辛棄疾來說，一定有錐心之痛。紹興三十二年（1162），辛棄疾奉表南歸，後方的張安國卻趁他不在，殺害義軍領袖耿京，投降金人，使得二十餘萬大軍土崩瓦解。前面范成大寫的於故國深情的人，多爲中原父老，這些人畢竟曾經生活在宋朝統治的中原，但對更多的後輩來說，往往生長虜中，對前朝故國蒙昧不知，也最容易被胡化，這一點也深爲南宋有識之士所不安。乾道八年（1172）韓元吉使金，將故國所見滄桑之感寫成《好事近》一詞，並寄給陸游，陸游有感而發，作了《得韓無咎書，寄使虜時宴東都驛中，所作小闋》一詩，裏邊有「舞女不記宣和妝，廬兒盡能女眞語」〔註72〕。淳熙四年（1177）陸游給范成大的《送范舍人還朝》一詩寫道「東都兒童作胡語」〔註73〕，可見胡化之深。與孝宗對峙的金世宗也曾這樣言當時的北地民族，「燕人自古忠直者鮮，遼兵至則從遼，宋人至則從宋，本朝至則從本朝，其俗詭隨，有自來矣。」〔註74〕燕趙之地，古來多慷慨悲歌之士，現在卻這般情形，讓人們看到了複雜的另一面。

　　這種胡化趨向，必然給收復帶來極大困難，陳亮十分清楚看到了這樣一

〔註67〕 《唐代政治史述論稿》，第 27 頁。

〔註68〕 張亮采《中國風俗史》，東方出版社，1990 年，第 137 頁。

〔註69〕 （元）脫脫《金史》卷七九，中華書局，1975 年，第 1791 頁。

〔註70〕 （宋）徐夢莘《三朝北盟會編》卷一○八，上海古籍出版社，1987 年，第 790 頁。

〔註71〕 《陸游集・渭南文集》卷三，第 1995～1996 頁。

〔註72〕 《陸游集・劍南詩稿》卷四，第 118 頁。

〔註73〕 《陸游集・劍南詩稿》卷八，第 219～220 頁。

〔註74〕 《金史》卷八，第 184 頁。

面，他在《中興論》寫道：「南渡已久，中原父老日以殂謝，生長於戎，豈知有我？昔宋文帝欲取河南故地，魏太武以爲『我自生發未燥，即知河南是我境土，安得爲南朝故地？』故文帝既得而復失之。河北諸鎮，終唐之世，以奉賊爲忠義，狃於其習而時被其恩，力與上國爲敵而不知其爲逆。過此以往，而不能恢復，則中原之民烏知我之爲誰？」〔註 75〕並在《賀新郎‧寄辛幼安，和見懷韻》一詞痛心寫道：「父老長安今餘幾？後死無仇可雪。猶未燥、當時生發！二十五弦多少恨，算此間、那有平分月！胡婦弄，漢宮瑟。」〔註 76〕

那麼再看對手，金國當時的統治是否給有宋人某種機會，有收復之可能呢？

陳寅恪談到唐朝與外族爭勝這樣說道：「唐代武功可稱爲吾民族空前盛業，然詳究其所以與某甲外族競爭，卒致勝利之原因，實不僅由於吾民族自具之精神及物力，亦某甲外族本身之腐朽衰弱有以招致中國武力攻取之道，而爲之先導者也。」〔註 77〕不光唐朝，這其實也是中國歷代與外族爭勝的不變之道。

《宋史‧孝宗本紀》言孝宗時代：「值金世宗之立，金國平治，無釁可乘。」〔註 78〕那麼這個使金國平治，讓宋「無釁可乘」的金世宗究竟是怎樣一個人物？

與宋孝宗對峙的金世宗，和孝宗同於 1162 年登位，同於 1189 年退位，可謂一直周旋始終。兩國之爭，從兩位帝王身上也能見到某些端倪。

宋孝宗慷慨有大略，金世宗與之相比，毫不遜色。

世宗即位，正是金國危急存亡的關鍵時刻，完顏亮南侵失敗，南宋氣勢高昂，國內起義風起雲湧。世宗與宋講和，存恤義軍，撫慰百姓，選任大臣，使金國很快安定下來。並在他的勵精圖治之下，開創了金的盛世。

幾乎所有史家在敘寫金國歷史時，都將世宗統治列爲金國的全盛時代，這是有相當道理的。世宗國號名大定，《金史》贊道：「非武元之英略，不足以開九帝之業；非大定之仁政，不足以固百年之基。」〔註 79〕

〔註 75〕　《陳亮集》（增訂本）卷二，第 22 頁。

〔註 76〕　姜書閣《陳亮龍川詞箋注》上卷，人民文學出版社，1980 年，第 45 頁。

〔註 77〕　《唐代政治史述論稿》，第 126 頁。

〔註 78〕　《宋史》卷三五，第 692 頁。

〔註 79〕　《金史‧附錄》，《金史》，第 2899 頁。

金世宗可謂治國能手，在宋金關係上，世宗以強大武力為後盾，對南宋保持威懾。同時他遵守和約，堅決反對征伐，於南宋不時的故意挑釁行為，也儘量做到有理有節，克制忍讓，以和為貴，而把更多精力放在內政治理上。《金史紀事本末》載：「世宗為一代令主，眾正盈朝，要以宰輔為最盛。」〔註80〕看他和大臣的一番對答，頗有明君風範，「上謂宰臣曰：『朕方前古明君，固不可及。至於不納近臣讒言，不受戚里私謁，亦無愧矣。朕嘗自思，豈能無過，所患過而不改。過而能改，庶幾無咎。』」〔註81〕「大定間，天子留意儒術，建學養士，以風四方。舉遺逸，興廢墜，曠然欲以文治太平。」〔註82〕世宗堅持科舉取士，重用讀書人，籠絡了中原人心，加強了國家根本，確實達到了「以文治太平」的目的。

在世宗的勵精圖治之下，金達到了歷史的全盛。統治期間，「稅不及什一，兩稅之外，一無橫斂。不數年間，倉庫充實，民物殷富，四夷賓服，以致大定三十年之太平。」〔註83〕這和孝宗治下反而形成某種對比，辛棄疾《淳熙己亥論盜賊箚子》這樣寫了當時百姓的生活狀況，「陛下不許多取百姓斗面米，今有一歲所取反數倍於前者；陛下不許將百姓租米折納見錢，今有一石折納至三倍者；並耗言之，橫斂可知。陛下不許科罰人戶錢貫，今則有旬日之間追二三千戶而科罰者；又有已納足租稅而復科納者，有已納足、復納足、又誣以違限而科罰者；有違法科賣醋錢，寫狀紙、由子、戶貼之屬，其錢不可勝計者。軍興之際，又有非軍行處所，公然分上中下戶而科錢，每都保至數百千；有以賤價抑買、貴價抑賣百姓之物，使之破蕩家業，自縊而死者；有二三月間便催夏稅錢者。其他暴徵苛斂，不可勝數。然此特官府聚斂之弊，而流弊之極，又有甚者：州以趣辦財賦為急，縣有殘民害物之政而州不敢問；縣以並緣科斂為急，吏有殘民害物之狀而縣不敢問；吏以取乞貨賂為急，豪民大姓有殘民害物之罪而吏不敢問。故田野之民，郡以聚斂害之，縣以科率害之，吏以取乞害之，豪民大姓以兼併害之，而又盜賊以剽殺攘奪害之。」〔註84〕這一系列的「殘民害物」，和世宗治下形成強烈反差。

〔註80〕　（清）李有棠《金史紀事本末》，中華書局，1980年，第3頁。
〔註81〕　《金史》卷八，第196頁。
〔註82〕　（金）黨懷英《重建鄆國夫人殿碑》，（清）張金吾編纂《金文最》卷七○，中華書局，1990年，第1027頁。
〔註83〕　（金）趙秉文《曹忠敏公碑跋》，《金文最》卷四八，第688～689頁。
〔註84〕　《辛稼軒詩文箋注》，第106～107頁。

孝宗以國家「富庶不如漢文、景」爲莫大遺憾，金人劉因《金子允恭墨竹》一詩卻這樣讚揚世宗：「金源大定始全盛，時以漢文當世宗。」〔註85〕金人劉祁《歸潛志》寫道：「世宗天資仁厚，善於守成，又躬自儉約，以養育士庶，故大定三十年幾致太平。所用多敦樸謹厚之士，故石琚輩爲相，不煩擾，不更張，偃息干戈，修崇學校，議者以爲有漢文景風。」〔註86〕這對孝宗來說，未嘗沒有一種反諷的意味。

《金史》對世宗的讚語，超過了《宋史》對孝宗的讚譽：

> 世宗之立，雖由勸進，然天命人心之所歸，雖古聖賢之君，亦不能辭也。蓋自太祖以來，海內用兵，寧歲無幾。重以海陵無道，賦役繁興，盜賊滿野，兵甲並起，萬姓盼盼，國內騷然，老無留養之丁，幼無顧覆之愛，顛危愁苦，待盡朝夕。世宗久典外郡，明禍亂之故，知吏治之得失。即位五載，而南北講好，與民休息。於是躬節儉、崇孝悌、信賞罰、重農桑，慎守令之選，嚴廉察之責，卻任得敬分國之請，拒趙位寵郡縣之獻，孳孳爲治，夜以繼日，可謂得爲君之道矣。當此之時，群臣守職，上下相安，家給人足，倉廩有餘，刑部歲斷死罪，或十七人，或二十人，號稱「小堯舜」，此其效驗也。〔註87〕

當時人呼世宗爲「小堯舜」，這種溢美之辭，在號爲正朔的南宋那邊聽來，也頗有些悻悻然，看《朱子語類》中朱熹對此事的反應，有這樣一段記載：

> 先生喟然歎曰：「某要見復中原，今老矣，不及見矣。」或者説：「葛王在位，專行仁政，中原之人呼他爲『小堯舜』。」曰：「他能尊行堯舜之道，要做大堯舜也由他。」又曰：「他豈變夷狄之風？恐只是天資高，偶合仁政耳。」〔註88〕

這裡的「葛王」，即指金世宗。以大講儒家之道嚮往太平治世的典型人物朱熹，在這無奈的語氣裏，也夾雜著傾服之意，面對這樣一個振作有爲的君主，難怪他只有無奈感歎「某要見中原，今老矣，不及見矣」。中國古語有「戰勝於朝廷」，單從朝廷角度來看，當時南宋確實不及金國，朱子的歎息之聲，

〔註85〕　（清）顧嗣立編《元詩選》甲集，中華書局，1987年，第163頁。
〔註86〕　（金）劉祁《歸潛志》卷一二，中華書局，1983年，第136頁。
〔註87〕　《金史》卷八，第202～203頁。
〔註88〕　《朱子語類》卷一三〇，第3196頁。

也是宋人普遍的歎息之聲。

三、高宗身影

　　阻礙孝宗進取者，還有一大因素必須提及，即高宗影響。孝宗繼位，做起了太上皇的高宗，放棄了皇位，卻並沒有放棄皇權，余英時言：「高宗自紹興三十二年（1162）退位到淳熙十四年（1187）逝世，二十四年間始終在幕後暗握皇權不放手。」〔註89〕高宗對孝宗的控制，他一方面祭出祖宗家法，一方面親自出面，對朝政橫加干涉和阻撓。

　　古代帝王建國，有一種牢固的「家天下」理念，即把天下視為自家產業，劉邦當年獲取天下，問自己父親「今某之業所就，孰與仲多？」〔註90〕即是露骨表現。宋經五代之亂，獲取天下殊為不易，自然特別珍視，將天下視為自己私家產業觀念因此也更為濃烈，這從高宗告誡孝宗的一段話語裏，可以清晰見出，「光堯（高宗）每以張浚誤大計為辭，謂上『毋信其虛名，浚專把國家名器錢物做人情。浚有一冊子，才遇士大夫來見，必問其爵里書之，若心許其他日薦用者。又鎔金盤飲兵將官，即以予之。不知官職是誰底？金盤是誰底？』」〔註91〕從高宗「不知官職是誰底？金盤是誰底？」嚴厲語氣裏，看得出他對這份家業的看重。在這種「家天下」觀念的驅使之下，宋王朝更是形成一套歷代王朝所無的獨特「家法」來。

　　關於宋代家法，歷代研究者持不同說法，歸結起來主要有兩條，一是重文輕武，二是守內虛外。這兩條，都是基於對大臣的猜忌和不信任，本著警惕和防範而來。這種家法，王朝初建時候對防止大臣的篡位，於國家政權的穩固，還有它的某種合理性，愈到後來，其弊端也就愈加體現出來。王夫之即言：「宋本不孤，而孤之者，猜疑之家法也。」〔註92〕在這種猜疑出發點之下，統治者的用人政策也頗堪尋味，宋代皇帝不僅經常無端懷疑手下的大臣，不讓宰執們在位時間太久，甚至有意造成宰執之間的互相對立，以達到互相牽制和羈絆的目的。同時在選拔大臣時，一方面要求他們精於吏道政事，同時更希望他們循規蹈矩、不喜生事。他們所謂的「名相」，大多以反對更改、默不

〔註89〕　《朱熹的歷史世界》，第742頁。

〔註90〕　《史記・高祖本紀》，（漢）司馬遷《史記》卷八，中華書局，1982年，第387頁。

〔註91〕　《四朝聞見錄》乙集，第58頁。

〔註92〕　《宋論》，第171頁。

能言爲賢，「不用浮薄新進喜事之人」〔註93〕，遇事裝糊塗，動輒講「故事」。這一套「家法」在宋初形成，卻在以後歷朝都被恪守下來。特別是王安石之後，用人更趨保守。對大臣的防範，除了喜用因循守舊的老成之人以外，還有就是給予臺諫很大的權力，這些諫官可以根據沒有實際證據純屬捕風捉影的「風聞」，直接參倒大臣，辛棄疾屢被奪官，就是被臺諫所參倒。

高宗對家法的堅守也是相當頑固，紹興十一年（1141），岳飛、韓世忠等中興名將大敗金人，軍事形勢一片大好，高宗竟要求撤軍，說道：「澶淵之役，達覽既死，眞宗詔諸將按兵縱契丹，勿邀其歸路，此朕家法也。」〔註94〕朱熹認爲高宗此舉純屬「只以私意爲之，不以復仇爲念」〔註95〕，並十分鄙棄說道：「他所以要和親者，蓋恐用兵時諸將執兵權，或得要己。不如和親，可坐享萬乘之利。」〔註96〕王夫之對此也論道：「諸帥之兵益振矣，屢挫女眞之功日奏矣。三軍之歸向已深，萬姓之憑依已審，士大夫之歌詠已喧，河北之企望已至，高宗之忌也始甚。檜抑術愈工，志愈慘，以爲驅之北而不可者，無如殺之罷之，權乃盡削，而事易成。」〔註97〕對此史蘇苑論道：「由於恐懼武將們在戰爭中會增加自己的力量，甚至不惜在勝利的情況下也甘願賠款求和，這是宋朝的與猜忌武將密切關連的又一『家法』。」又言「猜忌武將和對外退讓這密切關聯的兩大家法，就是宋高宗殺害岳飛的歷史根源。」〔註98〕其實不光對武將如此，高宗對所有大臣都沒有一個信任的，高宗秦檜君臣相投沆瀣一氣，但在秦檜死後，《朱子語類》卻有這樣一段頗有意味的記載：「秦太師死，高宗告楊郡王云：『朕今日始免得這膝褲中帶匕首。』」乃知高宗平日常防秦之爲逆。」〔註99〕可見高宗對大臣猜忌的嚴重程度。

於孝宗和「祖宗家法」關係，朱熹論道：「其弊在於今日欲觸動一事，則議者紛然以爲壞祖宗法。故神宗憤然欲一新之，要改者便改。孝宗亦然，但又傷於太銳，少商量。」〔註100〕確實，孝宗早年欲有所作爲，頗有背離祖宗家法之舉動，他銳意恢復，重視武功，先後任用主戰派人物張浚、虞允文，

〔註93〕　《宋史》卷二八二，第 9538 頁。
〔註94〕　（宋）熊克《中興小紀》卷二九，文淵閣《四庫全書》本。
〔註95〕　《朱子語類》卷一三三，第 3196 頁。
〔註96〕　《朱子語類》卷一三三，第 3196 頁。
〔註97〕　《宋論》，第 185 頁。
〔註98〕　史蘇苑《宋高宗論二題》，《宋史論集》，中州書畫社，1983 年，第 426 頁。
〔註99〕　《朱子語類》卷一三八，第 3162 頁。
〔註100〕　《朱子語類》卷一二七，第 3073 頁。

這都背棄了祖宗「守內虛外」、「重文輕武」的一貫路線。特別是符離一戰，孝宗嫌樞密院掣肘，繞過樞密院，直接出兵，更爲前朝所無。但隨著戰爭的失敗，更多由於高宗的牽制，孝宗對祖宗家法還是頗爲看重的，特別是越到執政後期，表現越是搶眼，《宋稗類抄》載：「孝宗銳志大功，新進逢意，務爲可喜。淳熙中，上益明習國家事，老成鄉用。」〔註101〕這裡的「益明習國家事，老成鄉用」，正是孝宗對祖宗家法的堅執。《續資治通鑒》淳熙三年（1176）有載：

> 帝曰：「本朝家法，遠過漢唐，獨用兵不及。」龔茂良對曰：「國家自藝祖開基，首以文德化天下，列聖相承，深仁厚澤，有以團結天下之心。蓋治體似成周，雖似失之弱，然國祚綿遠，亦由於此。漢唐之亂，或以母后專制，或以權臣擅命，或以諸侯強大、藩鎮跋扈，本朝皆無之。可見祖宗家法，足以維持萬世。」〔註102〕

「祖宗家法，足以維持萬世」，這其實也成了後來孝宗執政的指導原則，他在宰執大臣的任用上走馬燈一般頻繁更迭，從而不使大權旁落。他吸取秦檜擅權的教訓，對祖宗家法甚爲看重，勤於「論相」，數置而亟免，更加超過了以前諸帝。通觀孝宗一朝，除了對虞允文等個別宰相還較爲信任外，在位期間共任命左相八人，右相十八人，其中連續任期超過二年的僅虞允文、趙雄、王淮、梁克家四人，超過一年的也僅七人，其他都一年不到。從乾道八年（1172）虞允文罷相，其後十年竟不設左相，其中淳熙二年（1175）九月至淳熙五年（1178）三月的兩年半裏，竟然左右相俱缺，僅以參知政事行相事。即使對甚爲倚重的虞允文，在任其爲左相的同時，還將與他「不苟同」的參知政事梁克家提爲右相，以爲牽制。孝宗用人不專，保證了自己的權威，固然避免了如秦檜那樣的弄權者，但在國家的治理上，對發揮賢能大臣的才幹，顯然不利。淳熙十五年（1188），大臣沈清臣應對孝宗，即對孝宗的「論相」有過這樣的批評：「陛下臨御以來，非不論相也，始也取之故老重臣，既而取之潛藩舊傅，或取之詞臣翰墨、或取之時望名流、或取之刑法能吏、或取之刀筆計臣、或取之雅重詭異、或取之行實自將、或取之踦弛誕慢、或取之謹畏柔懦、或取之狡猾俗吏、或取之句稽小材，間有度量沉靜而經畫甚淺、心存社稷而材術似疏、表裏忠讜而規制良狹。其後以空疏敗、以鄙狠

〔註101〕（清）潘永因編《宋稗類抄》卷一，書目文獻出版社，1985年，第14頁。
〔註102〕《續資治通鑒》卷一四五，第3872頁。

敗、以欺誕敗、以奸險敗、以浮誇敗、以貪墨敗、以詭詐敗、以委靡敗。若此者，豈可謂相哉？甚至於誤國，有大可罪者。海、泗，國家之故地也，私主和議，無故而棄之敵國；騎兵，天子之宿衛也，不能進取，無故而移之金陵；汲引狂誕浮薄之流，以扼塞正途，擅開佞倖權嬖之門以自固高位。而今也猶習前轍，浸成欺弊，國有變故，略無建明，事有緩急，曾不知任，然則焉用彼相哉？」〔註103〕這無疑是對孝宗「論相」政策的一個嘲諷。陳亮《上孝宗皇帝第二書》指謫孝宗：「卒不免籠絡小儒，驅委庸人，以遷延大有為之歲月。」〔註104〕朱熹也言孝宗晚年所用宰執「多是庸人」〔註105〕。「朝變夕改，縱有好人，亦做不得事」〔註106〕，宰相的不能久任，帶來不小的副作用，它打擊和挫傷了才幹大臣的積極性，對國事多艱正是用人之際的國家建設極為不利。

家法之外，另一方面就是高宗對朝政的直接干預。

後來史家，論及南宋政府的收復故國，普遍認為有兩次大好時機，一是在岳飛等中興名將健在之時，一是完顏亮南侵失敗之時。兩次都發生在宋高宗朝，但均以和議而告終，這和高宗的治國政策大有關係。

靖康之變，國勢飄搖，欽宗曾拜兄弟趙構為河北兵馬大元帥，後來徽欽二帝被金人擄掠北上，趙構即位，是為高宗。宋高宗曾與金人有過作戰，但這沙場的經歷，不光沒有鍛鍊他的勇氣，反而是心魂俱失，畏敵如虎。高宗建國初年，金人引兵南下，高宗每次都是抱頭鼠竄，狼狽奔逃，《建炎以來朝野雜記》載：「（靖康）二年五月朔，（高宗）即皇帝位於南京，改元建炎。十月，幸揚州；三年二月，渡江幸杭州；四月，進幸江寧；閏八月，復幸臨安；十二月，自明州幸海；四年正月，幸溫州；四月，進幸越州；紹興二年正月，又幸臨安；四年十月，又進幸平江；五年二月，還臨安；六年九月，又幸平江；七年三月，進幸建康；八年二月，復還臨安。」〔註107〕這裡的「幸」，其實是委婉用法，直接意思就是逃跑流亡。高宗十二年當中，十三次變換都城，真是急急如喪家之犬，惶惶不可終日，這對一貫錦衣玉食的高宗來說簡直是心膽俱碎，有如惡夢。逆境，能成就有志之士，但也足以擊垮

〔註103〕《續資治通鑑》卷一五一，第4038～4039頁。
〔註104〕《陳亮集》（增訂本）卷一，第11頁。
〔註105〕《朱子語類》卷一二七，第3061頁。
〔註106〕《朱子語類》卷一三○，第3132頁。
〔註107〕《建炎以來朝野雜記》甲集卷一，第27頁。

那些意志薄弱之人。經歷這樣的流亡生涯，高宗欲有所作爲的心志早已蕩然無存。希望如此懦弱之人振興山河，無異於癡人說夢。當紹興三十一年（1161）完顏亮入侵江南消息傳來時，此時宋軍並未崩潰，而作爲一國之主的高宗卻如驚弓之鳥一般，《建炎以來朝野雜記》記載高宗面對這一情況的反應是，「上嘗夜出手札，欲散百官，浮海避敵。」〔註108〕孝宗隆興北伐，高宗生怕失敗，也是這樣一副隨時準備逃跑的窩囊相，「又宿州之戰，高宗已遜位。日雇夫五百人立殿廷下，人日支一千足，各備擔索。」〔註109〕朱熹一針見血指出了高宗當年汲汲講和的心態，「當時講和本意，上不爲宗社，下不爲生靈，中不爲息兵待時，只在怯懼，爲苟歲月計。」〔註110〕難怪王夫之這樣鄙薄高宗：「高宗之畏女直也，竄身而不恥，屈膝而無慚，直不可謂有生人之氣矣。」〔註111〕

　　高宗如此畏懼害怕金人，養成了對金人的曲意順從，對屬下大臣卻是狠毒刻薄，尤其是對有志恢復大臣的打擊更是不遺餘力。王夫之將高宗對金人的奴才面目，指爲「力不可以相御」，對屬下大臣的兇殘模樣，指爲「力可以相御」，並有如下論述：「力不可以相御與？則柔巽卑屈以暫求免於害者，無所復吝。力可以相御與？則畏之甚，疑之甚，忍於忮害以希自全。」「故於其力不可禦者，稱臣可也，受冊可也，割地可也，輸幣可也。於其力可禦者，可逐則逐之已耳，可殺則殺之已耳。」〔註112〕這樣的人作爲一國之君，怎麼可能讓國家走向強國之路，實現復興大業。

　　高宗於紹興三十二年（1162）禪位孝宗，做起了太上皇，「檜死，上即位，正大有爲之機會」〔註113〕，初登帝位的孝宗，昭雪岳飛，揭發秦檜，重用主戰人士，企圖恢復河山，一系列舉措可謂深得人心。但要眞的做到「大有爲」，實際很難，首先高宗給他的是一個殘破朽爛的國勢，整個國家呈現出一幅大臣無能、吏治腐敗、將庸兵弱、守備鬆弛、士風日下、國貧民弱的不堪局面。國家殘破也就罷了，更可怕的是，高宗不僅自己滿足於踞局一隅的苟且局勢，而且希望孝宗保持現狀，沿襲以往路線，成爲自己的化身。禪位

〔註108〕《建炎以來朝野雜記》甲集卷八，第 161 頁。
〔註109〕《朱子語類》卷一二七，第 3058 頁。
〔註110〕《朱子語類》卷一二七，第 3054 頁。
〔註111〕《宋論》，第 169 頁。
〔註112〕《宋論》，第 201 頁。
〔註113〕《朱子語類》卷一二三，第 3197 頁。

以後，高宗深居宮中，但當過三十多年皇帝的他，此時依然熱衷權力。禪位時，他表面交出朝政，頤養天年，實際上是動輒掣肘，對孝宗朝政橫加干涉，孝宗任命官員都要徵求他的意見，凡是高宗原來的親近之人，孝宗也一律不得改易，在宰執大臣的選拔上，入選大臣必須到他那裡「入謝」，並面聽「聖訓」。對他所簽訂的宋金和議，高宗更是時時刻刻掛在嘴上，「講和之策，斷自朕志，秦檜但能贊朕而已。」〔註114〕余英時言：「從紹興八年起，『和』已正式成為南宋的『國是』，終高宗之朝再也沒有改變過。」〔註115〕這一「國是」，高宗不光當時堅持，孝宗主政，依然頑固抱定。對這種抱殘守缺不思更改的頑固行徑，朱熹深感憤恨，《朱子語類》載：「問：『秦檜既死，如何又卻不更張，復和親？』曰：『自是高宗不肯，當渠死後，乃用沈該萬、魏道弼，此數人皆是當時說和親者，中外既知上意。未幾，又下詔云：『和議出於朕意，故相秦檜只是贊成。今檜既死，聞中外頗多異論，不可不戒約。』甚沮人心。」〔註116〕確實，本來秦檜死後，志士發奮，人心高漲，但因為高宗的存在，一切不得更改，確實讓人沮喪不已。孝宗想要完全按自己一套，另起爐竈，絕無可能。

高宗也是宋代帝王最長壽者，孝宗執政二十八年，其中有二十六年都在高宗陰影下度過，這對一個志在有為的君王來說，無疑是極大的阻撓。朱熹言：「本朝禦戎，始終為一『和』字壞。」〔註117〕可高宗卻是「和」的最堅決維護者。符離戰敗，宋金簽訂「隆興和議」，孝宗心有不甘，但如他自己所言：「朕以太上聖意，不敢重違。」〔註118〕他的一切努力都只能歸於一種徒勞。《鶴林玉露》載：「孝宗初年，規恢之志甚銳，而卒不得逞者，非特當時謀臣猛將凋喪略盡，財屈兵弱未可展布，亦以德壽聖志主於安靜，不思違也。」〔註119〕《四朝聞見錄》有這樣一段生動記載：

> 上每侍光堯（高宗），必力陳恢復大計以取旨。光堯至曰：「大哥，俟老者百歲後，爾卻議之。」上自此不復敢言。〔註120〕

〔註114〕　《宋史・高宗本紀》，《宋史》卷三一，第 584 頁。
〔註115〕　《朱熹的歷史世界》，第 278 頁。
〔註116〕　《朱子語類》卷一三一，第 3162 頁。
〔註117〕　《朱子語類》卷一三三，第 3200 頁。
〔註118〕　《建炎以來朝野雜記》甲集卷二〇，第 469 頁。
〔註119〕　（宋）羅大經《鶴林玉露》卷四，中華書局，1983 年，第 302 頁。
〔註120〕　《四朝聞見錄》乙集，第 58 頁。

　　高宗對孝宗的恢復行動可謂當頭棒喝，一生多為其牽掣的孝宗怎能夠盡展自己懷抱。長此以往，恢復倒成了不合時宜的反調逆流，《皇宋中興兩朝聖政》於孝宗淳熙四年（1177）有記：「臣僚奏對有及邊備利害，必遭譏罵。」〔註121〕余英時論孝宗與高宗關係有言：「他早年必須壓住一切內心的衝動，依照父皇的需要來塑造自己，中年以後則不得不抑制『恢復』的衝動，以求毋違太上皇的意志。」〔註122〕並言道：「高宗所認同的則是『和』與『安靜』，這構成了孝宗無可奈何的宿命。」〔註123〕在高宗干涉阻撓下，整個孝宗一朝，終至「國是難變，議論難變，人才難變，法度難變」〔註124〕，這確實是孝宗「無可奈何的宿命」。

　　淳熙十四年（1187），高宗去世，天下有志之士都以為孝宗擺脫羈絆，必將有番作為，個個也是翹首期待。陳亮滿懷信心上書孝宗：「今者高宗皇帝既已祔廟，天下之英雄豪傑皆仰首以觀陛下之舉動，陛下忍使二十年所以作天下之氣者，一旦而復索然乎？」〔註125〕並懇請孝宗「尋即位之初心」〔註126〕，沒想到結果是「在廷交怒，以為狂怪」〔註127〕。在高宗陰影下生活日久的孝宗，此時已經是六十多歲的老人，大好時光早已蹉跎而過。另外從他對高宗的無比孝順看來，完全成了一個「兒皇帝」，國家怎麼有振作可能？朱熹言：「壽皇本英銳，於此等皆照見。只是向前為人所誤，後來欲安靜，厭人喚起事端，且如此打過。」〔註128〕「凡事貴謀始，也要及早乘勢做，才放冷了，便做不得。」〔註129〕淳熙十五年（1188）葉適有《上孝宗皇帝劄子》，大談恢復之道，最能見出孝宗心態，《宋史·葉適傳》載：

　　　　讀未竟，帝蹙頟曰：「朕比苦目疾，此志已泯，誰克任此？惟與卿言之。」及再讀，帝慘然久之。〔註130〕

　　閱讀此節，真有一片蒼涼不能言說的悲哀。確實，就孝宗而言，雖有早

〔註121〕　（宋）佚名《皇宋中興兩朝聖政》卷九，國家圖書館出版社，2007年。
〔註122〕　《朱熹的歷史世界》，第737頁。
〔註123〕　《朱熹的歷史世界》，第739頁。
〔註124〕　《葉適集》卷一五，第835頁。
〔註125〕　《陳亮集》（增訂本）卷一，第16頁。
〔註126〕　《陳亮集》（增訂本）卷一，第18頁。
〔註127〕　《續資治通鑒》卷一五一，第4036頁。
〔註128〕　《朱子語類》卷一二七，第3061頁。
〔註129〕　《朱子語類》卷一三三，第3198頁。
〔註130〕　《宋史·葉適傳》，《宋史》卷三三四，第12889～12890頁。

年立功如唐太宗的宏願，然而因爲高宗的干涉和影響，終至銳氣漸消，走向平庸，無所作爲。高宗逝後兩年，孝宗緊接退位，進入到清靜無爲的隱退生活，當年的雄心壯志，對他來說，已經是前塵往事。

四、建康臨安

南宋建都臨安，當時不叫首都，而稱「行在」，表示統治者只是將臨安作爲一個暫時首都，等到將來時機成熟，還是要遷回東京汴梁，這也顯示南宋政府並沒忘懷中原的決心。

南宋朝野上下對國家定都建康還是臨安，一直存在巨大爭論當中，建康，六朝故都，地形舒展，緊依長江，直逼淮北，國家爭勝中原，建康相對有利。臨安，盤踞東南一隅，地勢逼仄，東面入海輕便，北爭中原不易，很多人認爲國家建都臨安，就帶有龜縮逃跑意味在其中。而高宗曾經有過的「浮海避敵」，正是這樣體現。這種對首都的爭論，到了孝宗時期，再次達到一個高峰，主戰一派，普遍認爲國家應該遷都建康，主和一派，則主張停留臨安。

高宗建都臨安，一直遭到有識之士的竭力反對。建炎三年（1129），高宗剛建都臨安不久，提舉杭州洞宵宮的衛膚敏即有上書：「餘杭地狹人稠，區區一隅，終非可都之地。自古帝王未有作都者，惟錢氏節度二浙而竊居之，蓋不得已也。今陛下巡幸，乃欲居之，其地深遠狹隘，欲以號令四方，恢復中原，難矣。前年冬，大駕將巡於東也，臣固嘗三次以建康爲請。蓋依山帶江，實王者之都，可以控扼險阻，以建不拔之基。」〔註131〕紹興五年（1135），李綱也有同樣上書，「若夫萬乘所居，必擇形勝以爲駐蹕之所，然後能制服中外，以圖事業。建康自昔號帝王之宅，江山雄壯，地勢寬博，六朝更都之。臣昔舉天下形勢而言，謂關中爲上，今以東南形勢而言，則當以建康爲便。今者鑾輿未復舊都，莫若且於建康權宜駐蹕。」〔註132〕《建炎以來繫年要錄》載給事中金安節上書高宗：「建康江山險固，從昔以爲帝王之都，蓋以南控楚、越，西連巴蜀，北接中原，最爲形勝，實東南之要會。」〔註133〕《建炎以來朝野雜記》亦載：「上之在建康也，吳明可爲殿中侍御史，建言：『大

〔註131〕《續資治通鑑》卷一〇三，第 2716 頁。

〔註132〕《宋史》卷三五九，第 11264 頁。

〔註133〕（宋）李心傳《建炎以來繫年要錄》卷一九六，中華書局，1988 年，第 3309 頁。

駕宜留建康，以繫中原之望。』會有陳駐蹕利害者，詔侍從、臺諫議之。明可謂：『建康可以控帶襄、漢，經理淮甸，若還臨安，則西北之勢不能相接。』」〔註134〕當年被金人追逐東奔西逃，早已嚇破了膽的高宗，此時哪有什麼北向中原之心。對他來說，有個避風港安樂窩才最為重要，臨安無疑滿足了他的願望。

　　欲有作為的孝宗登位，遷都之聲再次響起，志在恢復的張浚不斷有這方面奏章，「浚附奏請上臨幸建康，以動中原之心。」〔註135〕「（張浚）每論定都大計，以為東南形勝，莫如建康，人主居之，可以北望中原，常懷憤惕。至於錢塘，僻在一隅，易於安肆，不足以號召北方。」〔註136〕辛棄疾上書孝宗的《美芹十論・自治》也將「都金陵」列為國家當前最急迫的兩件大事之一，並闡述了國家建都金陵的有利形勢，「都金陵則中原未可以遽復，雖三尺童子之所知，臣之區區以是為言者，蓋古之英雄撥亂之君，必先內有以作三軍之氣，外有以破敵人之心，故曰『未戰養其氣』，又曰『先人有奪人之心』。今則不然，待敵則恃歡好於金帛之間，立國則借形勢於湖山之險，望實俱喪，莫此為甚。」〔註137〕陳亮也將「陛下慨然移都建業」〔註138〕作為對孝宗的一大期望，並言：「坐錢塘浮侈之隅以圖中原，則非其地，用東南習安之眾以行進取，則非其人。」〔註139〕宋人趙溍《養痾漫筆》有這樣一則記載：「稼軒帥淮時，同甫與時落落，家甚貧，訪稼軒於治所，相與談天下事。酒酣，稼軒言南北利害，南之可以並北者如此，北之可以並南者如此。因言：『錢塘非帝王居，斷牛頭之山，天下無援兵；決西湖之水，滿城皆魚鱉。』」〔註140〕這則記載，後人多認為不實，但從此處對臨安的地形闡述來看，可以見出，臨安作為一國之都，確實相當不利。朱熹也言「建康形勢勝於臨安」〔註141〕，對國家建都臨安甚感抱恨和遺憾，「先生云：『趙丞相忽然一旦發回蹕臨安之意，一坐定著，竟不能動，不知其意是如何？』因歎息久之云：『為大臣謀國一至

〔註134〕《建炎以來朝野雜記》甲集卷二〇，第461頁。
〔註135〕《宋史》卷三六一，第11308頁。
〔註136〕《宋史》卷三六一，第11311頁。
〔註137〕《辛稼軒詩文箋注》，第27頁。
〔註138〕《陳亮集》（增訂本）卷一，第8頁。
〔註139〕《陳亮集》（增訂本）卷一，第11頁。
〔註140〕（宋）趙溍《養痾漫筆》，《筆記小說大觀》六編三冊，臺灣新興書局，1984年，第1838～1839頁。
〔註141〕《朱子語類》卷一二七，第3054頁。

於此，自今觀之，爲大可恨。若在建康，則與中原氣勢相接，北面顧瞻，則宗廟父兄生靈塗炭，莫不在目，雖欲自已，有不能自已者。惟是轉來臨安，南北聲跡浸遠，上下宴安，都不覺得外面事，事變之來，皆不及知，此最利害。』」〔註142〕淳熙五年（1178），陸游至建康，深有感慨，寫下《登賞心亭》一詩：「蜀棧秦關歲月遒，今年乘興卻東遊。全家穩下黃牛峽，半醉來尋白鷺洲。黯黯江雲瓜步雨，蕭蕭木葉石城秋。孤臣老抱憂時意，欲請遷都涕已流。」〔註143〕正是深憂家國有志人士的共同心聲。

對於臨安，張浚說「僻在一隅，易於安肆」，朱熹說「上下宴安，都不覺得外面事」，都敏銳察覺臨安陷於一隅，最易流入享樂，這確實也是臨安一大特色。

高宗是個極端耽於享樂的人，紹興二年（1132）高宗錄取張九成爲狀元，李清照當時寫有「桂子飄香張九成」〔註144〕以示譏諷。「桂子飄香」一語出自張九成策試文章：「澄江瀉練，夜桂飄香，陛下享此樂時。」〔註145〕文章其實也間接反映了高宗縱情享樂貪圖安逸的態度。定都臨安和他的這種享樂思想大有關係，關於高宗以臨安爲都，《四朝聞見錄》載：「高宗六龍未知所駐，常幸楚、幸吳、幸越，俱不契聖慮，暨觀錢塘表裏江湖之勝，則歎曰：『吾捨此何適？』」〔註146〕由此可見，高宗駐蹕臨安，純粹是看中那裡的「表裏江湖之勝」。這些湖山勝景，確實也極大滿足了他的享樂胃口。北宋詞人柳永寫有《望海潮》一詞，言杭州「重湖疊巘清嘉，有三秋桂子，十里荷花。羌管弄晴，菱歌泛夜，嬉嬉釣叟蓮娃。」〔註147〕可見其繁華富麗，足有樂者。杭州本來就有「銷金鍋兒」〔註148〕之號，「俯瞰西湖，高挹兩峰。亭館臺榭，藏貯歌舞。四時之景不同，而樂也無窮也」〔註149〕，這樣的湖山之樂，正切合高宗心意。前期的狼狽逃竄，高宗自顧不暇，在和金人和議簽訂以後，自以爲

〔註142〕《朱子語類》卷一二七，第3054頁。

〔註143〕《陸游集・劍南詩稿》卷一○，第282頁。

〔註144〕（宋）李清照著、徐培均校注《李清照集箋注》卷二，上海古籍出版社，2002年，第259頁。

〔註145〕（宋）張九成《橫浦集》卷一二，文淵閣《四庫全書》本。

〔註146〕《四朝聞見錄》乙集，第45頁。

〔註147〕（宋）柳永著、薛瑞生校注《樂章集校注》卷下，中華書局，1994年，第169頁。

〔註148〕（宋）周密《武林舊事》卷三，西湖書社，1981年，第38頁。

〔註149〕（宋）吳自牧《夢粱錄》卷一二，文淵閣《四庫全書》本。

天下太平，這種享樂本性很快表露無遺，峒陽居士《樂府雅詞序》即言紹興三十二年（1162），宋金和議簽訂，高宗「馳天下樂禁，黎民歡忭，始知有生之樂，謳歌載道，遂成化國。」〔註150〕可見其享樂心意。

孝宗謚號為孝，主要是言他對高宗的奉養而言，「孝宗奉養德壽宮，極愛敬之忱，俾高宗安老以終壽考，三代以下，帝王事其親者之所未有，為人後者為之子，道無以尚矣。」〔註151〕孝宗至孝，雖然自己並非高宗親生，卻比親生還要孝順，《齊東野語》於孝宗後來居高宗喪這樣記載：「上聖孝出於天性，居高宗喪，百日後，尚食進素膳，毀瘠特甚。吳夫人者，潛邸舊人也，屢以過損為言，上堅不從。一日，密諭上尚食內侍云：『官家素食多時，甚覺清瘦，汝輩可自作商量。』於是密令苑中，以雞汁等雜之素饌中以進。上食之覺爽，詢所以然，內侍恐甚，以實告。上大怒，即欲見之施行。皇太后聞之，亟過宮力解之，乃出吳差戶於外，內侍等罷職有差。」〔註152〕這般孝順，甚至讓人覺得有些矯情。

「德壽（高宗）在北內，頗屬意玩好。孝宗極先意承志之道，時網羅人間以供怡顏。」〔註153〕作為大孝子的孝宗，為滿足高宗心意，竭力供其享樂。特別是淳熙以後，眼看恢復無望，孝宗也墮入享樂之風來。《武林舊事》的「乾淳奉養」對兩位帝王的享樂生活，多有記載，今選其兩則，以觀大概：

> 乾道三年三月初十日，南內遣閣長至德壽宮奏知：「連日天氣甚好，欲一二日間恭邀車駕幸聚景園看花，取自聖意選定一日。」太上云：「傳語官家，備見聖孝，但頻頻外出，不惟費用，又且勞動多少人。本宮後園亦有幾株好花，不若來日請官家過來閒看。」遂遣提舉官同到南內奏過遵依訖。次日進早膳後，車駕與皇后太子過宮起居二殿訖，先至燦錦亭進茶，宣召吳郡王、曾兩府已下六員侍宴，同至後苑看花。兩廊並是小內侍及幕士。效學西湖，鋪放珠翠、花朵、玩具、匹帛，及花籃、鬧竿、市食等，許從內人關撲。次至球場，看小內侍拋彩球、蹴秋韆。又至射廳看百戲，依例宣賜。回至清妍亭看荼䕷，就登御舟，繞堤閒遊。亦有小舟數十隻，供應雜藝、嘌唱、鼓板、疏果，與湖中一般。太上依闌閒看，適有雙燕掠水飛

〔註150〕施蟄存主編《詞集序跋萃編》，中國社會科學出版社，1994年，第659頁。
〔註151〕《宋論》，第205頁。
〔註152〕《齊東野語》卷一，第4頁。
〔註153〕《宋稗類抄》卷八，第706頁。

過，得旨令曾覿賦之，遂進《阮郎歸》云：「柳陰庭院占風光，呢喃春晝長。碧波新漲小池塘，雙雙蹴水忙。萍散漫，絮飛揚，輕盈體態狂。爲憐流水落花香，銜將歸畫梁。」既登舟，知閣張掄進《柳梢青》云：「柳色初濃，餘寒似水，纖雨如塵。一陣東風，縠紋微皺，碧沼鱗鱗。仙娥花月精神，奏鳳管、鸞弦鬥新。萬歲聲中，九霞杯內，長醉芳春。」曾覿和進云：「桃靨紅勻，梨腮粉薄，鴛徑無塵，鳳閣凌虛，龍池澄碧，芳意鱗鱗。清時酒聖花神，看內苑、風光又新。一部仙韶，九重鑾仗，天上長春。」各有宣賜。次至靜樂堂看牡丹，進酒三盞，太后邀太皇、官家同到劉婉容位奉華堂聽摘阮奏曲罷，婉容進茶訖，遂奏太后云：「本位近教得二女童，名瓊華、綠華，並能琴阮、下棋、寫字、畫竹、背誦古文，欲得就納與官家則劇。」遂令各逞伎藝，並進自製阮譜三十曲，太后遂宣賜婉容宣和殿玉軸、沉香槽三峽流泉正阮一面、白玉九芝道冠、北珠緣領道氅、銀絹三百匹兩，會子三萬貫。是日三殿並醉，酉牌還內。自此宮裏知太上聖意不欲頻出勞人，遂奏知太上，命修內司日下於北內後苑建造冷泉堂，疊巧石爲飛來峰，開展大池，引注湖水，景物並如西湖。其西又建大樓，取蘇軾詩句，名之曰聚遠，並是今上御名恭書。又御製堂記，太上賦詩，今上恭和，刻石堂上。是歲翰苑進《端午帖子》云：「聚遠樓前面面鳳，冷泉堂下水溶溶。人間炎熱何由到，眞是瑤臺第一重。」又曰：「飛來峰下水泉清，臺沼經營不日成。境趣自超塵世外，何須方士覓蓬瀛。」皆紀實也。〔註154〕

　　淳熙九年八月十五日，駕過德壽宮起居，太上留坐至樂堂進早膳畢，命小內侍進彩竿垂釣。上皇曰：「今日中秋，天氣甚清，夜間必有好月色，可少留看月了去。」上恭領聖旨，索車兒同過射廳射弓，觀御馬院使臣打球，進市食，看水傀儡。晚宴香遠堂，堂東有萬歲橋，長六丈餘，並用吳璘進到玉石礱成，四畔雕鏤闌檻，瑩徹可愛，橋中心作四面亭，用新羅白羅木蓋造，極爲雅潔。大池十餘畝，皆是千葉白蓮。凡御榻、御屏、酒器、香奩、器用，並用水晶。南岸列女童五十人奏清樂，北岸芙蓉岡一帶，並是教坊工，近二百人。待月初上，簫韶並舉，縹緲相應，如在霄漢。既入座，樂少止。

〔註154〕　《武林舊事》卷七，第115～117頁。

太上召小劉貴妃獨吹白玉笙《霓裳中序》，上自起執玉杯，奉兩殿酒，並以鑋金嵌寶注碗杯盤等賜貴妃。侍宴官開府曾覿恭上《壺中天慢》一首云：「素飆揚碧，看天衢穩送，一輪明月。翠水瀛壺人不到，比似世間秋別。玉手瑤笙，一時同色，小按霓裳疊。天津橋上，有人偷記新闋。當日誰幻銀橋，阿瞞兒戲，一笑成癡絕。肯信群仙高宴處，移下水晶宮闕。雲海塵清，山河影滿，桂冷吹香雪。何勞玉斧，金甌千古無缺。」上皇曰：「從來月詞不曾用金甌事，可謂新奇。」賜金束帶、紫番香水晶注碗一副。上亦賜寶盞古香。至一更五點還內。是日隔江西興，亦聞天樂之聲。〔註155〕

由此可見當時統治者腐朽糜爛的生活，這哪裏像是一個只有半壁江山岌岌可危的國家。另據《西湖遊覽志餘》記載：「紹興、淳熙間，頗稱康裕，君相縱逸，耽樂湖山，無復新亭之淚。士人林升者題一絕於旅邸云：『山外青山樓外樓，西湖歌舞幾時休？暖風薰得遊人醉，便把杭州作汴州。』」〔註156〕同樣見其享樂之狀，而這裡將高宗的紹興和孝宗的淳熙並列，更見出這兩位君王的某些相同志趣。難怪明人宋廷佐在讀到《武林舊事》，看到這群君臣沉浸殘山剩水的享樂情狀，寫出這樣的傷心之語：「可恨當時之君臣，忘君父之大仇，而沉醉於湖山之樂，竟使中原不復，九廟為墟。數百載之下，讀此書者，不能不為之興歎。」〔註157〕這般的上下享樂，宴安鴆毒，難怪積漸以往，會出現如此現象，「東南士大夫視長淮以北，猶儋荒地。以使事往者，不復《黍離》《麥秀》之悲。」〔註158〕怎麼可能寄希望這樣的君臣收復山河，一洗國恥？而有志之士更是發出這樣的無限感歎：

一勺西湖水，渡江來，百年歌舞，百年酣醉。回首洛陽花世界，煙渺黍離之地，更不復新亭墮淚。簇樂紅妝搖畫舫，問中流擊楫何人是？千古恨，幾時洗？〔註159〕

〔註155〕 《武林舊事》卷七，第123～124頁。

〔註156〕 （明）田汝成輯撰《西湖遊覽志餘》卷二，上海古籍出版社，1998年，第11頁。

〔註157〕 《武林舊事》，第160頁。

〔註158〕 陸游《跋張監丞雲莊詩集》，《陸游集‧渭南文集》卷二八，第2252頁。

〔註159〕 （宋）文及翁《賀新郎‧西湖》，唐圭璋編《全宋詞》，中華書局，1965年，第3138頁。

第三章　進取人生之艱辛

　　辛棄疾南渡入宋，無疑是南宋最有生氣的情景之一，宋人洪邁對此記載道：「侯本以中州雋人，抱忠仗義，章顯聞於南邦。齊虜巧負國，赤手領五十騎，縛取於五萬眾中，如挾兔兔，束馬銜枚，間關西奏淮，至通晝夜不粒食。壯聲英概，儒士為之興起，聖天子一見三歎息。」〔註1〕整個辛棄疾一生都是這樣昂揚向上。他的奮發有為和個人才具，也得到了時人的激賞，陳亮《辛棄疾畫像贊》寫道：「眼光有棱，足以照映一世之豪；背胛有負，足以荷載四國之重。出其毫末，翻然震動。不知鬚鬢之既斑，庶幾膽力之無恐。呼而來，麾而去，無所逃天地之間；撓弗濁，澄弗清，豈自為將相之種？故曰：眞鼠枉用，眞虎可以不用。而用也者，所以為天寵也。」〔註2〕陳亮一生只給三個人寫過這樣的讚語，一個是他自己，一個是朱熹，另一個就是辛棄疾，在他眼裏，當時天下眾望所歸的文武之才，文方面數朱熹，武方面就要數辛棄疾了。他曾在《與辛幼安殿撰》談到國家的文武之才時，這樣寫道：「四海所繫望者，東序為元晦，西序惟公與子師耳。」〔註3〕「元晦」為朱熹字，「公」自然是辛棄疾，「子師」指韓彥古，名將韓世忠之子，時任兵部侍郎，也是當時公認的一員將才。辛棄疾確實是當時難得的一個將才，不光陳亮這樣認為，當時許多人都持相同看法。

　　隆興、乾道年間，國家生機勃勃，辛棄疾也是躊躇滿志，「征衫便好去朝

〔註1〕　（宋）洪邁《稼軒記》，（宋）祝穆《古今事文類聚》前集卷三六，文淵閣《四
　　　　庫全書》本。
〔註2〕　《陳亮集》（增訂本）卷一〇，第114頁。
〔註3〕　《陳亮集》（增訂本）卷二九，第381頁。

天，玉殿正思賢。想夜半承明，留教視草，卻遣籌邊。」（《木蘭花慢》），上《十論》、進《九議》，於國家恢復宵衣旰食殫精竭慮，自己也是逐步登上高位獲得重用，「入登九卿，出節使二道，四立連率幕府」〔註4〕。但隨著淳熙年間國家的沉悶保守、諱言戰事，執著一己信念的辛棄疾和整個「國是」形成一種對立，自己是備受壓抑多遭摧折。對這樣一個奇人偉材，在孝宗時代的遭遇，很多人都爲他抱以深深的遺憾之情。洪邁即言辛棄疾：「使遭事會之來，挈中原還職方氏，彼周公謹、謝安石事業，侯固饒爲之。」〔註5〕隆興、乾道年間的孝宗振作有爲，「公忠自許」的辛棄疾也是最爲精神奮發的年代，「上方爲克復神州之圖，公雅有誓清中原之志」〔註6〕，君臣二人竟然沒有遇合的機緣，這也導致後人的深深喟歎和惋惜。

「可惜流年，憂愁風雨，樹猶如此？倩何人喚取，紅巾翠袖，搵英雄淚」（《水龍吟》），辛棄疾命運實在讓人滿懷同情。「詩有史，詞亦有史」〔註7〕，「感慨所寄，不過盛衰。或綢繆未雨，或太息厝薪，或己溺己饑，或獨清獨醒，隨其人之性情、學問、境地，莫不有由衷之言。」〔註8〕辛詞「率多撫時感事之作」〔註9〕，俯仰時代的辛棄疾，其文學作品和現實存在著千絲萬縷關係。研究辛棄疾孝宗朝出處進退、心路歷程，探討其悲劇緣由，對更深入理解辛棄疾其人、其詞，都極有裨益。

一、歸正之人

「壯歲旌旗擁萬夫，錦襜突騎渡江初」（《鷓鴣天》），這是辛棄疾終身引以爲豪的早年歲月，雖然因爲張安國殺害耿京，二十萬義軍土崩瓦解，但在親手活捉張安國之後，緊隨辛棄疾南渡的義軍仍有萬人之眾，只是讓辛棄疾始料未及的是，他一腔忠義回到宋廷，剛被朝廷冊封的天平軍掌書記旋即就被撤消，被分配作江陰軍簽判，一個沒有多少意義的文官佐僚。手下的萬人軍隊處境就更加悲慘了，據鄧廣銘研究，這些人被南宋政府作了這樣安排，「讓他們分別聚居在淮南地區去吃救濟糧，而這救濟糧卻又只以半年爲期，

〔註4〕　《陳亮集》（增訂本）卷二九，第381頁。
〔註5〕　（宋）洪邁《稼軒記》，《古今事文類聚》前集卷三六。
〔註6〕　（宋）劉宰《漫塘集》卷一四，文淵閣《四庫全書》本。
〔註7〕　（清）周濟《介存齋論詞雜著》，《詞話叢編》，第1630頁。
〔註8〕　《介存齋論詞雜著》，《詞話叢編》，第1630頁。
〔註9〕　（明）毛晉《稼軒詞跋》，《詞集序跋萃編》，第202頁。

半年之後呢？那就任其流浪散亡，個人自謀生路去了。」〔註10〕宋金對立，國家正用人之際，辛棄疾和他的那群義軍怎會受到這般不公正的待遇？只因為他們有個尷尬的稱呼——歸正人。

歸正人，又叫歸明人，據南宋趙升《朝野類要》載：「歸正，謂原係本朝州軍人，因陷蕃後來歸本朝。」〔註11〕對這樣一群由敵方陣營投奔過來的將士，宋廷一直存在著兩種截然不同的觀點：可用和不可用。

宋軍之不堪一擊，國家教訓沉痛，徐夢莘《三朝北盟會編·序》言金人進犯，寫道：「當其兩河長驅而來，使有以死捍敵；看城變議之日，使有以死拒命，尚可挫其兇焰，而折其奸鋒。惜乎杖節死義之士，僅有一二，而偷生嗜利之徒，雖近臣名士，俯首承順，惟恐其後，文吏武將，望風降走，比比皆是。」〔註12〕後來南宋能夠扭轉時局，據有半壁河山，和歸正人的建功立業有莫大關係，紹興三十二年（1162）張浚《論招納歸正人利害疏》即言：「國家自南渡以來，兵勢單弱，賴陝西及東北之人，不忘本朝，率眾歸附，以數萬計。臣自為御營參贊軍事，目所親見，後之良將精兵，往往當時歸正人也。三十餘年，捍禦力戰，國勢以安。」〔註13〕朱熹也有類似看法：「天下不可謂之無人才，如靖康建炎間，未論士大夫，只好盜賊中，是有多少人。宗澤在東京收拾得諸路豪傑甚多，力請車駕至京圖恢復。只緣汪、黃一力沮撓，後既無糧食供應，澤又死，遂散而為盜，非其本心。自是當時不曾收拾得也，致為飢寒所迫，以苟旦夕之命。後來諸將立功名者，往往皆是此時招降底人。」〔註14〕這些「招降底人」，即歸正人，從朱熹的話裏，頗有為歸正人鳴不平的意味。

由於歸正人來自佔領區，容易生變，通敵叛國也時有發生，北宋末的郭藥師就是一個典型例子，郭藥師由遼入宋，宋廷很是看重，賜其軍為「常勝軍」，委以重任，但後來卻叛變宋廷，投降金人。由於郭藥師對宋軍虛實瞭解一清二楚，對於金滅北宋，立下汗馬功勞。有了郭藥師這樣深重的教訓，南宋對歸正人是壓制大於使用，疑忌多於信任，朱熹雖然對歸正人多有同情，

〔註10〕 鄧廣銘《辛棄疾歸附南宋的初衷和奏進〈美芹十論〉的主旨》，《鄧廣銘治史叢稿》，第267頁。
〔註11〕 （宋）趙升《朝野類要》卷三，文淵閣《四庫全書》本。
〔註12〕 《三朝北盟會編》，第3頁。
〔註13〕 （明）揚士奇編《歷代名臣奏議》卷八八，上海古籍出版社，1989年。
〔註14〕 《朱子語類》卷一三○，第3135頁。

但同樣不乏貶抑，《朱子語類》載：「或問古今治亂者，先生言：『古今禍亂，必有病根。漢宦官后戚，唐藩鎮，皆病根也。今之病根，在歸正人。忽然放教他來，州縣如何奈得他何？』」〔註15〕將歸正人等同漢的宦官、唐的藩鎮，為禍慘烈，當然言過其實，但朱熹的話，也代表了當時士大夫很大一部分人的看法。

宋廷對歸正人的這種偏見和歧視，顯然有失公道，歸正人叛國，和宋廷不公正處置有很大關係。郭藥師叛宋，就和宋廷對歸正人的舉措失當緊密相關，當時有一個叫張覺的將領，本為遼人，先是降金，再歸附宋，後來金人索取，宋竟殺死張覺送交金人，令歸正人恐懼寒心到了極點，郭藥師即言：「若來索藥師，當奈何？」〔註16〕以致常勝軍人人自危軍心渙散，最後才投降金人。試想宋廷處置張覺得當，一視同仁，不做出這等窩囊事，郭藥師這些人也不一定真要叛逃。歸正人生有異心，更多在宋廷的處置失誤，他們一方面對外作戰需要這些能征慣戰的歸正人，另一方面懼怕生變又要竭力防範他們，這種矛盾的態度導致諸多舉措的不得人心。而這些不得人心的舉措，在南宋高宗主政時期，甚至有些變本加厲，《建炎以來繫年要錄》於宋高宗建炎二年（1128）有記：「時所在多囚禁歸朝官，有疑則加殘害，一郡戮至千百人。」〔註17〕如此舉動，只會讓歸正人士寒心至極。隆興二年（1164）胡銓上書孝宗就尖銳指謫高宗朝：「紹興之和，首議決不與歸正人，口血未乾，盡變前議，一切遣返。如程師回、趙良嗣等，聚族數百，幾為蕭牆之憂。」〔註18〕可見宋廷舉措之悖謬，待歸正人之不公。

胡銓希望在歸正人問題上孝宗能夠引以為戒，以免重蹈前朝覆轍，但這種對歸正人的矛盾態度，孝宗朝依然如故，符離戰後，宋金議和，金的條款之一，就是要求宋遣還歸正人，孝宗態度堅決，「四州地、歲幣可與，名分、歸正人不可從。」〔註19〕後來宋金簽訂和議，不發歸正人，孝宗還專門下詔撫恤：「憐彼此之無辜，約叛亡之不遣，可使歸正之士，咸起寧居之心。」〔註20〕另外他還發布這樣一份勉勵歸正軍民的詔書：「朕遣使約和，首尾三

〔註15〕 《朱子語類》卷一一〇，第2711頁。
〔註16〕 《宋史》卷四七二，第13737頁。
〔註17〕 《建炎以來繫年要錄》卷一六，第338頁。
〔註18〕 《續資治通鑒》卷一三八，第3686頁。
〔註19〕 《宋史・孝宗本紀》，《宋史》卷三三，第624頁。
〔註20〕 《宋史・孝宗本紀》，《宋史》卷三三，第630頁。

戰，北師好戰，要執不回。朕志在好生，寧甘屈己，書幣土地，一一曲從。唯念名將、貴臣，皆北方之豪傑，慕中國之仁義，投戈來歸；與夫東土人民，喜我樂土；知其設意，欲得甘心，斷之於中，決不見遣。爾等當思交兵釁隙，職此之由，視之如仇，共圖掃蕩。」〔註21〕孝宗對歸正人堅決不遣，也是看到了他們在抵抗金人戰爭中所能發揮的關鍵作用。

　　實際孝宗並沒有像他詔書所說，對歸正人給予充分信任，他的態度和前朝一樣，對歸正人帶有很多的控制性質。隆興元年（1163），孝宗甫一執政，大臣史浩就向他建言：「陳康伯欲納歸正人，臣恐他日必爲陛下子孫憂。」〔註22〕隆興二年（1164），孝宗欲安置歸正人營田，再次受到了大臣湯思退的阻撓：「歸正人未可用，諸軍不入隊，恐可以使。」〔註23〕可見朝中特別是主和派人物對歸正人根深蒂固的偏見。而在孝宗一朝，這種反對聲從來就沒有停歇過，乾道七年（1171），劉琪就批評孝宗：「外招歸正之人，內移禁衛之卒，規算未立，手足先露，其勢適足以速禍而致寇。」〔註24〕在這樣情勢之下，孝宗對歸正人的態度也變得游移不定起來，隆興二年（1164），他兩次下詔，對屬下將領招納歸正人給予嚴厲阻止，「壬寅，詔知光州皇甫倜毋招納歸正人。」〔註25〕「丙申，詔吳璘毋招納歸正人。」〔註26〕乾道七年（1171），「戒飭治邊諸軍，毋輒遣間諜，招納叛亡」〔註27〕。

　　國家對歸正人反覆無常多帶歧視的態度，作爲歸正人重要一員的辛棄疾感受至深，也深爲國家擔憂。乾道元年（1165）他上奏孝宗的《美芹十論》就多替歸正人鳴怨抱不平，認爲朝廷對待歸正軍民「常懷異心，群而聚之，慮復生變」〔註28〕的敵視態度，進而採取「縱之而不加制，玩之而不加勸」〔註29〕無可無不可的處置方式，於國家深爲不利。當前正是國家用人之際，如果採取這樣聽之任之來去自便不加存恤甚至打壓的政策，對國家十分有害。談到當時歸正人的不公正待遇，他說道：「且今歸正軍民散在江、淮，而

〔註21〕　《續資治通鑑》卷一三八，第3692頁。
〔註22〕　《續資治通鑑》卷一三八，第3666頁。
〔註23〕　《建炎以來繫年要錄》甲集卷一六，第349頁。
〔註24〕　《續資治通鑑》卷一四二，第3799頁。
〔註25〕　《宋史・孝宗本紀》，《宋史》卷三三，第626頁。
〔註26〕　《宋史・孝宗本紀》，《宋史》卷三三，第626頁。
〔註27〕　《續資治通鑑》卷一四二，第3836頁。
〔註28〕　《辛稼軒詩文箋注》，第37頁。
〔註29〕　《辛稼軒詩文箋注》，第46頁。

此方之人，例以異壤視之。不幸而主將亦以其歸正，則求自釋於廟堂，又痛事行跡，愈不加恤。間有挾不平，出怨語，重典已縶其足矣。所謂小名目者，仰俸給爲活，胥吏阻抑，何嘗以時得？嗚呼，此誠可憫也，誠非朝廷所以懷誘中原忠義之術也。」〔註30〕他認爲「歸正軍民，或激於忠義，或迫於虐政，故相板來歸，其心誠有所慕也」〔註31〕，但朝廷對於這些心慕南宋的忠義之士，處置卻相當不公，「前此陛下嘗許以不遣矣，自去年以來，虜人間以文牒請索，朝廷亦時有曲從。」〔註32〕可見宋廷對歸正人處置的前後齟齬。辛棄疾認爲遣發之人，裏面固然有些僞通敵國的害群之馬，即「若俗所謂泗州王等輩，既行之後，得之道路，皆言陰通僞地，教其親戚訴諸虜廷，移牒來請，此必其心有所不樂於朝廷者。」〔註33〕對他們「舉發以歸之，固不足恤」〔註34〕。但對廣大忠心爲國的歸正軍民，國家確應該公正對待才行，「臣願陛下廣含弘之量，開言事之路，許之陳說利害，官其可採，以收拾江南之士。明詔有司，時散俸廩，以優恤歸明歸正之人。外而敕州縣吏，使之蠲除科斂，平亭獄訟，以紓其逃死蓄憤，無所申訴之心。」〔註35〕

　　從辛棄疾這裡懇切爲歸正軍民爭取公正待遇的話裏，更多見出宋廷對歸正人所持偏見。

　　辛棄疾對那些和他一道南下的歸正軍民是有深厚感情的，他一方面替國家著想，一方面從歸正人個人生計出發，苦心規勸當政者施行寓兵於農的「屯田」之法。有宋一代，冗兵最多，軍隊浩大，卻不堪一戰，「市井無賴小人，惟其懶而不事事，而迫於飢寒，固甘捐軀於軍伍，以就衣食而苟閒縱，一旦緊急，擐甲操戈以當矢石，其心固憮然自分曰：『向者吾無事而幸飽暖於官，今焉官有事而責死力於我？』」〔註36〕宋軍之不堪戰，和這些好逸惡勞游手好閒之徒充斥軍隊大有關係。辛棄疾寓兵於農的屯田法是解決這一問題的較好方式，一方面讓他們有安定的生活，另一方面又能使他們保持旺盛戰鬥力，他言道：「不如籍歸正軍民，甃爲保伍，擇歸正不甃務官，擢爲長貳。使

〔註30〕　《辛稼軒詩文箋注》，第37頁。
〔註31〕　《辛稼軒詩文箋注》，第46頁。
〔註32〕　《辛稼軒詩文箋注》，第46頁。
〔註33〕　《辛稼軒詩文箋注》，第46頁。
〔註34〕　《辛稼軒詩文箋注》，第46頁。
〔註35〕　《辛稼軒詩文箋注》，第46頁。
〔註36〕　《辛稼軒詩文箋注》，第35～36頁。

之專董其事。且彼自虜中被簽而來，耒耜之事，蓋所素習。且其生同鄉井，其情相得，上令下從，不至生事。惟官爲之計其閒田頃畝之數，與夫歸正軍民之目，土人已占之田，不更動搖，以重驚擾。歸正之人，家給百畝，而分爲二等：爲之兵者，田之所收，盡以予之；爲之民者，十分稅一，則以爲凶荒賑濟之儲。室廬、器具、糧種之法，一切遵舊，使得植桑麻，畜雞豚，以爲歲時伏臘婚嫁之資。彼必忘其流徙，便於生養。無事則長貳爲勸農之官，有事則長貳爲主兵之將。許其理爲資考，久於其任，使得悉心於教勸。而委守臣、監司覈其勞績，奏與遷秩而不限舉主，人孰不更相勸勉以赴功名之會哉？」〔註37〕又言：「今之留者既少安矣，更爲屯田以處之，則人有常產而上無重斂，彼何苦叛去以甘虜人橫暴之誅求哉？若又曰『恐其竊發』，且人惟不自聊賴，乃攘奪以苟生，誠豐飫矣，何苦如是？饑者易爲食，必不然也。誠使果爾，疏而遠之於江外，不猶愈於聚乎內而重驚擾乎？」〔註38〕

　　辛棄疾這裡喋喋不休替歸正軍民鳴不平，希望國家妥善安置，給歸正軍民以公正的待遇和生活的保障，從而讓他們盡心盡力爲國效力，但以辛棄疾當時建康府通判這樣的小官，要改變朝中歷年來從皇帝到大臣根深蒂固的觀念，可謂難上加難。特別辛棄疾自身也是歸正人之一員，在對待歸正軍民問題上更是敏感十分，他在建議讓歸正軍民聚爲屯田的同時，又提出應當讓那些出自「農桑生業之徒」的「州郡之卒」，一同屯田，這樣對歸正軍人也能起到某些鉗制作用，並言：「若夫州郡之卒異於是，彼非天子爪牙之故，可以勞之而不怨，而其大半出於農桑失業之徒，故狎於野而不怨。往年嘗獵其丁壯勁勇者爲一軍矣。臣以謂可輩徙此軍，視歸正軍民之數，倍而發之，使阡陌相連，廬舍相望，並耕乎兩淮之間。彼其名素賤，必不敢倨視歸正軍民而媒怨；而歸正軍民視之，猶江南之兵也，亦必有所忌而不敢逞。勢足以禁歸正軍民之變，力足以盡屯田之利，計有出於此者乎？」〔註39〕對那些已經得到宋廷待遇，依然裏通金國的歸正人，辛棄疾提出：「其歸正軍民，或有再索而猶言願行者，此必陰通僞地，情不可測，朝廷既無負於此輩，而猶反覆若是，陛下赫然誅其一二，亦可以絕其奸望。」〔註40〕並沒有因爲自己出身歸正人，就一味偏袒只爲歸正人爭取利益，而是站在一種不偏不倚的中間立場，由此

〔註37〕 《辛稼軒詩文箋注》，第36～37頁。
〔註38〕 《辛稼軒詩文箋注》，第37頁。
〔註39〕 《辛稼軒詩文箋注》，第37～38頁。
〔註40〕 《辛稼軒詩文箋注》，第46頁。

可見，辛棄疾在歸正人問題上持有的小心翼翼甚至有些誠惶誠恐的心理。

梁啓超言辛棄疾：「蓋歸正北人，驟躋通顯，已不爲南士所喜。」〔註41〕在這樣的氛圍當中，作爲歸正人的辛棄疾，其個人處境其實是相當不安的，在論及歸正軍人處置的《美芹十論・防微》，文章最後是這樣一段話：

> 臣聞之，魯公甫文伯死，有婦人自殺於房者二人，其母聞之不哭，曰：「孔子，賢人也。逐於魯而是人不隨，今死而婦人爲自殺，是必於其長者薄，於其婦人厚。」議者曰：「從母之言，則是爲賢母；從妻之言，則不免爲妒妻。」今臣之論歸正歸明軍民，誠恐不悅臣之說者，以臣爲妒妻也。惟陛下深察之。〔註42〕

對上邊話語，鄧廣銘給予了充分注意，他言道：「然而回顧自己，卻也是被人認作歸正歸明人群中之一員的，並因此而不能受到南宋政府的倚重，故不能不於此發出這樣的慨歎。我以爲，辛稼軒在此後雖也『屢膺閫寄』，但終還不能說他在宦途中已經得遂所願。如果想探索此事的最深層的原因，那似乎只有從《防微》篇中這幾句傷心話才可求得的。」〔註43〕對辛棄疾爲何在南宋鬱鬱不得其志的失落，可謂揭示出了內在的深層原因。

二、南北分歧

辛棄疾《新居上梁文》有句頗爲自得的話語「家本秦人眞將種」〔註44〕，據後人考證，辛家是由始祖辛維葉由隴西狄道遷往濟南，狄道，乃秦時故地，所以辛棄疾自稱「秦人」。《漢書・辛慶忌傳》載：「秦漢以來，山東出相，山西出將。……狄道辛武賢、慶忌，皆以勇武顯聞。」〔註45〕祖上英勇，自己也曾運籌帷幄，並有出入萬人軍中活捉敵酋間關南歸的英雄壯舉，辛棄疾是不負「北方眞將種」的。這一點也得到了後人充分肯定，劉克莊《稼軒集序》言：「其間北方驍勇自拔而歸，如李侯顯忠、魏侯勝，士大夫如王公仲衡，辛公幼安，皆著節本朝，爲名卿將。」〔註46〕

〔註41〕 梁啓超《辛稼軒先生年譜》，《梁啓超全集》，北京出版社，1999 年，第 5170 頁。
〔註42〕 《辛稼軒詩文箋注》，第 47 頁。
〔註43〕 鄧廣銘《辛棄疾歸附南宋的初衷和奏進〈美芹十論〉的主旨》，《鄧廣銘治史叢稿》，第 278 頁。
〔註44〕 《辛稼軒詩文箋注》，第 103 頁。
〔註45〕 《漢書》卷六九，第 2998 頁。
〔註46〕 《後村先生大全集》卷九八。

辛棄疾這種引以為傲的北方將種心情，在南宋政府卻是不可能受到青睞，甚至因此還可能招致排斥和打擊，這和當時存在的南北之爭有很大關係。

宋室南渡，天限南北，更可怕的是人心畫地為牢，自設藩籬。南宋重南輕北之風，自高宗一朝即開始形成，後來更成為一種普遍風氣。高宗即位伊始，為抵抗金人，保住帝位，也曾「募河東、河北忠義之能保有一方，或力戰破賊者，授以節鉞，餘賞有差。」〔註47〕並口口聲聲宣稱：「如女眞、渤海、契丹、漢兒，應諸國人能歸順本朝，共官爵賞賜，並與中國人一般，更不分別。」〔註48〕其實高宗看重的只是北方軍士的作戰能力。高宗急於求和，一日不和，坐臥不寧，秦檜由金入宋，高宗如獲至寶，認為和議很快達成。紹興二年（1132），秦檜向高宗拈出了「聳動天下」的一策，自以為能夠帶來萬世太平，即「南人歸南，北人歸北」〔註49〕，視南北為毫不相干的兩個區域。這種徹頭徹尾的投降主義，遭到了朝野上下的一致反對，高宗迫於輿論壓力，也貶斥秦檜「朕北人，將安歸？」〔註50〕並罷免了秦檜。但隨著後來投降心理的驅動，和議的成功，秦檜是步步得勢，在他走上權力頂峰的時候，國家一切政策出乎其手，而他的「南人歸南，北人歸北」的賣國政策也再次抬頭，並成為國家的主導。為秦檜所用多為南方士人，而北方士人多遭貶斥，南人成了一個國家政權的主宰，北人則逐漸遠離了政治中心。這種自劃畛域鄙棄北人的做法，後來也得到了高宗的首肯和支持，《建炎以來繫年要錄》載：「紹興十八年八月癸丑，簽書樞密院事詹坊進呈。上顧謂秦檜曰：『此卿之功也，朕記卿初自金歸，嘗對朕言，如欲天下無事，須是南自南，北自北，遂首建講和之議。朕心固已叛然，而梗於公論，久而方決。今南北罷兵六年矣，天下無事，果如卿言。』」〔註51〕由此可見，高宗是和盤接受了秦檜「南人歸南，北人歸北」的投降政策，並在後來得到了全面執行。紹興七年（1137），韓肖冑上書高宗：「江北士民流離失職，江南士民多忌且惡之，若無所容者。」〔註52〕可見風氣之壞。這種投降政策在高宗一

〔註47〕　《三朝北盟會編》卷一〇八，第 791 頁。
〔註48〕　《三朝北盟會編》卷二三二，第 1668 頁。
〔註49〕　《宋史》卷四七三，第 13751 頁。
〔註50〕　《宋史》卷四七三，第 13751 頁。
〔註51〕　《建炎以來繫年要錄》卷一五八，第 2564 頁。
〔註52〕　《三朝北盟會編》卷一七六，第 1272 頁。

朝一旦形成風氣，也波及到高宗以後的執政者。再加上朝中大臣普遍持一種投降論調，以爲「南北之勢已成，未易相兼，我之不可絕淮而北，猶敵之不可越江而南」〔註53〕。這一論調，早已忘懷了北方故土，自然把對北人的打壓，視爲一種當然。這群人甚至遍植黨羽，形成所謂朋黨，對北方士人打壓抑止，洶洶不已。

宋廷這種自設界限的舉動，對國家多難急需人才的南宋政府來說，極爲有害。特別是北方將才眾多，於國家穩定更是起到了中流砥柱的作用，趙翼《宋南渡諸將皆北人》一篇，專門列舉了北方將領對安定南宋的巨大功績：

> 宋南渡諸將，立功雖在江南，而其人皆北人也。張俊，鳳翔府成紀人。韓世忠、張宗顏，皆延安人。岳飛，湯陰人。劉光世，保安軍人。劉錡，德順軍人。吳玠、吳璘、郭浩，皆德順軍隴干人。楊存中，代州崞縣人。王德，通遠軍熟羊砦人。王彥，上黨人。楊政，原州臨涇人。牛皐，汝州魯山人。曲端，鎮戎人。成閔，邢州人。解元，保安軍德清砦人。王淵，熙河人。趙密，太原清河人。李寶，河北人。魏勝，宿遷人。王友直，博州高平人。李顯忠，綏德軍青澗人。統計諸名將，無一非出自山陝者，是南宋之偏安，猶是北宋之餘力也。其他不甚著名而守城抗節者，亦多係北人。如守建寧死者楊震，代州崞人。守隆德府死者張確，邠州宜祿人。守震武死者朱昭，府谷人。守代州死者史抗，濟源人。守永興死者郭忠孝，河南人。其后德祐國亡時，能戰之將尤推張世傑，世傑亦范陽人，從張柔戍杞有罪奔宋者。〔註54〕

北方人，尤其是北方軍人，對國家起到如此巨大作用，南宋政府卻對之抱一種歧視態度，這樣的固步自封，於國家振興顯然極爲有害，深受孝宗重用的張浚，雖出自南方，卻深知國家的安定繫於北方的英雄豪傑，紹興三十二年（1162），金人南侵，張浚看準時機，向高宗反覆建言：「軍籍日益凋寡，補集將士，必資西北之人，能戰忍苦，方爲可仗。」〔註55〕「兩淮之人，素稱強力，而淮北義兵，尤爲忠勁，困於敵人，荼毒已甚，仇敵欲報之心，未嘗一日忘也。」〔註56〕孝宗即位，頗有作爲，張浚受到重用，更是將大量北

〔註53〕 《續資治通鑑》卷一三八，第 3676 頁。
〔註54〕 《廿二史札記校注》卷二六，第 569 頁。
〔註55〕 《續資治通鑑》卷一三八，第 3681 頁。
〔註56〕 《續資治通鑑》卷一三八，第 3681 頁。

方豪傑義士納入軍中。隆興二年（1164），張浚「招徠山東、淮北忠義之士，以實建康、鎮江兩軍，凡萬二千人。」〔註 57〕張浚的積極政策也收到了良好效果，「淮北來歸者日不絕」〔註 58〕。

　　張浚這種爲國家安危一反常規大量招徠北方將士的做法，卻遭到了朝中主和人士的激烈反對，《建炎以來朝野雜記》載：「孝宗初受禪，起張魏公爲江淮宣撫使，上委以經略北事。魏公欲命李顯忠、邵宏淵引兵進取，而史魯公以宮僚位執政，謂強弱不敵，未可進也，數從中止之。魏公及陳魯公皆主招納東北人，史公尤以爲不可。」〔註 59〕

　　史浩阻礙張浚招納北方豪傑，其實也是當時朝廷的一種普遍風氣，這種風氣，隨著隆興北伐的失敗，志氣消磨，主和派大占上風，重南輕北再次蔓延開來。眼光長遠胸懷博大的士人都意識到這一問題的嚴重性，陳亮淳熙四年（1178）《上孝宗皇帝第一書》就對朝廷當時所用之人，作了尖銳批評：「公卿將相大抵多江、浙、閩、蜀之人，而人才亦日以凡下。」〔註 60〕又言：「用東南習安之眾以行進取，則非其人。」〔註 61〕陸游也意識到國家這種抑止北人的可怕現象，上書孝宗的《上殿箚子》言道：「且吳、蜀、閩、楚之俗，其渾厚勁樸，固已不及中原矣。若夫日趨於拘窘怯薄之域，臣實懼國勢之浸弱也。」〔註 62〕在《論選用西北士大夫箚子》也無限懇切言道：「臣伏聞天聖以前，選用人才，多取北人，寇準持之尤力，故南方士大夫沉抑者多。仁宗皇帝照知其弊，公聽並觀，兼收博採，無南北之異。於是范仲淹起於吳、歐陽修起於楚、蔡襄起於閩、杜衍起於會稽、余靖起於嶺南，皆爲一時名臣，號稱聖宋得人之盛。至紹聖、崇寧間，取南人更多，而北方士大夫復有沉抑之歎。陳瓘獨見其弊，昌言於朝曰：『重南輕北，分裂有萌。』嗚呼，瓘之言，天下之至言也。臣伏睹方今，雖中原未復，然往者衣冠南渡，蓋亦眾矣。其間豈無抱才術蘊器識者，而班列之間，北人鮮少，甚非示天下以廣之道也。欲望聖慈命大臣近臣各舉趙、魏、齊、魯、秦、晉之遺才，以漸試用，拔其尤者而任之。庶上遵仁祖用人之法，下慰遺民思歸之心。其於國家，必將有

〔註 57〕　《續資治通鑒》卷一三八，第 3681 頁。
〔註 58〕　《續資治通鑒》卷一三八，第 3681 頁。
〔註 59〕　《建炎以來朝野雜記》甲集卷五，第 126 頁。
〔註 60〕　《陳亮集》（增訂本）卷一，第 7 頁。
〔註 61〕　《陳亮集》（增訂本）卷一，第 11 頁。
〔註 62〕　《陸游集・渭南文集》卷五，第 2003 頁。

賴。」〔註63〕陸游誠懇告誡「重南輕北，分裂有萌」，希望國家「公聽並觀，兼收博採，無南北之異」，但傳統的力量是頑固的，朝中一切並無多少改觀。淳熙十六年（1189）孝宗退位，陸游時在臨安，於當時朝中大臣，深有感懷，寫道「舊人零落北音少」〔註64〕，筆底多少痛惜之意。另外在《歲暮感懷》一詩，寫道：「在昔祖宗時，風俗極粹美。人才兼南北，議論忘彼此。誰令各植黨，更僕而迭起。中更夷狄禍，此風猶未已。臣不難負君，生者固賣死。倘築太平基，請自厚俗始。」〔註65〕對朝中形成黨羽打壓北人，更是無限沉痛了。

　　辛棄疾，作為這種風氣之下生活的一個北方士人，其切身的全部體驗，內心的萬端感慨，當比陳亮、陸游這些人的議論，更加有切膚之痛才對。乾道四年（1168），他上書虞允文的《九議》，開篇就希望朝廷「延訪豪傑，無問南北」〔註66〕，最後一篇又專門寫道：「事有甚微而可以害成事者，不可不知也。朝廷歸恢遠略，求西北之士，謀西北之事。西北之士固未用事也，東南之士必有悻然不樂者矣。緩急則南北之士必大相為鬥。」〔註67〕可見由於當時南北歧視所造成的南北之士的嚴重對立，辛棄疾又言：「某欲望朝廷思有以和輯其心者，使之合志並力，協濟事功，則天下幸甚。」〔註68〕但要排除這種根深蒂固的尊南抑北及南北相爭之風，只是辛棄疾個人的一廂情願而已。

　　《宋史·辛棄疾傳》言辛棄疾為何自號「稼軒」，寫道：「（辛棄疾）嘗謂：『人生在勤，當以力田為先。北方之人，養生之具不求於人，是以無甚富甚貧之家。南方之人多末作以病農，而兼併之患興，貧富斯不侔矣。』故以『稼』名軒。」〔註69〕從這有些自傲的話語裏，也見出辛棄疾和當時朝中廣大南方官員戛戛不相入的性情作風。

三、士風相左

　　「自古士風之變，繫國家長短存亡」〔註70〕，可見士人風氣對一個國家

〔註63〕　《陸游集·渭南文集》卷三，第 1994 頁。
〔註64〕　陸游《行在春晚有懷故隱》，《陸游集·劍南詩稿》卷二一，第 600 頁。
〔註65〕　《陸游集·劍南詩稿》卷二一，第 833 頁。
〔註66〕　《辛稼軒詩文箋注》，第 71 頁。
〔註67〕　《辛稼軒詩文箋注》，第 91 頁。
〔註68〕　《辛稼軒詩文箋注》，第 91 頁。
〔註69〕　《宋史·辛棄疾傳》，《宋史》卷四○一，第 12165 頁。
〔註70〕　《歸潛志》卷一三，第 143 頁。

所起至關重要之作用。辛棄疾上書孝宗《美芹十論‧自治》言：「臣願陛下酌古以御今，毋惑於紛紜之論，則恢復之功，可必其有成。」〔註71〕這裡的「紛紜之論」，即指當時士大夫普遍的議論和趨向。辛棄疾後來在上書虞允文的《九議》對此有較爲詳盡的闡述：「戰者，天下之危事；恢復，國家之大功，而江左所未嘗有也。持天下之危事，求未嘗有之大功，此縉紳之論，黨同伐異，一唱群和，以爲不可者歟？於是乎『爲國生事』之說起焉，『孤注一擲』之喻出焉，曰『吾愛君，吾不爲利』，曰『守成、創業不同，帝王、匹夫異事。』天下未嘗戰也，彼之說大勝矣；使天下果戰，戰而又少負焉，則天下之事將一歸乎彼之說，謀者逐，勇者廢，天下又將以兵爲諱矣。」〔註72〕從這裡可見當朝士大夫主和聲音的甚囂塵上，就整個南宋而言，其偏安局面自始即建立在「和議」的基礎上，朝廷上下龐大的官僚群體自然也成了「和」的擁護者。辛棄疾志氣難伸、功業不展，和當時士大夫的這種論調有相當關係。

這些同和議結下不解之緣的官僚，不光自己不思振作，而且還阻礙他人進取，「靖康中，大臣言邊事者爲四說，李伯紀欲戰，何文縝欲守，李士美、吳元中欲和，白蒙亨、唐欽叟欲去。建炎、紹興間，大臣言邊事者亦爲四說：李伯紀、張德遠欲戰，范覺民、趙元鎮欲守，黃懋和、汪廷俊、秦會之欲和，呂元直、朱藏一欲去。始，上之在南都也，河東、北軍民猶爲朝廷固守其地，故李伯紀遣張所招撫河北，而傅亮經制河東，然皆未及渡河，而伯紀去位。汪、黃共政，因以河爲守焉。己酉南渡，遂不能守河。既建僞齊，猶以淮北爲界。其後秦會之與兀朮分畫，又棄海、泗、唐、鄧、和尚原、方山，及商、秦之半。紹興末復取之，至隆興又棄。時執政大臣張魏公獨主戰，陳魯公、湯慶公、史郡王皆主和，故和議遂定。」〔註73〕可見主戰人士在南宋開國以來就處於的一種孤立無援的地步，當「和」成了國家最高指導原則之後，在這一「國是」下，士人們更是削減了陽剛，加重了陰弱。

李清照南渡之初，痛憤於當朝士大夫偏安江南、忘懷故土，不以家國蒼生爲念，寫下了「南渡衣冠欠王導，北來消息少劉琨」〔註74〕的詩句，此詩寫於宋高宗建炎三年（1129），當時正值宗澤已死，李綱罷免，主和派人物汪

〔註71〕《辛稼軒詩文箋注》，第28頁。
〔註72〕《辛稼軒詩文箋注》，第69頁。
〔註73〕《建炎以來朝野雜記》甲集卷一九，第448頁。
〔註74〕《李清照集箋注》卷二，第256頁。

伯彥、黃潛善為相之時，可見李清照對這些無能士大夫之不滿。後來秦檜主政，專喜用「柔佞易制之人」，使得軟媚士風完全佔據了朝廷主流。高宗朝形成的這股士風，延及整個南宋，也並無多少改觀，陸游《追感往事》即寫道：「諸公可歎善謀生，當時誤國豈一秦？不望夷吾出江左，新亭對泣亦無人。」〔註75〕《夜歸偶懷故人獨孤景略》寫道：「劉琨死後無奇士，獨聽荒雞淚滿衣。」〔註76〕從這頗為傷情的語氣裏，對當時士風更有一種深深的無奈。於當時的士風，馬積高言道：「宋代士大夫有一種怯外懼外的普遍心理，視邊事為畏途，不敢正視，更缺乏遠略。」〔註77〕又言：「宋人有一種特別的邏輯，就是急功近利的都叫『小人』，反之則是『正人』；凡有為叫『生事』，反之叫『老成持重』。」〔註78〕習性如此，加上「祖宗家法」的作怪，許多官員苟安祿位，不關國事。更嚴重的是，他們自己無所事事，也不許旁人做事，一旦發現了「趨事赴功」之人，必定想盡辦法將其排擠出去，這種風氣到了孝宗即位後，依然沒有改變跡象。

對這樣一群人物，錢鍾書先生有一段精闢論述，言他們「巧宦曲學，媚世苟合，事不究是非，從之若流；言無論當否，應之如響；阿旨取容，希風承窾。」〔註79〕在這樣的士風之下，一個急於事功的人，要想積極進取、建功立業，無疑如逆水行舟，備感艱難。

南宋主戰人物李綱有言：「夫用兵之與士風，似不相及，而實相為表裏。」〔註80〕實有相當道理，孝宗初年對金作戰，導致符離戰敗，就和當朝士大夫普遍不合作有關，張浚檢討戰爭失敗，進奏孝宗，就談到了自己被廣大士人的排擠孤立：「今臣以孤蹤，動輒掣肘，陛下將安用之？」〔註81〕後來王十朋也曾上書替張浚鳴不平：「今浚遣將取二縣，一月三捷，皆服陛下任浚之準。及王師一不利，橫議蜂起。」〔註82〕正指出士大夫的普遍畏敵與懦弱，以及對有所作為大臣的打擊。張浚作戰失敗，貶出朝廷，朝中主和派大占上風。張浚於朝中士風深感不安，上書孝宗道：「自秦檜主和，陰懷他志，卒成前年

〔註75〕《陸游集・劍南詩稿》卷四五，第1136頁。
〔註76〕《陸游集・劍南詩稿》卷二八，第617頁。
〔註77〕馬積高《宋明理學與文學》，湖南師範大學出版社，1989年，第17頁。
〔註78〕《宋明理學與文學》，第19頁。
〔註79〕錢鍾書《管錐編》，中華書局，1979年，第922頁。
〔註80〕《宋史・李綱傳》，《宋史》卷三五九，第8951頁。
〔註81〕《續資治通鑒》卷一三八，第3670頁。
〔註82〕《續資治通鑒》卷一三八，第3671頁。

之禍。檜之大罪未正於朝，致使其黨復出為惡。臣聞立大事者，以人心為本。今內外之議未決，而遣使之詔已下，失中原將士四海傾慕之心，他日誰復為陛下用命哉？」〔註83〕

欲有作為的孝宗，在這般士風之下，顯然難以圖事，執政期間，他屢屢下詔，對當朝士風予以嚴厲糾正。乾道六年（1170）他下詔言道：「朕嗣承大業，所賴薦紳大夫，明憲度，總方略，率作興事，以規恢遠圖。屬者訓告在位，申飭檢押，使各崇尚名節，恪守官常，而百執事之間，玩歲愒日，苟且之俗猶在，誕謾之習尚滋。便文自營以為智，模棱不決以為能。以拱默為忠純，以謬悠為寬厚，降虛名以相尚，務空談以相高。見趨事赴功之人，則舞筆奮辭以阻之；遇矯情沽譽之士，則合縱締交以附之。甚者責之事則自偷，激之言則氣索，曾微特立獨行之操，安得仗節死義之風？豈廉恥道喪之日久，而漫漶所入者深歟？」〔註84〕淳熙二年（1175）孝宗與宰相葉衡言道：「近來士大夫好唱為清議之說，此語一出，恐相師成風，便以趨事赴功者為猥俗，以矯激沽譽者為清高。駸駸不已，如東漢激成黨錮之風，殆皆由此，深害治體，豈不可戒。」〔註85〕淳熙四年（1177）又與大臣王淮言道：「今士大夫微有西晉風，豈知《周禮》與《易》言理財，周公、孔子未嘗不以理財為務。且不獨此，士大夫諱言恢復，不知其家有田百畝，內五十畝為人所據，亦投牒理索否？士大夫於家事則知之，至於國事則諱言之，何哉？」〔註86〕可見當時士大夫普遍不恤國事無所作為的官場作風。

但要改變這一風氣可謂無比艱難，終孝宗一朝，當朝士風並無多大改觀，陳亮《與章德茂侍郎書》言：「主上有北向爭天下之志，而群臣不足以望清光。使此恨磊塊而未釋，庸非天下士之恥乎？世之知此恥者少矣。」〔註87〕他在乾道五年（1169）上書孝宗的《中興五論》言：「今陛下慨念國家之恥，勵復仇之志，夙夜為謀，相時伺隙。而群臣邈焉不知所急，毛舉細事以亂大謀。甚者僥倖苟且，習以成風。陛下數降詔以切責之，厲天威以臨之，而養安如故，無趨事赴功之念，復仇報恥之心。」〔註88〕《戊申再上孝宗皇帝書》

〔註83〕 《續資治通鑑》卷一三八，第3677頁。
〔註84〕 《續資治通鑑》卷一四一，第3775～3776頁。
〔註85〕 《續資治通鑑》卷一四四，第3853頁。
〔註86〕 《續資治通鑑》卷一四五，第3883頁。
〔註87〕 《陳亮集》（增訂本）卷二七，第314頁。
〔註88〕 《陳亮集》（增訂本）卷二，第29頁。

再次對當朝士風進行抨擊：「才者以跅弛而棄，不才者以平穩而用；正言以迂闊而廢，巽言以軟美而入；奇論指為橫議，庸論謂有典則。」〔註89〕葉適《上孝宗皇帝箚子》則言：「公卿士夫私竊告語，咸以今日之事勢，舉無可為者。姑以美衣甘食，老身長子自足而已。」〔註90〕並說當朝士人「廉恥日閣，名實日喪，風俗日壞而不可救」〔註91〕。孝宗欲改變士風，群臣依然故我巋然不動，完全是一副有恃無恐模樣，只因為群臣這一行為已經成為一種習慣，加上高宗的幕後支持，就是連孝宗後來也不得不順應這一潮流，並且越到晚年，越是老成保守，完全貼合了這一風氣，所用多是左右心腹便嬖近臣。朱熹對孝宗晚年所用文臣武將，有過嚴厲指謫：「至於左右便嬖之私，恩遇過當，往者淵、覿、說、抃之流，勢焰薰灼，傾動一時，今已無可言矣。獨前日臣所開陳者，雖蒙聖恩，委曲開譬，然臣竊以為此輩但當使之守門、使命、供掃除之役，不當假借崇長，使得送邪媚、作淫巧、立門庭、招權勢。臣竊聞之道路，自王抃既逐之後，諸將差除，多出此人之手。陛下雖竭生靈膏血以奉軍旅，而軍士顧乃未嘗得一溫飽，是皆將帥巧為名色，奪取衣糧，肆行貨賂於近習，以圖進用，出入禁闥。腹心之臣，外交將帥，其為欺蔽，以至於此。而陛下不悟，反寵昵之。使宰相不得議其制置之得失，給諫不得論其除授之是非。」〔註92〕朝中士大夫與世俯仰，少有節操，淳熙六年（1179），陳俊卿兩次面見孝宗，指出：「向來士大夫奔走覿、抃之門，十才一二，尚畏人知；今則公然趨附，十已八九。」〔註93〕這樣為正人君子所不齒之人佔據當道，並呈現壓倒之勢，國家怎麼能改變陳年陋習轉移一時風氣？淳熙十五年（1188），朱熹毫不留情對整個孝宗時期的士風給予了無情指責：「大率可為軟美之態，依阿之言，以不分是非不變曲直為得計，惟利之求，無復廉恥」。〔註94〕

「池魚豈足較沉浮，丘貉何曾異古今？」〔註95〕如此士風之下，國家所用人才如何，也就自不待言。朱熹有不少文字痛加針砭當時士大夫，「今世士

〔註89〕《陳亮集》（增訂本）卷一，第19頁。
〔註90〕《葉適集》卷一五，第835頁。
〔註91〕《葉適集》卷一五，第835頁。
〔註92〕《續資治通鑒》卷一五一，第4047頁。
〔註93〕《宋史》卷四七〇，第13691頁。
〔註94〕《續資治通鑒》卷一五一，第4048頁。
〔註95〕辛棄疾《和前人韻》，《辛稼軒詩文箋注》，第249頁。

大夫惟以苟且逐旋挨去爲事，挨得過時且過。上下相咻以勿生事，不要十分
明理會事，且恁鶻突。才理會得分明，便做官不得。有人少負能聲，及少經
挫折，卻悔其太惺惺了了；一切刓方爲圓，且恁隨俗苟且，自道是年高見識
長進。當官者，大小上下，以不見吏民，不治事爲得策，曲直在前，只不理
會。庶幾居不自來，以此爲止訟之道。民有冤抑，無處伸訴，只得忍遏。便
有訟者，半年周歲不見消息，不得了決，民亦只得休知，居官者遂以爲無訟
可聽。風俗如此，可畏可畏。」〔註96〕「如今士大夫，但所據我逐時恁地做，
也做得事業；說道學，說正心修身，都是閒話，我自不消得用此。若是一
人叉手並腳，便說是矯激，便說是邀名，做道是做崖岸。須是如市井底人拖
泥帶水，方始是通儒實才。」〔註97〕「今時文日趨於弱，日趨於巧，將士人
這些志氣都消削得盡。莫說以前，只是宣和末年三舍法才罷，學舍中無限好
人才，如胡邦衡之類，是甚麼樣氣魄，便做出那文字是甚豪壯。當時亦自煞
有人。及紹興南渡之初，亦自有人才。那時士大夫所做文字極粗，更無委曲
柔弱之態，所以亦兼養得氣宇。直看如今，秤斤注兩，作兩句破頭，如此是
多少衰氣。」〔註98〕「或曰：『今世士大夫不詭隨者，亦有五六人。』曰：『此
輩在向時，本是闒茸人，不比數底。但今則上面一項，眞個好人盡屏除了，
故這一輩稍稍能不變，便稱好人。其實班固九品之中，方是中下品人。若中
中以上，不復有矣。』」〔註99〕後來他再次說當時士人「而今個個都恁地衰，
無氣魄」〔註100〕。甚至無奈說道：「今人材舉業浸纖弱尖巧，恐是風氣漸薄使
然，好人或出於荒山中。」〔註101〕簡直是失望透頂。從朱熹這一系列無可奈
何的語氣裏，足見當時士風之低落萎靡。

　　「凡士大夫階級之轉移升降，往往與道德標準及社會風氣之變遷有關。」
〔註102〕辛棄疾急切爲國家建功立業，周遭卻是這般風氣，必然是勢單力孤備
受壓抑，要希望一展懷抱，怎麼可能？梁啓超言辛棄疾鬱鬱不得其志，也說
道：「先生以磊落英多之姿，好譚天下大略，又遇事負責任，與南朝士大夫泄

〔註96〕《朱子語類》卷一〇八，第 2686 頁。
〔註97〕《朱子語類》卷一〇八，第 2686～2687 頁。
〔註98〕《朱子語類》卷一〇九，第 2702 頁。
〔註99〕《朱子語類》卷一三二，第 3183 頁。
〔註100〕《朱子語類》卷一三二，第 3184 頁。
〔註101〕《朱子語類》卷一〇七，第 2685 頁。
〔註102〕陳寅恪《元白詩箋證稿》，上海古籍出版社，1978 年，第 82 頁。

沓柔靡風習，尤不相容。」〔註103〕確實是體察深刻之語。辛棄疾《美芹十論・久任》言：「獨患天下有恢復之理，而難爲恢復之言，蓋一人醒而九人醉，則醉者爲醒而醒者爲醉矣；十人愚而一人智，則智者爲愚而愚者爲智矣。不勝愚者之多，而智者之寡也。故天下有恢復之理，而難爲恢復之言。」〔註104〕語氣嚴厲，更見出辛棄疾的憤激之情。

「卻笑山東辛老子，年年堪受八風吹」〔註105〕，在這樣的情勢下，儘管「辛幼安之才，世不常有」〔註106〕，對辛棄疾爲何一生懷抱報國之志但卻最終志業不成，也就不足爲怪了。

四、高標個性

辛棄疾「中州雋人，抱忠仗義，章顯聞於南邦」，渡江之初，即有「壯聲英概，懦士爲之興起，聖天子一見三歎息」的英雄壯舉，如此的英豪之士，緣何在孝宗朝竟沒有完全抒發自己懷抱的時日？除了上面辛棄疾和時局對立的幾個原因以外，還和自己本身某些性格不爲時代所容有相當之關係。

辛棄疾性格，一是「輕銳」。鄧廣銘言辛棄疾「勇往直前，果決立斷」〔註107〕，與此接近。淳熙二年（1175），辛棄疾平定茶商軍，解決了南宋朝廷深爲頭痛的一件大事，正是自己聲望上升，仕途順暢之時，朝中重臣周必大卻在《敷文閣待制內殿對劄子》這份奏議言辛棄疾：「觀其爲人，頗似輕銳，亦須戒以持重。」〔註108〕周必大這裡說的「輕銳」，頗有急躁冒進之意，和當朝士大夫推崇的老成持重相反，深爲官場所不喜。《齊東野語》載：「孝宗初立，張魏公用事，獨以恢復之任，公當之無辭，朝廷莫敢違。魏公素輕銳，是時皆以必敗待之，特不敢言耳。乃辟查籥、馮方爲屬，此二人尤素輕銳，朝廷患之，遂以陳俊卿、唐文若參其軍事，蓋以二人厚重詳審故耳。」〔註109〕同時還言：「張魏公素輕銳好名，士之稍有虛名者，無不牢籠。」〔註110〕可見「輕銳」一詞，常被認爲是急於事功的表現，從而受到士大夫的攻擊。辛棄

〔註103〕 梁啓超《辛稼軒先生年譜》，《梁啓超全集》，第5170頁。
〔註104〕 《辛稼軒詩文箋注》，第92頁。
〔註105〕 辛棄疾《諸葛元亮見和復用韻答之》，《辛稼軒詩文箋注》，第240頁。
〔註106〕 （宋）黃榦《勉齋集》卷一一，《四部叢刊》本。
〔註107〕 《辛棄疾（稼軒）傳》，第54頁。
〔註108〕 （宋）周必大《周文忠公集》卷一三八，文淵閣《四庫全書》本。
〔註109〕 《齊東野語》卷二，第33頁。
〔註110〕 《齊東野語》卷二，第33頁。

疾功名心重，「了卻君王天下事，贏得身前身後名」(《破陣子》)，是他人生追求的一個寫照。這種毫不掩飾的筆墨，誠如吳世昌所言：「稼軒他真想做官，血管裏翻騰著的每一個白血球都想吞噬金兵，渾身每一個細胞都有奔出來的力量要和金人拼個你死我活。」〔註111〕但辛棄疾這種功名心的強烈流露，正是士大夫一力貶斥的「輕銳」，辛棄疾上書孝宗言道：「今日之事，朝廷一於持重以爲成謀。」〔註112〕自己好言兵，喜恢復，當然和這種「一於持重以爲成謀」相反，被目爲「輕銳」，列入打擊行列，自然在所難免。

　　辛棄疾還有一個方面性格，即「沈鷙有謀」。乾道六年（1170），辛棄疾被孝宗召對延和殿，上有《論阻江爲險須藉兩淮疏》，其中言道：「以臣愚見：當取淮之地而三分之，建爲三大鎮，擇沈鷙有謀，文武兼具之人，假以歲月，寬其繩墨以守之。」〔註113〕他後來在上虞允文的《九議》同樣提到：「擇沈鷙有謀、厚重不泄之人，付以沿邊州郡，假以歲月，安坐圖之，虜人之變，可立以待。」〔註114〕辛棄疾這裡說的要給沈鷙有謀之人，委以重任，其實也是間接在指自己。在上虞允文的《九議》說到對敵作戰方略，辛棄疾言道：「某聞其使人之來，皆曰：『南北之利莫如和。』某度之，必其兵未集而有是者；使之集，則使者健而言必勁矣。吾將驕彼，彼顧驕我，不探其情而爲之謀，某未知勝負之所在也，故上策莫如驕之：卑辭重幣，陽告之曰：『吾之請復陵寢也，將以免夫天下後世之議也。而上國實制其可否。上國不以爲可，其有辭於天下後世，顧兩國之盟猶昔也。』彼聞是言也，其召兵必緩，緩則吾應之以急，急則吾之志得矣。此之謂驕。傳檄天下，明告之曰：『前日吾之謂也，今之境內矣，期上國之必從也。今而不從，請絕歲幣以合戰。』彼聞是言也，其召兵必急，急則吾應之以緩，深溝高壘，曠日持久，按甲勿動，待其用度多而賦斂橫，法令急而盜賊起，然後起而圖之，是之謂勞。故披緩則我急，彼急則我緩，必勝之道也。兵法以詐立。」〔註115〕辛棄疾這裡通篇講的是「兵不厭詐」一法，以對付金人，也見出他沈鷙有謀之一面。這一性格另外從辛棄疾剿捕茶商軍和置建飛虎軍兩件大事可以見出，在對茶商軍的剿捕過程中，據《建炎以來朝野雜記》載：「江南產茶既盛，民多盜販，

〔註111〕　吳世昌《辛棄疾論略》，《羅音室學術論著》（第二卷），第 299 頁。
〔註112〕　《辛稼軒詩文箋注》，第 1～2 頁。
〔註113〕　《辛稼軒詩文箋注》，第 65 頁。
〔註114〕　《辛稼軒詩文箋注》，第 81 頁。
〔註115〕　《辛稼軒詩文箋注》，第 77 頁。

數百爲盜，稍詰之則起而爲盜。淳熙二年，茶寇賴文政反於湖北，轉入湖南、江西，侵犯廣東，官軍數爲所敗。辛棄疾幼安時爲江西提刑，督諸軍討捕，命屬吏黃倬、錢之望誘致，既而殺之。」〔註116〕茶商軍起義，是南宋王朝深感頭痛的一件棘手事，先後派江州都統皇甫倜、鄂州都統李川、江西總管賈和仲前去圍剿，均歸於失敗。可辛棄疾一去，憑藉他的智謀，不及三月，竟然一舉掃平，可見辛棄疾「沈鷙有謀」一面的性格。辛棄疾因爲平賴文政有功，被朝廷先後任命爲湖北安撫史、湖南安撫史、江西安撫史，辛棄疾深感民間多盜，請求朝廷置建飛虎軍，得到朝廷同意。在辛棄疾的操辦過程中，可見他的辦事才幹，「詔委以規畫，乃度馬殷營壘故基，起蓋寨柵。招步軍二千人，馬軍五百人，傔人在外，戰馬鐵甲皆備。先以緡錢五萬，於廣西買馬五百匹。詔廣西安撫司歲帶買三千匹。時樞府有不樂之者，數沮撓之，棄疾行愈力，卒不能奪。經度費鉅萬計，棄疾善幹旋，事皆立辦。議者以聚斂聞，降御前金字牌，俾日下住罷。棄疾受而藏之，出責監辦者，期一月飛虎營柵成，違坐軍制。如期落成，開陳本末，繪圖繳進，上遂釋然。時秋霖幾月，所司言造瓦不易，問『須瓦幾何？』，曰『二十萬』。棄疾曰：『勿憂。』令廂官自官舍、神祠外，應居民家取溝簷瓦二，不二日皆具，僚屬歎伏。軍成，雄鎮一方，爲江上諸軍之冠。」〔註117〕從這裡看出，辛棄疾置飛虎軍，先是遭到樞密院反對，接著是孝宗阻止，並降御前金字牌，敕命辛棄疾停建，可辛棄疾竟敢將皇帝的金字牌藏起，完全按自己意思進行操作，試問在當時幾人能夠做到這樣？需瓦二十萬，從居民家取溝簷瓦，不到兩天就置辦到位，也見出其才略。淳熙八年（1181），辛棄疾任江西安撫史時，當時江西遭受嚴重旱災，糧食歉收，一些人囤積居奇牟取暴利，一些人鋌而走險強搶糧食，辛棄疾貼出八個字的公告：「閉糴者配，強糴者斬。」〔註118〕當即制住了人心，穩定了地方。辛棄疾《美芹十論·自治》言「謀貴眾，斷貴獨」〔註119〕，從這一系列舉動，看得出辛棄疾確實是個沈鷙有謀果於行動的人。宋人韓玉《水調歌頭·上幼安生日》也說辛棄疾「夙蘊機權才略」〔註120〕。國家用人之際，對這樣性格的人是極爲需要的，陳亮在給孝宗的上書也言：「精

〔註116〕《建炎以來朝野雜記》甲集卷一四，第304頁。
〔註117〕《宋史》卷四○一，第12163～12164頁。
〔註118〕《宋史》卷四○一，第12164頁。
〔註119〕《辛稼軒詩文箋注》，第28頁。
〔註120〕《全宋詞》，第2058頁。

擇一人之沈鷙有謀、開豁無他者，委以荊襄之任。」〔註121〕王水照亦言：「在岳飛、韓世忠、張浚等名將之後，滿朝武臣中『沈鷙有謀，開豁無他』、能領兵打仗的『帥才』，也就非辛棄疾莫屬了。」〔註122〕但在南宋當時，主和佔據上風，「務行故事，憚所改變」〔註123〕，辛棄疾這種做事性格，很難得到皇帝和大臣歡心。

　　辛棄疾另外還有一個方面性格，即是「狂傲」。吳世昌言辛棄疾：「他的奔騰的豪情和狷介的傲骨是決不會因為在大人物面前有所顧忌的。」〔註124〕講的正是這一品格。《美芹十論‧詳戰》中，辛棄疾在說到由海上出軍直搗山東這一奇謀時，言道：「昔韓信請於高祖，願以三萬人北舉燕、趙，東擊齊，南絕楚之糧道，而西會於滎陽。耿弇言於光武，欲先定漁陽，取涿郡，還收富平，而東下齊。皆越人之都而謀人之國，二子不以為難能，而高祖、光武不以為可疑，卒藉之以取天下者，見之明而策之熟也。由今觀之，使高祖、光武不信其言，則二子不免為狂，何者？落落而難和也。如臣之論，焉知不有謂臣為狂者乎？」〔註125〕從這裡可見辛棄疾完全不同於當時士大夫之舉動，被人目以為狂，也就不足為奇。宋人羅願《謝辛大卿啓》亦言辛棄疾：「文武兼資，公忠自許。胸次九流之不雜，目中萬馬之皆空。」〔註126〕講的正是辛棄疾這種狂者胸次。這種狂氣，辛棄疾在他的詞中也多有表現，「昂昂千里，泛泛不作水中鳧」（《水調歌頭‧我亦卜居者》）、「天下英雄，使君與操，餘子誰堪共舉杯？」（《沁園春‧夢孚若》）、「不恨古人吾不見，恨古人不見吾狂耳」（《賀新郎》）、「老子平生，笑盡人間，兒女恩怨」（《沁園春》）。但他的這種狂氣、傲氣，很容易被人看著眼高於頂目無餘子的張揚跋扈，在當時很難得到認同。宋人羅願《送辛殿撰自江西提刑移京西漕》一詩寫道：「公今有才氣，功名安可涯？願低湖海豪，磨礱益無瑕。」〔註127〕這裡「願低湖海豪，磨礱益無瑕」，其實是對辛棄疾提出的一種委婉建議，希望他去掉一些湖海的「狂氣」，磨礱砥礪，刓方刻圓，更加符合當時官場潮流。

〔註121〕　《陳亮集》（增訂本）卷一，第 8 頁。
〔註122〕　王水照《鵝湖書院前的沉思》，《隨筆》1995 年第 1 期，第 113～114 頁。
〔註123〕　《宋史》卷二八二，第 9545 頁。
〔註124〕　《羅音室學術論著》（第二卷），第 276 頁。
〔註125〕　《辛稼軒詩文箋注》，第 57 頁。
〔註126〕　（宋）羅願《鄂州小集》卷五，《叢書集成》本。
〔註127〕　《鄂州小集》卷五。

　　嶢嶢者易缺，辛棄疾上述性格其實也是自己振作有爲的表現，但在當時官場，他的這種矯矯獨立，卻不自覺和普遍士人形成一種對立，楊萬里言道：「辛棄疾有功，而人多言其難駕御。」〔註128〕朱熹亦言：「如辛幼安，亦是一帥才，但方其縱恣時，更無一人敢道他，略不警策之。」〔註129〕可見辛棄疾和官場的牴牾難合。

　　辛棄疾也明白自己個性不容於當時朝廷，他在《千年調》一詞中，對那些無所作爲的官員進行了無情諷刺，顯示了他落落寡合的處境，「卮酒向人時，和氣先傾倒。最要然然可可，萬事稱好。滑稽坐上，更對鴟夷笑。寒與熱，總隨人，甘國老。　　少年使酒，出口人嫌拗。此個和合道理，近日方曉：學人言語，未會十分巧。看他們，得人憐，秦吉了。」辛棄疾這樣的不合時宜，缺乏共鳴，難怪他會說出「把欄杆拍遍，無人會，登臨意」（《水龍吟》）、「知我者，二三子」（《賀新郎》）的備感孤獨之語。

　　一個人如果在朝廷中成了絕對的少數，被大多數人所孤立，那是一件十分危險的事，屈原就是一個典型例子。辛棄疾在孝宗朝，總的來看，仕途是顯達的，但名滿天下，謗亦隨之，辛棄疾難以從衆的個性，在那種「以趨事赴功者爲猥俗，以矯激沽譽者爲清高」的時代，很難被當時所接受。辛棄疾對自己身在官場如芒刺在背暗箭密佈的感覺也深有體察，淳熙七年（1180），辛棄疾時任湖南安撫史，也是他仕宦的頂峰，他寫了一篇上書孝宗的《論盜賊箚子》一文，本來這是一篇講怎樣去盜的一篇文章，文章最後卻這樣寫道，「臣孤危一身久矣，荷陛下保全」〔註130〕、「臣平生剛拙自信，年來不爲衆人所容，顧恐言未脫口而禍不旋踵」〔註131〕。這樣的驚恐語氣，在辛棄疾文章是很少見的，可見他被官場孤立難以相容的尷尬處境。

　　辛棄疾在孝宗一朝，爲官十餘年，由一個地方低級幕僚，做到「封疆大吏」，一路高升，仕宦顯達，他在《新居上梁文》談到這段時間的仕途經歷，說道：「稼軒居士，生長西北，仕宦東南。頃列郎星，繼聯卿月。兩分帥閫，三駕使軺。」〔註132〕語氣是頗爲自豪。但總的來說，他是不得志的，他的目標是躍馬馳邊，恢復中原，建立蓋世功業，贏得不朽名聲，他平生喜歡以謝

〔註128〕　《誠齋集》卷一二○。
〔註129〕　《朱子語類》卷一三二，第3197頁。
〔註130〕　《辛稼軒詩文箋注》，第108頁。
〔註131〕　《辛稼軒詩文箋注》，第108頁。
〔註132〕　《辛稼軒詩文箋注》，第102頁。

安自比，他的朋友對他也多有這樣的期許，可見其遠大志向。但時代沒有給他這樣的機會，歸正人的尷尬身份、北人的壓抑、士風的碌碌無為、以及自己不合流俗的個性，都使他在當局顯得格格不入，寂寞蕭索，因而有才難顯，有志難伸。「公精忠大義，不在張忠獻、岳武穆下。一少年書生，不忘本朝，痛二聖之不歸，閔八陵之不祀，哀中原子民之不行王化，結豪傑，志斬虜馘，挈中原，還君父，公之志亦大矣。」〔註133〕懷抱滿腔熱情，胸有遠大志向，最終卻是「大仇不復，大恥不雪，平生志願百無一酬」〔註134〕。朱子言「天生一世之才，自足一世之用」〔註135〕，真是很難。從這個層面來看，辛棄疾是悲劇的。

〔註133〕《疊山先生文集》卷七。
〔註134〕《疊山先生文集》卷七。
〔註135〕《朱子語類》卷一〇八，第 2084 頁。

第四章　辛棄疾的文藝觀

　　辛棄疾這樣的有志之士，理想遠大，志在功業，並沒想到以文學名世。
但最終卻是，「文」高於「政」，他在文學史上的地位遠遠超越他在政治史
上的地位。「立言」遠勝「立功」，煌煌《稼軒集》，成了文學上的耀眼明珠。
探討辛棄疾這一「角色互換」以及文學和他生命的關係，首先當從其文藝觀
入手。

一、以氣爲主的出發點

　　《四庫全書總目・稼軒詞提要》言：「其詞慷慨縱橫，有不可一世之概，
於倚聲家爲變調。而異軍特起，能於剪紅刻翠之外，屹然別立一宗，迄今不
廢。」〔註1〕彭孫遹《金粟詞話》言辛詞：「激昂排宕，不可一世。」〔註2〕
周濟《介存齋論詞雜著》亦言辛詞：「稼軒不平之鳴，隨處輒發，有英雄語，
無學問語，故往往鋒穎太露。然其才情富豔，思力果銳，南北兩朝，實無其
匹。」〔註3〕這裡提到辛詞「慷慨縱橫」、「不可一世」、「鋒穎太露」，都見出
辛詞的「氣」。

　　中國文學向來推崇「氣」對文章的作用，《文心雕龍・體性》言：「才力
居中，肇自血氣。氣以實字，字以定言。」〔註4〕對此，徐復觀解釋道：「才

〔註1〕 （清）紀昀等《欽定四庫全書總目》（整理本）卷一九八，中華書局，1997
　　　　年，第 2793 頁。
〔註2〕 《詞話叢編》，第 724 頁。
〔註3〕 《詞話叢編》，第 1633 頁。
〔註4〕 （南朝）劉勰著、范文瀾注《文心雕龍注》卷六，人民文學出版社，1958 年，
　　　　第 506 頁。

力的根源是始於人的血氣。氣是充實人的意志，決定人所要表現的語言文字的內容。」〔註5〕可見「氣」在文學創作中的重要作用。辛棄疾的文學創作，也和他身上剛毅堅卓的「氣」息息相關。

　　辛棄疾無疑是中國文學史上最具奇氣的人物之一，「氣」也是辛棄疾性格構成重要組成部分。當時人在論及辛棄疾時，都注意到他身上的這種「氣」，任職期間，宋廷便稱他身上具備「邁往之氣」〔註6〕、「豪爽之氣」〔註7〕，陸游言「君看幼安氣如虎」〔註8〕，黃榦言辛棄疾：「以果毅之資，剛大之氣，眞一世之雄也。」〔註9〕周密言：「諸君有義氣如幼安者，百尺樓上豈不能分半席乎？」〔註10〕劉辰翁言：「稼軒北來，志氣如虹。」〔註11〕《宋史·辛棄疾傳》言：「棄疾豪爽，尙氣節，識拔英俊。」〔註12〕可見「氣」在辛棄疾生命中的突出地位。

　　人格如此，辛棄疾文章也見出他對「氣」的推崇，《九議》開篇即言：「論天下之事者主乎氣」〔註13〕，中間寫道：「人固有以言爲智勇者，有以貌爲之智勇者，又有以氣爲智勇者。言與貌爲智勇，是欺其上之人，求售其身者也，其中未必有也。以氣爲智勇，是眞足辦天下之事，而不肯以身就人者。」〔註14〕最後以「蓋人而有氣然後可以論天下」〔註15〕作結，文章通篇貫穿的都是這一「氣」字。辛棄疾在詞中也反覆寫有，「坐中豪氣」（《滿江紅》）、「劉郎才氣」（《水龍吟》）、「平生意氣」（《沁園春》）、「劍氣已橫秋」（《水調歌頭》）、「少年橫槊，氣憑陵」（《念奴嬌》）、「氣吞萬里如虎」（《永遇樂》）。而在具體文學創作中，誠如其門人范開所言，「以氣節自許，以功業自許」的辛棄疾，「意不在於作詞，以其氣之所蓄，不能不如此也」〔註16〕，很好指出了辛棄

〔註5〕　徐復觀《中國文學精神》，上海書店出版社，2006年，第109頁。
〔註6〕　（宋）樓鑰《福建提刑辛棄疾太府卿》，樓鑰《攻媿集》卷三五，《叢書集成》本。
〔註7〕　（宋）樓鑰《太府卿辛棄疾集英殿修撰知福州》，《攻媿集》卷三五。
〔註8〕　《陸游集·劍南詩稿》卷八〇，第1866頁。
〔註9〕　《勉齋集》卷四。
〔註10〕　（宋）周密《浩然齋意抄》，見《說郛》，文淵閣《四庫全書》本。
〔註11〕　（宋）劉辰翁《須溪集》卷六，文淵閣《四庫全書》本。
〔註12〕　《宋史》卷四〇一，第12165頁。
〔註13〕　《辛稼軒詩文箋注》，第72頁。
〔註14〕　《辛稼軒詩文箋注》，第70頁。
〔註15〕　《辛稼軒詩文箋注》，第94頁。
〔註16〕　（宋）范開《稼軒詞序》，《詞集序跋萃編》，第199頁。

疾將身體這種「氣」貫注到文章當中的創作精神。

對自己創作，辛棄疾有詞寫道，「天與文章，看萬斛龍文筆力」（《滿江紅》）、「我輩從來文字飲，怕壯懷激烈須歌者」（《賀新郎》），是他以氣馭文的寫照。

辛棄疾散文中的「氣」，表現十分突出，如《美芹十論・觀釁》：

> 自古天下離合之勢常繫乎民心，民心叛服之由實基於喜怒。喜怒之方形，視之若未有休戚，喜怒之既積，離合始決而不可制矣。何則？喜怒之情有血氣者皆有之：飽而愉，暖而適，遽使之飢寒則怒；仰而事，俯而育，遽使之捐棄則痛；冤而求伸，憤而求瀉，至於無所控告則怒。怨深痛鉅而怒盈，服則合，叛則離。秦漢之際，離合之變，於此可以觀矣：秦人之法慘刻凝密，而漢則破觚爲圜，與民休息，天下不得不喜漢而怒秦；秦人則役繁賦重不恤，而漢則寬仁大度，務從簡約，天下不得不喜漢而怒秦。怒之方形，秦自若也，怒之既積，則喜而有所屬，秦始不得自保，遂離而合於漢矣。
>
> 方今中原之民，其心果何如哉？二百年爲朝廷赤子，耕而食，蠶而衣，富者安，貧者濟，賦輕役寡，求得而欲遂。一染腥膻，彼視吾民如晚妾之御嫡子，愛憎自殊，不復顧惜。方僭割之時，彼守未固，此詾未定，猶勉強姑息以示恩，時肆誅戮以賈威，既久稍玩，眞情遂出，分佈州縣，半是胡奴，分朋植黨，仇滅中華。民有不平，訟之於官，則胡人勝，而華民則飲氣以茹屈；田疇相鄰，胡人則強而奪之；孳畜相雜，胡人則盜而有之；民之至愛者子孫，簽軍之令下，則貧富不問而丁壯必行；民之所惜者財力，營築饋餉之役興，則空室以往而休息無期；有常產者困窶，無置錐者凍餒。民初未敢遽叛者，猶徇於苟且之安，而怵於積威之末。辛巳之歲，相挺以興，矯首南望，思戀舊主者，怨已深，痛已鉅，而怒已盈也。逆亮自知形禁勢格，巢穴迥遙，恐狂謀無成而竄身無所，故疾趣淮上，僥倖一勝，以謀潰中原之心而求歸也。此機一不再，而朝廷慮不及此，中原義兵尋亦潰散。吁，甚可追惜也。
>
> 今而觀之，中原之民業嘗叛虜，虜人必不能釋然於其心，而吾民亦豈能自安而無疑乎？疑則慮患深，操心危，是以易動而輕叛。

　　朝廷未有意於恢復則已，誠有意焉，莫若於其無事之時，張大聲勢以聳之，使知朝廷偓然有可恃之資，存撫新附以誘之，使知朝廷有不忘中原之心。如是則一旦緩急，彼將轉相告諭，翕然而起，爭爲吾之應矣。

　　又況今日中原之民，非昔日中原之民，囊者民習於治而不知兵，不意之禍如蜂蠆作於懷袖，知者不暇謀，勇者不及怒，自亂離以來，心安於斬伐，而力閑於攻守，虜人雖暴，有王師爲之援，民心堅矣。馮婦雖攘臂，其爲士笑之。孟子曰：「爲湯武驅民者，桀與紂也。」臣亦謂今之中原，離合之釁已開，虜人不動則已，誠動焉，是特爲陛下驅民而已。惟靜以待之，彼不亡何待！〔註17〕

　　這篇文章談的是民心對國家恢復的作用，從「喜怒之情有血氣者皆有之」起筆，全文筆墨騰躍，氣勢凌厲，一脈勁氣貫注其中。行文多用短句，以兩兩相對的駢體語言行之，筆勢縱橫，語調鏗鏘，是以氣馭文的代表作。可以說，辛棄疾整個《十論》和《九議》中都充溢著這種剛大之氣。

　　另外如辛棄疾《跋紹興辛巳親征詔草》寫道：「使此詔出於紹興之初，可以無事仇之大恥；使此詔行於隆興之後，可以卒不世之大功。今此詔與此虜猶俱存也，悲夫！」〔註18〕短短數語，就將胸中一片悲憤之氣淋漓盡致烘托出來。而在現存僅見兩句的一篇小啓這樣寫道「貔貅沸萬竈之煙，甲冑增一鼓之氣」〔註19〕，都見出他的陽剛大氣。

　　辛棄疾的詩中，這種「氣」也體現十分搶眼，《和任帥見寄之韻》其三寫道「剩喜風情筋力在，尚能詩似鮑參軍」〔註20〕，可見其詩作的大氣。如《和周顯先韻二首》其二：

　　　　怒濤千里破空飛，洗盡青衫輦路泥。更惜秋風一帆足，南樓只在遠山西。〔註21〕

　　再如《送別湖南部曲》：

　　　　青衫匹馬萬人呼，幕府當年急急符。愧我明珠成薏苡，負君赤手縛於兔。觀書到老眼似鏡，論事驚人膽滿軀。萬里雲霄送君去，

〔註17〕　《辛稼軒詩文箋注》，第20～22頁。
〔註18〕　《辛稼軒詩文箋注》，第129頁。
〔註19〕　《辛稼軒詩文箋注》，第134頁。
〔註20〕　辛棄疾《和任帥見寄之韻》其三，《辛稼軒詩文箋注》，第163頁。
〔註21〕　《辛稼軒詩文箋注》，第142頁。

不妨風雨破吾廬。〔註22〕

這兩首詩中，前一首「怒濤千里破空飛，洗盡青衫輦路泥」，後一首「青衫匹馬萬人呼，幕府當年急急符」，語言勁直豪爽，充分體現了辛棄疾的不凡之氣。

在辛棄疾最引人注目的詞作中，正是由於貫穿其中的「氣」，才取得了突出成就，清人謝章鋌言：「詞家講琢句，而不講養氣。養氣，至南宋善矣。」〔註23〕講的就是辛詞。而且正是因為辛詞的「養氣」，也才樹立了影響深遠的「稼軒體」。王國維言：「幼安之佳處，在有性情，有境界，即以氣象論，亦有傍素波，干青雲之概。」〔註24〕劉揚忠亦言：「稼軒詞派構派的主要基礎，的確就是那一股以收復神州、整頓乾坤相勉勵，以英雄許人，亦以英雄自許，共同完成統一祖國不世勳業的大丈夫凜然正氣。」〔註25〕

如《滿江紅》：

> 漢水東流，都洗淨髭胡膏血。人盡說、君家飛將，舊時英烈：破敵金城雷過耳，談兵玉帳冰生頰。想王郎、結髮賦從戎，傳遺業。　腰間劍，聊彈鋏。尊中酒，堪爲別。況故人新擁，漢壇旌節。馬革裹屍當自誓，蛾眉伐性休重說。但從今、記取楚颶風，庾樓月。

這樣的勁急之詞在辛棄疾作品中構成一道最爲動人風景，也是辛詞標誌，清人陳廷焯評辛詞「兼有霸氣」〔註26〕，又言「稼軒求勝於東坡，豪壯或過之」〔註27〕，即是言此。除了語言的激烈慷慨以外，辛棄疾在詞的意象使用也大大超越前人，辛棄疾詞中極愛書寫歷史上建立一代功業的英雄人物，如項羽、李廣、馬援、蘇武、曹操、劉備、孫權、謝安、劉裕、祖逖等人，這些馬上征戰的人物，在過去的詞作中基本看不到，更不像辛棄疾這般密集書寫出來，正是因爲其胸中有著同樣的不凡抱負和遠大志向，也才寫出這般生動而又豪情的詞作來。

「文以氣爲主，出處無愧，氣乃不撓」〔註28〕，詞在以前走的基本都是

〔註22〕　《辛稼軒詩文箋注》，第 143 頁。
〔註23〕　（清）謝章鋌《賭棋山莊詞話》卷一〇，《詞話叢編》，第 3470 頁。
〔註24〕　王國維《人間詞話》，人民文學出版社，1960 年，第 213 頁。
〔註25〕　劉揚忠《唐宋詞流派史》，福建人民出版社，1999 年，第 426 頁。
〔註26〕　《白雨齋詞話》卷八，第 200 頁。
〔註27〕　《白雨齋詞話》卷八，第 212 頁。
〔註28〕　陸游《傅給事外制集序》，《陸游集·渭南文集》卷一五，第 2112 頁。

柔媚纏綿道路，雖有蘇軾挺拔其中，但並未大開聲色。只有到了辛棄疾手裏才獨排眾流、推倒一世，這與他固有的英雄稟性大有關係，由辛棄疾而起的稼軒詞派，在當時及後來詞壇都有著相當影響，不可忽略的就是這種與「氣」的息息相關。辛棄疾無論是豪情詞，還是柔情詞，都喜歡走極端，把詞推向一種極至，這和他內在的「氣」密不可分。謝章鋌言：「學稼軒者，胸中須先具一段真氣、奇氣。」〔註29〕都可見「氣」在辛詞中的重要地位，清人薛雪論文有言：「尤要有志氣，方能卓然自立，與古人抗衡。」〔註30〕能夠確立一代詞體的辛棄疾，有此「志氣」。劉揚忠言：「稼軒，詞中巨龍。稼軒詞，論數量，煌煌六百二十餘篇，高踞於兩宋各家之首；論質量，精深博大，千姿百態，橫超邁絕，截斷眾流，不但為南宋第一開闢手，且為千年詞壇第一流。」〔註31〕寫出正是他的以氣為詞。

二、蘇軾的取法與變化

說到辛詞的藝術淵源，幾乎都不可避免要提到一代文豪蘇軾，辛棄疾門人范開言道：「世言稼軒居士辛公之詞似東坡，非有意於學坡也。自其發於所蓄者言之，則不能不坡若也。」〔註32〕由此可見，在當時人們就認為辛棄疾多取法蘇軾，這段話出自其門人手筆，可見自己由蘇詞出來，也為辛棄疾本人所肯定。

龍榆生《兩宋詞風轉變論》一文言：「稼軒南來，領袖一代，其直接所受影響，當由於金國之好尚蘇詞。稼軒以二十三歲，自金歸宋，其詞格之養成，必於居金國時早植根柢。」〔註33〕此語甚是有理，靖康之變，北宋滅亡，北方淪陷，入主中原的金人和未曾南遷依然生活此處的宋人，兩者都在發生裂變，大抵生活習性宋人趨向胡化，而精神方面金人則趨向漢化。金人武功雖然強盛，但在文明方面和宋相比，卻落後甚遠。自進入中原那一天起，金人就不得不接受漢文明的強烈衝擊，精神層面的漢化也就不可避免，並且越到後來，漢化越是強烈，特別是完顏亮遷都燕京以後，表現越加顯著。而當時在金國居於文化中心地位的就是蘇軾的思想和文學，翁方綱言：「有宋南渡以

〔註29〕 （清）謝章鋌《賭棋山莊詞話》卷一，《詞話叢編》，第3330頁。
〔註30〕 （清）薛雪《一瓢詩話》，（清）葉燮等著《原詩‧一瓢詩話‧說詩晬語》，人民文學出版社，1979年，第90頁。
〔註31〕 《辛棄疾詞心探微》，第146頁。
〔註32〕 （宋）范開《稼軒詞序》，《詞集序跋萃編》，第199頁。
〔註33〕 龍榆生《龍榆生詞學論文集》，上海古籍出版社，1997年，第246頁。

後，程學行於南，蘇學行於北。」〔註34〕又言：「當日程學盛於南，蘇學盛於北，如蔡松年、趙秉文之屬，蓋皆蘇氏之支流餘裔。」〔註35〕可見蘇軾在當時北方受到的追捧和擁戴。

　　辛棄疾現在見到的所有作品，皆爲入宋以後所作，但實際上在金國時期早已嶄露頭角。辛棄疾在金國的師承關係，《宋史》本傳稱其「少師蔡伯堅」〔註36〕，蔡松年（1107～1159），字伯堅，號蕭閒，爲金國名臣，仕於金太宗、熙宗、海陵王三朝，歷官刑部郎中、戶部尚書、右丞相、左丞相等職，爲金國顯貴，也是當時金國著名文人之一，元好問言：「國初文士如宇文太學、蔡丞相、吳深州等，不可不謂豪傑之士，然皆宋儒。」〔註37〕又言：「百年以來樂府，推伯堅與吳彥高，號吳蔡體。」〔註38〕蔡松年詞作優秀，在金國影響深遠，與吳彥高詞作形成一種專門的「吳蔡體」，可見兩人詞作在金國文壇所居的領袖地位。於吳彥高、蔡松年兩家詞作風格，近人陳匪石言：「金源詞人，以吳彥高、蔡伯堅稱首，實皆宋人。吳較綿麗婉約，然時有凄厲之音；蔡則疏快平博，雅近東坡。」〔註39〕夏承燾《瞿髥論詞絕句》有一詩專門合論蘇軾、蔡松年詞作：「坡翁家集過燕山，垂老聲名滿世間。並世能爲蘇屬國，後身卻有蔡蕭閒。」〔註40〕蔡松年詞風近於東坡一路，從他本身詞作也可清楚見出，如《水調歌頭・丙辰九日，從獵涿水道中》：「星河淡城闕，疏柳轉清流。黃雲南卷千騎，曉獵冷貂裘。我欲幽尋節物，只有西風黃菊，香似故園秋。俯仰十年事，華屋幾山丘。　　倦遊客，一樽酒，便忘憂。擬窮醉眼何處？還有一層樓。不問悲涼今昔，好在西山寒碧，金屑酒光浮。老境玩清世，甘作醉鄉侯。」〔註41〕辛棄疾一方面先天精神氣質和蘇軾接近，再加上後天向蔡松年的學習，詞風自然酷似蘇軾。

　　一個眞正成就大器的文學家，絕不僅僅是亦步亦趨的邯鄲學步。辛棄疾學習蘇軾，同時也變化蘇軾，而且正是由於他的變化蘇軾，才在蘇軾之後，

〔註34〕　（清）翁方綱《石洲詩話》卷五，人民文學出版社，1981 年，第 162 頁。
〔註35〕　《石洲詩話》卷五，第 152 頁。
〔註36〕　《宋史》卷四○一，第 12161 頁。
〔註37〕　（金）元好問《元好問全集》（增訂本）卷四一，山西古籍出版社，2004 年，第 848 頁。
〔註38〕　《元好問全集》（增訂本）卷四一，第 845 頁。
〔註39〕　陳匪石編著《宋詞舉・聲執卷下》，金陵書畫社，1983 年，第 158 頁。
〔註40〕　夏承燾《瞿髥論詞絕句》，中華書局，1983 年，第 17 頁。
〔註41〕　唐圭璋編《全金元詞》，中華書局，1979 年，第 7～8 頁。

在詞壇開闢出自己領域，形成自我面目獨樹一幟的稼軒體來。

辛棄疾突破蘇軾，主要體現在以下三個方面：

態度的謹嚴

蘇軾作詞，只是偶一為之，其更多精力放在詩和文上，而並非詞的創作，現存蘇軾作品有詩 2857 首，文 4872 篇，詞 385 首，三種文體當中，詞作數量最小。論成就，蘇軾文在當時領袖一代潮流，所謂「蘇文熟，吃羊肉；蘇文生，吃菜羹」〔註42〕，並且以其文章成就，成為後來唐宋八大家之一。蘇軾的詩當時更是與黃庭堅一起，並稱「蘇黃」，成為宋詩代表。對於詞，蘇軾是以遊戲視之，而將更多精力放在文與詩上。但辛棄疾很不一樣，辛棄疾現有詩 143 首，有文 38 篇，有詞 629 首，三種文體當中，詞作居首，並且在兩宋詞人當中，也屬第一。不光數量居多，詩、文、詞，論質量，也以詞作最為突出。辛棄疾可以說是將全副精力都放在詞的創作上，和蘇軾率爾操觚不一樣的是，辛棄疾在詞的創作，可謂殫精竭慮，全力為之。宋人岳珂《桯史》言辛棄疾作詞有載：「味改其語，日數十易，累月猶未竟，其刻意如此。」〔註43〕可見辛棄疾創作苦心孤詣的努力與艱辛。繆鉞先生認為蘇軾作詞，乃是「視詞為餘事，非專力所注，故詞中所表現者，僅其一部分之人格。」但辛棄疾「以夐異之才，專力為詞，所作約六百首，大含細入，平生襟懷志事，皆見於中。」〔註44〕辛棄疾正是抱著這樣「以畢生精力注之」〔註45〕的精神，才突破了蘇軾。

題材的推進

蘇軾詞作，題材廣泛，有言志詞、柔情詞、農村詞、哲理詞等，可以說，詞的寫作題材，是到了蘇軾那裡，才算完整。繼蘇軾而起的辛棄疾，則是將詞作進一步的縱深推進，下邊即作一分別論述。

言志詞：興發與美刺

蘇軾的言志詞，如《念奴嬌·赤壁懷古》寫道「人生如夢，一樽還酹江月」〔註46〕，《水調歌頭》寫道「人有悲歡離合，月有陰晴圓缺，此事古難全。

〔註42〕　（宋）陸游《老學庵筆記》卷八，中華書局，1979 年，第 100 頁。
〔註43〕　（宋）岳珂《桯史》卷三，中華書局，1982 年，第 39 頁。
〔註44〕　繆鉞《詩詞散論》，上海古籍出版社，1982 年，第 74 頁。
〔註45〕　《賭棋山莊詞話》卷一，《詞話叢編》，第 3444 頁。
〔註46〕　（宋）蘇軾著、鄒同慶、王宗堂校注《蘇軾詞編年校注》，中華書局，2002

但願人長久，千里共嬋娟」〔註47〕，可以說，蘇軾更多抒發的是一種人生的領悟和感歎。但辛棄疾的言志詞，更多書寫的是自己功業和抱負。蘇軾作詞，基本不觸及時事，辛棄疾詞，更多和時事相關，將個人的功業和國家的處境緊密聯繫起來，這從當時君王對兩人詞的反應就看得出來。蘇軾作《水調歌頭》（把酒問青天）一詞，據宋人陳元靚《歲時廣記》載：「元豐七年，都下傳唱此詞，神宗問內侍外面新行小詞，內侍錄此進呈，讀至『又恐瓊樓玉宇，高處不勝寒』，上曰：『蘇軾終是愛君。』乃命量移汝州。」〔註48〕再看另外一則記載，辛棄疾在作了《摸魚兒・更能消幾番風雨》後，據宋人羅大經《鶴林玉露》載：「壽皇（孝宗）見此詞，頗不悅。」〔註49〕從這兩則記載可以看出，神宗讚賞，孝宗生氣，即在於蘇軾詞作爲生命意志的感發，更能引起一種異代同慨的相知相惜之情。但辛棄疾詞作，由於觸及時事，直刺當路，必然受到君王的排斥和不滿。

柔情詞：曠達與繾綣

　　文如其人，蘇軾的瀟灑曠達，作品也很好體現了這一點，清人朱庭珍論及蘇軾文學有言：「東坡一代天才，其文得力莊子，其詩得力太白，雖面目迥不相同，而筆力之空靈超越，神肖莊、李。」〔註50〕很好概括出蘇軾詩文曠達的一面，這一特點在蘇軾詞中表現也很顯著，陳廷焯言：「東坡心地光明磊落，忠愛根於性生，故詞極超曠，而意極和平。」〔註51〕劉揚忠言蘇軾詞：「蘇之豪放，更多表現爲諳熟事理、勘破世道人生之後的曠達超逸。」〔註52〕蘇軾柔情纏綿的婉約詞，確實如此，如《蝶戀花》：「花褪殘紅青杏小，燕子飛時，綠水人家繞。枝上柳綿吹又少，天涯何處無芳草。　　牆裏秋韆牆外道，牆外行人，牆裏佳人笑。笑漸不聞聲漸消，多情卻被無情惱。」〔註53〕蘇軾的柔情詞多如此類，更多是一種曠達和灑脫。但辛棄疾的柔情詞，卻多爲不能自拔的一往情深，如《臨江仙》：「手撚黃花無意緒，等閒行盡迴廊。捲簾

　　　　年，第399頁。
〔註47〕　《蘇軾詞編年校注》，第173～174頁。
〔註48〕　（宋）陳元靚《歲時廣記》卷三一，文淵閣《四庫全書》本。
〔註49〕　《鶴林玉露》甲集卷一，第12頁。
〔註50〕　（清）朱庭珍《筱園詩話》卷四，郭紹虞主編《清詩話續編》，上海古籍出版社，1983年，第2412頁。
〔註51〕　《白雨齋詞話》卷六，第166頁。
〔註52〕　《唐宋詞流派史》，第14頁。
〔註53〕　《蘇軾詞編年校注》，第753頁。

芳桂散餘香。枯荷難睡鴨，疏雨暗添塘。　　憶得舊時攜手處，如今水遠山長。羅巾浥淚別殘妝。舊歡新夢裏，閒處卻思量。」如此繾綣纏綿，和蘇詞的達觀曠達自然是兩般面目，也難怪范開這樣評價辛詞，「其間固有清而麗，婉而嫵媚，此又坡公所無，而公詞所獨也。」〔註54〕其實並非蘇軾沒有，而是辛棄疾這方面表現分外搶眼，因此更加引人注目。

農村詞：有我與無我

　　蘇軾寫作農村詞，集中於《浣溪紗》一調，如「簌簌衣巾落棗花，村南村北響繰車，牛衣古柳賣黃瓜。　　酒困日長惟欲睡，日高人渴漫思茶，敲門試問野人家。」〔註55〕「軟草平莎過雨新，輕沙走馬路無塵，何時收拾耦耕身？　　日暖桑麻光似潑，風來蒿艾氣如薰，使君元是此中人。」〔註56〕從這些詞作看得出來，蘇軾著重書寫的是農村的閒逸和舒適，透露出自己一片企慕和嚮往之情，我之色彩十分濃厚。辛棄疾卻多用白描，如《浣溪紗・常山道中即事》「北隴田高踏水頻，西溪禾早已嘗新，隔牆沽酒煮纖鱗。　　忽有微涼何處雨？更無留影霎時雲，賣瓜人過竹邊村。」從本詞可以看出，辛棄疾寫作農村詞是直接著筆，猶如作畫的白描一般，基本不帶我之色彩。王國維論詞講「有我之境」與「無我之境」，並言：「有我之境，以我觀物，故物皆著我之色彩。無我之境，以物觀物，故不知何者為我，何者為物？」〔註57〕在農村詞上，蘇軾傾向「有我」，辛棄疾則傾向「無我」。

哲理詞：假借與直尋

　　在詞的說理上，蘇軾最擅長用一種「檃括體」為文，這也是蘇軾本人所發明，專門用來議論說理，如蘇軾檃括陶淵明《歸去來兮辭》的《哨遍》一詞：「為米折腰，因酒棄家，口體交相累。歸去來，誰不遣君歸？覺從前皆非今是。露未晞，征夫指予歸路，門前笑語喧童稚。嗟舊菊都荒，新松暗老，吾年今已如此！但小窗容膝閉柴扉，策杖看孤雲暮鴻飛，雲出無心，鳥倦知返，本非有意。　　噫！歸去來兮。我今忘我兼忘世。親戚無浪語，琴書中有真味。步翠麓崎嶇，泛溪窈窕，涓涓暗谷流春水。觀草木欣榮，幽人自感，吾身行且休矣。念寓形宇內復幾時，不自覺皇皇欲何之？委吾心、去留誰計？

〔註54〕　（宋）范開《稼軒詞序》，《詞集序跋萃編》，第199頁。
〔註55〕　《蘇軾詞編年校注》，第235頁。
〔註56〕　《蘇軾詞編年校注》，第237頁。
〔註57〕　《人間詞話》，第191頁。

神仙知在何處？富貴非吾志。但知臨水登山嘯詠，自引壺觴自醉。此生天命更何疑。且乘流、遇坎還止。」〔註58〕而辛棄疾更多是直接抒發，如《水調歌頭・再用韻答李子永提幹》：「君莫賦幽憤，一語試相開：長安車馬道上，平地起崔嵬。我愧淵明久矣，猶藉此翁煎洗，素壁寫《歸來》。斜日看虛隙，一線萬飛埃。　　斷吾生，左持蟹，右持杯。買山自種雲樹，山下斸煙萊。百鍊都成繞指，萬事直須稱好，人世幾興臺。劉郎更堪笑，剛賦看花回。」蘇軾和辛棄疾兩首詞都與陶淵明有關，從這裡看得出來，蘇詞假借，辛詞則為直尋。

技法的突破

　　蘇軾是中國文學史上一大家，作文也形成其獨到風格，誠如他自己所言：「吾文如萬斛泉湧，不擇地皆可出，在平地滔滔汩汩，雖一日千里無難。及其與山石曲折，隨物賦形，而不可知也。所可知者，常行於所當行，常止於不可不止。」〔註59〕由此也形成了蘇軾行雲流水自然順暢的文風，蘇軾詞作也很好保持了這一文風，蘇軾對後人影響最大的是他的豪放詞風，如《江城子・密州出獵》：「老夫聊發少年狂，左牽黃，右擎蒼，錦帽貂裘，千騎卷平岡。為報傾城隨太守，親射虎，看孫郎。　　酒酣胸膽尚開張，鬢微霜，又何妨？持節雲中，何日遣馮唐？會挽雕弓如滿月，西北望，射天狼。」〔註60〕《念奴嬌・赤壁懷古》：「大江東去，浪濤盡、千古風流人物。故壘西邊，人道是、三國周郎赤壁。亂石穿空，驚濤拍岸，捲起千堆雪。江山如畫，一時多少豪傑。　　遙想公瑾當年，小喬初嫁了，雄姿英發，羽扇綸巾，談笑間、強虜灰飛煙滅。故國神遊，多情應笑我，早生華髮。人間如夢，一樽還酹江月。」〔註61〕這兩首詞，第一首「老夫聊發少年狂」，起句極為大氣，一種老當益壯的風慨直逼眼前，最後結尾也頗有意味，「會挽雕弓如滿月，西北往，射天狼」，一個希望馳騁塞外效命疆場的英雄形象呼之欲出，從起首到結尾都看得出這首詞命意的連貫、筆墨的流暢。《念奴嬌・赤壁懷古》，開頭「大江東去，浪濤盡，千古風流人物」，起句景象闊大，中間「遙想公瑾當年，小喬初嫁了，羽扇綸巾，談笑間，檣櫓灰飛煙滅」，寫得也是風流瀟灑，最後

〔註58〕《蘇軾詞編年校注》，第389頁。
〔註59〕（宋）蘇軾《自評文》，《蘇軾文集》卷六六，中華書局，1986年，第2069頁。
〔註60〕《蘇軾詞編年校注》，第146～147頁。
〔註61〕《蘇軾詞編年校注》，第398～399頁。

結句「人生如夢，一樽還酹江月」，卻又消沉低調多了。這和前邊是不是一種轉折呢？不是，中國文學向來講的就是「懷古傷今」，懷古是爲了傷今，此前阮籍的《擬古》，陳子昂的《擬古詩》，以及劉禹錫、杜牧、李商隱皆寫有此類意在當下的懷古詩，蘇軾這首詞其實也不例外，依然屬於言詞順遂一意貫之一類。

　　辛棄疾作詞卻打破了這一風行水上一往無前的文風，他的寫作也有蘇軾行雲流水的一面，給人更深刻印象卻是一種突兀聳立的感覺。蘇軾作品如江河瀉地，滔滔而下，辛棄疾作品卻如山嶽挺拔，有一種無限風光在險峰的突兀之美。如《水調歌頭》：「白日射金闕，虎豹九關開。見君諫疏頻上，談笑挽天回。千古忠肝義膽，萬里蠻煙瘴雨，往事莫驚猜。政恐不免耳，消息日邊來。　　笑吾廬，門掩草，徑封苔。未應兩手無用，要把蟹螯杯。說劍論詩餘事，醉舞狂歌欲倒，老子頗堪哀。白髮寧有種，一一醒時栽。」本詞言志，可以和蘇軾《江城子》相對比。上闋落筆極爲大氣，「白日射金闕，虎豹九關開。見君諫疏頻上，談笑挽天回。千古忠肝義膽，萬里蠻煙瘴雨，往事莫驚猜」，系列句子豪情十足，一種不畏艱險不折不撓的志士形象如在目前。「政恐不免耳，消息日邊來」，也顯示了作者的自信和豪邁。上闋如此昂揚，下闋也該這般才對吧？但卻是這樣一副景象，「笑吾廬，門掩草，徑封苔」，轉爲一副寂寞淒涼的景象。「未應兩手無用，要把蟹螯杯」，一個純粹留連杯酒不問世事的隱士形象也閃現出來。越往下越是沉痛，「說劍論詩餘事，醉舞狂歌欲倒，老子頗堪哀。白髮寧有種，一一醒時栽」，寫盡了自己的憂愁和消沉，這和上闋的闊大景象完全是兩般面目。再如《永遇樂·京口北固亭懷古》：「千古江山，英雄無覓孫仲謀處。舞榭歌臺，風流總被雨打風吹去。斜陽草樹，尋常巷陌，人道寄奴曾住，想當年，金戈鐵馬，氣吞萬里如虎。　　元嘉草草，封狼居胥，贏得倉惶北顧。四十三年，望中猶記，烽火揚州路，狐狸祠下，一片神鴉社鼓。憑誰問，廉頗老矣，尙能飯否？」本詞懷古，可以和蘇軾《念奴嬌》作一對比，「千古江山，英雄無覓孫仲謀處」，起句極爲大氣。「舞榭歌臺，風流總被雨打風吹去」，卻又轉入一種消沉和無奈。「想當年，金戈鐵馬，氣吞萬里如虎」，看似大氣，但「想當年」三字，也是一片辛酸。下闋由「元嘉草草，封狼居胥，贏得倉惶北顧」到「狐狸祠下，一片神鴉社鼓」，越到下面，景象越是不堪。但結句「憑誰問，廉頗老矣，尙能飯否」，猶如陸地升起一片陽光，將前邊的陰霾一掃而光，給人以虎虎有生的向上力

量。已經臻至極至，還往更高處攀登，辛棄疾詞作技法，最引人注目處，當屬此類。

　　師法蘇軾而又變化蘇軾，辛棄疾在前人的大道上，另闢蹊徑，別開天地，讓人們見識到了一道別樣的風景，所謂「有所變而後大」〔註62〕，正是由於他的「變」，辛棄疾詞作也才給詞壇樹立了另外一種典範，並成就如元好問所言：「樂府以來，東坡爲第一，以後便到辛稼軒。」〔註63〕

三、自由出入的創作精神

　　近人蔡嵩雲《柯亭論詞》言：「稼軒詞，豪放師東坡，然不盡豪放也。其集中，有沉鬱頓挫之作，有纏綿悱惻之作，殆皆有爲而發。其修辭亦種種不同，焉得概以『豪放』目之。」〔註64〕蔡嵩雲此語甚是有理，他揭示了一個豐富立體的辛棄疾，讓人們看到了其博大一面。

　　辛棄疾的博大，源於自由出入的創作精神。

　　辛棄疾這一創作精神，一方面體現在博採眾家之長。

　　辛棄疾作品大氣磅礴、充滿陽剛之氣，這固然和他以氣爲詞師法蘇軾有關，同時還與時代「共鳴」緊密相連。靖康之變，北宋覆滅。賑濟天下，救亡圖存成爲士人和民眾的最高呼聲，這種呼聲也蔓延到詞的創作中來，陳與義、向子諲兩位詞人，經歷靖康之變，由早期詞作的纏綿溫柔一變爲後期的豪爽大氣，風格前後迥異。而張元幹、張孝祥在南宋之初就奏出了一種洪鐘大呂之音，時事書寫直接痛快，個人懷抱一覽無遺，表現手法淋漓盡致，如張元幹《賀新郎》（曳杖危樓去）、張孝祥《六州歌頭》（長淮望斷），這些詞作，誠如陳廷焯所言：「此類皆慷慨激烈，髮欲上指，詞境雖不高，然足以使儒夫有立志。」〔註65〕正是在前人的基礎上，加上辛棄疾個人性格氣質和張元幹等人的相通，促使他寫出橫絕一世大氣淋漓的豪氣詞來。

　　實際辛棄疾並非只是停留在這樣的詞風上，辛棄疾乃「詞中之龍」〔註66〕，給人印象最爲深刻是他的「大」，這是和他博採眾家廣泛吸納，不設任何藩籬分不開的。

〔註62〕　（清）姚鼐《惜抱軒文集》卷八，《四部叢刊》本。
〔註63〕　《元好問全集》（增訂本）卷四二，第972～973頁。
〔註64〕　《詞話叢編》，第4913頁。
〔註65〕　《白雨齋詞話》卷六，第155頁。
〔註66〕　《白雨齋詞話》卷一，第20頁。

　　辛棄疾作詞，喜明言自己效什麼體，頗能見出其吸納精神。如《唐河傳》（效花間體）、《河瀆神》（效花間體）、《醜奴兒近》（效李易安體）、《念奴嬌》（賦雨岩，效朱希眞體）、《歸朝歡》（效介庵體爲賦），《驀山溪》（趙昌父一丘一壑，格律高古，因效其體），這些仿傚人物，個別詞人名氣和作品水準皆不及辛棄疾，但只要他人有一絲一毫可取，辛棄疾都虛心接納，化爲己有。誠如陳傳良言辛棄疾「甕下可能長夜飲，花間卻學晚唐詩」〔註67〕，都可見辛棄疾不設藩籬的態度。

　　詞作大氣之人，其詞如長江大河，於幽徑花草有的則難能激賞，如蘇軾詞作豪邁，對柳永一類詞人就頗有微詞，門下弟子秦觀詞風如柳，蘇軾和秦觀有過這樣一番對答，據宋人曾慥《高齋詞話》載：「少游自會稽入都見東坡，東坡曰：『不意別後公卻學柳七作詞。』少游曰：『某雖無學，亦不如是。』東坡曰：『銷魂當此際』，非柳七語乎？」〔註68〕再如花間作品，其詞哀婉纏綿，南宋很多文人對此甚爲不滿，陸游即言：「千餘年後，乃有依聲製辭，起於唐之季世，則其變愈薄，可勝歎哉。」〔註69〕《花間集》，對宋人影響最大，但一般人學習花間，詞風即如花間一般，也絕不標明自己仿傚的是花間體。另外如李清照，由於她是一女性，加上其無所顧忌的個性，在當時招來很多罵名及非議，即使同爲女子對她也多有排斥，陸游《夫人孫氏墓誌銘》載一個孫姓女子道：「夫人幼有淑質，故趙建康明誠之配李氏，以文辭名家，欲以其學傳夫人，時夫人始十餘歲，謝不可，曰：『才藻非女子事也。』」〔註70〕王灼《碧雞漫志》更直接貶斥李清照：「輕巧尖新，姿態百出，閭巷荒淫之語，肆意落筆，自古搢紳之家能文婦女，未見如此無顧忌也。」〔註71〕辛棄疾卻明言自己仿傚的就是花間體、李清照體，顯示了他獨排眾流的氣概，另外辛棄疾還廣泛吸收口語、俗語入詞，都見出他取資的廣泛。

　　辛棄疾這一創作精神，另一方面體現是南北文化的融合。

　　繆鉞先生在《論蘇、辛詞與〈莊〉、〈騷〉》一文言道：「超曠豪雄各不同，蘇、辛詞境樹新風。黃河九曲尋源去，都在《莊》《騷》孕育中。」並進一步講道：「我認爲，蘇東坡詞出於《莊》，而辛稼軒詞則出於《騷》。」

〔註67〕　（宋）陳傳良《送辛幼安帥閩》，《止齋集》卷七，文淵閣《四庫全書》本。
〔註68〕　周義敢、周雷編《秦觀資料彙編》，中華書局，2001年，第59頁。
〔註69〕　《陸游集・渭南文集》卷一四，第2101頁。
〔註70〕　《陸游集・渭南文集》卷三五，第2328頁。
〔註71〕　（宋）王灼《碧雞漫志》，《詞話叢編》，第88頁。

〔註72〕這實在是洞見文心抉隱發微之論。

關於屈原的文學成就，王國維認為最重要之處，乃是綜合北方人純摯感情與南方人豐富想像的結果，「北方人之感情，詩歌的也，以不得想像之助，故其所作遂止於小篇。南方人之想像，亦詩歌的也，以無深邃感情之後援，故其想像亦散漫而無所麗，是以無純粹之詩歌。而大詩歌之出，必須俟北方人之感情，與南方之想像合而為一，此必通南北之驕驛而後可。」〔註73〕就宋詞作者來看，這種兼具王國維所言北方之誠摯感情和南方之神奇想像者，當推辛棄疾為第一人。

辛棄疾生長北方，23 歲起義南歸，其青少年很長一段時間，皆在北方淪陷區度過，荊棘銅駝的山河之悲，較諸他人，無疑有最深切的身臨其境感受，早年樹立的愛國之志，一旦在幼小的心靈中桀下根，辛棄疾一生都未有過改變。王國維言：「北方之人，則往往以堅忍之志，堅毅之氣，恃其改作之理想，以與當日之社會爭。」〔註74〕這一點在辛棄疾身上，表現十分明顯。辛棄疾後來抱著滿腔愛國熱情南歸，但張安國殺害耿京，義軍瓦解，似乎從一開始就預示著辛棄疾南歸面臨著重重阻撓與艱難，而這種阻撓與艱難後來確實也是伴隨辛棄疾在南宋的一生，歸正人的身份、北人的個性、主戰的意志、進取的精神，這一切都使他和周圍顯得格格不入。但不管周遭如何壓抑，自身如何困窘，辛棄疾一生都未曾改變過初衷。黃榦《與辛稼軒侍郎書》言：「恭惟明公，以果毅之資，剛大之氣，真一世之雄也。而抑遏摧伏，不使得以盡其才。一旦有警，拔起於山谷之間，而委之以方面之寄，明公不以久閒為念，不以家事為懷，單車就道，風采凜然，以足以折衝於千里之外。」〔註75〕正是辛棄疾憂心國事，隨時為國效力的生動寫照。金諍先生於辛棄疾言道：「北方黃河流域渾厚蒼茫的人情風物，很早就培育出了一位造極豪放詞壇之大師──這是那些生長於蓮葉菱藕、杏花春雨的江南魚米水鄉之其他豪放詞作者所注定不能達到的。」〔註76〕

詞，這一文學，自從文人染指以來，便深深打上了南方文化的烙印，和

〔註72〕 繆鉞、葉嘉瑩《靈谿詞說》，上海古籍出版社，1987 年，第 229 頁。

〔註73〕 王國維《屈子文學之精神》，《王國維遺書》第五冊《靜安文集續編》，上海古籍書店印行，1983 年，第 34 頁。

〔註74〕 《王國維遺書》第五冊《靜安文集續編》，第 34 頁。

〔註75〕 《勉齋集》卷四。

〔註76〕 《宋詞綜論》，第 167 頁。

其他任何文體相比，王國維所言「南方之想像」，在詞中表現最為顯著，楊海明言：「唐宋詞在其整體上表現出了相當明顯的『南方文學』特色，它所呈現的主體風格是屬於柔美類型的。」〔註77〕金諍先生言：「詞之陰柔軟媚風格乃是秉承了中國南方文化的一種傳統性特質。」〔註78〕又言：「隨著詞成為宋代文學最引人注目的體裁，可以說詞也給宋代文學乃至整個宋代文化相輔相成地籠罩上了濃厚的南方文化之陰柔細膩、婉約內向的總體氣質。」〔註79〕這確實是宋詞的重要特徵。正因為南方文化的注入其中，詞也才形成了「詩餘以婉麗流暢為美」〔註80〕以及「詞之為體，要眇宜修」〔註81〕的深婉秀美的風格。詞的這一濃鬱南方化特點，更多親近於杏花春雨江南的南方文士，而偏遠於鐵馬秋風塞北的北方文人。宋代詞壇大家北方人極少，和這種南北地域上的差異，有相當之關係。其中大家詞人，只有李清照、辛棄疾來自北方，但這兩人共同之處都有南渡之舉，詞的這一南方化特色至為濃厚。辛棄疾早年在北方就嶄露了作詞天賦，宋人陳模《懷古錄》載：「蔡光工於詞，靖康間陷於虜中，辛幼安嘗以詩詞參請之。蔡曰：『子之詩則未也，他日當以詞名家』。」〔註82〕話雖如此，但我們看現存全部辛詞，都是南歸以後作品，北方二十三年竟連一首詞作也未留下。可見辛棄疾如果沒有南渡之舉，不受南方文化薰陶，缺乏「南方人之想像」的話，要廁身第一流大詞人境界，當是一件十分困難的事。周濟言辛棄疾的由北入南「是詞家轉境」〔註83〕，正是指出了此中關鍵。

清人況周頤言宋代南北詞的差異言：「南宋佳詞能渾，至金源佳詞則近剛方。宋詞深致能入骨，如清真，夢窗是。金詞清勁能樹骨，如蕭閒、遁庵是。南人得江山之秀，北人以冰霜為清。南或失之綺靡，近於雕文刻鏤之技。北或失之荒率，無解深裘大馬之譏。」並言道「如辛幼安先在北，何嘗不可南」〔註84〕，由此可見辛棄疾詞集南北大成的表現。天賦北方所具有的堅毅執著

〔註77〕 楊海明《唐宋詞史》，天津古籍出版社，1998 年，第 12 頁。

〔註78〕 《宋詞綜論》，第 10 頁。

〔註79〕 《宋詞綜論》，第 18 頁。

〔註80〕 （明）王世貞《藝苑卮言》，《詞話叢編》，第 386 頁。

〔註81〕 《人間詞話》，第 226 頁。

〔註82〕 （宋）陳模撰，鄭必俊校注《懷古錄校注》卷中，中華書局，1993 年，第 60 頁。

〔註83〕 （清）周濟《宋四家詞選目錄序論》，《詞話叢編》，第 1644 頁。

〔註84〕 （清）況周頤《蕙風詞話》卷三，人民文學出版社，1960 年，第 57 頁。

的個性，再加上後天南方文化的沐浴浸染，這融合南北的文化優勢，造就了辛棄疾成為第一流的大詞人。宗白華言：「中國藝術意境的創成，既須得屈原的纏綿悱惻，又須得莊子的超曠空靈。纏綿悱惻，才能一往情深，深入萬物的核心，所謂『得其環中』。超曠空靈，才能如鏡中花，水中月，羚羊掛角，無跡可尋，所謂『超以象外。』」〔註85〕講的正是南北融和於藝術境界形成的大作用。正因這般，辛詞才一方面具有「大聲鞺鞳，小聲鏗鍧，橫絕六合，掃空萬古」〔註86〕的英雄豪壯氣概，同時也不乏「其纖穠綿密者亦不在小晏、秦郎之下」〔註87〕的纏綿嫵媚，為詞體樹立了一種全新的美感。

文學創作，只有在前人豐厚的營養上，廣泛取資吸收，化為己用，才容易形成一種超越。抱一種自由出入的創作精神，最後達到錢鍾書先生所言：「神來興發，意得手隨，洋洋只知寫胸中之所有，沛然覺肺肝之流出，人己古新之界，蓋超越而兩忘之。」〔註88〕正因如此，辛棄疾詞作也才不能以單純用某一體式來作概括，這種精神也成就了其「大」，並形成獨具一格的「稼軒體」來。

四、心靈慰藉的文學歸宿

宋人劉辰翁在論辛棄疾其人其詞寫道：

> 斯人北來，喑嗚鷙悍，欲何為者？而讒擯銷沮，白髮橫生，亦如劉越石陷絕失望，花時中酒，託之陶寫，淋漓慷慨，此意何可複道？而或者以流連光景、志業不終恨之，豈可向癡人說夢哉？為我楚舞，吾為若楚歌。英雄感愴，有在常情之外。〔註89〕

劉辰翁這裡很好詮釋了辛棄疾歸附南宋備受摧折壓抑，將自己悲劇情懷發泄於詞的作文精神。

晉人鍾嶸對文學這種悲劇藝術有十分形象的表述：「至於楚臣去境，漢妾辭宮；或骨橫朔野，魂逐飛蓬；或負戈外戍，殺氣雄邊；塞客衣單，孀閨淚盡；又士有解佩出朝，一去忘反；女有揚蛾入寵，再盼傾國。凡斯種種，感蕩心靈，非陳詩何以展其義？非長歌何以騁其情？故曰：『詩可以群，可以

〔註85〕宗白華《美學散步》，上海人民出版社，1981年，第77頁。
〔註86〕（宋）劉克莊《辛稼軒集序》，《後村先生大全集》卷九八。
〔註87〕（宋）劉克莊《辛稼軒集序》，《後村先生大全集》卷九八。
〔註88〕錢鍾書《談藝錄》，中華書局，1986年，第206頁。
〔註89〕（宋）劉辰翁《辛稼軒詞序》，《須溪集》卷六。

怨。』使窮賤易安，幽居靡悶，莫尚於詩矣。」〔註90〕錢鍾書《詩可以怨》談到文學作品的意義亦言：「一個人潦倒愁悶，全靠『詩可以怨』，獲得了排遣、慰藉或補充。」〔註91〕並進一步說道：「鄙見則以爲佳作者，能呼起（stimulate）讀者之嗜欲情感而復能滿足之者也，能搖蕩讀者之精神魂魄，而復能撫之使靜，安之使定者也。」〔註92〕

中國古代士人，更多追求是一種回轉天地致君堯舜的政治渴求，退而作文，往往是他們政治失意的發泄，古來仕途顚簸致力文學的士大夫多有諸如此類情感相通處。柳宗元言：「君子遭世之理，則呻呼踴躍以求知於世，而遁隱之志息焉。於是感激憤悱，思奮其志略以傚於當世，故行於文字，伸於歌詠，是有其具而未得其道者之爲之也。」〔註93〕陸游言：「蓋人之情，悲憤積於中而無言，始發爲詩。不然，無詩矣。」〔註94〕從這些表述看出，文學更多是他們失意人生的歇腳處、棲息地。士人不遇，「每每沉鬱下僚，志不獲展……於是以其有用之才，而一寓之乎聲歌之末，以舒其怫鬱感慨之懷。」〔註95〕辛棄疾「功名熱度高到萬分」〔註96〕，和前面的柳宗元、陸游等人一樣是仕途失意，但同他們相比，辛棄疾那種往而不返的精神最爲強烈，在政治失意以後，其內心的痛苦自然也就更大，而文學的消解作用也更顯著。清人劉熙載言：「《宋史》本傳稱其『雅善長短句，悲壯激烈』，又稱『謝校勘過其墓旁，有疾聲大呼於堂上，若鳴其不平』。然則其長短句之作，固莫非假之鳴者哉？」〔註97〕

詞的功用，如張惠言所言，最適合於「道賢人君子幽約怨悱不能自言之情」，辛棄疾詞，正是這般。辛棄疾南歸之初，戎馬倥傯，多是周旋官場，這時期詞作不多，執筆爲文，更多體現在《十論》《九議》這些政論文章上。宦

〔註90〕　（南朝）鍾嶸《詩品序》，許文雨《鍾嶸詩品講疏》，成都古籍書店影印，1983年，第4頁。
〔註91〕　錢鍾書《七綴集》，生活·讀書·新知三聯書店，2002年，第121頁。
〔註92〕　錢鍾書《中國文學小史序論》，《錢鍾書散文》，浙江文藝出版社，1997年，第491頁。
〔註93〕　柳宗元《婁二十四秀才花下對酒唱和詩序》，《柳河東集》卷二四，上海人民出版社，1974年，第409頁。
〔註94〕　陸游《澹齋居士詩序》，《陸游集·渭南文集》卷一五，第2110頁。
〔註95〕　（明）胡侍《眞珠船》，《四庫全書存目叢書·子部》，齊魯書社，1995年影印本。
〔註96〕　吳世昌《辛棄疾論略》，《羅音室學術論著》（第二卷），第298頁。
〔註97〕　（清）劉熙載《藝概》卷四，上海古籍出版社，1978年，第110頁。

海浪高，仕途艱險，打擊越是沉重，內心越是苦悶，辛棄疾作詞愈多。詞，成爲他內心世界的第一安慰。

辛棄疾《蝶戀花·和楊濟翁韻》寫道：「可惜春城風雨又，收拾情懷，閒把詩僝愁。」這幾句是辛棄疾人生處境與作詞心境的最好寫照，風雨襲來，春日已殘，還不如收拾情懷，寫作歌詞，紓解心中苦悶憂愁。辛棄疾退居之後，詞作很大一個方面是愛寫陶淵明，陶淵明寄情田園，不問世事，逍遙自在，琴書消憂，一花一鳥，皆覺親切。辛棄疾如此慕陶愛陶，很大程度也是辛棄疾在陶淵明那裡尋找到了某種安慰。在一個文學的世界裏，感受到了自己內心和陶淵明某種契合與相通，消解了他那備受壓抑鬱鬱累累的心情。

辛棄疾骨子深處畢竟和陶淵明大異其趣，絕非一個全副身心退居林下甘爲隱士之人，憂心國事，在在有之，他更多追求的是要做一個效命疆場收拾山河的仁人志士，但一生大半時光皆被廢斥，坐看大好年華老去，功業無成，內心苦悶到了極點，如他自己所言「把吳鈎看了，欄杆拍遍，無人會，登臨意」（《水龍吟》），念念不忘的是軍旅生涯。在這樣不得其志的時光中，「須作猥毛磔，筆作劍鋒長」（《水調歌頭·席上爲葉仲洽賦》），他的詞作，也在詠陶之上有了更進一層的慰藉和解脫。

吳熊和言：「稼軒詞中，一丘一壑，一草一木，時作飛動排宕之勢，生氣凜然，有著作者思想品格的投注。」〔註98〕這種「作者思想品格的投注」，即辛棄疾所向往的行伍生涯，如《摸魚兒》「望飛來、半空鷗鷺，須臾動地鼙鼓。截江組練驅山去，鏖戰未收貔虎」，在這裡，錢塘江的潮水都具有了一種沙場鏖戰的壯美，這根本就寫的不是潮水，而是戰場。再如《沁園春·靈山齊庵賦，時築偃湖未成》「老合投閒，天教多事，檢校長身十萬松」，對這裡的「檢校長身十萬松」，葉嘉瑩釋道：「其感發之作用則主要乃在辛氏於『十萬松』之名物形象之上所用的『長身』兩字的形容詞，以及『檢校』兩字的動詞。蓋『檢校』乃檢閱軍隊之意，「長身」乃將松擬人之語。曰『檢校長身十萬松』，是直欲將十萬松視爲十萬長身勇武的壯士之意，則辛氏之自憾不能指揮十萬大軍去恢復中原的悲慨，豈不顯然可見。」〔註99〕看松如此，甚至連觀花也是這般，《念奴嬌·賦白牡丹，和范廓之韻》「對花何似，似吳宮初教，翠圍紅陣」，《鷓鴣天·賦牡丹》「愁紅慘綠，今宵看，卻似吳宮教陣圖」，

〔註98〕吳熊和《唐宋詞通論》，浙江古籍出版社，1989年，第243頁。
〔註99〕葉嘉瑩《論辛棄疾詞》，《靈谿詞說》，第443頁。

據《史記‧孫子列傳》載，孫武以兵法聞名，受到吳王重用，在吳國時曾以宮女爲陣，進行教練。辛棄疾在這裡，看見牡丹花，馬上聯想的就是這一列紅粉軍隊，可見他於行伍的癡迷。和軍旅聯繫最緊密的是馬，辛棄疾極愛寫馬，詞中有「馬作的盧飛快」(《破陣子》)、「匹馬黑貂裘」(《水調歌頭》)、「記少年駿馬走韓盧，掀東郭」(《滿江紅》)、「野馬驟空埃」(《水調歌頭》)、「紅旗鐵馬響春冰」(《好事近》)等等，都烘托出躍馬疆場縱橫馳騁的將領形象。退處以後，辛棄疾雖不在馬上，仍然時時刻刻念叨著馬，這時那眼前的無數青山也都一一幻成了戰馬，「青山欲共高人語，聯翩萬馬來無數」(《菩薩蠻‧金陵賞心亭》)、「疊嶂西馳，萬馬迴旋，眾山欲東」(《沁園春‧靈山齊庵賦，時築偃湖未成》)、「疇昔此山安在，應爲先生見晚，萬馬一時來」(《水調歌頭‧題張晉英提舉玉峰樓》)，這一滿含英姿夭矯縱橫的獨特創作手法，都見出辛棄疾於軍旅生活的熱切之情。

　　像這樣將外物都化成了行陣軍伍，在詞史上實在難以找到第二人，辛棄疾諸如此類作品，如明人徐士俊評論所言，乃是在於「慰人窮愁，堅人壯志」〔註100〕。梁啓超亦言辛詞在於：「蓋借其以攄其胸中魄壘不平之氣。」〔註101〕王水照亦言：「他填詞陶寫抑鬱，把自己所感受、所積累的悲哀予以宣泄，也就得到了心理平衡。」〔註102〕葉嘉瑩亦言：「他在建立事功方面的理想既然全部落空，遂在侘傺失志之餘，乃不僅將其平生之志意與理念一皆寄託於詞之寫作，而且還將其平生之英雄豪傑的膽識與手段也都用在了詞的寫作之中。」〔註103〕辛棄疾詞作多是此類。辛棄疾曾無限感慨與他人言道：「君如無我，問君懷抱向誰開？」(《水調歌頭‧和趙景明知縣韻》)，這其實也可以用來概括辛棄疾自身與其詞作的關係。「十樣蠻箋紋錯綺，粲珠璣、淵擲驚風雨」(《賀新郎‧賦海棠》)，如果沒有這驚起風雨的詞作，自我懷抱如何能得到寄託？內心又怎能得到慰藉？

〔註100〕（明）卓人月彙選、徐士俊參評《古今詞統》卷一四，遼寧教育出版社，2000年，第 539 頁。

〔註101〕梁啓超《稼軒先生年譜》，《梁啓超全集》，第 5188 頁。

〔註102〕王水照《蘇、辛退居時期的心態平議》，《王水照自選集》，上海教育出版社，2000 年，第 324 頁。

〔註103〕葉嘉瑩《論辛棄疾詞》，《靈谿詞說》，第 430 頁。

第五章　稼軒體的超越性

　　宋孝宗淳熙十五年（1188），以辛棄疾第一本詞作結集爲標誌，這是整個宋代文學史上至爲光輝之一頁，《稼軒詞》的出現，標誌著「稼軒體」的正式確立，預示著一個時代的來臨。不光在當時被認爲是一件詞壇盛事，後人同樣給予了高度評價，劉揚忠即認爲這證明辛棄疾進入到「體式完備、眾體兼擅的大家境界的時期」〔註1〕。

　　凡是文學大家，往往更加具有一種推倒一世截斷眾流的嶄新意義，在詞壇上橫放傑出的辛棄疾，同樣具有這樣開拓一世的創新意義，宋人陳模言辛詞「自非脫落故常者未易闖其堂奧」〔註2〕，清人鄒祗謨言辛詞「觀其得意處，眞有壓倒古人之意」〔註3〕，清人馮煦亦言辛詞「於唐宋諸大家外，別樹一幟」〔註4〕，程千帆、吳新雷說道：「詞到了他手裏，才算是將一切藩籬都抉破了。」〔註5〕諸家指出的都是辛詞的開創精神。「稼軒體」的確立，無論是主題寫作還是藝術表現，都讓人們見識到了詞壇一個更爲燦爛的星河。

　　在對辛詞進行深入探討之前，對辛詞的豪放、婉約之爭有先作一番辨析之必要。

辛詞豪放婉約之分辨

　　最早將婉約豪放對舉，對詞風進行界定的是明代的張綖，他在《詩餘圖

〔註 1〕　《辛棄疾詞心探微》，第 172～173 頁。
〔註 2〕　《懷古錄校注》卷中，第 61 頁。
〔註 3〕　（清）鄒祗謨《遠志齋詞衷》，《詞話叢編》，第 652 頁。
〔註 4〕　（清）馮煦《蒿庵論詞》，《詞話叢編》，第 3592 頁。
〔註 5〕　程千帆、吳新雷《兩宋文學史》，上海古籍出版社，1991 年，第 369 頁。

譜・凡例》寫道：

> 詞體大約有二：一體婉約，一體豪放。婉約者欲其辭情蘊藉，
> 豪放者欲其氣象恢弘。然亦存乎其人，如秦少游之作，多是婉約，
> 蘇子瞻之作，多是豪放。〔註6〕

張綖的婉約、豪放之分，得到了後人的認同，王世貞《花草蒙拾》言道：

> 張南湖論詞派有二：一曰婉約，一曰豪放。僕謂婉約以易安爲
> 宗，豪放惟幼安稱首。〔註7〕

自王世貞以後，幾百年來，人們普遍視辛棄疾爲豪放派大師，各種詞學論著幾乎都貼標籤般把辛棄疾視爲豪放詞派代表。

二十世紀八十年代，吳世昌寫作《宋詞中的「豪放派」與「婉約派」》一文，對宋詞中是否存在豪放一派提出質疑，認爲宋詞中根本沒有豪放一派。吳世昌的觀點也引起人們對宋詞流派問題作更深入思考，在對辛詞的認識上，一些人馬上掉過頭來，拋棄了豪放論，認爲辛棄疾應該是婉約詞人才對。豪放、婉約之爭，也使得人們對辛詞的理解上陷入一種混亂當中。筆者在研治辛詞當中，接觸到諸家爭論，也不覺有治絲益棼的茫然之感。

馬德富師在與筆者交談中指出，細心考察，深入探求的話，看得出用豪放、婉約來概括宋詞各家，確是膚廓之論。豪放、婉約給人的都只是籠統印象，而無法對某個活生生的詞人給以準確界定，蘇軾之豪不同於辛棄疾之豪，辛棄疾之豪又不同於陳亮、劉過之豪。婉約亦是如此，柳永之媚不同於秦觀之媚，秦觀之媚又何嘗同於周邦彥、李清照之媚。因此不管是用豪放還是婉約來涵蓋辛棄疾，都不確切，不如就用「稼軒體」概括爲好。只有這樣，才能見出辛棄疾自身特色及對詞壇獨特貢獻。

清人陳廷焯早就指出張綖的婉約、豪放之分，乃是「似是而非，不關痛癢語」〔註8〕。馬師的一席話，確實給人以啓發，後人論文，喜言派別，似乎從屬於某一派的作家，與其他作家便有一種涇渭分明之區別，不容混淆與摻和。殊不知，這全失古人本意，古人寫詩作文，皆爲情性而發，並無今日純粹文學家概念，也幾乎沒有純粹以文爲生的現代文人，因此對文學更多抱著一種自由出入的文學精神，後人概以派別區分，畫地爲牢，自設畛域，許多

〔註6〕　（明）張綖《詩餘圖譜》，見《說郛》，文淵閣《四庫全書》本。
〔註7〕　（明）王世貞《花草蒙拾》，《詞話叢編》，第685頁。
〔註8〕　《白雨齋詞話》卷一，第14頁。

活生生的文學作品，被枯燥的派別一分，作品好像貼了標籤一般，非此莫屬，甚失古人原意。正如莊子所言七竅鑿而混沌死，專愛言派，其弊可見。而專以豪放來概括辛棄疾詞，其失也在於此。

當《稼軒詞》第一次出現詞壇時，范開《稼軒詞序》就曾言道：

> 故其詞之爲體，如張洞庭之野，無首無尾，不主故常。又如春雲浮空，卷舒起滅，隨所變態，無非可觀。〔註9〕

范開這裡言辛詞「不主故常」、「隨所變態」，其實也明白告訴了辛棄疾詞作的多姿多彩富於變化，用豪放、婉約來界定辛詞，相當偏頗，遠不如「稼軒體」一詞準確形象。

下面即就「稼軒體」的超越性作一論述。

一、稼軒體在題材、主題上的開拓

（一）言志的大開聲色

詞這一文體一旦出現，人們自然將其與詩對舉，並抽繹出其特質所在。發展下來，詩言志、詞緣情也成了宋人創作的不自覺出發點，「詞爲豔科」，逐漸得到人們一致認同，與詩相比，地位明顯遜色。柳永有詞寫道「忍把浮名，換了淺斟低唱」〔註10〕，淺斟低唱的詞和建功立業的名，形成某種對立。早期宋人寫詩作詞，門庭森嚴，界限分明。晏殊、歐陽修等人所作歌詞，和其詩作完全是兩般面目，他們甚至不敢把詞作編入自己文集，對自己所作之詞進行否定。雖然後來北宋中期的蘇軾以及南宋初年的張元幹、張孝祥等人創作言志之詞，一方面由於數量太少、成就一般，另一方面囿於時人的偏見，並沒有給詞壇帶來明顯改觀。

辛棄疾投身詞壇，卻使這一現象頓時發生顯著變化。

關於辛詞，范開《稼軒詞序》言道：

> 公一世之豪，以氣節自負，以功業自許。方將斂藏其用以事清曠，果何意於歌詞哉？直陶寫之具耳。〔註11〕

范開這裡指出了辛棄疾詞作充分體現了其個人志業懷抱與人生遭遇，清人蔣心餘言：「大凡人之性情氣節，文字中再掩不住。詞曲雖遊戲之文，其中慷

〔註 9〕《詞集序跋萃編》，第 199 頁。
〔註10〕柳永《鶴衝天》，《樂章集校注》卷下，第 239 頁。
〔註11〕《詞集序跋萃編》，第 199 頁。

慨激昂，即是一個血性丈夫。」〔註12〕辛棄疾詞，正是這種大丈夫之詞。繆鉞亦言辛詞在於「表現其整個之人格」〔註13〕，正見辛詞「言志」特色。

辛詞言志，在在有之，窺一斑而見全豹，現就辛詞《賀新郎》的昇華和壽詞的劇變作一論述，以觀大概。

《賀新郎》的昇華

《賀新郎》詞調，又名《乳燕飛》，最早見於蘇軾作品，全詞為：「乳燕飛華屋，悄無人、槐陰轉午，晚涼新浴。手弄生綃白團扇，扇手一時如玉。漸困倚、孤眠清熟，簾外誰來推繡戶？枉教人、夢斷《瑤臺曲》，又卻是，風敲竹。　石榴半吐紅巾蹙，待浮花浪蕊都盡，伴君幽獨。穠豔一隻細看取，芳意千重似束。又恐被西風驚綠，若待得君來向此，花前對酒不忍觸。共粉淚、兩簌簌。」〔註14〕蘇軾本詞寫的是美人閨思，反覆纏綿，頗近花間一路。蘇軾奠定了《賀新郎》一曲「基調」，但辛棄疾操筆捯管，對這一「基調」進行完全改變，並引領了一個時代潮流。

辛棄疾在孝宗淳熙十五年、十六年（1188～1189）寫給陳亮的系列《賀新郎》詞，最能表現其心志。

> 把酒長亭說。看淵明，風流酷似，臥龍諸葛。何處飛來林間鵲，蹙踏松梢殘雪。要破帽、多添華髮。剩水殘山無態度，被疏梅、料理成風月。兩三雁，也蕭瑟。　佳人重約還輕別。悵清江、天寒不渡，水深冰合。路斷車輪生四角，此地行人銷骨。問誰使，君來愁絕？鑄就而今相思錯，料當初、費盡人間鐵。長夜笛，莫吹裂。
>
> （《賀新郎》）

本詞題序寫道：「陳同父自東陽來過余，留十日，與之同遊鵝湖，且會朱晦庵於紫溪，不至，飄然東歸。既別之明日，余意中殊戀戀，復欲追路，至鷺鷥林，則雪深泥滑，不得前矣。獨飲方村，悵然久之，頗恨挽留之不遂也。夜半投宿吳氏泉湖四望樓，聞鄰笛悲甚，為賦《乳燕飛》以見意。又五日，同父書來索詞，心所同然者如此，可發千里一笑。」淳熙十五年（1188），辛棄疾和陳亮鵝湖相會，二人同遊，盤桓十日，志同道合，情感深摯，依依惜別，念念不忘，辛棄疾作了這首《賀新郎》贈與陳亮。本詞的寫

〔註12〕（清）江順詒《詞學集成》，《詞話叢編》，第3305頁。
〔註13〕繆鉞《論辛稼軒詞》，《詩詞散論》，第73頁。
〔註14〕《蘇軾詞編年校注》，第766頁。

作，和時局密切相關，淳熙十四年（1187），太上皇趙構駕崩，許多有識之士認為，孝宗恢復之志不堅，更多是由於高宗的掣肘。此時高宗歸天，當是孝宗重拾當年豪氣恢復故國的大好時機。因此主戰之士格外活躍起來，辛棄疾陳亮就屬於這樣的人物。辛棄疾這時雖然退居林下，但志在天下的雄心壯志半分也沒消減，陳亮也正是同道中人，當年曾言：「堂堂之陣，正正之旗，風雨雲雷交發而並至，龍蛇虎豹變見而出沒，推倒一世之智勇，開拓萬古之心胸。」〔註15〕衝天豪情由此可見。此時的二人相會，自然和當前國事密切相關。王水照言這次辛陳之會：「種種跡象表明，這次會見具有更重大的背景和原委，不能僅僅局限在『詞壇唱酬』之內，而是一次有可能影響南宋王朝歷史進程的會見。」〔註16〕又言這次會見的政治性質是「討論抗金復國大計」〔註17〕。

　　這樣的情勢下寫作此詞，辛棄疾充滿了豪壯之氣，雖然重在傾訴對陳亮的不捨之意和思念之情，筆底卻寄託著深深的河山之痛和家國之念，於本詞上闋「剩水殘山無態度，被疏梅、料理成風月。兩三雁，也蕭瑟」，俞陛雲言：「舉目河山之異，惟寒梅聊可慰情耳。」〔註18〕可見其悲。於下闋「鑄就而今相思錯，料當初、費盡人間鐵。長夜笛，莫吹裂」，朱德才言：「情深意永，愴然驚心。」〔註19〕「情深意永」，為何反而會「愴然驚心」？就在於這首詞骨子裏的家國之痛。

　　辛棄疾這首詞深深感動了陳亮，他旋即回覆一首：

　　　　老去憑誰說？看幾番、神奇臭腐，夏裘冬葛。父老長安今餘幾？後死無仇可雪。猶未燥、當時生髮！二十五弦多少恨，算此間、那有平分月！胡婦弄，漢宮瑟。　　樹猶如此堪重別。只使君、從來與我，話頭多合。行矣置之無足問，誰換妍皮癡骨？但莫使、伯牙弦絕。九轉丹砂牢拾取，管精金、只是尋常鐵。龍共虎，應聲裂。（《賀新郎·寄幼安和〈見懷〉韻》）〔註20〕

辛棄疾詞中埋藏深處的家國之痛，到了陳亮這裡就得到了一覽無遺的表

〔註15〕陳亮《甲辰秋答寫朱元晦書》，《陳亮集》（增訂本）卷二八，第339頁。
〔註16〕《鵝湖書院前的沉思》，《隨筆》1995年第1期，第113頁。
〔註17〕《鵝湖書院前的沉思》，《隨筆》1995年第1期，第113頁。
〔註18〕俞陛雲《唐五代兩宋詞選釋》，上海古籍出版社，1985年，第368頁。
〔註19〕朱德才《辛棄疾詞選》，人民文學出版社，1998年，第107頁。
〔註20〕本詞及以下陳亮《賀新郎》諸詞，見《陳亮龍川詞箋注》，第45～56頁。

露，「老去憑誰說？看幾番、神奇臭腐，夏裘冬葛。父老長安今餘幾？後死無仇可雪。猶未燥、當時生發！二十五弦多少恨，算此間、那有平分月！胡婦弄，漢宮瑟」，心念故國一雪國恥的慷慨之情一瀉而出。於「九轉丹砂牢拾取，管精金、只是尋常鐵」，姜書閣言其引申含義在於：「以為漢、唐、魏、宋以後，凡其成功利而有合於為國、為民、為天下後世之道義者，皆可以為金。」〔註21〕可見陳亮愛國心腸之濃烈。

陳亮言「只使君、從來與我，話頭多合」，正是兩人的志氣相投心曲相通的如實寫照。辛棄疾在看了陳亮的《賀新郎》後，提筆再寫一首：

> 老大那堪說。似而今、元龍臭味，孟公瓜葛。我病君來高歌飲，驚散樓頭飛雪。笑富貴千鈞如髮。硬語盤空誰來聽？記當時、只有西窗月。重進酒，換鳴瑟。　　事無兩樣人心別。問渠儂、神州畢竟，幾番離合？汗血鹽車無人顧，千里空收駿骨。正目斷、關河路絕。我最憐君中宵舞，道「男兒到死心如鐵。看試手，補天裂」。（《賀新郎·同父見和，再用韻答之》）

在陳亮的激發之下，辛棄疾寫出了這樣的洪鐘大呂之音，完全剖露了自己心跡，「事無兩樣人心別。問渠儂、神州畢竟，幾番離合？」這一叩問，言底有多少傷情，士大夫為國盡忠，目標一致，但為何議論紛紛、人心各異？導致國家不振、士氣消沉。「汗血鹽車無人顧，千里空收駿骨」，講的是無人賞識大才難展的辛酸悲痛。「正目斷、關河路絕」，縱目遠望，通往中原的道路已經斷絕，難道自己志業也像這道路一樣斷絕了嗎？不是的。「我最憐君中宵舞，道『男兒、到死心如鐵。看試手，補天裂』」，風雨如晦，雞鳴不已，君子終日乾乾，夕惕若厲，有志男兒，何嘗一日忘懷故國？即使到死去的那一天，也壯心依然堅硬如鐵。「看試手，補天裂」，有這樣遠大的抱負、堅定的志向，相信我們終有一試身手的那一天，就像女媧補天那樣完成匡復天下的偉業。這首詞「事無兩樣人心別。問渠儂、神州畢竟，幾番離合？汗血鹽車無人顧，千里空收駿骨。正目斷、關河路絕」，長長幾句，無限傷情，彷彿山嶽欲倒。但後面「我最憐君中宵舞，道『男兒、到死心如鐵。看試手，補天裂』」，硬生生撐住扶定，確實非辛棄疾這樣大氣力者不能辦到。王水照言：「辛棄疾的悲，從總體特質上說，乃是英雄失志的悲慨，處處顯出悲中有豪的軍事強人的個性特色，他的感傷也具有力度和強度的爆發性，是外鑠式

〔註21〕《陳亮龍川詞箋注》，第50頁。

的。」〔註22〕並言：「在這位『氣吞萬里如虎』的豪傑之士身上，完全能擔當這份悲哀，而不會被悲哀所擊倒。」〔註23〕辛棄疾這一堅韌精神，本詞表現十分突出。顧易生言此詞「聲裂金石，氣壯山河」〔註24〕，并高聲贊道：「可謂古代愛國詩詞的最強音。」〔註25〕

　　辛棄疾的雄心壯志再次感發了陳亮，陳亮連續和了兩首：

　　　　離亂從頭說。愛吾民，金繒不愛，蔓藤累葛。壯氣盡消人脆好，冠蓋陰山觀雪。虧殺我、一星星髮！涕出女吳成倒轉，問魯為齊弱何年月？丘也幸，由之瑟。　　斬新換出旗麾別。把當時、一椿大義，拆開收合。據地一聲吾往矣，萬里搖肢動骨。這話把、只成癡絕！天地洪爐誰扇鞴？算於中、安得長堅鐵。洮水破，關東裂。（《賀新郎·酬辛幼安，再用韻見寄》）

　　　　話殺渾閒說。不成教、齊民也解，為伊為葛。尊酒相逢成二老，卻憶去年風雪。新著了、幾莖華髮。百世尋人猶接踵，歎只今、兩地三人月。寫舊恨，向誰瑟？　　男兒何用傷離別。況古來，幾番際會，風從雲合。千里情親長晤對，妙體本心次骨。臥百尺、高樓斗絕。天下適安耕且老，看買犁賣劍平家鐵。壯士淚，肺肝絕。（《賀新郎·懷辛幼安，用前韻》）

　　前一首詞豪壯大氣，特別是其中「斬新換出旗麾別。把當時、一椿大義，拆開收合。據地一聲吾往矣，萬里搖肢動骨」，一個志在有為勃勃生氣的壯士形象栩栩如在目前。下一首詞可算是對辛陳鵝湖之會的一個總結，「況古來，幾番際會，風從雲合」，對二人的風雲際會滿懷豪情。「千里情親長晤對，妙體本心次骨」，更有一種惺惺相惜莫逆於心的幽幽情愫。「天下適安耕且老，看買犁賣劍平家鐵」，這裡其實說的是反語，矛頭直指最高當局，二人都是胸懷天下的人，本以為機會到來，功成在即，但上面從君王到大臣雄心銷磨，不為所動，朝歌暮戲，沉醉享樂，使得那天下黎民也漸次遺忘了為國征戰之事。「壯士淚，肺肝絕」，為了胸中那份志業理想，幾十年來勤勤懇懇辛苦經營，但這事業恍若流水一般，無情遠去，怎不讓人哽咽下淚、痛心不已。

〔註22〕王水照《蘇、辛退居時期的心態平議》，《王水照自選集》，第324頁。
〔註23〕王水照《蘇、辛退居時期的心態平議》，《王水照自選集》，第324頁。
〔註24〕顧易生《美芹蓋謀空傳世》，《顧易生文史論集》，復旦大學出版社，2002年，第384頁。
〔註25〕顧易生《〈中國遊仙文化〉序》，《顧易生文史論集》，第446頁。

　　陳亮去後不久，同為辛陳二人的好友杜叔高至信州拜訪辛棄疾，辛棄疾難以忘懷和陳亮酬唱的那幾首《賀新郎》，滿懷深情寫作一詞贈與杜叔高：

　　　　細把君詩說，恍餘音、鈞天浩蕩，洞庭膠葛。千丈陰崖塵不到，惟有層冰積雪。乍一見寒生毛髮。自昔佳人多薄命，對古來，一片傷心月。金屋冷，夜調瑟。　　去天尺五君家別。看乘空魚龍慘淡，風雲開闔。起望衣冠神州路，白日消殘戰骨。歎夷甫諸人清絕！夜半狂歌悲風起，聽錚錚、陣馬簷間鐵。南共北，正分裂。（《賀新郎·用前韻送杜叔高》）

　　辛棄疾這裡說「用前韻」，即他與陳亮唱和的《賀新郎》詞，可見他對同陳亮酬唱《賀新郎》的耿耿於懷。辛棄疾寫作此詞為淳熙十六年（1189），距他和陳亮的鵝湖之會相去僅一年，辛陳當初以為高宗逝後，國家將走向一種勃勃生機，但時局依然一片沉悶令人窒息，這首詞和寫給陳亮的那首詞有同樣的憤慨之情，「千丈陰崖塵不到，惟有層冰積雪。乍一見寒生毛髮。自昔佳人多薄命，對古來，一片傷心月。金屋冷，夜調瑟」，一片陰冷蕭瑟陣陣寒意直逼人面。下闋「看乘空魚龍慘淡，風雲開闔」，天上刮起了大風捲起了烏雲，欲乘空翱翔的飛龍如何一展身手？擔荷家國重任的在朝王公貴人碌碌無為，就像當年王衍那樣，沉湎清談，忘懷家國，讓真正有志之士只能眼望失陷的神州大地，生起一種「可憐戰骨埋荒外」的沉痛。「夜半狂歌悲風起，聽錚錚、陣馬簷間鐵。南共北，正分裂」，雖然時局不利，功業難成，當夜間風起，那一直懸於屋簷間的寶劍發出錚錚的響聲，我依然一曲高歌暢想著有朝一日躍馬馳騁。現實如黑雲壓城，心中那團光亮卻從未熄滅過，本詞鏗鏘激越猶如金石相擊，顯示了辛棄疾不屈氣概。

　　清人黃梨莊言：「辛稼軒當弱宋末造，負管、樂之才，不能盡展其用，一腔忠憤，無處發洩，觀其於陳同父抵掌談論，是何等人物！故其悲歌慷慨抑鬱無聊之氣，一寄之於詞。」〔註26〕這一組慷慨激烈的《賀新郎》，在辛棄疾生命中佔有最重要的分量，終身都留下了不可磨滅之印象，晚年的辛棄疾移居鉛山，回首當年的崢嶸歲月，千言萬語湧上心頭，百感交集之中，提筆再作一曲：

〔註26〕　（清）徐軌著、王百里校箋《詞苑叢談校箋》卷四，人民文學出版社，1998年，第250頁。

綠樹聽鵜鴂。更那堪、鷓鴣聲住，杜鵑聲切。啼到春歸無覓處，
苦恨芳菲都歇。算未抵、人間離別。馬上琵琶關塞黑，更長門翠輦
辭金闕。看燕燕，送歸妾。　　將軍百戰身名裂。向河梁回頭萬里，
故人長絕。易水蕭蕭西風冷，滿座衣冠似雪。正壯士悲歌未徹。啼
鳥還知如許恨，料不啼清淚長啼血。誰共我，醉明月？（《賀新郎·
別茂嘉十二弟》）〔註27〕

本詞是辛棄疾與族弟辛茂嘉離別而作的一首詞，全詞盡集古今恨事，早
已超越了泛泛的離別之情，在詞壇上堪稱一篇奇絕之作。

「綠樹聽鵜鴂。更那堪、鷓鴣聲住，杜鵑聲切」，開篇即以三種常見的鳥
叫聲起頭，鵜鴂、鷓鴣、杜鵑啼聲皆悲，有心人聽來，給人以一種心驚肉跳
悲不自勝的痛切。「啼到春歸無覓處，苦恨芳菲都歇」，春天離去，百花凋零，
最傷痛的是惜春愛春之人。「算未抵、人間離別」，前面幾句，頗有「感時花
濺淚，恨別鳥驚心」的心痛，但耳聞目睹的這一切，都無法和人間離別相比。
「馬上琵琶關塞黑，更長門翠輦辭金闕。看燕燕，送歸妾」，幾句講的都是古
代薄命佳人的離別故事，「馬上琵琶」，指王昭君遠嫁匈奴事。「長門翠輦」，
指漢武帝的陳皇后廢置長門宮事。「燕燕」，詩經中有《燕燕》一詩，「燕燕于
飛，差池其羽」〔註28〕，講的是戰國衛莊公的愛妾戴嬀，兒子登上了王位，
但被政變者所殺害，可憐的是，母親竟然也被驅逐出宮。除了那些薄命佳人
以外，愛國志士卻有比這更為慘烈的離別，「將軍百戰身名裂。向河梁回頭萬
里，故人長絕」，漢武帝時代名將李陵率軍與匈奴作戰，寡不敵眾，投降匈奴，
一世英名就此蕩然無存，當後來他在北地遇見漢使蘇武，河梁餞別，看著故
人回歸中土，一片傷痛。「易水蕭蕭西風冷，滿座衣冠似雪。正壯士悲歌未徹」，
《史記·刺客列傳》載，荊軻刺秦之前，眾人白衣素服送他於易水之濱，唱
著「風蕭蕭兮易水寒，壯士一去兮不復返」的悲壯歌聲為他送行。「啼鳥還知
如許恨，料不啼清淚長啼血」，鵜鴂、鷓鴣、杜鵑，這些鳥兒的啼叫聲為何如
此悲切？只因為它們也知道這許許多多人間的離愁別恨啊，他們啼出的不是
清淚，而是鮮血。「誰共我，醉明月？」由春天離去，到女子不幸，再到男兒
血淚，淋漓盡致抒寫了諸多恨事之後，這一句才回轉自身，一個問句，積壓

〔註27〕 本詞及下文所引《木蘭花慢》（可憐今夕月）乃辛棄疾後期詞作，因題材相類，
　　　 於本章一併作論。
〔註28〕 《詩集傳》卷二，第16頁。

了多少悲與恨。

　　明人徐士俊言道：「此篇字字露辛露酸，煙潰靄聚，尤難爲懷。」〔註29〕本詞由物及人、說古道今，將古今離別之恨熔於一爐，也只有辛棄疾這樣心胸闊大筆力沉重之人方能做到，也得到了後人高度評價，陳廷焯言：「稼軒詞，自以《賀新郎·別茂嘉十二弟》一篇爲冠。沉鬱蒼涼，跳躍動蕩，古今無此筆力。」〔註30〕王國維言：「稼軒《賀新郎》詞《送茂嘉十二第》，章法絕妙，且語語有境界，此能品而幾於神者。」〔註31〕俞平伯言：「蓋已將個人身世與家國興亡打成一片，多少悲怨，都非泛泛。」〔註32〕張伯駒亦言：「辛稼軒《賀新郎·別茂嘉十二弟》一闋，先從聽鵜鴂說起，又聽到杜鵑、鷓鴣，直到春歸無啼處，芳菲都歇。而忽一轉到算未抵人間離別，眞是筆力扛鼎。到此已有『山窮水盡疑無路』之感，後面甚難接下。然突寫出琵琶、馬上、河梁、萬里、易水、衣冠，後又歸到啼鳥，以離別作結，章法奇絕。必是意有所觸，情有所激，如骨鯁在喉，不能不吐，遂脫口而出，隨筆而下，奔放淋漓。」〔註33〕

　　王水照就辛棄疾和陳亮唱和的一組《賀新郎》詞言道：「突出的是知音難遇的主旨。」〔註34〕算是說到了要害關鍵處，「嚶其鳴兮，求其偶兮」，這首《賀新郎》和前面五首還是同樣的主旨，而且表現更爲顯豁。「吾儕心事，古今長在，高山流水」（《水龍吟》）、「鏤玉裁冰著句，高山流水知音」（《西江月》），稼軒一生渴求知音，凡是遇見的知己如陳亮、劉過諸人，無不有一種眷戀不已的惓惓之情。「誰共我，醉明月」，這等沉痛之語，千百年以下讀之，也一樣有錐心之痛，讓人慟哭淚下。

　　岳珂《桯史》於辛棄疾南徐爲官情況記載道：「稼軒以詞名，每燕必命侍妓歌其所作。特好歌《賀新郎》一詞，自誦其警句曰：『我見青山多嫵媚，料青山見我應如是。』又曰：『不恨古人吾不見，恨古人不見吾狂耳。』每至此，輒拊髀自笑。」〔註35〕岳珂這裡所引辛棄疾兩首《賀新郎》，主要是因爲在宴

〔註29〕《古今詞統》卷一六，第583頁。
〔註30〕《白雨齋詞話》卷一，第12頁。
〔註31〕《人間詞話》，第229頁。
〔註32〕俞平伯《唐宋詞選釋》，人民文學出版社，1979年，第207頁。
〔註33〕張伯駒《叢碧詞話》，《詞學》第一輯，華東師範大學出版社，1981年，第82頁。
〔註34〕王水照《鵝湖書院前的沉思》，《隨筆》1995年第1期，第115頁。
〔註35〕《桯史》卷三，第38頁。

飲歡會場合，這兩首更適合一些。但辛棄疾「特好歌《賀新郎》一詞」，可見他對《賀新郎》這一詞調的特別喜好。這其中必然包含著他當年與陳亮唱和的系列《賀新郎》，感人肺肝不能自己之故。

　　說到辛棄疾《賀新郎》，還有另一個人寫作的《賀新郎》不能不提，那就是南宋早期愛國詞人張元幹（1091～1161），張元幹生於北宋末年，經歷靖康之變，宋室南渡，在朝時候，正是秦檜當國主戰派人士備受打擊，愛國主戰大臣胡銓受到打擊最重，在胡銓貶官廣東新州的時候，張元幹寫了這首《賀新郎‧送胡邦衡待制》爲他送行，「夢繞神州路。悵秋風、連營畫角，故宮離黍。底事崑崙傾砥柱，九地黃流亂注。聚萬落、千村狐兔。天意從來高難問，況人情、老易悲如許。更南浦，送君去。　　涼生岸柳催殘暑。耿斜河、疏星淡月，斷雲微度。萬里江山知何處？回首對床夜語。雁不到、書成誰寄？目盡青天懷古今，肯兒曹、恩怨相爾汝。舉大白，聽金縷。」〔註36〕這首詞激昂慷慨，有響遏行雲之勢，當時不斷被人所傳唱。辛棄疾與張元幹雖然沒有過會面，但同爲愛國志士的他們，氣脈相通，聽到這樣一首詞，必然升起一種先後同慨的感喟，這種情感積澱到一定時候，終於在與陳亮的交往中，性氣相投，引發出了這流傳千古的《賀新郎》詞來。葉嘉瑩言稼軒的豪情之作「有靖康之變以後那些南宋早期的詞人所寫的激昂慷慨的作品作爲鋪墊的。」〔註37〕確實如此。但說是鋪墊，不如說更是一種激發，張元幹的詞作激發了辛棄疾的豪情，辛棄疾的《賀新郎》詞，聲辭豪壯優美，也引起了陳亮的創作熱情，而陳亮的創作熱情，也激發了辛棄疾更上一層樓的創作欲望，在這樣的砥礪爭競當中，都最大限度展現了自己心胸，並同時也都留下了自己一生最引以爲豪的代表作品，從而使這一組《賀新郎》成爲整個詞史上愛國詞作的典範。並使《賀新郎》這一詞調，由最早的纏綿往復最終完成了最宜於「盡情發泄壯烈之懷抱」〔註38〕的轉換。

　　辛棄疾的《賀新郎》，完全體現了其心胸，表現了辛棄疾對現實政治的無情抨擊，以及報國無門的悲憤，詞言志得到了完全體現。《賀新郎》一調，後來幾乎成了愛國詞作的代名詞，辛派詞人中，陳亮以外、南宋的劉過、陳仁傑、劉克莊、劉辰翁等愛國詞人都曾寫作《賀新郎》一調來抒發自己愛國情

〔註36〕《全宋詞》，第1073頁。
〔註37〕《南宋名家詞講錄》，第26頁。
〔註38〕龍榆生《填詞與選調》，《龍榆生詞學論文集》，第135頁。

懷，劉克莊甚至塡了四十四首。丹納言：「藝術家不是孤立的人。我們隔了幾世紀只聽到藝術家的聲音；但是傳到我們耳朵來的響亮的聲音之下，還能辨別出群眾的複雜而無窮無盡的歌聲，像一大片低沉的嗡嗡聲一樣，在藝術家四周齊聲合唱。只因爲有了這一片和聲，藝術家才稱其爲偉大。」〔註39〕通過《賀新郎》，感受了辛棄疾的「偉大」的同時，更感受到了這「四周齊聲合唱」的共鳴，讓人見識到了「稼軒體」於這一詞調昇華所帶來的非凡意義。

壽詞的劇變

清人朱彝尊言道：「詞則宜於宴嬉逸樂，以歌詠太平。」〔註40〕詞的最早出現，和唐代歌舞筵席上酒令藝術有極大淵源，用於歡會娛樂場合，是詞的一大功能。第一部文人詞集《花間集》開宗明義即言詞的用途在於：「則有綺筵公子，繡幌佳人，遞葉葉之花箋，文抽麗錦；舉纖纖之玉指，拍按香檀。不無清絕之詞，用助妖嬈之態。」〔註41〕宋人陳世修《陽春集序》亦言：「公（馮延巳）以金陵盛時，內外無事，朋僚親舊，或當燕集，多運藻思，爲樂府新詞，俾歌者倚絲竹而歌之，所以娛賓而遣興也。」〔註42〕可以說詞一出現，爲祝賀他人而作的壽詞就亦步亦趨而來，馮延巳、柳永、晏殊、蘇軾等人都作有壽詞。主題多寫富貴功名、兒孫滿堂，用語多爲松椿龜鶴、壽星千歲，漸漸落入一種程序，成爲一種應酬文學代名詞。宋人沈義父深知其弊，言道：「壽曲最難作，切宜戒壽酒、壽香、老人星、千春百歲之類。須打破舊規模，只形容當人事業才能，隱然有祝頌之意方好。」〔註43〕從這裡見出，沈義父渴望壽詞打破常規，但「有祝頌之意」，實際並未有大的突破。

辛棄疾的壽詞，卻使這一切發生了改變。

> 千里渥窪種，名動帝王家。金鑾當日奏草，落筆萬龍蛇。帶得無邊春下，等待江山都老，教看鬢方鴉。莫管錢流地，且擬醉黃花。　喚雙成，歌弄玉，舞綠華。一觴爲飲千歲，江海吸流霞。聞道清都帝所，要挽銀河仙浪，西北洗胡沙。回首日邊去，雲裏認飛車。（《水調歌頭·壽趙漕介庵》）

〔註39〕　（法）丹納著、傅雷譯《藝術哲學》，敦煌文藝出版社，1994 年，第 19 頁。

〔註40〕　（清）朱彝尊《紫雲詞序》，《曝書亭集》卷四〇，文淵閣《四庫全書》本。

〔註41〕　（五代）歐陽炯《花間集敘》，（五代）趙崇祚輯、李一氓校《花間集校》，人民文學出版社，1958 年，第 1 頁。

〔註42〕　張惠民編《宋代詞學資料彙編》，汕頭大學出版社，1993 年，第 188 頁。

〔註43〕　（宋）沈義父《樂府指迷》，《詞話叢編》，第 282 頁。

　　這是乾道四年（1168）秋，辛棄疾爲江南東路轉運副使趙德莊而寫的一首詞作，「漕」爲漕司，即轉運使；趙介庵爲趙德莊別號，爲宋宗室。本詞上闋是壽詞套話，下闋的「要挽銀河仙浪，西北洗胡沙」，是一篇中心所在，本句化用杜甫《洗兵馬》詩：「安得壯士挽天河，淨洗甲兵長不用。」〔註44〕表達了驅除金人恢復中原的抱負，也烘托出了作者遠大志向。最後一句「回首日邊去，雲裏認飛車」，「日邊」比喻朝廷，「飛車」，《藝文類聚》載：「奇肱氏能爲飛車，從風遠行。」〔註45〕講的是友人受到朝廷重用，大展宏圖，滿含有期待之意。朱德才言本詞「勉友亦自勉」〔註46〕，辛棄疾應酬之詞多豪壯大氣，其實寫給他人以外，可能談自己抱負還更多一些，「勉友亦自勉」可以說是辛棄疾壽詞一大景觀。

　　　　塞垣秋草，又報平安好。尊俎上，英雄表。金湯生氣象，玉珠霏談笑。春近也，梅花得似人雖老。　　莫惜金尊倒，鳳詔看看到。留不住，江東小。從容帷幄去，整頓乾坤了。千百歲，從今盡是中書考。（《千秋歲·金陵壽史帥致道》）

　　這是乾道五年（1169）辛棄疾爲建康留守史正志所寫，當時辛棄疾爲建康府通判，自南渡以來，轉眼已經八年，辛棄疾走馬燈般換了幾個地方，盡在下層奔走。沉淪下僚，辛棄疾內心鬱鬱，胸中懷抱卻從未有過改變。「莫惜金尊倒，鳳詔看看到。留不住，江東小。從容帷幄去，整頓乾坤了」，這樣遠大志向之詞，出自一個小小通判之口，似乎有些不妥。但這裡其實是辛棄疾自我懷抱的抒寫，顯示了他那昂揚奮發的意氣。這似乎也是某種預兆，寫這首詞的第二年，辛棄疾就受到宋孝宗召見，從此一路高升，做到了帥臣之位。回頭看來，沒有這首詞一般的遠大志向，辛棄疾是不可能做到後來高位的。

　　　　把江山好處付公來，金陵帝王州。想今年燕子，依然認得，王謝風流。只用平時尊俎，彈壓萬貔貅。依舊鈞天夢，玉殿東頭。　　看取黃金橫帶，是明年準擬，丞相封侯。有《紅梅》新唱，香陣卷溫柔。且畫堂通宵一醉，待從今更數八千秋。公知否：邦人香火，夜半才收。（《八聲甘州·壽建康帥胡長文給事》）

〔註44〕　（清）楊倫《杜詩鏡銓》卷五，上海古籍出版社，1980年，第218頁。

〔註45〕　（唐）歐陽詢撰、汪紹楹校《藝文類聚》卷一，上海古籍出版社，1982年，第17頁。

〔註46〕　《辛棄疾詞選》，第2頁。

本詞事功之心強烈，「只用平時尊俎，彈壓萬貔貅」、「看取黃金橫帶，是明年準擬，丞相封侯」，統率大軍，掃清胡虜，獲得君王重用進而加官進爵的心態展現無遺。徐復觀言：「由文字之聲句以感到作者之氣，由作者之氣可以感到作者的感情。」〔註 47〕作為純粹軍人形象的辛棄疾躍然紙上，充滿凜凜生氣。

> 擲地劉郎玉斗，掛帆西子扁舟。千古風流今在此，萬里功名莫
> 放休。君王三百州。　　燕雀豈知鴻鵠，貂蟬元出兜鍪。卻笑盧溪
> 如斗大，肯把牛刀試手不？壽君雙玉甌。（《破陣子‧為范南伯壽》）

這是辛棄疾送內兄范如山詞，淳熙六年（1179）范如山被徵召為盧溪縣令，他卻不願赴任，辛棄疾作詞規勸勉勵。詞中「千古風流今在此，萬里功名莫放休。君王三百州」，氣勢最為宏大，三百州，指淪陷的北方故土。用立功萬里恢復故國來期待一個新任縣令，顯然很不恰當。如果放在此時身任湖北轉運副使的辛棄疾自己身上，反倒更為適合，辛詞言志，有如此類。

> 渡江天馬南來，幾人真是經綸手？長安父老，新亭風景，可憐
> 依舊。夷甫諸人，神州沈陸，幾曾回首！算平戎萬里，功名本是，
> 真儒事，公知否？　　況有文章山斗，對桐陰滿庭清晝。當年墮地，
> 而今試看：風雲奔走。綠野風煙，平泉草木，東山飲酒。待他年整
> 頓乾坤事了，為先生壽。（《水龍吟‧甲辰歲壽韓南澗尚書》）

淳熙十一年（1184），辛棄疾罷職後，閒居帶湖，內心抑鬱，為韓南澗寫作此詞。韓南澗，即韓元吉，字無咎，號南澗，孝宗年間，曾任吏部尚書，力主抗金，晚年退居信州，與辛棄疾多有交遊唱和。南宋偏安江南，很容易讓人想起同樣南渡的東晉王朝來，辛棄疾文章詞作中多有言及東晉事，也是異代同慨之表露，本詞是化用前朝故事反映現實的典範之作，「渡江天馬南來，幾人真是經綸手？」破空而來，氣勢凌厲。「渡江天馬南來」，講的是西晉滅亡，晉元帝司馬睿南渡，在建康建立東晉王朝，其實暗指的是靖康之變宋室南渡。「幾人真是經綸手」，看似問的是前朝舊事，其實是對本朝賢者廢棄庸人居上的憤慨。此時的辛棄疾隱居帶湖，曾任兵部尚書的韓元吉也退居信州，辛棄疾這般語氣，明顯流露出對自己這些志士被擱置一旁的耿耿於懷。接下來的「長安父老，新亭風景，可憐依舊」，呈現的是河山之悲，「長安父老」，指中原淪陷區的廣大人民；「新亭風景」，新亭，三國時吳國所建，位於

〔註 47〕《中國文學精神》，第 129 頁。

建康城南，《世說新語‧言語》載：「過江諸人，每至美日，輒相邀新亭，藉卉飲宴，周侯中坐而歎曰：『風景不殊，正自山河有異。』皆相視流涕。唯王丞相愀然變色曰：『當共戮力王室，克復神州，何至作楚囚相對。』」〔註48〕山河依舊，這一切和當年的東晉沒有分別，只是當年東晉尚有以戮力王室克復神州爲己任的仁人志士，但今天情況怎樣呢？「夷甫諸人，神州沈陸，幾曾回首」，夷甫，西晉王衍字，王衍當年官居宰相，崇尚清談，不恤國事，西晉滅亡，後人對他多有貶抑。《晉書‧桓溫傳》載，桓溫北伐中原，踏上北方故土，無限感慨說道：「遂使神州沈陸，百年丘墟，王夷甫諸人不得不任其責。」〔註49〕辛棄疾這裡貶斥王衍，其實對時事多有影射。南宋那些在朝官員，何嘗不是這樣，他們沉醉享樂，坐看時機失去，哪裏有過什麼恢復之念？新亭之上，當年那些東晉士人想到故國山河，還會相對垂淚，但現在滿朝麻木，竟連一個爲國流淚的人都找不到了。「算平戎萬里，功名本是，眞儒事，公知否」，很多人講到這一「公」時，認爲講的是韓元吉本人，筆者以爲，這裡的「公」當是辛棄疾譏諷的朝中那些達官貴人，驅逐敵人，恢復故土，本是士大夫眞正志業，可這些在朝袞袞諸公，何嘗明白這樣的事啊？詞的下闋講的是韓元吉本人的文章事業，「綠野風煙，平泉草木，東山飲酒」，分別指唐代名臣裴度、李德裕和東晉大臣謝安，他們都是爲國家建立赫赫大功之人，這些人才算得上「眞儒」。顯示了對韓元吉的期許之意，同時更透露出辛棄疾的不凡志業。最後「待他年整頓乾坤事了，爲先生壽」，和前面三句的曲折相比，這裡就毫無保留袒露了自己事業志向。當年在朝爲官，想的是整頓乾坤，安邦定國。現在退居林下，何嘗改過初衷？

　　朱德才言本詞「豪情四溢，壯采驚人」〔註50〕，確實，本詞上闋滿腹牢騷一腔憤恨躍然紙上，下闋癡心不改激揚奮發直逼人面，生動體現出辛棄疾的有爲志士形象。劉過言辛棄疾「中原事，縱匈奴未滅，畢竟男兒」〔註51〕，辛棄疾的男兒氣概，有如此類。

　　像這樣的激昂之音，辛詞中爲數不少。辛棄疾的言志之詞多爲酬唱贈答

〔註48〕　（南朝）劉義慶撰、周祖謨箋疏《世說新語箋疏（修訂本）》卷二，上海古籍
　　　　　出版社，1993年，第92頁。
〔註49〕　《晉書‧桓溫傳》，（唐）房玄齡等撰《晉書》卷九八，中華書局，1974年，
　　　　　第2572頁。
〔註50〕　《辛棄疾詞選》，第62頁。
〔註51〕　（宋）劉過《沁園春‧寄辛稼軒》，《全宋詞》，第2142頁。

之作，其中又以壽詞居多，這實在是一個令人頗感驚訝和奇怪的一個現象。

辛棄疾之前，壽詞幾乎盡為留連杯酒的應酬之詞，內容單一貧乏、語言俗不可耐，要在這樣的文學體式之下寫出經典的作品來，真是一件十分為難之事。辛棄疾隨心所欲運用這一文學體式，不光數量眾多，質量也居上乘，將一種黯淡而缺乏光彩的文學體式點綴得觸處生春奪人眼目，確實給人以啟發和深思。

筆者以為，詞分兩種，一種是慰己之詞，一種是為人之詞，慰己之詞多由自身的歡愉悲哀之情觸發，自然而然從心底生發，然後訴諸筆墨，有一種「我手寫我口」的天籟之感，所以佳作如林。然而為人之詞多用於酬唱贈答的光景留連當中，寫作目的發自他人，如此應景之作，當然不如自己心底自然生發的為好。何以辛棄疾這種應酬之詞寫得超乎一般？而且這些為人之詞與其慰己之詞相比，有時反倒更能抒發其志氣懷抱。如何來解釋這一現象？筆者以為，這同辛棄疾個人情性及自身境遇大有關係。

中國士人，大多抱以儒道互補的人生觀，士人們在位時致君堯舜兢兢業業，退處時不在其位不謀其政，過一種恬淡自足任情逍遙的自在生活。辛棄疾卻並不完全符合這樣的標準，儘管淳熙八年（1181）退居帶湖以後，過上了一種林下生活，但要他對時事持袖手旁觀漠不關心的態度，顯然不能。辛棄疾在位時熱心國事，上《十論》、進《九議》，剿茶商軍、建飛虎軍，熱切用世之心，較諸他人濃烈數倍，即使後來在流言密佈、危機四伏、必然退處的情況下，也絲毫不改自己用世之心，「直使便為江海客，也應憂國願年豐」〔註52〕，一種憂國憂民之心躍然紙上，這樣的辛棄疾，必然只有進取，沒有退卻。「男兒志兮天下事，但有進兮不有止」〔註53〕，辛棄疾具有的正是這種頑強進取精神。

「花時中酒，託之陶寫」，對於辛棄疾這樣一個「具有最高的思想境界和最深厚的感情原素」〔註54〕的人來說，汲汲仕進滿懷功名，其渴求知音，希冀他人知其懷抱引為同志，以合一種惺惺相惜之心，自然十分濃烈。這種應酬場合好友之間的對話與傾訴，最易袒露其心胸、表露其心跡。辛棄疾多在酬唱贈答詞中完全展現自我，更多是一種感知之切熱心腸之流露，寫作體式

〔註52〕 《辛稼軒詩文箋注》，第 103 頁。
〔註53〕 梁啟超《志未酬》，《梁啟超全集》，第 5425 頁。
〔註54〕 鄧廣銘《稼軒詞編年箋注增訂三版題記》，《稼軒詞編年箋注》，第 6 頁。

雖爲壽詞，內在精神早已發生變化，較其他泛泛而談純爲應景的壽詞來說，儼然有鴻溝之界，自然應分別視之另當別論。辛棄疾的這些壽詞儘管爲人而作，但由於熟知對方、同情對方，並希望對方也一樣肯定自己、欣賞自己。詞作雖是爲人而作，個人心胸懷抱反而更能得以展現。由於揣度對方和自己有著同樣志向，如此心曲相通，更能激起一種以他人之酒杯澆自己之塊壘的平衡作用。「勉友亦自勉」，從這個角度看來，在某種程度上，爲人之詞也就轉化成了慰己之詞。「握手論文情極處，冰玉一時清潔」（《念奴嬌・贈夏成玉》），稼軒壽詞情眞意切感人肺腑，所具有的超越意義，正在於此。黃蓼園言：「壽詞盡言富貴則塵俗，盡言功名則諛佞，盡言神仙則迂誕。言功名而慨歎寫之壽詞中，合踞上座。此猶刻舟求劍之說也。幼安忠義之氣，由山東間道歸來，見有同心者，即鼓其義勇。辭以頌美，實句句是規勵，豈可以尋常壽詞例之？」〔註55〕可謂中肯之評，也見出辛棄疾爲傳統壽詞開闢的嶄新一境。

詞言志，往往是和以詩爲詞聯繫在一起，於詞的言志傳統，王國維言道：「詞至李後主而眼界始大，感慨遂深，遂變伶工之詞爲士大夫之詞。」〔註56〕後人就此進行發揮，認爲詞的言志始於李煜，葉嘉瑩言：「李後主是最早一個很明顯地將小詞詩化的人，而有意識地去改變的則是蘇東坡。」〔註57〕劉揚忠言：「李後主，由於他在長短句歌詞中部分地引入和恢復了『言志』和『詩可以怨』的傳統，因而可以稱得上詞中『言志』派的導夫先路者。」〔註58〕李煜雖然擴大了詞的表現力，但看李煜諸多作品依然以本色詞爲主。後來的蘇軾，作爲「詩人之詞」〔註59〕的代表，儘管有意識提升詞的主題，但蘇軾眾多作品中也僅《江城子・密州出獵》一首堪與辛棄疾壯詞相當，並未形成一種潮流。正是到了辛棄疾手裏，才使詞完全具備了詩的功能。辛詞言志，包蘊了詩的一切功能，走出了「詩餘」、「小詞」的範疇，使詞具備了和詩頡頏比肩的地位。

（二）寫情的別具一格

辛棄疾豪放大氣，其人其詞很難與纏綿悱惻聯繫起來，實際上辛棄疾同

〔註55〕（清）黃蓼園《蓼園詞評》，《詞話叢編》，第3081頁。
〔註56〕《人間詞話》，第197頁。
〔註57〕葉嘉瑩《南宋名家詞講錄》，天津古籍出版社，2005年，第13頁。
〔註58〕《辛棄疾詞心探微》，第214頁。
〔註59〕《南宋名家詞講錄》，第9頁。

樣也是情詞書寫一大家，並且在某些方面對後人具有相當的典型意義。

范開《稼軒詞序》言辛詞「清而麗、婉而嫵媚」〔註60〕，劉克莊亦言辛詞：「其穠纖綿密者亦不在小晏、秦郎之下。」〔註61〕道出了辛棄疾在本色詞創作上所到達的極高造詣。

辛棄疾情詞，並不遜於本色詞諸大家，其寫作內容主要體現在三個方面。

活色生香的溫馨之情

辛棄疾寫情之詞，生動清新，如食橄欖，餘香滿口。

> 儂是嶔崎可笑人。不妨開口笑時頻。有人一笑坐生春。　歌欲顰時還淺笑，醉逢笑處卻輕顰。宜顰宜笑宜精神。（《浣溪紗·贈子文侍人名笑笑》）

本詞是辛棄疾任建康府通判爲同僚嚴子文侍姬笑笑而寫，全詞從一個「笑」字出發，每句皆含笑字，十分傾倒，人物生動如在目前，引人神往。

> 東風夜放花千樹。更吹落，星如雨。寶馬雕車香滿路，鳳簫聲動，玉壺光轉，一夜魚龍舞。　蛾兒雪柳黃金縷，笑語盈盈暗香去。眾裏尋他千百度，驀然回首，那人卻在，燈火闌珊處。（《青玉案·元夕》）

這是歷代備受稱道的一首詞，上闋寫景，一片歡騰，十分大氣。下闋寫人，情感繾綣，極為動人。特別是「驀然回首」，彷彿是歷經千回百折久別重逢一般，語言雖短，給人感動卻是無限。清人彭孫遹言：「辛稼軒『驀然回首，那人卻在，燈火闌珊處』，秦、周之佳境也。」〔註62〕可謂深得本色詞之家風。

> 撲面征塵去路遙，香篝漸覺水沈銷。山無重數周遭碧，花不知名分外嬌。　人歷歷，馬蕭蕭。旌旗又過小紅橋。愁邊剩有相思句，搖斷吟鞭碧玉梢。（《鷓鴣天·代人賦》）

本詞寫的是一個「情濃意癡的馬背相思者的形象」〔註63〕，上闋寫景，暗含一種相思之情。最後一句「愁邊剩有相思句，搖斷吟鞭碧玉梢」，把征人

〔註60〕　（宋）范開《稼軒詞序》，《詞集序跋萃編》，第 199 頁。
〔註61〕　（宋）《辛稼軒集序》，《後村先生大全集》卷九八。
〔註62〕　（清）彭孫遹《金粟詞話》，《詞話叢編》，第 722 頁。
〔註63〕　《辛棄疾詞選》，第 229 頁。

的「癡」刻畫栩栩如生。

　　謝章鋌言:「學稼軒,要於豪邁中見精緻。」〔註64〕稼軒言情,有如此類。

　　　　隔戶語春鶯。才掛簾兒斂袂行。漸見凌波羅襪步,盈盈。隨笑
　　隨顰百媚生。　著意聽新聲,盡是司空自教成。今夜酒腸難道窄,
　　多情。莫放紗籠蠟炬明。(《南鄉子》)

　　本詞寫的是歌女歌喉之好,由遠及近,頗得移步換情之妙。

　　「隔戶語春鶯」,不寫歌聲,先寫女子說話聲音的動聽。「漸見凌波羅襪
步,盈盈」,再寫女子腳步的輕盈。「隨笑隨顰百媚生」,進一步寫女子姣好的
面容和嬌媚的笑意。「著意聽新聲」,直到這時才落筆到歌聲上來,歌聲如何
動聽?這是人們最關心的,作者卻不直接描寫,而是用「今夜酒腸難道窄,
多情。莫放紗籠蠟炬明」這一曲筆寫出,可謂獨闢蹊徑,不落俗套。

　　　　欹枕櫓聲邊,貪聽咿呀聒醉眠。夢裏笙歌花底去:依然,翠袖
　　盈盈在眼前。　別後兩眉尖,欲說還休夢已闌。只記埋怨前夜月,
　　相看,不管人愁獨自圓。(《南鄉子‧舟行記夢》)

　　題名「舟行記夢」,言明這首詞創作情景,「欹枕櫓聲邊,貪聽咿呀聒醉
眠」,用語生動。「夢裏笙歌花底去:依然,翠袖盈盈在眼前」,寫的是夢中美
景,晏幾道《鷓鴣天》有「舞低楊柳樓心月,歌盡桃花扇底風」〔註65〕,辛
棄疾這裡的「夢裏笙歌花底去」與此類似,亦見其歡愉。下闋「欲說還休夢
已闌」,美的事物,大都要留下一絲遺憾才對,方能有引人遐想的回味,正欲
傾訴衷腸,夢卻沒有了,多麼讓人哀傷留戀。

　　本詞極寫夢中美好,情意款款,低徊無限。夢醒的遺憾,更給人對美的
嚮往與留戀。清人馮煦言辛棄疾:「摧剛為柔,纏綿悱惻,猶與粗獷一派,判
若秦越。」〔註66〕確實如此。

　　　　小小年華才月半。羅幕春風,幸自無人見。剛道羞郎低粉面,
　　傍人瞥見回嬌盼。　昨夜西池陪女伴。柳困花慵,見說歸來晚。
　　勸客持觴渾未慣,未歌先覺花枝顫。(《蝶戀花‧席上贈楊濟翁侍兒》)

　　這是辛棄疾為好友楊濟翁侍女所寫的一首詞,將女子的嬌羞摹寫極為傳
神。其中「剛道羞郎低粉面,傍人瞥見回嬌盼」,李清照《點絳唇》詞有「見

〔註64〕　《賭棋山莊詞話》卷一,《詞話叢編》,第3330頁。
〔註65〕　《全宋詞》,第225頁。
〔註66〕　(清)馮煦《蒿庵論詞》,《詞話叢編》,第3592頁。

客人來，襪剗金釵溜。和羞走，依門回首，卻把青梅嗅」〔註67〕，極寫女子羞態。辛棄疾這裡，和李詞極似。後邊的「勸客持觴渾未慣，未歌先覺花枝顫」，再次書寫了女子羞怯動人之狀。「傍人瞥見回嬌盼」、「未歌先覺花枝顫」，將女子的嬌羞神態刻畫動人十分。賀裳言：「詞家須使讀者如身履其地，親見其人，方爲蓬山頂上。」〔註68〕辛棄疾是臻於此境的。

辛棄疾以上諸詞，和壯詞不同的是，多用小令短調，筆墨不求變化，圍繞主要特徵著力刻畫。寫作中注重鍊字，特別是動詞用得極爲妥帖，每首詞簡單、平實，卻又親切、生動。「看似尋常最奇崛，成如容易卻艱辛」，寫作這樣感情平實的溫馨之詞，看似容易，其實難度極大，辛棄疾是下過極深工夫的。

相思入骨的癡絕之情

辛棄疾一往深情的愛情之詞，深得本色詞家風。

> 家住江南，又過了、清明寒食。花徑裏、一番風雨，一番狼藉。紅粉暗隨流水去，園林漸覺清陰密。算年年、落盡刺桐花，寒無力。　庭院靜，空相憶；無說處，閒愁極。怕流鶯乳燕，得知消息。尺素如今何處也，彩雲依舊無蹤跡。漫教人、羞去上層樓，平蕪碧。（《滿江紅・暮春》）

本詞寫的是一個空閨女子的傷春纏綿詞。上闋勾勒出一幅流水落花風雨狼藉的春殘衰敗圖，讓人無限傷情，「家住江南，又過了、清明寒食」，起語傷懷，「又過了」，一個「又」字，暗含多少沉痛。「花徑裏、一番風雨，一番狼藉。紅粉暗隨流水去，園林漸覺清陰密」，時光的無情，更有一種對青春的深深惋惜。「算年年、落盡刺桐花，寒無力」，用「無力」來形容一個「寒」字，古往今來，算來只有辛棄疾了，一個「無力」，貼切寫出了那份壓抑低沉。由景到人，下闋寫的是女子閨思，「庭院靜，空相憶；無說處，閒愁極」，這才表明本篇主旨所在，「怕流鶯乳燕，得知消息」，如此忐忑不安的細緻柔情，沒有心底那份小心翼翼，是描繪不出的。「漫教人、羞去上層樓，平蕪碧」，本待上樓去看歸人，但歸人不見，只有滿眼的青草，讓人無限傷情。

本詞由物及人，寫盡了女子的春思春愁和寂寞無聊的心情，「細膩婉轉，

〔註67〕　《李清照集箋注》卷一，第 1 頁。
〔註68〕　（清）賀裳《皺水軒詞筌》，《詞話叢編》，第 700 頁。

直逼秦觀」〔註 69〕，其用情的深沉，筆墨的細微，確實不亞晏幾道、秦觀這些婉約大家。王世貞言辛詞「穠情致語，幾於盡矣」〔註 70〕，於此可見。

> 敲碎離愁，紗窗外、風搖翠竹。人去後、吹簫聲斷，倚樓人獨。滿眼不堪三月暮，舉頭已覺千山綠。但試把、一紙寄來書，從頭讀。　　相思字，空盈幅；相思意，何時足。滴羅襟點點，淚珠盈掬。芳草不迷行客路，垂楊只礙離人目。最苦是、立盡月黃昏，欄杆曲。（《滿江紅》）

本篇同樣是念懷遠人詞，可以和上邊一詞相比照，暮春之後就是夏天，兩首《滿江紅》時序相接，本詞寫的就是夏日的思念之情。「敲碎離愁，紗窗外、風搖翠竹」，寫出女子的心緒難安。「人去後、吹簫聲斷，倚樓人獨」，唐人趙嘏《長安晚秋》一詩寫道「殘星幾點雁橫塞，長笛一聲人倚樓」〔註 71〕，辛棄疾這裡化用其意，寫盡了女子孤單落寞之情。「滿眼不堪三月暮，舉頭已覺千山綠」，兩句極為大氣，俯仰之間，不覺已是紅花凋落，千山泛綠。「但試把、一紙寄來書，從頭讀」，上首詞「尺素如今何處也」，苦苦期盼的書信，而今總算來到，展開來信，從頭至尾，從尾至頭，細細研讀。「相思字，空盈幅；相思意，何時足。滴羅襟點點，淚珠盈掬」，由字到意，由意到淚，摹寫動人。「芳草不迷行客路，垂楊只礙離人目」，那漫天芳草，不要迷失了行人歸路；那縷縷垂柳，不要遮蔽了我遠望視線。款款深情，見於其中。「最苦是、立盡月黃昏，欄杆曲」，上首詞是不敢上樓，這次因為有了確切書信，所以上得樓來，遠望歸人，「立盡」二字，至為感人。

這首《滿江紅》和上首《滿江紅》不一樣的是，直接著筆，層層遞進，寫盡了那份離愁，更見出辛棄疾本人感情的深厚。

> 萬萬千千恨，前前後後山。傍人道我轎兒寬，不道被他遮得，望伊難。　　今夜江頭樹，船兒繫那邊？知他熱後甚時眠？萬萬不成眠後，有誰扇？（《南歌子》）

本詞以女性口吻著筆，帶有很強民間化色彩，可謂情癡語絕。上闋寫的是「隔」，「萬萬千千恨，前前後後山。傍人道我轎兒寬，不道被他遮得，望伊難」，這裡的「萬萬千千恨」和「前前後後山」，搭配十分貼切。下闋感情

〔註 69〕　《辛棄疾詞選》，第 239 頁。
〔註 70〕　（明）王世貞《藝苑卮言》，《詞話叢編》，第 391 頁。
〔註 71〕　（清）曹寅等編《全唐詩》卷五四九，中華書局，1960 年，第 6347 頁。

作進一步推進，「今夜江頭樹，船兒繫那邊？知他熱後甚時眠？萬萬不成眠後，有誰扇？」幾個問句，語調怯怯，真摯動人。朱德才於此甚爲稱賞，「一想對方今宵船泊何處，二想對方熱不成眠。三想無人爲之打扇。『三想』依次層進，愈想愈深細，關心備至，體貼入微。」〔註72〕

> 盈盈淚眼，往日青樓天樣遠。秋月春花，輸與尋常姊妹家。　水村山驛，日暮行雲無氣力。錦字偷剪，立盡西風雁不來。（《減字木蘭花》）

本詞題序爲：「長安道中，壁上有婦人題字，若有恨者，用其意爲賦。」是爲長沙道中一位棄婦所寫，全詞圍繞一個「恨」字著力刻畫，感情十分深沉。「盈盈淚眼，往日青樓天樣遠。秋月春花，輸與尋常姊妹家」，寫出了女子的傷痛和大好時光的虛度。「水村山驛，日暮行雲無氣力」，身體的勞累，源於心中的那份彷徨不安。「錦字偷剪，立盡西風雁不來」，本來被棄，爲何苦苦留戀？爲何癡情不改？男子對她究竟持何種態度？即使書信傳到男子那裡，男子又當作何反應？這許多疑問，都無從回答。「立盡西風雁不來」，這答案也許就在這無言的西風和廣闊的天空當中，讓人分外感傷。

本詞低徊不已，款款情深，清人賀裳《皺水軒詞筌》「稼軒有妍媚詞」條言：「然如『錦字偷從裁，立盡西風雁不來』，風致何妍媚也，乃出自稼軒之手，文人固不可測。」〔註73〕

> 寶釵分，桃葉渡，煙柳暗南浦。怕上層樓，十日九風雨。斷腸片片飛紅，都無人管；更誰勸。流鶯聲住。　鬢邊覷，試把花卜歸期，才簪又重數。羅帳燈昏，哽咽夢中語。是他春帶愁來，春歸何處？卻不解、帶將愁去。（《祝英臺近·晚春》）

「寶釵分，桃葉渡，煙柳暗南浦」，指的都是分別。「寶釵分」，唐人杜牧《送人》詩有：「明鏡半邊釵一股，此身何處不相逢。」〔註74〕桃葉渡，南朝時候，王獻之有愛妾名桃葉，渡口離別，王獻之作歌：「桃葉復桃葉，渡江不用楫。但渡無所苦，我自迎接汝。」〔註75〕南浦，南朝江淹《別賦》寫道：「送君南浦，傷如之何？」〔註76〕起筆就用三個同類典故，和辛棄疾前面《賀新

〔註72〕《辛棄疾詞選》，第37頁。
〔註73〕（清）賀裳《皺水軒詞筌》，《詞話叢編》，第698頁。
〔註74〕《全唐詩》卷五二四，第5996頁。
〔註75〕逯欽立輯校《先秦漢魏晉南北朝詩》，中華書局，1983年，第903頁。
〔註76〕（南朝）江淹著、（明）胡之驥注《江文通集彙注》卷一，中華書局，1984

郎・別茂嘉十二弟》起頭「綠樹聽鵜鴂。更那堪、鷓鴣聲住，杜鵑聲切」同樣效果，都是用三個同類意象，將感情作層層推進。「怕上層樓，十日九風雨。斷腸片片飛紅，都無人管；更誰勸。流鶯聲住」，三句分別由「怕」、「管」、「勸」三個動詞引領，帶出的是一片傷情。「鬢邊覷，試把花卜歸期，才簪又重數」，著筆細微，寫盡了女子忐忑不安的心態，黃蓼園評道：「問卜欲求會，而間阻實多，而憂愁之念，將不能自己矣。意致淒婉，其志可憫。」〔註77〕「羅帳燈昏，哽咽夢中語」，孤枕難眠，睡夢當中，依然念叨著他，其情可哀。「是他春帶愁來，春歸何處？卻不解、帶將愁去」，愁本心生，卻怪春天帶來，又叫春天一同帶走，語癡更見情癡。

　　本詞纏綿不已，更兼癡到絕處，在思人眼裏，落花、流鶯、夜夢、春天彷彿都帶有生命一般，它們的身上，都打上了自己濃濃的愁情。清人沈謙言：「稼軒詞以激揚奮厲為工，至『寶釵分，桃葉渡』一曲，昵狎溫柔，魂消意盡。才人伎倆，真不可測。」〔註78〕王國維言：「詞之為體，要眇宜修。能言詩之所不能言，而不能盡言詩之所能言。詩之境闊，詞之言長。」〔註79〕具有這般悠長意味的綿綿深情，確實只有詞的摹寫最為深刻。

　　　　金谷無煙宮樹綠，嫩寒生怕春風。博山微透暖薰籠。小樓春色
　　裏，幽夢雨聲中。　　　別浦鯉魚何日到，錦書覓恨重重。海棠花下
　　去年逢。也應隨分瘦，忍淚覓殘紅。(《臨江仙》)

　　「金谷無煙宮樹綠，嫩寒生怕春風」，描繪的是料峭春寒景象，金谷，代指女主人公居住之處，「嫩寒」，一個「嫩」字，怯怯中透出微微不安，用字妥帖，更見出稼軒用情之專、寫情之深。「博山微透暖薰籠」，博山，一種香爐。薰籠，薰香衣物的籠子。女子閨房，香爐冒出淡淡香氣，薰衣籠裏，透出薄薄暖意，情景極為細緻。「小樓春色裏，幽夢雨聲中」，秦觀《浣溪紗》有「自在飛花輕似夢，無邊絲雨細如愁」〔註80〕，辛詞此處，頗近秦詞。繆鉞言：「詞之所言，既為人生情思意境之尤細美者，故其表現之方法，如命意、造境、選聲、配色，亦必求精美細緻。」〔註81〕辛棄疾自言「句裏明珠

　　年，第 39 頁。
〔註77〕　（清）黃蓼園《蓼園詞評》，《詞話叢編》，第 3060 頁。
〔註78〕　（清）沈謙《填詞雜說》，《詞話叢編》，第 630 頁。
〔註79〕　《人間詞話》，第 226 頁。
〔註80〕　周義敢、程自信、周雷編注《秦觀集編年箋注》卷三八，人民文學出版社，
　　　　　2001 年，第 809 頁。
〔註81〕　《詩詞散論》，第 56 頁。

字字排」（《添字浣溪紗》），上闋由亭院、宮樹、香爐、薰籠、小樓、春色、
幽夢、雨聲一系列意象排列而成，運筆深細，很好烘托出了女主人公細緻委
婉的幽曲懷抱。下闋「別浦鯉魚何日到，錦書覓恨重重」，這是一個轉折，「別
浦」，離別的水濱，「鯉魚」，代指書信，都寫的是心中恨意。「海棠花下去年
逢。也應隨分瘦，忍淚覓殘紅」，李清照《如夢令》寫道：「昨夜雨疏風驟，
濃睡不消殘酒，試問捲簾人，卻道海棠依舊。知否，知否，應是綠肥紅瘦。」
〔註82〕辛棄疾本句和李清照詞甚似，只是「也應隨分瘦」，人共花瘦，較李詞
更進一層。

　　本篇上闋類秦觀、下闋類李清照，辛棄疾行筆綽約多情，可謂深得婉約
宗風，後人對此多有激賞，陳廷焯言：「婉雅芊麗，稼墨亦能為此種筆路，真令
人心折。」〔註83〕俞陛雲亦言：「深情秀句，當以紅牙按拍歌之。」〔註84〕

　　清人周濟言道：「稼軒固是才大，然情至處，後人萬不能及。」〔註85〕確
實如此，「人生自是有情癡，此情不關風與月」，辛棄疾此類癡情之詞，和他
言志之作大異其趣。其實這並不奇怪，「天下最神聖的莫過於情感」〔註86〕，
文學最重要的責任之一就是將這深厚情感傳神寫出感動世人，越是大家，情
感高度越是超越他人。兩宋詞壇上，辛棄疾無疑是最深情者之一，他功業上
有一種上下求索永不言棄的精神，在個人情感，以及對他人的同情上，何嘗
不是如此。辛棄疾曾言「但將痛飲酬風月，莫放離歌入管絃」（《鷓鴣天》），
把詞完全當成了個人情感的寄託。表現兒女之情，正是本色詞最大優勢。如
宋人張炎所言：「燕酣之樂，別離之愁，回文、題葉之愁，峴首、西州之淚，
一寓於詞。」〔註87〕清人王炎亦言：「長短句命名曰曲，取其曲盡人情，惟婉
轉嫵媚為善。」〔註88〕清人查禮亦言：「情有文不能達，詩不能道者，而獨於
長短句中，可以委曲形容之。」〔註89〕辛棄疾的癡情之作，寫得讓人感動不
已，正是自己心底深情和詞這一文體相得益彰的結合，所以也才具有了這般
感人肺腑的強烈效果。

〔註82〕　《李清照集箋注》卷一，第 14 頁。
〔註83〕　《白雨齋詞話》卷一，第 22 頁。
〔註84〕　《唐五代兩宋詞選釋》，第 378 頁。
〔註85〕　（清）周濟《介存齋論詞雜著》，《詞話叢編》，第 1633～1634 頁。
〔註86〕　梁啟超《中國韻文裏頭所表現的情感》，《梁啟超全集》，第 3921 頁。
〔註87〕　（宋）張炎著、蔡嵩雲箋釋《詞源注》，人民文學出版社，1963 年，第 23 頁。
〔註88〕　（清）王炎《雙溪詩餘自許》，《詞集序跋萃編》，第 30 頁。
〔註89〕　（清）查禮《銅鼓書堂詞話》，《詞話叢編》，第 1481 頁。

寄託遙深的身世感喟

中國古代士人，懷抱一己理想，哪怕備受打擊，依然往而不返、不改初衷。身世坎壈，人生實艱，繪景寫物，常有一種自悲況味寄寓其中。自從屈原樹立「香草美人之喻」這一典範之後，後來失意士人尤其愛用這一隱晦曲折的表達手法。辛棄疾志意堅定，戛戛獨立，多受摧折，彷徨難安，和屈原甚為相似，在運用這一密佈「香草美人」的詞這一文學體式上，自然不經意間打上了自傷身世的烙印。謝章鋌言：「作情語勿作綺語，綺語設為淫思，壞人心術。情語則熱血所鍾，纏綿悱惻，而即近知遠，即微知著，其人一生大節，可於此得其端倪。」〔註90〕正可言辛棄疾情詞多有懷抱寄託。

> 春已歸來，看美人頭上，嫋嫋春幡。無端風雨，未肯收盡餘寒。年時燕子，料今宵、夢到西園。渾未辦、黃柑薦酒，更傳青韭堆盤。　卻笑東風從此，便薰梅染柳，更沒些閒。閒時又來鏡裏，轉變朱顏。清愁不斷，問何人會解連環？生怕見花開花落，朝來塞雁先還。(《漢宮春・立春日》)

本詞表面看是一首思家盼歸詞，後人普遍認為深有寄託，周濟言：「『春幡』九字，情景已極不堪，燕子猶記年時好夢。『黃柑』、『青韭』，極寫宴安鴆毒。換頭又提動黨禍，結用『雁』，與燕激射，卻稍帶五國城舊恨。」〔註91〕鄧廣銘則認為尾句包含辛棄疾希望北伐，表現的是這樣理想：「懷抱著打回老家去的願望，且還要與塞雁的北歸爭個誰後誰先。」〔註92〕周濟有求之過深之感，但細細咀嚼，不能不說詞中沒有寄託，「清愁不斷，問何人會解連環？」連環，據《戰國策・齊策》記載，秦昭王遣使齊國，送上玉連環一串，請齊人解環，群臣無策，齊后用椎擊破解之。後人常用「連環」喻複雜難解的局面，本詞如「解連環」般的複雜，生發如鄧廣銘那樣的解釋，具有一定的合理性。

> 野塘花落，又匆匆過了，清明時節。剗地東風欺客夢，一枕雲屏寒怯。曲岸持觴，垂楊繫馬，此地曾經別。樓空人去，舊遊飛燕能說。　聞道綺陌東頭，行人常見，簾底纖纖月。舊恨春江流不斷，新恨雲山千疊。料得明朝，尊前重見，鏡裏花難折。也應驚問，

〔註90〕 （清）謝章鋌《賭棋山莊詞話》卷一，《詞話叢編》，第 3366 頁。
〔註91〕 （清）周濟《宋四家詞選目錄序論》，《詞話叢編》，第 1654 頁。
〔註92〕 鄧廣銘〈辛棄疾歸附南宋的初衷和奏進〈美芹十論〉的主旨〉，《鄧廣銘治史叢稿》，第 269 頁。

近來多少華髮？（《念奴嬌‧書東流村壁》）

於本詞，梁啟超認為寫的是「南渡之感」〔註93〕，並評論道：「題目是《書東流村壁》，正是徽、欽北行經過的地方，所以把他的『舊恨新恨』一齊招惹出來。」〔註94〕唐圭璋《唐宋詞簡釋》，對梁啟超觀點深表贊同。本詞表面看似念懷遠人，但聯想辛棄疾志業，以及辛棄疾多有因某地的歷史感，觸發其個人感慨。如在北固亭寫作《永遇樂》（千古江山）一詞，在采石磯寫作《西江月》（千丈懸崖削翠）一詞，多寄託有歷史興亡之感。這裡來到東流村，想起當年的南渡「舊恨」，以及現在恢復難期的「新恨」，是有道理的。

誰向椒盤簪彩勝？整整韶華，爭上春風鬢。往日不堪重記省，為花長把新春恨。　　春未來時先借問，晚恨開遲，早又飄零近。今歲花期消息定，只愁風雨無憑準。（《蝶戀花》）

於本詞，陳廷焯言道：「稼軒《蝶戀花》云：『今歲花期消息定，只愁風雨無憑準』。蓋言榮辱不定，遷謫無常。言外有多少哀怨，多少疑懼。」〔註95〕本詞題序為：「戊申，元日立春，席間作」，是辛棄疾寫於淳熙十五年（1188）的一首詞，表面看是辛棄疾一首惜春詞，可聯繫到辛棄疾此時閒居帶湖多年，希望出山。並且去年因為高宗去世，希望孝宗能有所作為，而且還和陳亮有過「極論時事」的舉動，但國家真正有「中興」可能嗎？加上辛棄疾多遭不虞之毀和小人中傷，這裡的「今歲花期消息定，只愁風雨無憑準」，確實有陳廷焯所言「多少哀怨，多少疑懼」盤踞其中。

更能消幾番風雨？匆匆春又歸去。惜春長怕花開早，何況落紅無數。春且住，見說道，天涯芳草無歸路。怨春不語。算只有殷勤，畫簷蛛網，盡日惹飛絮。　　長門事，準擬佳期又誤。蛾眉曾有人妒。千金縱買相如賦，脈脈此情誰訴？君莫舞。君不見玉環飛燕皆塵土！閒愁最苦。休去倚危欄，斜陽正在，煙柳斷腸處。（《摸魚兒》）

本詞題序為「淳熙己亥，自湖北漕移湖南，同官王正之置酒小山亭，為賦」，「淳熙己亥」，為淳熙六年（1179），「自湖北漕移湖南」，此時辛棄疾由湖北轉運使調任湖南安撫使，離鄂州赴長沙，鄂州為南宋衝要之地，南宋大軍

〔註93〕梁啟超《飲冰室評詞》丙卷，《詞話叢編》，第4308頁。
〔註94〕梁啟超《中國韻文裏頭所表現的情感》，《梁啟超全集》，第3933頁。
〔註95〕《白雨齋詞話》卷一，第23頁。

駐紮此處。離開鄂州，南下長沙，也就意味著更加遠離了抗金前線。國勢無望，睹物傷情，辛棄疾眼看自己一生致力的恢復事業遙遙無期，愈行愈遠，自然是無限傷心、備感痛楚。

在這一心理驅使之下，本詞也成爲辛棄疾書寫愛情來傳達內心情懷的經典之作。上闋描繪的是晚春情景，暮春風雨，落紅無數，畫簷蛛網，飛絮滿天，寫得是柔腸百結。春天的離去最容易讓人聯想到的是美人遲暮，下闋寫的就是這一話題，「長門事，準擬佳期又誤。蛾眉曾有人妒」，「長門事」，說的是漢武帝和陳皇后故事，司馬相如《長門賦序》言：「孝武皇帝陳皇后時得幸，頗妒。別在長門宮，愁悶悲思。聞蜀郡成都司馬相如天下工爲文，奉黃金百斤，爲相如、文君取酒，因於解悲愁之辭。而相如爲文以悟主上，陳皇后復得親幸。」〔註96〕辛棄疾用這一典故，稍加變化，情致更爲淒婉動人。本來是陳皇后嫉妒他人，詩人卻說是由於陳皇后被他人所妒蒙受冤屈，這樣一來，悲劇意味更重，也才能自然延伸到下面一句「蛾眉曾有人妒」。屈原《離騷》寫道「眾女嫉余之蛾眉兮，謠諑謂余以善淫」〔註97〕，屈原的美人之喻，是後來中國文學一大傳統。詩人這裡反用其意，更多是自況意味，辛棄疾獨立不遷、不合流俗，卻遭到了南宋主和派的打擊排斥、誣陷中傷，美人之喻，正在於此。「千金縱買相如賦，脈脈此情誰訴」，看似寫的陳皇后對漢武帝的深情，實際依然是美人之喻的延續，其中暗含有辛棄疾於孝宗的無限忠誠愛戴，而這份忠愛之心，哪怕自己有再美詞筆，也不能完全表達。「君莫舞。君不見玉環飛燕皆塵土」，玉環，唐玄宗愛妃楊玉環；飛燕，漢成帝愛妃趙飛燕。二人以美色邀寵，雖然都曾一時得幸，最終仍被君王遺棄。這一句暗含有對當朝居於高位得意官場那群官員的諷刺，這些人縱然一時得寵，但並不可能持續長久。「閒愁最苦。休去倚危欄，斜陽正在，煙柳斷腸處」，春天離去了，美人失意了，連眼前的這輪夕陽也西墜下去。隨著這最後一抹光亮的消失，世界隨之也將進入一片黑暗。聯想到自己的人生，也像這眼前的世界一般，處於一片黑暗，怎不讓人悲不自勝。

本詞寫出之後，宋人羅大經《鶴林玉露》記載：

> 詞意殊怨。「斜陽煙柳」之句，其與「未須愁日暮，天際乍輕陰」
> 者異矣。使在漢唐時，寧不賈種豆種桃之禍哉？愚聞壽皇見此詞，

〔註96〕《文選》卷一六，第712頁。
〔註97〕《楚辭補注》，第14～15頁。

頗不悦，然終不加罪，可謂盛德也已。〔註98〕

「風雅之興，志思蓄憤，而吟詠情性，以諷其上」〔註99〕，辛棄疾這首詞詞意殊怨，直刺當路，明眼人一見即知，孝宗覽之，頗為不悅，也在情理當中。但孝宗終不加罪於辛棄疾，除了孝宗寬宏大量的「盛德」以外，還與孝宗自身難以言說的處境未嘗沒有相當之關係，國勢的萎靡不振、高宗的動輒掣肘、群臣的不思進取，這一切都讓一個當年頗有銳氣極想有番作為的孝宗，終至沉淪為一個剛心消磨的平庸之人，「何意百鍊鋼，化為繞指柔？」其自我的心路歷程，何嘗沒有過無處言說的悲涼。這首《摸魚兒》，寄寓著的不僅是辛棄疾自身的悲劇，也是孝宗的悲劇，以及整個時代的悲劇。

辛棄疾本詞一往情深的忠愛纏綿，得到了繆鉞先生的高度評價：「辛稼軒與屈原有同樣的遭遇和心情。屈原借美人香草之辭發抒其政治上的感憤，芳馨悱惻，成為千古絕唱。而辛稼軒這首《摸魚兒》詞也是這樣。」並讚歎道：「我認為，辛稼軒這首《摸魚兒》詞。則是宋詞中的《離騷》。」〔註100〕

辛詞如《摸魚兒》這般的「美人意緒」，是頗為密集的，如「湘筠簾卷淚痕斑」（《江神子》）、「盈盈淚眼，往日青樓天樣遠」（《減字木蘭花》）、「君如梁上燕，妾如手中扇」（《東坡引》）、「玉人今夜相思不？想見頻將翠枕移」（《鷓鴣天》）、「空谷無人，自怨蛾眉巧」（《蝶戀花》）、「傾國無媒，入宮見妒，古來顰損蛾眉」（《滿庭芳》）、「傾國豔，難再得。還可恨，還堪憶」（《滿江紅》）。這一意象，如陳廷焯所言：「寫怨夫思婦之懷，寓孽子孤臣之感。凡交情之冷淡、身世之飄零，皆可於一草一木發之。而發之又必若隱若見，欲露不露，反覆纏綿，終不許一語道破。」〔註101〕成為辛棄疾有志難伸苦悶抑鬱之最好象徵。

兩宋詞壇，最多言情大家，辛棄疾之前，已有柳永、晏幾道、秦觀、李清照、周邦彥等人，辛棄疾以上三類情詞，特別是前兩種，和這些詞人都有類似之處，某些詞甚至有過之而無不及，劉克莊言辛詞「不在小晏、秦郎之下」，可謂的評。但諸多詞人當中，辛棄疾最接近的當是秦觀，秦觀一往深情，人生道路，也極為坎坷。作為「古之傷心人」〔註102〕，他的情詞比他人

〔註98〕　《鶴林玉露》甲編卷一，第 12 頁。

〔註99〕　《文心雕龍・情采》，《文心雕龍注》卷七，第 538 頁。

〔註100〕　《靈谿詞說》，第 234 頁。

〔註101〕　《白雨齋詞話》卷一，第 5 頁。

〔註102〕　（清）馮煦《蒿庵論詞》，《詞話叢編》，第 3587 頁。

有了更深一層的身世感慨的寄寓，其《千秋歲》（水邊沙外）、《踏莎行》（霧失樓臺）等詞，都隱含有深深的個人身世感歎，清人周濟言秦觀「將身世之感打併入豔情」〔註103〕，極有見地。只是秦觀的寄託均是個人身世，辛棄疾將自己命運和國家興衰緊緊聯繫一起，更多了一層家國感歎，卻又為秦觀所不及。

　　另外秦觀的寄託相對顯豁，辛棄疾的寄託卻更為隱晦，這一點頗類詩家之有李商隱，於李商隱豔詩，清人徐德泓、陸鳴皋《李義山詩疏序》言道：「嘗考義山生平，歷憲、文、武、宣之朝，時多不變故，且黨禍傾軋，仕途委頓，賓主僚友間，亦多不偶。抑鬱之志，發為詩歌，而又不可莊語，故託之於豔詞，閨闥神仙，猶楚騷之香草美人，皆語言耳。無題諸作，大半不離此意，若通以他解，便不相聯屬矣。其思深，其詞婉，憤而不仇，議而不露，怨而不流，確是風人遺旨，非《玉臺》、《香奩》偶也。」〔註104〕辛詞寄託，頗有相通之處。

　　明人李贄對文章寄託有一段精當表述：

　　　　且夫世之真能文者，比其初皆非有意於為文也。其胸中有如許無狀可怪之事，其喉間有如許欲吐而不敢吐之物，其口頭又時時有許多欲語而莫可所以告語之處，蓄極積久，勢不能遏。一旦見景生情，觸目興歎；奪他人之酒杯，澆自己之磊塊；訴心中之不平，感數奇於千載。既已噴玉唾珠，昭回雲漢，為章於天矣，遂亦自負，發狂大叫，流涕慟哭，不能自止。寧使見者聞者切齒咬牙，欲殺欲割，而終不忍藏於名山，投之水火。余覽斯記，想見其為人，當其時必有大不得意於君臣朋友之間者，故借夫婦離合因緣以發其端。〔註105〕

　　稼軒個人境遇，作品寓意，和李贄所言極為吻合。正如劉克莊言辛詞：「英雄感愴，有在常情之外，未必區區婦人之言也。」〔註106〕黃蓼園在評辛棄疾《祝英臺近》（寶釵分）一詞亦言：「此必有所託而借閨怨以抒其志乎？」〔註107〕清人李佳言辛詞：「集中多有寓意作……豈僅批風吟月？」〔註108〕清

〔註103〕（清）周濟《宋四家詞選目錄序論》，《詞話叢編》，第1652頁。
〔註104〕劉學鍇、余恕誠、黃世中編《李商隱資料彙編》，中華書局，2001年，第462頁。
〔註105〕（明）李贄《雜說》，《焚書·續焚書》卷三，中華書局，1975年，第97頁。
〔註106〕《後村先生大全集》卷九八。
〔註107〕（清）黃蓼園《蓼園詞評》，《詞話叢編》，第3060頁。

人沈祥龍亦言辛詞：「皆傷時感事，上與風騷同旨，可薄爲小技乎？」〔註109〕今人張法言道：「君臣和夫婦的同構，使中國悲劇的兩大重點（政治和愛情）完全可以互通互喻。」〔註110〕辛棄疾情詞，其身世、家國寄託，個別之處雖有求之過深之嫌，但也未嘗沒有一定的道理。「作者之用心未必然，而讀者之用心何必不然」〔註111〕，對理解詞這一深邃的心靈文學，是有益處的。雖爲豔語情詞，但個人理想懷抱如蛇灰蚓線流露於不自知，使其情詞也達到了一個高超曠遠的境界，致人以咀之不盡的神往和回味。而辛棄疾在這方面的突破，無疑爲後來南宋詞人姜夔、張炎、王沂孫等人的寄託詞導夫先路，開啓了法門。

（三）農村的高峰之作

在中國各種文學體式中，詞猶瓷器，最爲精巧細緻，這樣華美精工的文學，農村詞相對來說，有些不登大雅之堂。辛棄疾自號「稼軒」，乃是完全出於對農村的喜愛，「寧作我，豈其卿，人間走遍卻歸耕」（《鷓鴣天》）、「芟草卻除根，筧竹添新瓦」、「萬一朝家舉力田，捨我其誰也」（《卜算子》），辛棄疾退居帶湖，和農村一下拉近了距離，沒有了界限，他傾心創作的農村詞，也達到了一個他人難以企及的高峰。

最早寫作農村詞者，爲五代人孫光憲，《風流子》其一寫道：

茅舍槿籬溪曲，雞犬自南自北。菰葉長，水蓁開，門外春波漲

綠。聽織，聲促，軋軋鳴梭穿屋。〔註112〕

於本詞，李冰若評道：「《花間集》中忽有此淡樸詠田家耕織之詞，誠爲異彩。蓋詞境至此，已擴放多矣。」〔註113〕後人看來是有非凡意義，但在當時，只會顯得刺眼。花間詞人十八家，僅孫光憲一人寫作農村詞，而且孫光憲六十首作品中，也僅此一曲，看來這一題材，就連孫光憲本人也未特別留意。五代以後的北宋早期詞人，走的都是花間一路，對農村詞自然不會著筆。一直到蘇軾那裡，才又重新開始了農村詞的創作。

蘇軾的農村詞，集中《浣溪紗》一調，一共五首，排列如下：

〔註108〕（清）李佳《左庵詞話》卷上，《詞話叢編》，第3107～3108頁。
〔註109〕（清）沈祥龍《論詞隨筆》，《詞話叢編》，第4059頁。
〔註110〕張法《中國文化與悲劇意識》，中國人民大學出版社，1989年，第24頁。
〔註111〕（清）譚獻《復堂詞話》，《詞話叢編》，第3987頁。
〔註112〕《花間集校》，第152頁。
〔註113〕李冰若《花間集評注》，河北教育出版社，1999年，第178頁。

> 照日深紅暖見魚，連村綠暗晚藏烏，黃童白叟聚睢盱。　麋鹿
> 逢人雖未慣，猿猱聞鼓不須呼，歸來說與採桑姑。

> 旋抹紅妝看使君，三三五五棘籬門，相排踏破蒨羅裙。　老幼
> 扶攜收麥社，烏鳶翔舞賽神村，道逢醉叟臥黃昏。

> 麻葉層層檾葉光，誰家煮繭一村香？隔籬嬌語絡絲娘。　垂白
> 杖藜抬醉眼，捋青搗麨軟饑腸，問言豆葉幾時黃？

> 簌簌衣巾落棗花，村南村北響繰車，牛衣古柳賣黃瓜。　酒困
> 路長惟欲睡，日高人渴漫思茶，敲門試問野人家。

> 軟草平莎過雨新，輕沙走馬路無塵，何時收拾耦耕身？　日暖
> 桑麻光似潑，風來蒿艾氣如薰，使君元是此中人。〔註114〕

　　這幾首作品，清新樸實，也是蘇軾的代表作。但看蘇軾之後，並沒有什麼詞人書寫鄉村，辛棄疾時代依然如此，當時的詞人都沒有農村詞的寫作。辛棄疾打破常規，繼蘇軾之後，大量寫作農村詞，所取得成就也超越了蘇軾。首先是作品之多，蘇軾一生只寫作了五首農村詞，辛棄疾一生卻寫有二十餘首之多；二是歷時之久，蘇軾這五首農村詞，均是元豐八年（1078），蘇軾為徐州太守時的一時興到之作，此後再無此類作品，辛棄疾創作卻歷時大約二十年之久。三是詞調運用之廣，蘇軾僅見《浣溪紗》一調當中，辛棄疾創作卻見《清平樂》《醜奴兒》《西江月》《南歌子》等詞調中。四是辛棄疾農村詞敘寫生活的廣度和深度，也超過了蘇軾。下面就此作一論述。

　　辛棄疾首先寫了鄉村之美。

> 　　陌上柔桑破嫩芽，東鄰蠶種已生些。平岡細草鳴黃犢，斜日寒
> 林點暮鴉。　　山遠近，路橫斜，青旗沽酒有人家。城中桃李愁風
> 雨，春在溪頭薺菜花。(《鷓鴣天》)

　　「陌上柔桑破嫩芽，東鄰蠶種已生些。平岡細草鳴黃犢，斜日寒林點暮鴉」，此數句寫景極美，彷彿鋪開一張大畫布一般，美不勝收。另外每句中的動詞用得極妙，「破」、「生」、「鳴」、「點」四個動詞，點綴出了作者滿懷喜悅之情。「山遠近，路橫斜，青旗沽酒有人家」，給人以意外的驚喜。「城中桃李愁風雨，春在溪頭薺菜花」，白居易《大林寺桃花》寫有：「人間四月芳菲盡，山寺桃花始盛開。長恨春歸無覓處，不知轉入此中來。」〔註115〕辛棄疾這裡

〔註114〕　《蘇軾詞編年校注》，第232～237頁。
〔註115〕　《白居易集》卷一六，中華書局，1979年，第341頁。

和白詩頗類，不光景美，還有某種感悟寓於其中。

於本詞，俞陛雲言：「此調乃閒放自適，如聽雄笳急鼓之餘，忽聞漁唱在水煙深處，爲之意遠。」〔註116〕俞平伯言：「結句言桃李愁風雨，而菜花之不愁風雨，意在言外。對比形容，清新明朗。」〔註117〕對俞平伯「意在言外」，朱德才釋道：「進而就寓意說，則厭棄官場，愛好田園。官場名利雖如桃李榮華一時，但終究風雨無準，難以久遠。怎及清淡田園，青山綠水，田邊溪頭，春意常在。」〔註118〕

> 籃輿嫋嫋破重岡，玉笛兩紅妝。這裡都愁酒盡，那邊正和詩忙。　爲誰醉倒？爲誰歸去？都莫思量。白水東邊籬落，斜陽欲下牛羊。（《朝中措》）

本詞寫的是田園歸隱之樂，「籃輿嫋嫋破重岡。玉笛兩紅妝。這裡都愁酒盡，那邊正和詩忙」，穿過山嶺，來到鄉村，有美酒、有歌女、有詩篇，意態多麼瀟灑，特別是「這裡都愁酒盡，那邊正和詩忙」，語言幽默，見出詞人的好興致。「爲誰醉倒？爲誰歸去？都莫思量。白水東邊籬落，斜陽欲下牛羊」，兩個問句，顯出辛棄疾忘懷人世的興致。最後二句，和《詩經・王風・君子于役》所寫「日之夕矣，羊牛下來」〔註119〕情景頗爲一致，田家風情，韻味無窮。

> 煙迷露麥荒池柳，洗雨烘晴，洗雨烘晴，一樣春風幾樣青。　提壺脫袴催歸去，萬恨千情，萬恨千情，各自無聊各自鳴。（《醜奴兒》）

「洗雨烘晴」，烘晴，俗語，指天氣的晴朗溫暖。「提壺脫袴催歸去」，「提壺」，鳥名，因叫聲如「提壺盧，沽酒去」得名。「脫袴」，鳥名，因叫聲如「脫袴」得名，不說鳥名，而直接用鳥的叫聲指代，更見口語色彩。本詞多用口語，並用上民間極愛用的疊句，很好寫出了鄉間天氣宜人禽鳥悅人的美景。

辛棄疾其次寫了孩童的頑皮。

> 茅簷低小，溪上青青草。醉裏吳音相媚好，白髮誰家翁媼。　大兒鋤豆溪東，中兒正織雞籠。最喜小兒無賴，溪頭臥剝蓮蓬。（《清平樂》）

本詞著筆極爲生動，通篇白描，生活情趣描繪極爲傳神，寫出了老老少

〔註116〕《唐五代兩宋詞選釋》，第 379 頁。
〔註117〕《唐宋詞選釋》，第 197 頁。
〔註118〕《辛棄疾詞選》，第 252 頁。
〔註119〕《詩集傳》卷四，第 43 頁。

少其樂融融的生活情趣，下闋「大兒鋤豆溪東，中兒正織雞籠。最喜小兒無賴，溪頭臥剝蓮蓬」，小孩子淳樸可愛活潑靈動模樣，栩栩如在目前，讓人倍感親切和神往。

> 連雲松竹，萬事從今足。柱杖東家分社肉，白酒床頭初熟。　　西風梨棗山園，兒童偷把長竿。莫道旁人驚去，老夫靜處閒看。（《清平樂》）

這首詞，題序為「檢校山園，書所見」，為作者巡看山園所作。下闋的「西風梨棗山園，兒童偷把長竿」，寫孩子到園子偷摘梨棗的情形，見其頑皮。「莫道旁人驚去，老夫靜處閒看」，這句話最有妙趣，作者那片欣羨之情躍然紙上。文學大家，多有一顆鮮活的童心。參寥有詩寫蘇軾道「卻戴葛巾從杖履，直將和氣接兒童」〔註120〕，和東坡一樣，辛棄疾也是頗具童心的人。

詞這一文學，屬於一種「成人文學」，「少年遊冶學秦、柳，中年感慨學辛、蘇，老年淡忘學劉、蔣，皆與時推移，而不自知者。」〔註121〕由此看來，恰恰兒童這一環節忽略了。辛棄疾筆下這鮮活的童心，擴大了詞的表現力。

辛棄疾農村詞還繪出了一幅生動的民俗畫卷。

> 春入平原薺菜花，新耕雨後落群鴉。多情白髮春無奈，晚日青簾酒易賒。　　閒意態，細生涯，牛欄西畔有桑麻。青裙縞袂誰家女，去趁蠶生看外家。（《鷓鴣天》）

這是辛棄疾漫遊鵝湖農村，酒醉乘興而作的一首詞，前邊寫了農村舒緩、輕鬆的生活，最後一句，「青裙縞袂誰家女，去趁蠶生看外家」，寫一個女子穿著黑裙白衣，趁新蠶出生前的空隙，回去娘家，寫出了農村生活的溫馨一面。

> 著意尋春懶便回，何如信步兩三杯？山才好處行還倦，詩未成時雨早催。　　攜竹杖，更芒鞋，朱朱粉粉野蒿開。誰家寒食歸寧女，笑語柔桑陌上來。（《鷓鴣天》）

本詞和上首詞頗有類似之處，「誰家寒食歸寧女，笑語柔桑陌上來」，寫農村婦女在寒食節回娘家看望自己父母的情形。笑語當中，見出農村生活的

〔註120〕（宋）參寥《東坡先生挽詞》，《參寥子詩集》卷一一，文淵閣《四庫全書》本。

〔註121〕（清）鄭板橋《詞鈔自序》，《鄭板橋集》，上海古籍出版社，1979年，第116頁。

舒適安逸。本詞上闋頗有愁苦之意，下闋看到鄉村美景，卻是一片喜悅，黃蓼園言：「按通首總是隨遇而安之意。山縱好而行難盡，詩未成而雨已來，天下事往往如是。豈若隨遇而樂，境愈近而情愈真乎？語意如此，而筆墨入化。故隨筆拈來，都成妙諦。末二句尤屬指與物化。」〔註122〕專門提到末尾二句，可見這樣的農村生活，所引起辛棄疾本人以及後人的神往之意。

> 雞鴨成群晚未收，桑麻長過屋山頭。有何不可吾方羨，要底都無飽便休。　新柳樹，舊沙洲，去年溪打那邊流。自言此地生兒女，不嫁余家即聘周。（《鷓鴣天》）

「雞鴨成群晚未收，桑麻長過屋山頭」，兩句間接透露出農村生活和諧安閒與閒散隨意。「有何不可吾方羨，要底都無飽便休」，讓人想起莊子「赫胥氏之時，民居不知所爲，行不知所之。含哺而熙，鼓腹而遊」〔註123〕的至高生活境界。「新柳樹，舊沙洲，去年溪打那邊流」，寫了生活環境的適意。「自言此地生兒女，不嫁余家即聘周」，鄉村聚族而居，婚嫁通常就在兩個家族之間進行，這樣沒有什麼變化的鄉間生活，頗有世外桃源之感。

> 松岡避暑，茅簷避雨，閒去閒來幾度。醉扶怪石看飛泉，又卻是、前回醒處。　東家娶婦，西家歸女，燈火門前笑語。釀成千頃稻花香，夜夜費、一天風露。（《鵲橋仙》）

本詞通篇充滿喜慶色彩，「東家娶婦，西家歸女，燈火門前笑語」，寫的是婚嫁情況，這樣歡聲笑語的農村生活多麼令人神往。「釀成千頃稻花香，夜夜費、一天風露」，連這千頃稻田彷彿也帶上了一片喜氣。

辛棄疾詞中敍寫農村民俗生活，並不廣泛，多是歸寧父母、男婚女嫁之類，但從這些詞中，讓今人看到了八百年前農村生活的安穩與和美，對瞭解那時的民俗和村居生活，有它自身的意義。

辛棄疾農村詞所取得成就，達到了一個前無古人的高度，這般成就取得，一方面是辛棄疾發自內心的愛農之心，同時更在於自身的境遇。

如費孝通言：「從基層上看去，中國社會是鄉土性的。」〔註124〕錢穆亦言：「中國自古以農立國，常與天地大自然之生命體相接觸，而人類生命亦寄存在此大生命中。」〔註125〕除了生命所寄以外，生機勃勃的農村對失意士人

〔註122〕《蓼園詞評》，《詞話叢編》，第3041頁。
〔註123〕（清）王先謙《莊子集解》卷三，上海書店出版社，1986年，第58頁。
〔註124〕費孝通《鄉土中國》，北京出版社，2005年，第1頁。
〔註125〕錢穆《略論中國藝術》，《現代中國學術論衡》，生活·讀書·新知三聯書店，

歷來更有一種撫慰的作用，袁行霈言：「辛棄疾本有強烈的愛國思想與入世之志，也很有整頓乾坤的能力，但不容於南宋的當權者，左右掣肘，無能為力，只好歸隱。」〔註 126〕辛棄疾退居之後，親近陶淵明，自己的農村詞正合於陶淵明田園詩精神。李澤厚論及陶淵明言道：「無論人生感歎或政治憂傷，都在對自然和對農民生活的質樸的愛戀中得到了平息，陶潛在田園勞動中找到了歸宿和寄託。」〔註 127〕張法亦言：「在中國文化中，作為悲劇意識的消解因素，持續最長的時間，具有最強大的力量的，就是自然。」〔註 128〕辛棄疾的退居鄉間，由以上諸詞可以見出自然鄉村對他的「憂傷」所起到的療治作用。志在功業，徘徊林下，內心鬱鬱，正是這溫情的鄉村，消解了內心的悲憤，並寫出這樣真情實意彌足珍貴的農村詞來。

（四）哲理的摻加融入

美的文學，都善於運用形象思維，通過形象的語言營造出一種高遠意境，而切忌抽象說教。詞，作為一種情感文學，詞中說理，無疑犯了大忌。辛棄疾詞中卻將哲理融入其中，給人以生命的深思，增強了詞的表現力。

> 唱徹《陽關》淚未乾，功名餘事且加餐。浮天水送無窮樹，帶雨雲埋一半山。　　今古恨，幾千般。只應離合是悲歡？江頭未是風波惡，別有人間行路難。（《鷓鴣天》）

這是淳熙五年（1178）辛棄疾寫的一首送人詞，「黯然銷魂者，唯別而已矣」，《陽關》唱起，山水含愁，別情多哀。辛棄疾這裡卻發出這樣質問「今古恨，幾千般。只應離合是悲歡？」表明還有比離別更加讓人感到悲恨的，那是什麼呢？「江頭未是風波惡，別有人間行路難」，不是此處經過江面的險惡風波，而是人間的各種險阻和挫折。

> 千丈懸崖削翠，一川落日熔金。白鷗來往本無心，選甚風波一任。　　別浦魚肥堪膾，前村酒美重酤。千年往事已沉沉，閒管興亡則甚。（《西江月》）

上闋「白鷗來往本無心，選甚風波一任」，辛棄疾愛寫鷗鳥，有「鷗鳥

2001 年，第 263 頁。
〔註 126〕袁行霈《辛詞與陶詩》，《文學遺產》1992 年第 1 期，第 74 頁。
〔註 127〕李澤厚《美的歷程》，《李澤厚十年集》，安徽文藝出版社，1994 年，第 105 頁。
〔註 128〕《中國文化與悲劇意識》，第 179 頁。

伴，兩忘機」（《水調歌頭》）、「凡我同盟鷗鷺，來往莫相猜」（《水調歌頭・盟鷗》）、「卻怪白鷗，覷著人欲下未下」（《醜奴兒近》）、「君向沙頭細問，白鷗知我行藏」（《朝中措》）、「卻笑使君那得似，清江萬頃白鷗飛」（《瑞鷓鴣》），多代表一種消遙自在的悠閒從容，這裡也是，看得出辛棄疾對白鷗無拘無束自在生活的嚮往之情。最後一句「千年往事已沉沉。閒管興亡則甚」，致人沉思。興也好，亡也好，一切的往事都像流水沉沙一樣無聲無息，何必念念不忘。

　　這首詞透露出辛棄疾逍遙度日不管興亡的消極態度，一向積極進取的辛棄疾為何會呈現這樣一種百無聊賴的心情？本詞題序為「江行采石岸，戲作漁父詞」，可見其端倪，采石岸，即采石磯，為南宋著名戰役采石磯大戰發生地，南宋能夠維持半壁河山的偏安局面，和紹興三十一年（1161）虞允文在此指揮的采石磯大戰擊退完顏亮入侵有極大關係。但辛棄疾這首詞裏並沒有表現出恢復之志，而是「戲作漁父詞」，漁父詞，即唐人張志和《漁歌子》（西塞山前白鷺飛）一詞，對漁家生活的逍遙自在充滿了嚮往之情，《漁歌子》後來常用來代指一種歸隱生活，辛棄疾這裡與張志和心境頗為類似。本詞寫作時間，為淳熙五年（1178）辛棄疾調任湖北安撫史，由臨安往湖北路上所寫，官場的顯達反倒引發他的抑鬱低沉。因為此時國事無望，恢復大業難舉，來到采石磯，撫今思昔，想要重現當年虞允文的千古壯舉，根本沒有可能。詞中的「白鷗來往本無心，選甚風波一任」、「千年往事已沉沉，閒管興亡則甚」，也正是他此時此刻矛盾重重的心情體現。

　　　　山前燈火欲黃昏，山頭來去雲。鷓鴣聲裏數家村，瀟湘逢故
　　人。　　　揮羽扇、整綸巾，少年鞍馬塵。如今憔悴賦《招魂》，儒冠
　　多誤身。（《阮郎歸》）

　　本詞題序為「耒陽道中為張處父推官賦」，是淳熙年間辛棄疾為一個張姓朋友所作，這人原來是個推官，現在隱居山中，「揮羽扇、整綸巾。少年鞍馬塵」，當年的張推官揮舞羽扇，整起綸巾，鞍馬馳騁，意氣風發。今天呢？「如今憔悴賦《招魂》，儒冠多誤身」，現在隱居鄉間，容顏憔悴，如同當年屈原流放瀟湘，滿懷幽怨寫下詞章來。「儒冠多誤身」，杜甫《奉贈韋左丞丈二十二韻》有「紈絝不餓死，儒冠多誤身」〔註129〕，作者這裡用杜詩，深歎張推官雖然滿腹經綸，最終卻一事無成。

〔註129〕《杜詩鏡銓》卷一，第24頁。

　　當年的意氣風發怎地會變成今天的憤激頹廢？這是當時國勢所致，朝中一片頹廢，依然還抱持儒家那套建功立業賑濟蒼生的思想，必然只有憔悴和寂寞。

　　　　玄入《參同契》，禪依不二門。細看斜日隙中塵，始覺人間，何
　　　　處不紛紛。　　病笑春先到，閒知懶是真。百般啼鳥苦撩人。除卻
　　　　提壺，此處不堪聞。（《南歌子》）

　　本詞為淳熙十三年（1186）辛棄疾罷職以後閒居帶湖所作，「玄入《參同契》，禪依不二門」，玄，即道。《參同契》，據稱是漢魏伯陽所作，摻雜《周易》和《老子》等書而成，屬道家學說。兩句講的是辛棄疾游移於道家和佛教的學說當中。「細看斜日隙中塵，始覺人間，何處不紛紛」，《五燈會元》載：「虛隙日光，纖埃擾擾。」〔註130〕這裡用來比喻俗世的紛紛擾擾。「病笑春先到，閒知懶是真」，辛棄疾的「病」以及「懶」，和自己被朝廷擱置一邊的「疏」大有關係。「百般啼鳥苦撩人。除卻提壺，此處不堪聞」，益見其恨。

　　浮生多哀，世道崎嶇，人生之路，逆水行舟，儒家學說，難以平息心中那股不平之氣，就是深入道家和佛教，心中苦悶，也不能排解，唯有沉浸酒中，才能消解那一腔愁恨，可見辛棄疾積壓深重的抑鬱。

　　　　不向長安路上行，卻教山寺厭相迎。味無味處求吾樂，材不材
　　　　間過此生。　　寧作我，豈其卿。人間走遍卻歸耕。一松一竹真朋
　　　　友，山鳥山花好弟兄。（《鷓鴣天》）

　　本詞為辛棄疾帶湖時期在博山寺所作，多年退居，辛棄疾頗為落寞，「不向長安路上行，卻教山寺厭相迎」，辛棄疾詞中多用「長安」意象，如「西北望長安」（《菩薩蠻》）、「長安父老，新亭風景，可憐依舊」（《水龍吟》），「長安」，明指失陷的故國，暗喻自己的懷抱。可辛棄疾這時長安路不走了，而是多去廟宇，尋求的是某種解脫。「味無味處求吾樂，材不材間過此生」，味無味，語出《老子》：「為無為，事無事，味無味。」〔註131〕材不材，語出《莊子·山木》，有人問莊子：「昨日山中之木，以不材得終其天年，今主人之雁，以不材死，先生將何處？」莊子回答：「將處乎材與不材之間。」〔註132〕辛棄疾這裡用老莊人生觀作自我消解。下闋「寧作我，豈其卿」，《世說新語·品

〔註130〕（宋）普濟《五燈會元》卷二，文淵閣《四庫全書》本。
〔註131〕張默生編著《老子章句新釋》，成都古籍書店影印，1990年，第83頁。
〔註132〕《莊子集解》，第122頁。

藻》載：「桓公少與殷侯齊名，常有競心。桓問殷：『卿何如我？』殷云：『我與我周旋久，寧作我。』」〔註133〕寫的是對自我的認識。「一松一竹眞朋友，山鳥山花好弟兄」，情感美好，更富有某種深意。

「夫言爲心聲，誠中形外，自然流露，人品學問心術，皆可與言決之，矯強粉飾，決不能欺識者。」〔註134〕辛棄疾哲理詞，正是「誠中形外」的「自然流露」，早年辛棄疾周旋官場奔走仕途，較少哲理詞的寫作，當他一腔熱血，卻處處碰壁而回之際，人生的兩重天，讓他對生命有了更多一層思索。這些哲理詞，從他對儒釋道，特別是儒家學說的懷疑來看，能夠感受到進取有爲的辛棄疾在受到摧折壓抑之後的矛盾人生觀。從這矛盾的人生觀裏，更能夠感受到他內心的波瀾不休。

同時看辛棄疾以上諸詞，並不同於枯燥的說理詞，而是將形象思維和抽象思維作有機結合。如《鷓鴣天》詞，前面「浮天水送無窮樹，帶雨雲埋一半山」寫景優美，後面「江頭未是風波惡，別有人間行路難」，也很形象。《西江月》詞，前面的諸多意象有「懸崖削翠」、「落日熔金」、「白鷗來往」、「別浦魚肥」、「前村酒美」，有了這些生動又極富美感的意象之後，最後才歸結到「千年往事已沉沉，閒管興亡則甚」，使人覺得自然而不突兀。其他諸詞也有這樣特點，即使說理文字，故事性也很強，如《水龍吟》所用典故，「長安紙貴，流傳一字，千金爭捨」、「割肉懷歸，先生自笑」、「似風乎、舞雩之下」、「蒼茫萬里，塵埃野馬」、「臥龍千尺，高吟才罷」，都是很形象的故事。正是有了形象的鋪墊，才使人覺得其說理自然，富有文學的美感。

二、稼軒體在表現藝術上的創造

（一）更具主觀性、主體意識

辛棄疾「以氣爲主」，其詞高亢激昂、慷慨大氣，正是他那高蹈不顧俯視一切的偉岸人格直接體現。

詞，作爲一種深婉文學，以言情嫵媚見長，更多是以一種男子而作閨音代婦人言面貌出現。辛棄疾以英雄之才剛大之氣突入詞壇，突破以往，使詞的主體意識得到了空前發揚。

> 鵬翼垂空，笑人世、蒼然無物。又還向、九重深處，玉階山

〔註133〕《世說新語箋疏》，第520頁。
〔註134〕（清）朱庭珍《筱園詩話》卷三四，《清詩話續編》，第2371頁。

立。袖裏珍奇光五色，他年要補天西北。且歸來，談笑護長江，波
澄碧。　　佳麗地，文章伯。《金縷》唱，紅牙拍。看尊前飛下，日
邊消息。料想寶香黃閣夢，依然畫舫清溪笛。待如今，端的約鍾山，
長相識。（《滿江紅》）

「鵬翼垂空，笑人世、蒼然無物」，語出《莊子・逍遙遊》：「鵬之徙於南
冥也，水擊三千里，摶扶搖而上者九萬里。」〔註135〕後來人們常用大鵬比喻
一個人的遠大抱負。李白「大鵬一日同風起，摶搖直上九萬里」〔註136〕，即
是如此。辛棄疾本處起筆，頗為大氣，其不凡懷抱和狂者胸次表露無遺。「袖
裏珍奇光五色，他年要補天西北」，這裡是神話傳說，《史記・三皇本紀》載，
人類早期時候，天傾西北，女媧煉五彩石將天補好。後人常用「補天」來比
喻一個人能力的超凡。辛棄疾本詞用了兩個剛強意象來表露自己心胸，高遠
志向盡現筆底。

少年橫槊，氣憑陵、酒聖詩豪餘事。袖手旁觀初未識。兩兩三
三而已。變化須臾，鷗翻石鏡，鵲抵星橋外。搗殘秋練，玉砧猶想
纖指。　　堪笑千古爭心，等閒一勝，拼了光陰費。老子忘機渾謾
與，鴻鵠飛來天際。武媚宮中，韋娘局上，休把興亡記。布衣百萬，
看君一笑沉醉。（《念奴嬌》）

這首詞題序為「雙陸和陳仁和韻」，雙陸，一種博具。「少年橫槊，氣憑
陵、酒聖詩豪餘事」，雙陸，又稱握槊。這是一句雙關語，更多指辛棄疾年少
渡江的豪情壯志。「變化須臾，鷗翻石鏡，鵲抵星橋外」，石鏡，指棋枰。鷗、
鵲，均指棋子。這裡雖然寫的是奕道，意象卻十分剛強。下闋講的是雙陸中
為了爭勝的各種典故，用語如「堪笑千古爭心」、「老子忘機渾謾與，鴻鵠飛
來天際」、「武媚宮中，韋娘局上，休把興亡記」，都是極強主觀性表露。

本詞和李清照的《打馬賦》一樣，都是由博弈之戲想到家國，博弈雖小
道，見出大懷抱，不可當平常遊戲視之。

漢水東流，都洗盡、髭胡膏血。人盡說、君家飛將，舊時英
烈。破敵金城雷過耳，談兵玉帳冰生頰。想王郎、結髮賦從戎，傳
遺業。　　腰間劍，聊彈鋏。尊中酒，堪為別。況故人新擁，漢壇

〔註135〕《莊子集解》，第1頁。
〔註136〕李白《上李邕》，（清）王琦注《李太白全集》卷九，中華書局，1977年，第
　　　　512頁。

> 旌節。馬革裹屍當自誓，蛾眉伐性休重說。但如今、記取楚颱風，
> 庾樓月。(《滿江紅》)

這是辛棄疾在湖北安撫史任上爲一個李姓朋友而作，「君家飛將，舊時英烈」，寫的是漢代名將飛將軍李廣，忠義之氣，拂拂指端。「破敵金城雷過耳，談兵玉帳冰生頰」，「雷過耳」，如雷貫耳之意，言李廣的名氣。「玉帳」，指軍帳。「冰生頰」，蘇軾《浣溪紗》詞有「論兵齒頰帶風霜」〔註137〕，辛棄疾這裡意爲天寒地凍，依然玉帳論兵，顯示了其豪情。「腰間劍，聊彈鋏。尊中酒，堪爲別」，彈鋏，《戰國策‧齊策》載，齊人馮諼爲孟嘗君門客，不被重用，馮諼三次彈鋏，以示不滿，意欲歸去，後來彈鋏常用來比喻一個人的懷抱不凡，辛棄疾這裡頗有一種自我期許。「馬革裹屍當自誓，蛾眉伐性休重說」，語言豪邁，見出英雄本色。

> 蜀道登天，一杯送繡衣行客。還自歎中年多病，不堪離別。東
> 北看驚諸葛表，西南更草相如檄。把功名、收拾付君侯，如椽筆。
> 兒女淚，君休滴。荊楚路，吾能說。要新詩準備，廬山山色。
> 赤壁磯頭千古浪，銅鞮陌上三更月。正梅花萬里雪深時，須相憶。
>
> (《滿江紅》)

本詞題序爲「送李正之提刑入蜀」，是辛棄疾淳熙十三年（1186）冬，送別友人李正之入蜀寫作的一首詞。四川是南宋抗金前線，「蜀道登天，一杯送繡衣行客」，繡衣，代指提刑官，寫的是李正之。「東北看驚諸葛表，西南更草相如賦。把功名、收拾付君侯，如椽筆」，諸葛表，指三國時期諸葛亮當年北伐寫給蜀主的《出師表》。相如檄，指西漢司馬相如寫的《喻巴蜀檄》一文。用諸葛亮、司馬相如來比喻友人，顯示了辛棄疾於友人的高遠期待。「兒女淚，君休滴。荊楚路，吾能說」，顯示了辛棄疾不同一般兒女子的心胸，「要新詩準備，廬山山色。赤壁磯頭千古浪，銅鞮陌上三更月」，銅鞮，指襄陽。你這一路上，要寫下廬山的山色、赤壁的風浪、襄陽的明月。赤壁爲三國著名的孫劉聯軍擊潰北方曹魏所在地，襄陽一直以來就是南宋抗金的重要堡壘，這裡並非泛泛寫景，更多是對友人的期許。「正梅花萬里雪深時，須相憶」，朱德才言本句：「萬里雪飄，寒梅怒放，人品、友誼、別情，一總囊入，豪邁雋永，韻味無窮。」〔註138〕豪邁雋永，正是辛詞本色。

〔註137〕《蘇軾詞編年校注》，第 255 頁。
〔註138〕《辛棄疾詞選》，第 65 頁。

　　於本詞，陳廷焯評道：「氣魄之大，突邁東坡，古今更無敵手。想其下筆時，早已目無餘子矣，龍吟虎嘯。」〔註139〕

　　順境當中，積極進取，即使身處逆境，也一樣充滿昂揚意氣。

> 　　我飲不須勸，正怕酒尊空。別離亦復何恨，此別恨匆匆。頭上貂蟬貴客，苑外麒麟高冢，人世竟誰雄。一笑出門去，千里落花風。　　孫劉輩，能使我，不爲公。餘髮種種如是，此事付渠儂。但覺平生湖海，除了醉吟風月，此外百無功。毫髮皆帝力，更乞鑒湖東。（《水調歌頭》）

　　淳熙五年（1178），辛棄疾在江西安撫史任上僅三月，即被召還京城，朝廷爭鬥不息，個人前途不定，辛棄疾深感牢騷不平，寫作此詞以抒心意。儘管是「此別恨匆匆」，辛棄疾依然豪情不改，「一笑出門去，千里落花風」，李白《南陵別兒童入京》寫道：「仰天大笑出門去，我輩豈是蓬蒿人。」〔註140〕辛棄疾化用此意，顯得十分瀟灑。「孫劉輩，能使我，不爲公」，孫劉，三國時期魏國大臣劉放、孫資當政，群臣皆順其意，唯辛毗不從。《三國志·辛毗傳》載，辛毗與人言：「吾之立身，自有本末，就與劉、孫不平，不過令吾不作三公而已，何危害之有焉，大丈夫欲爲公而毀其高節者耶？」〔註141〕辛棄疾這裡，顯示了他那不干人不屈己獨立不遷的偉岸人格。就算心中多恨，仍不失豪壯，正見稼軒個性。

> 　　落日塞塵起，胡騎獵清秋。漢家組練十萬，列艦聳層樓。誰道投鞭飛渡，憶昔鳴髇血污，風雨佛狸愁。季子正年少，匹馬黑貂裘。　　今老矣，搔白首，過揚州。倦遊欲去江上，手種橘千頭。二客東南名勝，萬卷詩書事業，嘗試與君謀。莫射南山虎，直覓富民侯。（《水調歌頭》）

　　淳熙五年（1178），辛棄疾由大理寺少卿調任湖北轉運副使，途經揚州寫作本詞。宦海沉浮，旋住旋走，辛棄疾心中多有不平，「倦遊欲去江上，手種橘千頭」，正是這一不滿情緒體現。揚州又是南宋早期宋金交戰之地，以宋軍失敗告終。但個人的不滿、國事的不振並未使辛棄疾頹唐消沉，「落日塞塵

〔註139〕　（清）陳廷焯編選《詞則·放歌集》卷一，上海古籍出版社，1984年，第12頁。
〔註140〕　《李太白全集》卷一五，第744頁。
〔註141〕　（晉）陳壽著、盧弼注《三國志集解》卷二五，中華書局，1982年，第585頁。

起，胡騎獵清秋。漢家組練十萬，列艦聳層樓」，起筆寫的是紹興三十一年（1161）宋軍獲勝的采石磯大戰，個人心胸於此可見。「誰道投鞭飛渡，憶昔鳴髇血污，風雨佛狸愁」，《晉書·苻堅載記》載，前秦苻堅興兵南侵東晉，號稱大軍九十萬，曾自誇：「以吾之眾旅，投鞭於江，足斷其流。」〔註142〕「鳴髇血污」，《漢書·匈奴傳》載，匈奴太子欲奪其父王位，作鳴鏑，當其隨父出獵，率先射出鳴鏑，部下隨之，其父死於箭下。佛狸，北魏太武帝拓跋燾小字，曾南侵劉宋王朝，受挫北回，為宦官所殺。辛棄疾兩句意為，敵人雖然來勢洶洶，但依然逃脫不了失敗命運，只會落得身首異處的悲慘結局。「季子正年少，匹馬黑貂裘」，季子，蘇秦字季子，戰國著名縱橫家，佩六國相印。這裡辛棄疾寫的是自己，一個躍馬疆場奮發有為的青年形象如在面前。二句刻畫極為生動，百載以下猶帶虎虎生氣。雖然下闋略顯低沉，但結尾「莫射南山虎，直覓富民侯」，南山虎，《史記·李將軍列傳》載，李廣閒居藍田南山時候，曾射獵猛虎。富民侯，《漢書·食貨志》載：「武帝末年，悔征伐之事，乃封丞相為富民侯。」〔註143〕不管是射獵猛虎也好、做富民侯也好，都是為國為民，仍能見其懷抱。

清人江順詒認為辛棄疾乃是「霸才」〔註144〕，陳廷焯言辛詞「兼有霸氣」〔註145〕，一個「霸」字，正是辛棄疾高昂個性的詞中體現。自身所具有的「捨我其誰的使命意識」〔註146〕，使辛棄疾建立起一種具有強烈個人色彩的稼軒體，成就如葉嘉瑩所贊：「曾誇蘇柳與周秦，能造高峰各有人。何意山東辛老子，更於峰頂拓途新。」〔註147〕

（二）超凡的想像，誇飾的描繪

自從花間樹立詞的本色以來，詞就以富麗穠豔擅場，體格如精金美玉、芍藥海棠，追求的是幽約與淡遠，而和離奇的想像、誇飾的語言無緣。辛棄疾詞作神奇的想像和誇飾的描繪，開闢了一個神奇的藝術境界。

辛棄疾這一神奇的想像，在神話意象的使用上，奪人眼目。

「詞之為體，要眇宜修」，對詞這種更加注重抒寫內心幽微情愫的文體來

〔註142〕《晉書》卷一一四，第2912頁。
〔註143〕《漢書》卷二四，第1138頁。
〔註144〕（清）江順詒《詞學集成》，《詞話叢編》，第3304頁。
〔註145〕《白雨齋詞話》卷八，第200頁。
〔註146〕《辛棄疾詞心探微》，第18頁。
〔註147〕《唐宋名家詞論稿》，第233頁。

說，與恍恍迷離的神話基本無涉，即使有的話，在早期唐五代詞中也僅《天仙子》《巫山一段雲》等少數詞調涉及，而書寫更多是人神相戀的纏綿情事。就整個宋詞來看，極少有詞著筆神話意象。其中突出的如秦觀《鵲橋仙》（纖雲弄巧），抒發的也是一種感愴淒美的愛情。蘇軾的《水調歌頭》（明月幾時有），抒寫的是人世的分合聚散，並沒有跳出傳統的框架。

　　到了辛棄疾手裏，各類神話意象開始大量湧現其詞作當中，超越前人，為人們展開了一幅瑰麗多彩的畫卷，體現了神話的精神，也為詞開闢了一個新的藝術天地。

　　辛棄疾神話意象所體現的超凡想像，以幾首中秋月詞最為突出。

　　　　快上西樓，怕天放浮雲遮月。但喚取玉纖橫管，一聲吹裂。誰做冰壺涼世界，最憐玉斧修時節。問嫦娥孤令有愁無？應華髮。　　雲液滿，瓊杯滑。長袖舞，清歌咽。歎十常八九，欲磨還缺。但願長圓如此夜，人情未必看承別。把從前離恨總成歡，歸時說。（《滿江紅》）

　　本詞最美的是「誰做冰壺涼世界，最憐玉斧修時節」，「誰做冰壺涼世界」，把明亮寒冷的月宮想像成冰壺清涼世界，十分奇妙。「最憐玉斧修時節」，《酉陽雜俎·天咫門》載，唐太和年間，鄭仁本表弟和王秀才兩人同遊嵩山，遇見一異人：「二人因就之，且問其所自，其人笑曰：『君知月乃七寶合成乎？月勢如丸，其影日爍，其凸處也，常有八萬二千戶修之，予即一數。』因開袱，有斤鑿數事。」〔註148〕把月亮想像成七寶合成，而且還有許多人對它進行修補打磨，這樣的神奇，難怪人們叫它月宮。辛棄疾後邊還有「歎十常八九，欲磨還缺」，也是進一步的發揮引申。

　　　　美景良辰，算只是可人風月。況素節揚輝長是，十分清澈。著意登樓瞻玉兔，何人張幕遮銀闕？倩蜚廉得得為吹開，憑誰說？　　弦與望，從圓缺。今與昨，何區別？羨夜來手把，桂花堪折。安得便登天柱上，從容陪伴酬佳節。更如今不聽塵談清，愁如髮。（《滿江紅》）

　　本詞「著意登樓瞻玉兔，何人張幕遮銀闕？倩蜚廉得得為吹開」，把月景寫得十分令人神往。玉兔，傳說月宮有玉兔搗藥；銀闕，傳說月亮中有玉殿瓊樓；蜚廉，為傳說中風神名字。這幾句講的是特意登樓去看天上的玉兔，

〔註148〕　（唐）段成式《酉陽雜俎》卷一，文淵閣《四庫全書》本。

但不知誰用一塊幕布遮蔽了天空的瓊樓玉宇，只盼那風神蜚廉快點來把這幕布吹開。下闋「羨夜來手把，桂花堪折。安得便登天柱上，從容陪伴酬佳節」，生動傳神寫出了月宮的神奇之境和自己的嚮往之情。「登天柱」，典出《三水小牘》，載得道高人趙君帶諸生昇天柱峰玩月事，「少頃，趙君曳杖而出，諸生景從。既闢荊扉，而長天廓清，皓月如晝。捫蘿援筱，及峰之巔。趙君處玄豹之茵，諸生籍芳草列侍。俄舉卮酒，詠郭景純《遊仙詩》數篇。諸生有清嘯者、步虛者、鼓琴者，以至蟾隱於遠岑，方歸山舍。」〔註149〕辛棄疾這裡也很好表現了於優美月宮的無限企羨，寫得這般精練生動，引人神往，和美麗的神話大有關係。

　　　　一輪秋影轉金波，飛鏡又重磨。把酒問姮娥：被白髮欺人奈
　　何！　　乘風好去，長空萬里，直下看山河。斫去桂婆娑，人道是
　　清光更多。（《太常引》）

「乘風好去，長空萬里，直下看山河」，想像奇特，和唐人李賀《夢天》所寫「遙望齊州九點煙，一泓海水杯中瀉」〔註150〕頗似，而下句「斫去桂婆娑，人道是清光更多」，更為大膽，竟想著將月中桂樹枝條斫去，使更多的月色照耀大地。

　　這一首中秋詞較之前面兩首，其想像力有了明顯超越，也更加引人入勝，充分顯示了神話的魅力。而想像的超越性，無疑數下面這首《木蘭花慢》最為突出。

　　　　可憐今夕月，向何處，去悠悠？是別有人間，那邊才見，光影
　　東頭？是天外空汗漫，但長風浩浩送中秋？飛鏡無根誰繫，姮娥不
　　嫁誰留？　　謂經海底問無由，恍惚使人愁。怕萬里長鯨，縱橫觸
　　破，玉殿瓊樓。蝦蟆故堪浴水，問云何玉兔解沉浮？若道都齊無恙，
　　云何漸漸如鉤？（《木蘭花慢》）

　　這首中秋月詞，神思飛越，情景更是動人。本詞題序為「用《天問》體賦」，《天問》，為屈原的經典名篇，詩中從天到地、由神及人問了大量問題，留下了諸多奇妙的神話故事。辛棄疾這裡運用這一體式，同樣相當奇妙。這首詞，嫦娥、瓊樓、蛤蟆、玉兔，有關月亮的諸多神話意象恰到好處穿插其

〔註149〕（唐）皇甫枚《三水小牘》，（宋）李昉編《太平廣記》卷八五，文淵閣《四庫全書》本。

〔註150〕（清）王琦注《李賀詩歌集注》卷一，上海古籍出版社，1978年，第57頁。

中，特別是「可憐今夕月，向何處，去悠悠？是別有人間，那邊才見，光影東頭？」間接透露出月亮繞地球轉動的想像力，讓人歎為觀止，王國維言道：「詞人想像，直悟月輪繞地之理，與科學家密合，可謂神悟。」〔註151〕這樣的「神悟」，正得益於神話想像的超越性。

　　除了以上幾首月詞以外，辛棄疾詞中神話意象的運用是很多的，有用神話來抒發自己懷抱的，如《水調歌頭》（千里渥窪種）「聞道清都帝所，要挽銀河仙浪，西北洗胡沙」，《滿江紅》（鵬翼垂空）「袖裏珍奇光五色，他年要補天西北」等。有用神話來表示自己歸歟之歎的，如《水調歌頭》（造物故豪縱）「謫仙人，鷗鳥伴，兩忘機」、《水調歌頭》（官事未易了）「瓊瑰先夢滿吾懷」等。

　　辛棄疾的神話詞，不光超越了以前諸詞，對中國傳統詩文的神話意象同樣有很大突破。中國遠古神話，往往是極富力量感的，女媧補天、夸父逐日、精衛填海、大禹治水，正是這種體現。自從文人染指以後，神話中力的東西逐漸消隱了，普遍代之以是神仙的忘憂與長生，楚辭、古詩十九首、唐代詩歌與傳奇，其神話主題幾乎無不如此。但辛棄疾詞中這些神話意象的運用，卻鮮有無憂的寄託、長生的企羨，他作品中的神話，或寫遠大志向、或寫歸隱之趣、或寫悲憤之情、或寫自然的般般美景，但從沒有出世的意味與超脫的精神，反倒有一種深重的悲愁橫亙其中。即使幾首純粹的月詞也可以清楚看到這一點，「問嫦娥孤令有愁無？應華髮」、「更如今不聽塵談清，愁如髮」、「把酒問姮娥：被白髮欺人奈何」、「恍惚使人愁」，貫穿首尾的始終有一種悲哀的意緒，顧隨先生言辛詞「總有一段悲哀種子在那裡作祟」〔註152〕，確為的評。由這些神話意象也可看出，辛棄疾身在此岸而非彼岸的執著人生。這種直面現實沒有退避的人生，用神話意象烘托出來，往往更加給人以震撼的力度，這其實體現的正是神話的原始力量，尼采於神話對人類的意義，評述道：「沒有神話，一切文化都會喪失其健康的天然創造力。唯有一種用神話調整的視野，才把全部文化運動規束為統一體。一切想像力和日神的夢幻力，唯有憑藉神話，才得免於漫無邊際的游蕩。神話的形象必是不智察覺卻又無處不在的守護神，年輕的心靈在它的庇護下成長，成年的男子用它的象徵解

〔註151〕《人間詞話》，第214頁。
〔註152〕顧隨《稼軒詞說》卷上，《顧隨文集》上編，上海古籍出版社，1986年，第97頁。

說自己的生活和鬥爭。」〔註153〕辛棄疾詞裏的神話意象，解說的正是這種「鬥爭」，在某種意義上，復活了中國遠古神話的精神。

如楊絳先生所言：「想像的光不僅四面放射，還有反照，還有折光。作者頭腦裏的經驗，有如萬花筒裏的幾片玻璃屑，能幻出無限圖案。」〔註154〕辛棄疾這神奇的想像，讓人們見識到了詞所具有的另外一種動人之美。

和神奇想像聯繫在一起的，還有就是誇飾的描繪，辛棄疾幾首詠物詞，和自己嚮往的軍伍生活聯繫起來，充分體現了這一寫作手法所帶來的突破意義。

> 天上飛瓊，畢竟向、人間情薄。還又跨、玉龍歸去，萬花搖落。雲破林梢添遠岫，月臨屋角分層閣。記少年、駿馬走韓盧，掀東郭。　吟凍雁，嘲饑鵲。人已老，歡猶昨。對瓊瑤滿地，與君酬酢。最愛霏霏迷遠近，卻收擾擾還寥廓。待羔兒、酒罷又烹茶，揚州鶴。（《滿江紅》）

這是辛棄疾一首詠雪詞，「還又跨、玉龍歸去，萬花搖落」，氣象頗雄。「記少年、駿馬走韓盧，掀東郭」，本句用典，《戰國策‧齊策》載：「韓子盧者，天下之疾犬也；東郭逡者，海內之狡兔也。韓子盧逐東郭逡，環山者三，騰山者五，兔極於前，犬廢於後。」〔註155〕寫的是辛棄疾少年時候雪地圍獵情景。雪，輕柔瀟灑，入詞歌詠的話，普遍都是溫婉柔情，辛棄疾這裡用飛龍、疾犬、狡兔等雄壯意象，十分罕見。下闋的凍雁、饑鵲，也只有辛詞能夠見到。

> 對花何似，似吳宮初教，翠圍紅陣。欲笑還愁羞不語，惟有傾城嬌韻。翠蓋風流，牙籤名字，舊賞那堪省。天香染露，曉來衣潤誰整。　最愛弄玉團酥，就中一朵，曾入揚州詠。華屋金盤人未醒，燕子飛來春盡。最憶當年，沉香亭北，無限春風恨。醉中休問，夜深花睡香冷。（《念奴嬌》）

這是辛棄疾一首詠白牡丹詞，「對花何似，似吳宮初教，翠圍紅陣」，寫的卻是戰國孫武在吳王宮中教習宮中女子兵法事，《史記‧孫子列傳》載：「出

〔註153〕 （德國）尼采著、周國平譯《悲劇誕生──尼采美學文選》，生活‧讀書‧新知三聯書店，1986 年，第 100 頁。

〔註154〕 楊絳《事實─故事─真實》，《楊絳文集》（第四卷），人民文學出版社，2004年，第 298 頁。

〔註155〕 繆文遠《戰國策新校注》，巴蜀書社，1987 年，第 378 頁。

宮中美女，得百八十人，孫子分爲二隊，以王之寵姬二人各爲隊長，皆令持戟。」〔註156〕像這樣以行陣軍伍來詠牡丹，可見其筆墨之大膽。辛棄疾後來《最高樓》一詞，同樣是詠牡丹，用的是「吳娃粉陣」，意象同樣如此。

> 直節堂堂，看夾道、冠纓拱立。漸翠谷、群仙東下，佩環聲急。誰信天峰飛墮地，傍湖千丈開青壁。是當年、玉斧削方壺，無人識。　　山木潤，琅玕濕。秋露下，瓊珠滴。向危亭橫跨，玉淵沈碧。醉舞且搖鸞鳳影，浩歌莫遣魚龍泣。恨此中風物本吾家，今爲客。(《滿江紅》)

本詞寫的是杭州冷泉亭，起句「直節堂堂，看夾道、冠纓拱立」，將昂然挺拔的古杉，形容爲夾道拱立的官員，十分雄奇。接下來，「誰信天峰飛墮地，傍湖千丈開青壁。是當年、玉斧削方壺，無人識」，氣勢闊大。「醉舞且搖鸞鳳影，浩歌莫遣魚龍泣」，筆墨跳蕩，似乎見到將軍耳聞壯歌拔劍起舞之狀，給人一種力的美感。

除將詠物對象用來表現行陣軍伍外，辛棄疾還借詠物對小人進行無情諷刺，也見其不凡筆墨。

> 卮酒向人時，和氣先傾倒。最要然然可可，萬事稱好。滑稽坐上，更對鴟夷笑。寒與熱，總隨人，甘國老。　　少年使酒，出口人嫌拗。此個和合道理，近日方曉：學人言語，未會十分巧。看他們，得人憐，秦吉了。(《千年調》)

這是辛棄疾詠酒器而引發的一首人生感慨詞，題序寫道：「蔗庵小閣名曰卮言，作此詞以嘲之。」「卮言」，出自《莊子·寓言》：「寓言十九，重言十七，卮言日出，和以天倪。」〔註157〕王先謙釋道：「卮器滿即傾空，則仰隨物而變，非執一守故者也。施之於言，故隨人從變已無常主也。」〔註158〕辛棄疾這裡是用來諷刺沒有立場的詭隨之人。下面的「滑稽坐上，更對鴟夷笑」，滑稽、鴟夷，均指酒器，兩種酒器源源不斷倒酒，影射那些花言巧語取媚權要的小人。「最要然然可可，萬事稱好」、「寒與熱，總隨人，甘國老」，甘國老，一種調和眾味的草藥，譏刺那種好好先生。「學人言語，未會十分巧。看他們，得人憐，秦吉了」，秦吉了，指鸚鵡，這裡用來嘲諷那些拾人牙慧之人。

〔註156〕《史記·孫子吳起列傳》，《史記》卷六五，第2161頁。
〔註157〕《莊子集釋》，第181頁。
〔註158〕《莊子集釋》，第181頁。

全篇從頭至尾看似詠物，其實滿含的是強烈諷刺。

> 剛者不堅牢，柔底難摧挫。不信張開口角看，舌在牙先墮。　　已
> 闕兩邊廂，又豁中間個。說與兒曹莫笑翁，狗竇從君過。（《卜算子》）

本詞是辛棄疾一首詠齒詞，辛棄疾秉性剛直，「不平之鳴，隨處輒發」，上一首所言「出口人嫌拗」，一個「拗」字，最能夠概括他獨立於世不同流俗的個性。這首詞的「剛者不堅牢，柔底難摧挫」，對自己人生似有一種否定，自己愛諷刺別人，別人何嘗不諷刺自己。最後「說與兒曹莫笑翁，狗竇從君過」，對那些打擊自己的人，更有一層反諷意味，再回頭看他對剛柔的褒貶，也有了更深的認識。

宋代是詠物詞的一個高峰，前面的經典詞作，如柳永的《望海潮》（東南形勝）、蘇軾《水龍吟》（似花還似飛花）等，或詠風土、或詠花卉，都圍繞主題進行渲染，對所詠對象或讚歎或同情。長此以往，詠物詞也形成其專門做法，即如沈義父所言：「作詞與詩不同，縱是花卉之類，亦須略用情意，或要入閨房之意。然多流淫冶之語，當自斟酌。如只直詠花卉，而不著些豔語，又不似詞家體例，所以為難。」〔註159〕可見，詠物著重在一個「情」字。辛棄疾以上諸詞，難以尋覓其「情」，卻多見到其「氣」，在詞中加入雄奇意象，不落窠臼，超越常態，或表現個人志向，或譏諷世間小人，語言俊爽，不拘一格，益見其創新精神。其中如《千年調》《卜算子》的物態描寫，簡直不能入詞，辛棄疾盡情揮灑，其開創精神，幾如詩家之有韓愈。

（三）以文為詞的議論鋪敘

繆鉞先生論詩、詞、文三者之關係，有言：「人有情思，發諸楮墨，是為文章。然情思之精者，其深曲要眇，文章之格調詞句不足以盡達之也，於是有詩焉。文顯而詩隱，文直而詩婉，文質言而詩多比興，文敷暢而詩貴蘊藉，因所載內容之精粗不同，而體裁各異也。詩能言文之所不能言，而不能盡言文之所能言，則有因體裁之不同，運用之限度各有廣狹也。詩之所言，固人生情思之精者矣，然精之中復有更細美幽約者焉，詩體又不足以達，或勉強達之，而不能曲盡其妙，於是不得不別創新體，詞遂肇興。」〔註160〕由此看來，文章重顯豁、質言、敷暢，而詞除了具有詩的曲隱、婉轉、比興外，更具有細美、幽約之特點。

〔註159〕（宋）沈義父《樂府指迷》，《詞話叢編》，第281頁。
〔註160〕繆鉞《詞論》，《詩詞散論》，第54頁。

　　明人陳子龍寫道：「故凡其歡愉愁怨之致，動於中而不能抑者，類發於詩餘。故其所造獨工，非後世所及。蓋以沈至之思而出之必淺近，使讀者驟遇如在耳目之表，久誦而得沈永之趣，則用意難也。以纏利之詞，而制之實工煉，使篇無累句，句無累字，圓潤明密，言如貫珠，則鑄調難也。其爲體也纖弱，所謂明珠翠羽，尙嫌其重，何況龍鸞。必有鮮妍之姿，而不借粉澤，則設色難也。其爲境也婉媚，雖以警露取妍，實貴含蓄，有餘不盡，時有低回暢歎之際，則命篇難也。」〔註161〕很好概括出了詞的特點。

　　誠然，詞這一文學，講的是「感蕩心靈」，有它自身特質所在。注重以精練的語言，塑造出美的意象或情景，使閱讀者升起一種感慨和神往。用散文形式進行書寫，則不爲所重，辛棄疾以文爲詞，擴展了詞境。

　　辛棄疾以文爲詞一個方面體現是散文寫作，大肆議論。

　　　　倦客新豐，貂裘散、征塵滿目。彈短鋏、青蛇三尺，浩歌誰續？不念英雄江左老，用之可以尊中國。歎詩書萬卷致君人，翻沈陸。　　休感慨，澆醽醁；人易老，歡難足。有玉人憐我，爲簪黃菊。且置請纓封萬戶，竟須賣劍酬黃犢。甚當年、寂寞賈長沙，傷時哭。（《滿江紅》）

　　全詞懷古傷今，上闋將蘇秦的失意和自己的悲劇用作對比，寄託其不滿，「不念英雄江左老，用之可以尊中國。歎詩書萬卷致君人，翻沈陸」，將自己有才不展有志難伸的抑鬱悲痛盡情傾瀉而出。下闋則將這種憤慨之情繼續深化，「且置請纓封萬戶，竟須買劍酬黃犢。甚當年、寂寞賈長沙，傷時哭」，純爲散文化語言，情感一瀉無餘，有如一篇自傷之文。

　　　　君莫賦幽憤，一語試相開：長安車馬道上，平地起崔嵬。我愧淵明久矣，猶藉此翁湔洗，素壁寫《歸來》。斜日透虛隙，一線萬塵埃。　　斷吾生，左持蟹，右持杯。買山自種雲樹，山下斸煙萊。百鍊都成繞指，萬事直須稱好，人世幾興臺。劉郎更堪笑，剛賦看花回。（《水調歌頭》）

　　這是淳熙九年（1182）辛棄疾爲勸誡一個叫李子幹的朋友而寫，對其壓抑懷抱進行開解，詞中的「長安車馬道上，平地起崔嵬」，長安，指仕途，寫出了官場無風起浪的險惡。「斜日透虛隙，一線萬塵埃」，出自佛語「虛隙日光，纖埃擾擾」，寫出了官場的紛擾不堪。下闋「百鍊都成繞指，萬事直須稱

〔註161〕　（明）陳子龍《王介人詩餘序》，《詞集序跋萃編》，第 506 頁。

好，人世幾輿臺」，輿臺，指低級官員。兩句寫出了官場的矯直爲曲，使一個有個性的人變成世故圓滑的好好先生。像這樣對官場的層層揭露，見於文章尚可，是傳統詞所難容下的。

> 斷崖千丈孤松，掛冠更在松高處。平生袖手，故應休矣，功名良苦。笑指兒曹，人間醉夢，莫嗔驚汝。問黃金餘幾，旁人欲說，田園計、君推去。　　歎息蔀林舊隱，對先生、竹窗松戶。一花一草、一觴一詠，風流杖屨。野馬塵埃，扶搖下視，蒼然如許。恨當年、九老圖中，忘卻畫，歸來路。（《水龍吟》）

這首寫歸隱之志的詞作，更在語言上打破了詞的行雲流水，全詞顯得孤峭突兀，上闋「問黃金餘幾，旁人欲說，田園計、君推去」，化用《漢書·疏廣傳》一段文字，漢代疏廣，曾爲太傅，後來告老還鄉，皇帝多賜金銀，「廣既歸鄉里，日令家共具設酒食，請族人故舊賓客，與相娛樂。數問其家金餘尚有幾所，趣賣以共具。居歲餘，廣子孫竊謂其昆弟老人廣所愛信者曰：『子孫幾及君時頗立產業基址，今日飲食費且盡，宜從丈人所，勸說君買田宅。』老人即以閑暇時爲廣言此計，廣曰：『吾豈老悖不念子孫哉？』顧自有舊田廬，命子孫勤力其中，足以共衣食，與凡人齊。今復增益之以爲贏餘，但教子孫怠惰耳。賢而多財，則損其志；愚而多財，則益其過。且夫富者，眾人之怨也；吾既亡以教化子孫，不欲益其過而生怨。」〔註162〕下闋「野馬塵埃，扶搖下視，蒼然如許」，化用莊子《逍遙遊》文字，「野馬也，塵埃也，生物之以息相吹也。天之蒼蒼，其正色邪，其遠而無所至極邪，其視下也亦若是則已矣。」〔註163〕像這樣突破音律限制，將散文句子直接運用詞中，極不平常。

> 身世酒杯中，萬事皆空。古來三五個英雄，雨打風吹何處是，漢殿秦宮。　　夢入少年叢，歌舞匆匆。老僧夜半誤敲鐘。驚起西窗眠不得，卷地西風。（《浪淘沙》）

本詞是辛棄疾帶湖期間夜宿山寺聞鐘驚起抒發的一段人生感慨，上闋「身世酒杯中，萬事皆空。古來三五個英雄，雨打風吹何處是，漢殿秦宮」，純爲議論，直接抒發自己抑鬱難展苦悶消極的心情。下闋「老僧夜半誤敲鐘。驚起西窗眠不得，卷地西風」，僧寺聞鐘，似有所悟，寫了自己的人生感慨。這

〔註162〕《漢書·雋疏於薛平彭傳》，《漢書》卷七一，第3040頁。
〔註163〕《莊子集釋》，第1頁。

首詞，照字面理解，本來應該是下闋在前，上闋在後才對。這樣的倒裝安排，顯示了辛棄疾對義理的看重，宋人陳模言辛詞「乃是把古文手段寓之於詞」，並記載時人潘牥評語「稼軒為詞論」〔註164〕，指出的正是以文為詞。

> 被公驚倒瓢泉，倒流三峽詞源瀉。長安紙貴，流傳一字，千金
> 爭捨。割肉懷歸，先生自笑，又何廉也。但銜珠莫問，人間豈有，
> 如孺子，長貧者？　誰識稼軒心事？似風乎、舞雩之下。回頭落
> 日，蒼茫萬里，塵埃野馬。更想隆中，臥龍千尺，高吟才罷。倩何
> 人與問，雷鳴瓦釜，甚黃鍾啞？（《水龍吟》）

這是辛棄疾一首憤激之詞，下闋的「誰識稼軒心事？」後面再用一連串排比句式盡情抒寫自己心事如何，先是「似風乎、舞雩之下」、再是「回頭落日，蒼茫萬里，塵埃野馬」、又是「更想隆中，臥龍千尺，高吟才罷」，最後是「倩何人與問，雷鳴瓦釜，甚黃鍾啞？」一句緊似一句，將自己心事一瀉而出。像這樣的寫作手法，與此相類的還有蘇軾的《水龍吟》：「曉來雨過，遺蹤何在？一池萍碎。春色三分，二分塵土，一分流水。」〔註165〕寫落花去向，用了下面很形象的排比語言寫出。另外賀鑄的《青玉案》：「試問閒愁都幾許？一川煙草，滿城風絮，梅子黃時雨。」〔註166〕也是這般手法，都是用十分形象生動的語言曲折傳出自己心事，這也是正宗的詞的寫法。但辛棄疾這裡直抒胸臆議論橫生，是以文為詞的典型。

辛棄疾以文為詞另一個方面體現，是用賦的筆法寫作歌詞。

葉嘉瑩將詞分為歌者之辭、詩化之詞、賦化之詞三類，認為賦化之詞開創者是周邦彥，即在詞的長調創作中，將賦的寫作手法運用其中，「層層地進行勾勒渲染」〔註167〕，清人周濟言道：「清真渾厚，正於鉤勒處見。他人一鉤勒便刻削，清真愈鉤勒愈渾厚。」〔註168〕辛棄疾的「鉤勒」，較周詞更進一層。

> 鳳尾龍香撥。自開元、《霓裳》曲罷，幾番風月？最苦潯陽江頭
> 客，畫舸亭亭待發。記出塞、黃雲堆雪。馬上離愁三萬里，望昭陽
> 宮殿孤鴻滅。弦解語，恨難說。　遼陽驛使音塵絕。瑣窗寒、輕

〔註164〕　《懷古錄校注》卷中，第 61 頁。
〔註165〕　《蘇軾詞編年校注》，第 314 頁。
〔註166〕　《全宋詞》，第 513 頁。
〔註167〕　《南宋名家詞講錄》，第 79 頁。
〔註168〕　（清）周濟《宋四家詞選目錄序論》，《詞話叢編》，第 1643 頁。

　　攏慢撚，淚珠盈睫。推手含情還卻手，一抹《梁州》哀徹。千古事、
　　雲飛煙滅。賀老定場無消息，想沉香亭北繁華歇。彈到此，爲鳴咽。
　　（《賀新郎‧賦琵琶》）

　　這是一首詠琵琶詞，「鳳尾龍香撥」，鳳尾、龍香撥，均指琵琶的名貴。
「撥」字，雖爲名詞，此處也有動詞意味，指琵琶的彈奏。「自開元、《霓裳》
曲罷，幾番風月？」化用白居易《長恨歌》「漁陽鼙鼓動地來，驚破霓裳羽衣
曲」句〔註169〕，唐天寶十四載（755），安史兵變，玄宗西幸，貴妃縊死。「最
苦潯陽江頭客，畫舸亭亭待發」，白居易《琵琶引》有「弦弦掩抑聲聲思，似
訴平生不得意」〔註170〕句，傾訴琵琶女年華老去流轉江湖的悲哀。「記出塞、
黃雲堆雪。馬上離愁三萬里，望昭陽宮殿孤鴻滅。弦解語，恨難說」，寫漢代
王昭君事。昭君出塞，彈奏琵琶，曲聲斷腸。下闋「遼陽驛使音塵絕。瑣窗
寒、輕攏慢撚，淚珠盈睫」，遼陽，代指遠方。遠離家國，琵琶彈起，淚水盈
眶。「推手含情還卻手，一抹《梁州》哀徹」，《梁州》，唐教坊曲名，其曲多
哀。「賀老定場無消息，想沉香亭北繁華歇」，賀老，唐代著名琵琶師賀懷智。
定場，指演奏技藝高超，使聽者入神。兩句寫了人去音歇的感歎。

　　本詞表面詠的是琵琶，內裏寫的全是恨事，由「鳳尾龍香撥」、「輕攏慢
撚」、「推手含情還卻手」，三句的琵琶演奏，每一句都引領出一片恨事，其中
有家國幻滅、風流消歇、佳人失意、斯人遠去。通篇圍繞一個「恨」字，不斷
渲染，使這恨事愈積愈厚。辛棄疾另一首《賀新郎》（綠樹聽鵜鴂），陳模評
道：「此詞盡集許多怨事，全與太白《擬恨賦》手段相似。」〔註171〕這兩首詞
作，堪稱辛詞寫恨之「雙璧」，和以賦爲詞的藝術手法是分不開的。

　　　雲臥衣裳冷。看蕭然、風前月下，水邊幽影。羅襪生塵凌波去，
　　湯沐煙波萬頃。愛一點，嬌黃成暈。不記相逢曾解佩，甚多情、爲
　　我香成陣。待和淚，收殘粉。　　靈均千古懷沙恨。記當時、匆匆
　　忘把，此仙品題。煙雨淒迷僝愁損，翠袂搖搖誰整。謾寫入、瑤臺
　　幽憤。弦斷招魂無人賦，但金杯的歷銀臺潤。愁殢酒，又獨醒。（《賀
　　新郎‧賦水仙》）

　　這是一首詠水仙詞，「看蕭然、風前月下，水邊幽影」，寫出了水仙獨立

〔註169〕《白居易集》卷一二，第238頁。
〔註170〕《白居易集》卷一二，第242頁。
〔註171〕《懷古錄校注》卷中，第61頁。

於世的孤高。「羅襪生塵凌波去，湯沐煙波萬頃」，黃庭堅寫水仙詩有「凌波仙子生塵襪，水上輕盈步微月」〔註172〕，辛棄疾化用其意，寫出了水仙的清純高潔。「不記相逢曾解佩，甚多情、爲我香成陣」，《列仙傳》載，江妃二女遊於江濱，逢鄭交甫，交甫見其美麗，向其索佩，「遂手解佩與交甫，交甫悅，受而懷之中，當心。趨去數十步，視佩，空懷無佩，顧二女，忽然不見。」〔註173〕這裡寫出了水仙的神異。上闋這一系列鋪陳，寫出的是水仙人性化特徵。下闋「靈均千古懷沙恨。記當時、匆匆忘把，此仙品題」，靈均，即屈原。水仙有這樣的風姿，屈原愛寫香草美人，怎地竟把水仙給忘了？暗含水仙合於騷人情懷。「煙雨淒迷㑿愁損，翠袂搖搖誰整」，寫水仙在煙雨淒迷中的憔悴不堪。翠袂，女子的綠色衣袂。完全把水仙視爲一個女子。「謾寫入、瑤臺幽憤」，琴中有一名曲《水仙操》，辛棄疾這裡借琴曲寫了水仙的「幽憤」。這幾句寫來，水仙頗似屈原筆下之「山鬼」。「弦斷招魂無人賦，但金杯的歷銀臺潤」，水仙又被稱爲金杯、銀臺。的歷，光亮的樣子。再次對水仙表一種同情。「愁殢酒，又獨醒」，作者完全和水仙有著同樣的懷抱，爲它一灑同情之淚。

本詞由水仙的形，寫到水仙的神，可謂以賦爲詞之典範。和前邊一首詠琵琶詞寫作手法不同，上一首如花瓣繞蕊，層層包裹。這一首如珠子相串，遞進向前。

> 柳暗凌波路。送春歸、猛風暴雨，一番新綠。千里瀟湘葡萄漲，人解扁舟欲去。又檣燕、留人相語。艇子飛來生塵步，唾花寒、唱我新番句。波似箭，催鳴櫓。　黃陵祠下山無數。聽湘娥、泠泠曲罷，爲誰情苦。行到東吳春已暮，正江闊潮平穩渡。望金雀、觚稜翔舞。前度劉郎今又到，問玄都、遣樹花存否？愁爲情，麼弦訴。（《賀新郎》）

淳熙七年（1180），辛棄疾在湖南安撫史任上，本詞即爲當時寫作的一首送人詞，「柳暗凌波路。送春歸、猛風暴雨，一番新綠。千里瀟湘葡萄漲，人解扁舟欲去」，起筆寫景，暮春時節，一場暴雨，呈現眼前是楊柳垂路，瀟湘水漲，這一時節，友人乘舟遠去。「又檣燕、留人相語。艇子飛來生塵步，唾

〔註172〕 （宋）黃庭堅《王充道送水仙花五十枝欣然會心爲之作詠》，《豫章黃先生文集》卷七，《四部叢刊》本。

〔註173〕 《列仙傳》卷上，文淵閣《四庫全書》本。

花寒、唱我新番句。波似箭，催鳴櫓」，不忍分別，連那桅杆上的燕子，聲音
呢喃，似乎也在挽留。水流似箭，友人終於遠去。下闋「黃陵祠下山無數。
聽湘娥、泠泠曲罷，爲誰情苦」，黃陵祠，湖南湘潭縣北，爲紀念舜的二妃娥
皇、女英而建。這是辛棄疾設想友人經過此地的情形。「行到東吳春已暮，正
江闊潮平穩渡」，設想友人行到江南的情形。「望金雀、鸼稜翔舞。前度劉郎
今又到，問玄都、遣樹花存否？」金雀、鸼稜，飾有金鳳的雕梁畫角，這裡
代指京城，寫的是友人到了京城的情形。「愁爲情，麼弦訴」，最後寫自己借
助絲絃，排解離愁。

　　這首詞，上闋著筆送別情景，寫楊柳、寫江水、寫燕子、寫歌女，不斷
渲染離情。下闋寫友人離去的一路情形，瀟湘如何、東吳如何、京城如何，
都是圍繞離別反覆鋪寫，正見賦的筆法。

　　賦的特點，乃是「鋪采摛文，體物寫志」〔註174〕，辛棄疾以賦爲詞，深
得賦的精神。辛棄疾情懷鬱鬱，賦這一具有「堆積情感」的寫作手法也特別
適合於他。由於感情的充溢，他的以賦爲詞某些方面甚至超越了周邦彥，周
詞以賦爲詞代表之作是《蘭陵王·柳》一詞，該詞通篇鋪敘折柳送別這一恨
事，包裹全身，反覆纏綿。辛棄疾上邊諸詞，即使在寫兒女之恨，也要加入
個人的身世懷抱，情感更爲濃烈。同時章法的奇絕、筆墨的多變，亦非周詞
所能比擬。

（四）自由恣肆的語言風格

　　辛棄疾以一種強烈的主觀色彩闖入詞壇，寫下了橫放傑出的英雄之調，
詞作主題的變化，表達方式的改變，必然相應帶來語言上的革新。辛棄疾詞
作在語言上打破常規，衝破傳統，使詞進入一種更爲自由恣肆之境。

　　辛棄疾以尋常口語入詞，造成一種滑稽幽默意味，可見其解放精神。

　　　　好個主人家，不問因由便去嗏。病得那人妝晃了，巴巴。繫上
　　裙兒穩也哪。　　別淚沒些些，海盟山誓總是賒。今日新歡須記取：
　　孩兒，更過十年也似他。(《南鄉子》)

　　這首詞以輕鬆的口吻寫出了女子的輕薄無情，詞中用了十分口語化的字
眼，如「嗏」、「妝晃」、「巴巴」、「些些」、「孩兒」，本來是首憤激哀傷之詞，
卻體現出幽默意味來。

〔註174〕《文心雕龍·詮賦》，《文心雕龍注》卷二，第134頁。

有的許多淚。更閒卻，許多鴛被。枕頭兒，放處都不是。舊家
時，怎生睡？　　更也沒書來，那堪被，雁兒調戲。道無書，卻有
書中意，排幾個，人人字。（《尋芳草》）

本詞題序爲「調陳莘叟憶內」，友人陳莘叟思念妻子，辛棄疾作詞調戲，
一個「調」字，見出這首詞的玩笑性質。本詞上闋寫陳莘叟夜不成眠的情形，
下闋寫陳莘叟期盼書信的樣子，都顯得有些滑稽。也許實際生活中，陳莘叟
懷想妻子，並非這樣一副模樣，辛棄疾以幽默筆法出之，不覺讓人一笑莞爾。
另外詞中如「有的」、「閒卻」、「怎生」、「枕頭兒」、「雁兒」等詞句，全用尋
常口語，清人劉熙載言：「古樂府中至語，本只是常語，一經道出，便成獨得。
詞得此意，則極煉如不煉，出色而本色，人籟悉歸天籟矣。」〔註175〕辛棄疾
這般筆法，是否也是一種對「天籟」的追求。

醫者索酬勞，那得許多錢物。只有一個整整，也盒盤盛得。　　下
官歌舞轉悽惶，剩得幾枝笛。覷著這般火色，告媽媽將息。（《好事
近》）

身體多病，缺錢乏財，侍妾相送，本是人生極爲痛苦不堪事，但辛棄疾
以詼諧筆調出之。「醫者索酬勞，那得許多錢物」，明白如話寫出自己處境。
「只有一個整整，也盒盤盛得」、「覷著這般火色，告媽媽將息」，寬慰當中，
更有一種民間幽默意味寓於其中，也見出辛棄疾的超曠胸懷。清人馮金伯甚
爲欣賞這種情懷，言本詞：「一時戲謔，風調不群。」〔註176〕

千峰雲起，驟雨一霎兒價。更遠樹斜陽風景，怎生圖畫！青旗
賣酒，山那畔別有人家。只消山水光中，無事過這一夏。　　午醉
醒時，松窗竹戶，萬千瀟灑。野鳥飛來，又是一般閒話。卻怪白
鷗，覷著人欲下未下。舊盟都在，新來莫是，別有說話？（《醜奴兒
近》）

這是辛棄疾博山道中所寫的一首詞，凡是博山道中諸篇詞作，辛棄疾一
般都是滿懷愉悅。上闋「更遠樹斜陽風景，怎生圖畫」、「只消山水光中，無
事過這一夏」，尋常語言把山裏人家的輕鬆愉悅描繪出來。下闋「野鳥飛來，
又是一般閒話」、「卻怪白鷗，覷著人欲下未下」，一般口語，更兼摹寫物態之
生動逼眞。最後一句「舊盟都在，新來莫是，別有說話？」辛棄疾初到帶湖，

〔註175〕《藝概》卷四，第 121 頁。
〔註176〕（清）馮金伯《詞苑萃編》，《詞話叢編》，第 2221 頁。

就寫有「盟鷗」一詞，寫自己與鷗鳥的盟誓，「凡我同盟鷗鷺，今日既盟之後，往來莫相猜」，可見他與鷗鳥的親近。這裡一個「怪」字，很好烘托出辛棄疾和鷗鳥一貫的親近，「新來莫是，別有說話？」鷗鳥彷彿能言能語一般，純粹的口語顯示了筆墨的活潑。

> 青山欲共高人語，聯翩萬馬來無數。煙雨卻低回，望來終不
> 來。　　人言頭上髮，總向愁中白。拍手笑沙鷗，一生都是愁。（《菩
> 薩蠻》）

本詞上闋很好描摹出了青山、煙雨所具有人一般的特徵。下闋彷彿是兩人對答，「人言頭上髮，總向愁中白。拍手笑沙鷗，一生都是愁」，明白如話的口語，卻給人以深深的思索。

> 少年不識愁滋味，愛上層樓，愛上層樓，爲賦新詞強說愁。　　而
> 今識盡愁滋味，欲說還休，欲說還休，卻道天涼好個秋。（《醜奴兒》）

本詞一閱之後，人人能懂，卻給人以莊重嚴肅的思考，「欲說還休，欲說還休，卻道天涼好個秋」，似乎什麼也沒說，但又說出了一切。只有真正經過人生不得其解的矛盾和無處排解的痛楚，才能夠寫出這般驚警之語。黃庭堅論文有「平淡而山高水深」〔註177〕一語，辛棄疾本詞，達到了這一至高境界。

口語入詞常和遊戲詞章聯繫在一起，也是宋詞的一大景觀，所謂「周、柳、黃、晁，皆喜爲曲中俚語」〔註178〕，宋人王灼《碧雞漫志》載：「長短句中，作滑稽無賴語，起於至和、嘉祐之前，猶未盛也。熙豐、元祐間，兗州張山人以詼諧獨步京師，時出一兩解。澤州孔三傳者，首創諸宮調古傳，士大夫皆能誦之。元祐間，王齋叟彥齡，政和間，曹組元寵，皆能文，每出長短句，膾炙人口。彥齡以滑稽語噪河朔。組潦倒無成，作紅窗迥及雜曲數百解，聞者絕倒，滑稽無賴之魁也。」〔註179〕口語詞在當時極爲流行，以致時人「十之八九不學柳耆卿，則學曹元寵」〔註180〕。儘管口語入詞盛行，前有柳永後有曹組爲代表，但看普遍詞人，對柳永這般做法多有貶斥，晏殊當年就曾斥責柳永，自己絕不作柳永「閒拈針線伴伊坐」一般詞句。後來的李清照，也說柳詞「詞語塵下」〔註181〕。北宋末年的曹組，多作俗詞，傳唱一

〔註177〕黃庭堅《與王觀復書三首之二》，《豫章黃先生文集》卷一九。
〔註178〕（清）周濟《宋四家詞選目錄序論》，《詞話叢編》，第1645頁。
〔註179〕《碧雞漫志》卷二，《詞話叢編》，第84頁。
〔註180〕《碧雞漫志》卷二，《詞話叢編》，第85頁。
〔註181〕李清照《詞論》，《李清照集箋注》卷三，第267頁。

時，卻爲正宗詞人所摒棄，後來更遭到宋高宗親自派人毀掉其詞集印版的命運。南宋詞，詞中加入慷慨激烈之音是一時潮流，口語滑稽之詞，則極少涉及，辛棄疾高出他人之處，就是在多作壯詞的同時，並沒有對這些口語之詞作簡單的拒絕和排斥，而是以熱心腸爲之，對詞藝術之境的保留和拓展，多有貢獻。

辛棄疾對詞的語言革新，在經語、史語的大量運用上，體現更爲顯著。

詞多綺麗，即使借用它語，也多與情與淚有關，河漢遙隔、南浦送別、楊柳含愁、閣樓帶恨，多爲詞家所愛用。辛棄疾作爲功名之士，念念不忘是爲國效力實現理想，如清人馮煦論辛詞後勁劉克莊所言「志在有爲，不欲以詞人自域似稼軒」〔註182〕，他絕沒想到自己以詞名世。「詩書萬卷，合上明光殿」（《清平樂》），個人本身滿腹才學，詞對他來說，乃是「陶寫之具」，創作中用經用史，給詞帶來另外一境。

辛棄疾詞中經語運用極多，如明人楊愼所言：「若在稼軒，諸子百家，行間筆下，驅斥如意矣。」〔註183〕《易經》《論語》《孟子》《老子》《莊子》《列子》以及佛教典籍，都大量化用，下面就他對儒家經典的化用，來看這一特點。

　　進退存亡，行藏用舍，小人請學樊須稼。衡門之下可棲遲，日
之夕矣牛羊下。　　去衛靈公，遭桓司馬，東西南北之人也。長沮
桀溺耦而耕，丘何爲是棲棲者？（《踏莎行‧賦稼軒，集經句》）

辛棄疾別號稼軒，本詞專從一「稼」字著筆，彙集儒家經典，表明自己對孔子所持態度。「進退存亡，行藏用舍」，進退存亡，《易經‧乾文言》：「亢之爲言也，知進而不知退，知存而不知亡，知得而不知喪，其唯聖人乎？知進退存亡而不失其正者，其唯聖人乎。」〔註184〕行藏用舍，《論語‧述而》：「子謂顏淵曰：『用之則行，舍之則藏，惟我與爾有是夫？』」〔註185〕辛棄疾這裡講的是只有孔子這樣的聖人才眞正知道進取與隱退的道理。「小人請學樊須稼」，《論語‧子路》：「樊遲請學稼，子曰：『吾不如老農。』請學爲圃，曰：『吾不如老圃。』樊遲出，子曰：『小人哉，樊須也。上好禮，則民莫敢不敬；上好義，則民莫敢不服；上好信，則民莫敢不用情。夫如是，則四方之

〔註182〕（清）馮煦《宋六十一家詞選例言》，《詞話叢編》，第3595頁。
〔註183〕（明）沈雄《古今詞話》，《詞話叢編》，第853頁。
〔註184〕《周易正義》，（清）阮元校刻《十三經注疏》，中華書局，1980年，第17頁。
〔註185〕《論語集釋》卷一三，第450頁。

民織負其子而至矣，焉用稼？』」〔註186〕樊須即樊遲。孔子這裡對樊須抱的是貶斥態度，辛棄疾這裡反用其意，講的是自己就像當年沒出息的樊須一樣，只能學學莊稼。「衡門之下可棲遲，日之夕矣牛羊下」，《詩經・陳風・衡門》：「衡門之下，可以棲遲。泌之洋洋，可以樂饑。」〔註187〕「衡門」，橫木爲門之意，講的是鄉間簡單生活。《詩經・王風・君子于役》：「日之夕矣，羊牛下來。」〔註188〕這二句寫的都是鄉下農村安貧樂道消遙自在的生活。「去衛靈公，遭桓司馬，東西南北之人也」，《論語・衛靈公》：「衛靈公問陣於孔子，子對曰：『俎豆之事，則嘗聞之矣。軍旅之事，未之學也。』明日遂行，在陳絕糧，莫能興。」〔註189〕《孟子・萬章上》：「孔子不悅於魯、衛，遭宋桓司馬將要而殺之，微服而過宋。」〔註190〕《禮記・檀弓上》記孔子語：「今丘也，東西南北之人也，不可以弗識也。」〔註191〕辛棄疾這裡講的是孔子胸懷天下，但不管是在衛國遭遇衛靈公還是在宋國遭遇桓司馬，都異常凄涼，飄泊在東西南北。「長沮桀溺耦而耕，丘何爲是棲棲者？」《論語・微子》：「長沮、桀溺耦而耕，孔子過之，使子路問津焉。」〔註192〕長沮、桀溺兩人是當時的著名隱士。《論語・憲問》：「微生畝謂孔子曰：『丘何爲是棲棲者與？無乃爲佞乎？』孔子曰：『非敢爲佞也，疾固也。』」〔註193〕寫的是對孔子的某種否定。

辛棄疾這首詞題爲「賦稼軒」，是專爲自己居所和別號而寫的一首詞，詞中經語滿篇，體現了對農畝稼穡的肯定，對孔子奔走天下的懷疑。這裡於孔子出仕的否定，其實也是辛棄疾對自己以前進取人生的某種否定，顯示了他矛盾心情的一面。聯繫到洪邁論辛棄疾所言：「侯以中州雋人，抱忠仗義，章顯聞於南邦。……使遭事會之來，挈中原還職方氏，彼周公瑾、蟹安石事業，侯固饒爲之。此志未償，因自詭放浪林泉，從老農學稼，無亦不大可歟？」〔註194〕功業未就，不得已而學稼，再看辛棄疾本詞對儒家精神的否定，自然有了更

〔註186〕《論語集釋》卷二六，第 896 頁。
〔註187〕《詩集傳》卷七，第 82 頁。
〔註188〕《詩集傳》卷四，第 43 頁。
〔註189〕《論語集釋》卷三一，第 1049 頁。
〔註190〕 楊伯峻《孟子譯注》，中華書局，1960 年，第 227 頁。
〔註191〕 （清）陳澔注《禮記》卷二，上海古籍出版社，1987 年，第 28 頁。
〔註192〕《論語集釋》卷三六，第 1265 頁。
〔註193〕《論語集釋》卷三○，第 1014 頁。
〔註194〕 （宋）洪邁《稼軒記》，《古今事文類聚》卷三六。

深一層的領會。辛棄疾後來還寫了一首《水龍吟》詞，與此相似，「稼軒何必長貧，放泉簷外瓊珠瀉。樂天知命，古來誰會，行藏用舍？人不堪憂，一瓢自樂，賢哉回也。料當年曾問：飯蔬飲水，何為是、棲棲者？　且對浮雲山上，莫匆匆、去流山下。蒼顏顧影，故應零落，輕裘肥馬。繞齒冰霜，滿懷芳乳，先生飲罷，笑掛瓢風樹，一鳴渠碎，問何如啞？」從這兩個問句，也能見出辛棄疾對人生的滿腹矛盾和不得其解的困惑。

辛棄疾詞中史語運用亦很廣泛。

> 落日古城腳，把酒勸君留。長安路遠，何事風雪敝貂裘？散盡黃金身世，不管秦樓人遠，歸計狎沙鷗。明夜扁舟去，和月載離愁。　功名事，身未老，幾時休。詩書萬卷，致身須到古伊周。莫學班超投筆，縱得封侯萬里，憔悴老邊州。何處依劉客，寂寞賦《登樓》。（《水調歌頭》）

上闋「長安路遠，何事風雪敝貂裘？」《戰國策·秦策》載：「蘇秦始將連橫說秦王，書十上而說不行，黑貂之裘敝，黃金百斤盡。」〔註195〕下闋「莫學班超投筆，縱得封侯萬里，憔悴老邊州」，《後漢書·班超傳》載，班超早年入仕，為一文書，後來投筆從戎，在西域長達三十一年始返故國，立功異域，得封定遠侯。

辛棄疾自身喜歡以蘇秦作比，「季子正年少，匹馬黑貂裘」（《水調歌頭》），即是如此。但歷經摧折，苦悶滿懷，這裡對蘇秦的懷疑，對班超的否定，當有個人身世之歎。

> 故將軍飲罷夜歸來，長亭解雕鞍。恨霸陵醉尉，匆匆未識，桃李無言。射虎山橫一騎，裂石響驚弦。落魄封侯事，歲晚田園。　誰向桑麻杜曲，要短衣匹馬，移住南山。看風流慷慨，談笑過殘年。漢開邊、功名萬里，甚當時、健者也曾閒？紗窗外、斜風細雨，一陣清寒。（《八聲甘州》）

本詞題序為：「夜讀《李廣傳》，不能寐，因念晁楚老、楊民瞻約同居山中，戲用李廣事，賦以寄之。」辛棄疾遭遇和李廣有所類似，辛棄疾讀《史記·李廣列傳》，「不能寐」，可見其不平懷抱。本詞上下兩闋，全是化用《史記·李廣列傳》，圍繞李廣的「才」與「閒」的矛盾人生進行書寫，李廣有才，但何以閒居？每闋當中兩兩對映，盡情展示了李廣的「才」，更對其「閒」抱

以深深同情。

　　辛棄疾詞中經語史語多有，總體趨向是借經語來排解自己憂患人生，借史語來對自己志業懷抱以及身世遭遇作一比照。在辛棄疾之前，詞壇尚無第二人這般密集運用，清人吳衡照即言辛詞：「《論》《孟》《詩小序》《左氏春秋》《南華》《離騷》《史》《漢》《世說》、選學、李杜詩，拉雜運用，彌見其筆力之峭。」〔註196〕這樣的「拉雜運用」，無疑增強了詞作內容的表現力，給詞這一本來顯得纖弱、質輕的文學，帶來一種厚重大氣的美感。同時在形式上，也帶來新的突破，如金諍先生所言：「這些典故本來出自經史，直接用入詞中，就純爲散文化句法，突破了詩詞中傳統的二、三字句節奏，而更顯句式之豐富多變。」〔註197〕

　　「稼軒詞龍騰虎擲，任古書中理語、瘦語，一經運用，便得風流，天資是何敻異。」〔註198〕詞到了辛棄疾手裏，無疑得到了一次極大解放，從他語言的表現力來說，早已跨越前人，一方面固然是增強了詞的表現力，但由此也帶來一些弊端。「古今勝語，多非補假，皆由直尋」〔註199〕，岳珂就曾當辛棄疾面指出辛詞「新作微覺用事多耳」〔註200〕，劉克莊亦言辛詞「時時掉書袋，要是一癖」〔註201〕，清人沈祥龍亦言：「稼軒能合經、史、子而用之，自其才力絕人處，他人不宜輕效。」〔註202〕都指出其弊。面對岳珂的委婉建議，辛棄疾自己亦言「夫君實中吾痼」〔註203〕，可見辛棄疾對自己詞中毛病，也有所體察。另外如宋人劉辰翁所言：「詞至東坡，如詩如文，如天地奇觀，豈與群兒雌聲學語較工拙；然猶未至用經用史，牽《雅》《頌》入鄭衛也。自稼軒以前，用一語如此者必且掩口。及稼軒橫豎爛漫，乃如禪宗棒喝，頭頭皆是；又如悲笳萬鼓，平生不平事並巵酒，但覺賓主酣暢，談不暇顧。詞至此亦足矣。」〔註204〕詞至東坡而全，詞至稼軒而盡，月盈還虧，正如陳廷焯言南宋詞：「變態極焉……天地之奧，發泄既盡，古意亦從此漸微

〔註196〕（清）吳衡照《蓮子居詞話》卷一，《詞話叢編》，第2408頁。
〔註197〕《宋詞綜論》，第186頁。
〔註198〕《藝概》卷四，第110頁。
〔註199〕《鍾嶸詩品講疏》，第20頁。
〔註200〕《桯史》卷三，第38頁。
〔註201〕劉克莊《題劉叔安感秋八詞》，《後村先生大全集》卷九九。
〔註202〕（清）沈祥龍《論詞隨筆》，《詞話叢編》，第4059頁。
〔註203〕《桯史》卷三，第38頁。
〔註204〕（宋）劉辰翁《辛稼軒詞序》，《須溪集》卷六。

－144－

矣。」〔註205〕所有能事已畢，各種手段都盡，也注定詞走向一種衰落，辛棄疾之後，後起詞人多在某一方面各擅勝場，再無辛棄疾這樣的大家出現。而真正標榜學辛詞者，行文用語，反流入呼號叫囂當中，的確給人以深思。

（五）悲鬱：辛棄疾代表詞風

辛棄疾作爲「南宋首屈一指的詞壇大師」〔註206〕，融言志與寫情爲一爐，集英雄語與嫵媚語爲一體，呈現世人面前「是一個充滿矛盾、富於變化的多重組合體」〔註207〕，種種看似矛盾對立顯著的情感物態，皆能夠被辛棄疾隨心所欲駕馭，除了辛棄疾作詞水平的高超以外，更重要原因即在有一共通情感貫注其中，這一共通的情感是什麼呢？於眾多辛詞的評語中，陳廷焯言辛棄疾：「詞極豪雄，而意極悲鬱。」〔註208〕陳廷焯這裡拈出「悲鬱」一詞來概括辛詞，繆鉞先生甚爲服膺：「近些年來，蘇、辛詞頗爲論者所重，然而真正理解蘇、辛詞卻也並不容易，僅僅以所謂『豪放』推崇他們，實在是皮相之論。陳廷焯提出蘇詞『極超曠』而辛詞『極悲鬱』，其所以能造此境者，由於本人之胸襟氣概。這確實是造微之論。」〔註209〕對具有「濃厚的情感和奔放的才氣」〔註210〕辛棄疾來說，悲鬱之情，在詞中大量存在。可惜這方面人們論述極少，爲集中筆墨故，下面即從兩方面展開，就此作一論述。

登高望遠之悲

辛棄疾敘述早年祖父辛贊爲激發其愛國之志，經常帶著自己「登高望遠，指畫山河」〔註211〕，想來祖孫二人在登高望遠之中，目睹祖國的遼闊河山，更容易牽動其家國之恨和報國之志。葉嘉瑩言：「忠義之心與事功之志，對辛棄疾而言，實在可以說是自其青春少年時代便與他的生命一同成長起來的。」〔註212〕這和祖父的教育當然有相當之關係。回歸南宋以後，國勢的沉悶拖沓、個人的困厄沉淪，常使他鬱鬱寡歡、悶悶不樂。辛棄疾依然和年少時一樣喜愛登高望遠，指點江山，但這種登高望遠，多爲消解心中這濃鬱的愁苦，辛

〔註205〕《白雨齋詞話》卷三，第 59 頁。
〔註206〕《宋詞綜論》，第 179 頁。
〔註207〕施議對《論稼軒體》，《中國社會科學》1987 年第 5 期，第 157 頁。
〔註208〕《白雨齋詞話》卷六，第 166 頁。
〔註209〕繆鉞《論蘇、辛詞與〈莊〉、〈騷〉》，《靈谿詞說》，第 234 頁。
〔註210〕胡適《胡適作品集》第 30 冊《詞選》，臺灣遠流出版公司，1986 年，第 159
　　　　～160 頁。
〔註211〕《辛稼軒詩文箋注》，第 1 頁。
〔註212〕《唐宋名家詞論稿》，第 239 頁。

棄疾詞中多次提到東漢王粲的《登樓賦》，「何處依劉客，寂寞賦《登樓》」（《水調歌頭》），可見他和王粲頗有一種異代同慨之感情。辛棄疾和王粲一樣都是山東人，一樣都是滯留南方，王粲「登茲樓以四望兮，聊暇日以銷憂」〔註213〕，眼望北方，思念故土，看著那遼闊的平原和漫長的道路，不光沒有消解憂愁，反而生起一股「心悽愴以感發兮，意忉怛而憯惻」〔註214〕的悲慟。辛棄疾和王粲頗有相似處，不過王粲的登高，純粹是思鄉之情，對辛棄疾而言，更多是一種家國之恨。

> 我來弔古，上危樓贏得、閒愁千斛。虎踞龍盤何處是？只有興亡滿目。柳外斜陽，水邊歸鳥，隴上吹喬木。片帆西去，一聲誰噴霜竹？　卻憶安石風流，東山歲晚，淚落哀箏曲。兒輩功名都付與，長日惟消棋局。寶鏡難尋，碧雲將暮，誰勸杯中綠？江頭風怒，朝來波浪翻屋。（《念奴嬌》）

本詞題序寫道「登建康賞心亭，呈史留守致道」，該詞寫於乾道五年（1169），辛棄疾當時在建康府通判任上。幾年的沉淪下僚，頗有抱負難伸、知音難覓之感，建康爲六朝故都，南宋偏安江南，和六朝極爲相似，登上建康名勝賞心亭，辛棄疾百感交集。

「我來弔古，上危樓贏得、閒愁千斛」，觸目就是一片愁苦。「虎踞龍盤何處是？只有興亡滿目」，建康爲六朝故都，但在這裡建都的前後幾個王朝，都已消亡了。「只有興亡滿目」，眼底盡是沉痛。「柳外斜陽，水邊歸鳥，隴上吹喬木。片帆西去，一聲誰噴霜竹？」寫的是一種孤獨之感，夕陽西下，看著那水邊的歸鳥、風中的喬木、西去的船隻，還有不知誰人吹起的一聲笛響，孤獨的我究竟該歸依何處？下闋「卻憶安石風流，東山歲晚，淚落哀箏曲。兒輩功名都付與，長日惟消棋局」，安石，謝安字。講的是東晉謝安事，謝安當年指揮淝水之戰，沈穩淡定，輕鬆破賊，爲東晉安定立下蓋世功勞。但晚年的謝安，由於受到主上猜忌，卻是聞樂灑淚，不能自己。「寶鏡難尋，碧雲將暮」，據唐人李濬《松窗雜錄》載，有漁人於秦淮河拾得一面古銅鏡，能照人肺腑，後來不慎墜入水中，遍尋不得。辛棄疾一生多受讒謗，這裡的「寶鏡」，含有自己渴望他人相知理解在內。但看來是不可能的，「誰勸杯中綠？」

〔註213〕（漢）王粲《登樓賦》，（梁）蕭統編《文選》卷一一，上海古籍出版社，1986年，第489頁。

〔註214〕《文選》卷一一，第492頁。

只能沉浸杯酒當中。最後一句「江頭風怒，朝來波浪翻屋」，這一句人們多解爲辛棄疾內心的衝突，或謂南宋國事危急，見出了辛棄疾心憂國事深感不平的心理。

> 楚天千里清秋，水隨天去秋無際。遙岑遠目，獻愁供恨，玉簪螺髻。落日樓頭，斷鴻聲裏，江南游子，把吳鉤看了，欄杆拍遍，無人會，登臨意。　休說鱸魚堪膾，盡西風季鷹歸未？求田問舍，怕應羞見，劉郎才氣。可惜流年，憂愁風雨，樹猶如此？倩何人喚取，紅巾翠袖，搵英雄淚。（《水龍吟》）

「楚天千里清秋，水隨天去秋無際」，此時的江南大地，千里清秋，水天相接，好一派無邊的秋色。「遙岑遠目，獻愁供恨，玉簪螺髻」，秋高氣爽，水天一色，青山碧綠，有如美人裝扮。江山多嬌，爲何反倒會是「獻愁供恨」？「落日樓頭，斷鴻聲裏。江南游子，把吳鉤看了，欄杆拍遍，無人會，登臨意」，天邊夕陽，伴著孤獨的大雁叫聲，自己這個「江南游子」，就如同這孤單的大雁一般。最讓人心痛的是，沒有一個人能夠理解自己決勝千里的才具和忠心爲國的懷抱。志士英雄常會有相似感情，陳亮《念奴嬌‧登多景樓》有「危樓還望，歎此意，今古幾人會？」〔註215〕和辛棄疾懷抱類似。下闋「休說鱸魚堪膾，盡西風季鷹歸未？求田問舍，怕應羞見，劉郎才氣」，一方面嚮往歸隱之志，卻又不能忘記胸中懷抱，無限矛盾，橫亙其中。「可惜流年，憂愁風雨，樹猶如此？」年華老去，功業難展，只是從來未曾忘卻自己志向。「倩何人喚取，紅巾翠袖，搵英雄淚」，內心困惑根本排解不了，只能一灑清淚。

本詞和前面一詞一樣，都寫的是辛棄疾登上建康賞心亭的感受，該詞寫於淳熙四年（1175），和前邊已經相隔六年，這年春天辛棄疾由知滁州知府改調江東安撫司參議官，再返建康，登樓遠望，寫作此詞。第一次登上賞心亭，那時的辛棄疾還只是建康府通判一個小官，字裏行間卻不乏豪情，此時的辛棄疾任江東安撫司參議官，官職顯赫了不少，詞句之中，反倒多了悲傷抑鬱，只因爲他一心所繫的國勢，愈發沒有了指望。關於本詞，唐圭璋言：「豪氣濃情，一時並集，如聞垓下之歌。」〔註216〕本詞確實有種英雄失志的末路之悲。

〔註215〕《陳亮龍川詞箋注》，第40頁。
〔註216〕唐圭璋《唐宋詞簡釋》，上海古籍出版社，1981年，第174頁。

　　　　點火櫻桃，照一架荼蘼如雪。春正好見龍孫穿破，紫苔蒼壁。乳
　　　　燕引雛飛力弱，流鶯喚友嬌聲怯。問春歸不肯帶愁歸，腸千結。　　層
　　　　樓望，家山疊。家何在？煙波隔。把古今遺恨，向他誰說？蝴蝶不
　　　　傳千里夢，子規叫斷三更月。聽聲聲枕上勸人歸，歸難得。（《滿江
　　　　紅》）

　　「點火櫻桃，照一架荼蘼如雪。春正好見龍孫穿破，紫苔蒼壁。乳燕引
雛飛力弱，流鶯喚友嬌聲怯」，櫻桃如火，荼蘼如雪，竹筍出土，紫苔滿壁。
乳燕引雛，緩緩低飛，流鶯喚友，嬌聲怯怯。春天這般美好，但「問春歸不
肯帶愁歸，腸千結」，如此美好的春天這樣無情離去，怎不使人愁腸百結，哀
苦無限。「層樓望，家山疊。家何在？煙波隔。把古今遺恨，向他誰說？」登
上高樓，不自覺升起兩個問句，言底有多少無處言說的沉痛。「蝴蝶不傳千里
夢，子規叫斷三更月。聽聲聲枕上勸人歸，歸難得」，苦苦思念的故鄉為何從
沒在夢中出現過？子規夜半哀鳴，那聲聲呼喚，似乎每一聲都在催人「不如
歸去」。只是我的家，是江南嗎？顯然不是。是北方嗎？那也不是。家，究竟
在哪裏？自己究竟該歸依何處？

　　本詞登樓思鄉，前面鶯歌燕舞，一派大好春景，但一句「問春歸不肯帶
愁歸」，驀地一轉，下闋盡從這一「歸」字出發，遠望家山，愁恨生胸，前面
的「乳燕引雛飛力弱，流鶯喚友嬌聲怯」的美景，頓然變成「蝴蝶不傳千里
夢，子規叫斷三更月」的愁苦。全詞結構十分精巧，「層樓望」一句，猶如跳
板一樣，將前面的歡愉，一下子跳到了悲傷的頂端。

　　辛棄疾這裡的家鄉，應該往更高層次理解，張法言「中國文化可以說就
是鄉愁文化」，並申述道：「鄉愁所臆想的家，不是物質的家，也不是充滿倫
理溫情的家，而是精神的家，是生命的意義，是人在文化中的意義。」〔註217〕
確實，只有凝結了生命意義和文化象徵的「家」，才會這般悲鬱。

　　　　鬱孤臺下清江水，中間多少行人淚。西北望長安，可憐無數
　　　山。　　　青山遮不住，畢竟東流去，江晚正愁余，山深聞鷓鴣。（《菩
　　薩蠻》）

　　這是淳熙二、三年（1175～1176）間，辛棄疾任江西提刑登上鬱孤臺所作
的一首詞，臺名「鬱孤」，其實也是辛棄疾憂鬱孤獨的內心寫照。「鬱孤臺下
清江水，中間多少行人淚」，頗類南唐詞人李煜「問君能有幾多愁，恰似一江

─────────────

〔註217〕《中國文化與悲劇意識》，第58頁。

春水向東流」句，起筆就是一種哀傷。「西北望長安，可憐無數山」，這份哀傷來自於祖國西北的山河之痛。「青山遮不住，畢竟東流去」，流水迅疾，沖過青山，歸向大海。遺憾自己不如流水，可以歸去。「江晚正愁余，山深聞鷓鴣」，聽見山中鷓鴣「不如歸去」的聲聲鳴叫，只會更加增憂添愁。

周濟言本詞「惜水怨山」〔註218〕，對其「惜」與「怨」，唐圭璋釋道：「此首書江西造口壁，不假雕繪，自抒悲憤。小詞而蒼莽悲壯如此，誠不多見。蓋以真情鬱勃，而又有氣魄足以暢發其情。起從近處寫水，次從遠處寫山。下片，將山水打成一片，慨歎不盡。末以愁聞鷓鴣作結，尤覺無限悲憤。」〔註219〕

> 風卷庭梧，黃葉墜新涼如洗。一笑折秋英同賞，弄香挼蕊。天遠難窮休久望，樓高欲下還重倚。拼一襟寂寞淚彈秋，無人會。　　今古恨，沈荒壘。悲歡事，隨流水。想登樓青鬢，未堪憔悴。極目煙橫山數點，孤舟月淡人千里。對嬋娟從此話離愁，金尊裏。（《滿江紅》）

「風卷庭梧，黃葉墜新涼如洗。一笑折秋英同賞，弄香挼蕊」，秋風拂地，黃葉飄落，清涼如洗，秋菊飄香。秋天登高賞菊，本是高人雅士情趣，但一旦登樓，卻是一種哀愁自然而然生發出來。「拼一襟寂寞淚彈秋」，為何會彈淚秋風？只因為「今古恨，沈荒壘。悲歡事，隨流水」，古今恨事，有如這悠悠長水，沒有盡頭。「想登樓青鬢，未堪憔悴」，歲月無情，人生老去，有如此類。「極目煙橫山數點，孤舟月淡人千里」，孤舟、淡月、人在千里之外，全是淒涼。「對嬋娟從此話離愁，金尊裏」，人在天涯，一腔愁恨，唯有向這月光訴說。月光無言，只能浮一大白，以澆塊壘。

本詞寫於淳熙七年（1180），國勢益趨衰落，多年的周旋官場，個人處境此時更呈現四面楚歌無路可走的困窘，辛棄疾的心也墜至谷底。辛棄疾時年四十歲，正當壯年，算不上憔悴，這「憔悴」更多是內心的悲恨痛苦，如果說前面的系列登樓還只是悲痛的話，本詞「拼一襟寂寞淚彈秋，無人會」、「對嬋娟從此話離愁，金尊裏」，只能算是悲涼了。

辛棄疾的這些登樓詞，無一例外引發的都是悲恨之情。不光孝宗朝如此，以後的辛棄疾還有多篇這樣作品，如《水龍吟・過南劍雙溪樓》、《永遇樂・京口北固亭》、《南鄉子・登京口北固亭懷古》等等，可以說登高望遠已經構

〔註218〕　《宋四家詞選目錄序論》，《詞話叢編》，第1655頁。
〔註219〕　《唐宋詞簡釋》，第178頁。

成了辛棄疾生命的一個符號、一個情結，「千古興亡，百年悲笑，一時登覽」（《水龍吟・過南劍雙溪樓》），更有一種歌哭悲歡寄寓其中的傷情。吳小如在《詩詞中的「登樓」、「上樓」》一文談到辛棄疾登樓詞言：「思鄉之情與憂國之恨，雄心耗而壯志難酬，俱於一句之中寫盡。其內涵之豐富複雜，實兼有屈、宋、王、曹、李、杜諸家之作之情思。倘不細經品味，著力耙梳，只囫圇讀過，誠未能知其詞境之深遠無窮也。詞到稼軒，已臻『前不見古人』地步，即從其用『登樓』、『上樓』一典而言，亦大非前賢所及。」〔註220〕

吳小如評語甚為精當，他說辛棄疾登樓詞兼有屈原情思，也十分在理，屈原《離騷》中寫道：「朝吾將濟於白水兮，登閬風而緤馬。忽反顧以流涕兮，哀高丘之無女。」〔註221〕正是這種登高望遠徒生傷痛的典型體現。《離騷》最後一段抒發自己身在高處的哀傷之意和惓惓之情，同樣十分動人：「駕八龍之婉婉兮，載雲旗之委蛇。抑志而弭節兮，神高馳之邈邈。奏九歌以舞韶兮，聊假日以娛樂。陟升皇之赫戲兮，忽臨睨夫舊鄉，僕夫悲余馬懷兮，蜷局顧而不行。」〔註222〕這樣的登高情結，恰如錢鍾書先生所言：「囊括古來眾作，團詞以蔽，不外乎登高望遠，每足使有愁者添愁無愁者生愁。」〔註223〕又言「客羈臣逐，士耽女懷，孤憤單情，傷高懷遠，厥理易明」〔註224〕、「極目而望不可即，放眼而望未之見，見境起心，於是惘惘不甘，忽忽若失」〔註225〕。正是這樣的登高望遠之中，國仇家恨，一時俱來，充溢心中，辛詞同時也登上了一個高峰。

同時登樓的「愁」，都是因為困惑，辛棄疾所有登高詞，幾乎都不出困惑二字，這種困惑，自我難以排遣、旁人難以消解、外物難以釋卻，登上高處，本為解愁，但「欲上高樓去避愁，愁卻隨我上高樓」（《鷓鴣天》），越是渴望排解，反倒越是困惑，這真是一種宿命的悲哀。但充溢著這萬端的困惑，其實也是辛詞的一大魅力，周憲言：「中外文學史的歷史表明，內心困惑與其說是文學創作的羈絆和障礙，毋寧說正是偉大文學創造的重要心理條件和寶貴財富。歷史上的那些最偉大的文學大師，往往都是因其令人不安的內心困惑

〔註220〕吳小如《詩詞劄叢》，北京出版社，1988年，第351頁。

〔註221〕（宋）洪興祖《楚辭補注》，中華書局，1983年，第30頁。

〔註222〕《楚辭補注》，第46～47頁。

〔註223〕《管錐編》，第876頁。

〔註224〕《管錐編》，第877頁。

〔註225〕《管錐編》，第877～878頁。

而上下求索，從而顯出庸才們難以企及的偉岸和卓越。」〔註226〕「正是這種困而思之的心路歷程中，激發起作家強有力的探究欲，賦予他們以強烈的懷疑精神和批判意識，從而在所營造的文學世界中揭櫫人生的底蘊。毫無疑問，這恰恰就是偉大的文學創造的最難能可貴的精神品格，是傑出作家超越平庸之輩的根本標誌之一。」〔註227〕辛棄疾登高詞的超越性，其重重的「困惑」，也是一大原因。

欲飛還斂之鬱

悲鬱爲辛棄疾詞作一大風格，辛詞中無處沒有這樣的感情，辛棄疾寫「悲」超越前人，除了本身大起大落的人生遭遇以及自身情感的博大深沉外，另外還與他獨特的寫作技巧密切相關。這一寫作技巧，借用辛棄疾《水龍吟·過南劍雙溪樓》一句話來說，就是「欲飛還斂」。

「欲飛還斂」這一寫作技巧更多體現在詞裏的尾句一轉，如韓愈《聽穎師彈琴》一詩所言「躋攀分寸不可上，失勢一落千丈強」〔註228〕，有一種如健鶻摩天陡然跌落的審美體驗，也最能體現出辛棄疾的不平懷抱和悲鬱情感。如前面《念奴嬌》（我來弔古）詞，全詞低沉哀婉，但最後一句「江頭風怒，朝來波浪翻屋」，陡地一轉，大開聲色，和前面迥異的一種激烈慷慨情感奔流而出，即是「欲飛還斂」創作手法運用之一例，下面就此類作品作一論述。

> 望飛來、半空鷗鷺，須臾動地鼙鼓。截江組練驅山去，鏖戰未收貔虎。朝又暮。悄慣得、吳兒不怕蛟龍怒，風波平步。看紅旆驚飛，跳魚直上，蹴踏浪花舞。　　憑誰問，萬里長鯨吞吐，人間兒戲千弩。滔天力倦知何事，白馬素車東去。堪恨處：人道是、屬鏤怨憤終千古，功名自誤。謾教得陶朱，五湖西子，一舸弄煙雨。（《摸魚兒》）

本詞題爲「觀潮上葉丞相」，全詞緊扣「觀潮」二字，起筆不凡，「望飛來、半空鷗鷺，須臾動地鼙鼓」，潮水如鷗鳥飛來，急速而至，響聲如戰鼓擂動，驚天動地。「截江組練驅山去，鏖戰未收貔虎。朝又暮」，一生多在軍中

〔註226〕周憲《超越文學——文學與文化的哲理思考》，上海三聯書店，1997 年，第32 頁。
〔註227〕《超越文學——文學與文化的哲理思考》，第34 頁。
〔註228〕錢仲聯集釋《韓昌黎詩繫年集釋》卷九，古典文學出版社，1957 年，第442頁。

的辛棄疾，看到這樣的壯闊景象，很自然想到是金戈鐵馬。大潮滾滾而至，驅趕白色的浪山到來，就像戰場上身披白色衣甲的軍士馳騁疆場，從早到晚，激戰未休。錢塘潮水天下一絕，歷代文人墨客多有歌詠，辛棄疾這裡用戰場來喻潮水，很好寫出了潮水的滔天氣勢。「悄慣得、吳兒不怕蛟龍怒，風波平步。看紅旆驚飛，跳魚直上，蹙踏浪花舞」，辛棄疾這裡極富動感的句子，很好刻畫出弄潮兒的絕技。「憑誰問，萬里長鯨吞吐，人間兒戲千弩」，潮水洶湧，就像從長鯨口中噴出一般，當年吳越王錢鏐為阻潮水衝擊，竟然命士卒用強弓硬弩射向潮水，在洶湧潮水面前，簡直是小兒遊戲。「滔天力倦知何事，白馬素車東去」，連天怒潮也有疲憊時候，潮水消退，它們就像白馬素車一樣逶迤東去。這一系列句子，寫的是潮來潮去情景，尤其是潮起時候揭天掀地的氣勢描繪驚人。最後落筆卻是「堪恨處：人道是、屬鏤怨憤終千古，功名自誤。謾教得陶朱，五湖西子，一舸弄煙雨」，屬鏤，劍名，戰國吳王夫差重用大臣伍子胥，伍子胥對吳國忠心耿耿，最後卻被吳王闔閭賜劍自殺。陶朱，指范蠡。范蠡助越王句踐滅掉吳國，最後棄官而去，經商致富，人稱陶朱公。這幾句一下子從潮水轉到吳越戰爭上來，意為，最堪恨的是像伍子胥這樣的忠直之臣，竟被吳王賜屬鏤劍自刎，從而自毀長城。那助越破吳成功的范蠡真是一個洞察時事的聰明之人，功成之後，徑自帶著那美麗的西施泛舟太湖，在江湖間逍遙度日。

　　本詞前面寫盡潮水的滔天氣勢，即如退潮，氣勢也很宏大，但一句「堪恨處」，突然轉入人事方面，寫的卻是千古遺恨，十分悲憤。為何轉入這樣一種奇崛孤峭和全篇似乎頗為不諧的調子呢？聯想到此詞寫於淳熙二年（1175），國勢不振，恢復無望，前面的滔天洪水，暗喻有壯士勇猛奮進精神在內，最後轉入吳越戰事，其實也可以看作是為本朝某些時事的敘寫，想想，本朝名將岳飛精忠報國，卻含冤被殺，韓世忠憂懼禍起，退處江湖，這些遺恨和吳越相比多麼相似。正是「堪恨處」一句，將一種悲鬱之氣發抒出來。陳洵言辛詞「寓幽咽怨斷於渾灝流轉中」〔註229〕，「渾灝流轉」為何寓有「幽咽怨斷」？正是「欲飛還斂」所致。

> 三徑初成，鶴怨猿驚，稼軒未來。甚雲山自許，平生意氣；衣冠人笑，抵死塵埃。意倦須還，身閒貴早，豈為蓴羹鱸膾哉。秋江上，看驚弦雁避，駭浪船回。　　東岡更葺茅齋。好都把、軒窗臨

〔註229〕陳洵《海綃說詞》，《詞話叢編》，第4877頁。

水開。要小舟行釣，先應種柳；疏籬護竹，莫礙觀梅。秋菊堪餐，
春蘭可佩，留待先生手自栽。沉吟久，怕君恩未許，此意徘徊。(《沁
園春》)

本詞寫於淳熙八年（1181）秋，辛棄疾其時正在江西安撫史任上，仕宦
顯達，朝廷卻多有官員對他進行謗讒中傷，周遭也是暗箭密佈。辛棄疾深知
官場險惡，也在為自己找尋某種退路，題序「帶湖新居將成」，見出此時心意。
「三徑初成，鶴怨猿驚，稼軒未來」，寫出了辛棄疾甘心歸隱禽鳥相親的愉悅。
「甚雲山自許，平生意氣；衣冠人笑，抵死塵埃」，「衣冠」指在朝為官者，「塵
埃」指官場，兩句很好表現了辛棄疾厭倦官場期盼歸來的志意。「意倦須還，
身閒貴早，豈為蓴羹鱸膾哉」，用晉人張翰事，張翰字季鷹，《世說新語・識
鑒》載：「張季鷹辟齊王東曹掾，在洛陽見秋風起，因思吳中菰菜羹、鱸魚膾，
曰：『人生貴得適意爾，何能羈宦數千里以要名爵。』遂命駕便歸。」〔註230〕
張翰的故事後來常被用來指家鄉的歸依。辛棄疾這裡意為，很多人以為我的
歸隱是樂得清閒，就像晉人張翰那樣為的是享受家鄉蓴羹鱸魚的美味，但我
知道絕非為此，那是為什麼呢？「秋江上，看驚弦雁避，駭浪驚回」，「驚弦
雁避」，據《戰國策・楚策》載：「更羸與魏王處京臺之下，仰見飛鳥，更羸
謂魏王曰：『臣為王引弓虛發而下鳥。』……有間雁從東方來，更羸以虛發而
下之。魏王曰：『然則射可至此乎？』更羸曰：『（此鳥）故瘡未息而驚心未去
也。聞弦音烈而高飛，故瘡隕也。』」〔註231〕驚弓之鳥，有如此類。「驚弦雁
避，駭浪驚回」，指的都是官場險惡。官場如此可怕，當然不如歸隱，詞的下
闋就盡情抒發的是這種歸隱之樂。「東岡更葺茅齋。好都把、軒窗臨水開。
要小舟行釣，先應種柳；疏籬護竹，莫礙觀梅。秋菊堪餐，春蘭可佩，留待
先生手自栽」，有東風、茅廬、小窗、流水、輕舟，還有楊柳、翠竹、寒梅、
秋菊、春蘭，這樣的歸隱生活該是多麼瀟灑。辛棄疾一直徘徊仕隱之間，
難道隱士的辛棄疾終於戰勝了志士的辛棄疾？但最後一句「沉吟久，怕君恩
未許，此意徘徊」，既然官場這般險惡，田園這般美好，就該義無反顧歸隱才
對。但這裡的「沉吟」、「怕」、「徘徊」，很好表現了他此刻矛盾重重依然繫念
國事的心志。報效國家，畢竟是他的第一心結，所以才會這般去意彷徨猶豫
難安。

〔註230〕《世說新語箋疏》卷七，第 393 頁。
〔註231〕《戰國策新校注》，第 572 頁。

本詞寫出了辛棄疾即將退處的心情，前面數句，與陶淵明當年寫作《歸去來兮辭》情景頗似，都道出了歸隱之樂，給人以無限嚮往之情。但最後一句「沉吟久，怕君恩未許，此意徘徊」，又顯示了和陶淵明的極大不同，陶淵明脫屣官場，志意堅定，一去之後，再不回頭。辛棄疾與之很大不同恰恰就在這最後一句，雖說歸隱少了世俗紛擾，多了生活情趣，可「君恩未許」，依然念念不忘的是君王、是國事。此時的辛棄疾，其處境可謂黑雲壓城、四面楚歌，退居是必然之勢，但這最後一句對前面的否定，將他的那種堅韌品格逼真刻畫了出來。

黃蓼園評本詞道：「稼軒忠義之氣，當高宗初南渡，由山東間道奔行在，竭蹶間關，力圖恢復，豈是安於退閒者。自秦檜柄用，而正人氣沮矣。所謂驚弦駭浪，心亦苦矣。末又云：『怕君恩未許，此意徘徊。』退不能退，何以為情哉？」〔註232〕程千帆《辛詞初論》論及辛棄疾進退出處言道：「英雄辛棄疾又始終對抗著隱士辛棄疾，他的內心世界不是一口不波的古井，而是平靜水面下的洄瀾。」〔註233〕黃蓼園所言「退不能退，何以為情」、程千帆所言「平靜水面下的洄瀾」，算是道出了辛棄疾「悲鬱」之一端。

　　　　寶釵飛鳳鬢驚鸞。望重歡，水雲寬。腸斷新來，翠被粉香殘。
待得來時春盡也：梅著子，筍成竿。　　湘筠簾卷淚痕斑。佩聲間，
玉垂環。個裏溫柔，容我老其間。卻笑將軍三羽箭，何日去，定天
山？（《江神子》）

該詞極寫狎昵溫柔之氣。「寶釵飛鳳鬢驚鸞」，著筆不寫美人容貌，而用身上的裝飾品飛鳳驚鸞代指，這樣的寫作手法，頗有花間詞人味道，溫庭筠《菩薩蠻》開頭一句「鬢雲欲度香腮雪」〔註234〕，也是這般。「望重歡，水雲寬。腸斷新來，翠被粉香殘」，寫的是離別之後的愁腸寸斷。「待得來時春盡也：梅著子，筍成竿」，終於盼到她的歸來，但梅已結子，筍已成竿，不覺又是一年過去。「湘筠簾卷淚痕斑。佩聲間，玉垂環。個裏溫柔，容我老其間」，相見不易，聽著她身上發出的環佩叮咚，看著她身上所佩戴的玉環銀飾，多麼明媚。如今老去，溫柔鄉里，優游其間，正該如此。但最後一句「卻笑將軍三羽箭，何日去，定天山」，這句典出《新唐書・薛仁貴傳》，說

〔註232〕 《蓼園詞評》，《詞話叢編》，第3090頁。
〔註233〕 《詞學研究論文集》，上海古籍出版社，1982年，第367頁。
〔註234〕 《花間集校》，第1頁。

的是唐朝名將薛仁貴抵禦九姓胡人事，「仁貴發三矢，輒殺三人，於是虜氣
懾，皆降……軍中歌曰：『將軍三箭定天山，壯士長歌入漢關。』」〔註235〕辛
詞前面深得花間精神，一眼望去，有若花間最豔詞，纏綿溫存，如若無骨。
常言道「設想英雄遲暮日，溫柔不住住何鄉？」稼軒此舉，也屬正常。但最
後一句，卻是一片昂揚之氣，將前面重重溫柔一概抹除，辛詞變幻莫測，有
如此類。

> 繞床饑鼠，蝙蝠翻燈舞。屋上松風吹急雨，破紙窗間自語。　　平
> 生塞北江南，歸來華髮蒼顏。布被秋宵夢覺，眼前萬里江山。（《清
> 平樂》）

　　雖然不甘隱退，最終不得不退，這是辛棄疾完全退居後，獨宿博山道上
一百姓家寫的一首詞。「繞床饑鼠，蝙蝠翻燈舞。屋上松風吹急雨，破紙窗間
自語」，饑鼠繞床，蝙蝠翻飛，風聲颯颯，冷雨敲窗，情景淒涼，極為不堪。
「平生塞北江南，歸來華髮蒼顏」，從塞北到江南，幾十年光陰一晃而過，此
時不覺已是蕭然白髮。秋景淒涼，志士老去，滿含蕭索悲苦意味。但結筆一
句「布被秋宵夢覺，眼前萬里江山」，縱然如此，夜半醒來，眼前依然浮現是
祖國的萬里河山。本詞前面淒涼不堪，景色灰暗，筆調淒苦，但有此一句，
一種鮮豔明亮逼人眼目，盡掃一切陰霾。陸游《十一月四日風雨大作》寫道：
「僵臥孤村不自哀，尚思為國戍輪臺。夜闌臥聽風吹雨，鐵馬冰河入夢來。」
〔註236〕此詩意象情景與辛棄疾本詞極似，不過陸游全詩意思連貫，辛棄疾卻
是最後筆墨頓然一轉，此等筆法，確實非有大氣力者不能辦到。

> 醉裏挑燈看劍，夢回吹角連營。八百里分麾下炙，五十弦翻塞
> 外聲。沙場秋點兵。　　馬作的盧飛快，弓如霹靂弦驚。了卻君王
> 天下事，贏得生前身後名。可憐白髮生。（《破陣子》）

　　這是辛棄疾為好友陳亮寫的一首相互勉勵的壯詞，「醉裏挑燈看劍，夢回
吹角連營」，起語豪壯，醉酒當中，依然在燈下看劍，睡夢當中，似乎還聽見
連營號角的聲響。「八百里分麾下炙，五十弦翻塞外聲。沙場秋點兵」，只有
真正軍人才能寫出這般豪壯之語來。八百里，牛名，蘇軾《約公擇飲，是日
大風》一詩有「要當啖公八百里，豪氣一洗儒生酸」〔註237〕。率領部下分食

〔註235〕（宋）歐陽修、宋祁撰《新唐書》卷一一一，中華書局，1975 年，第 4141
　　　　頁。
〔註236〕《陸游集‧劍南詩稿》卷二六，第 710 頁。
〔註237〕《蘇軾詩集》卷一六，中華書局，1982 年，第 805 頁。

牛肉，聽著雄渾軍樂，秋天時節，沙場點兵。「馬作的盧飛快，弓如霹靂弦驚」，的盧，一種駿馬，看這位英雄，騎著飛快如風的駿馬，拉開霹靂聲響的弓弦。「了卻君王天下事，贏得生前身後名」，個人懷抱顯露無遺。前面刀劍、鼓角、快馬、弓箭一系列剛強意象撲面而來，顯示了作為軍人辛棄疾的豪邁胸懷。最後一句「可憐白髮生」，這時突然轉入一種功業未建白髮橫生的消極，這一寫作手法，已遠遠超越了「文似看山喜不平」的程度。

夏承燾評價本詞道：「依它的文義看，這首詞的前九句為一意，末了『可憐白髮生』一句另為一意。全首詞到末了才來一個大轉折，並且一轉折即結束，文筆很是矯健有力。前九句寫軍容寫雄心都是想像之辭。末句卻是現實情況，以末了一句否定了前面的九句，以末了五個字否定前面的幾十個字。前九句寫的酣姿淋漓，正為加重末五字失望之情。這樣的結構不但在宋詞中少有，在古代詩文中也很少見。」〔註238〕施議對論及本詞亦言：「先是有關壯事的羅列，諸如連營吹角、沙場點兵乃至拓弓的征戰場面，都極其壯觀，並且以君王之事與生前身後之名聲對舉，將諸般壯事推至至善至美的境界。但是，最後一句——『可憐白髮生』，卻將一切打翻。由壯之極，一變而成悲之極。這就是一種奇險的組合。」〔註239〕最後一句有力量將前邊一切打翻，正是辛詞一大特色，辛棄疾這一欲飛還斂的技巧，也成了別人不易學步，個人於詞的獨特貢獻。

「欲飛還斂」這一獨特寫作風格，是與辛棄疾獨特個性和自身遭遇息息相關的。葉嘉瑩論及辛棄疾，有詩寫道：「少年突騎渡江來，老作詞人事可哀。萬里倚天長劍在，欲飛還斂慨風雷。」〔註240〕這一風格形成，既與辛棄疾「挽狂瀾於既倒」的壯志有關，同時還與當時辛棄疾面對的巨大政治壓力分不開。「長安路上，平地起崔嵬」（《水調歌頭》），本有衝天懷抱、高遠志向，但囿於現實，辛棄疾歷經打擊、備受摧折，「歎折腰五斗賦《歸來》，問走了羊腸幾遍」（《鵲橋仙》），個人和周遭的種種衝突，外化為這奇崛突兀的詞風。嚴迪昌言：「『稼軒風』的形成，我以為主要動因是一種扼制與反扼制、壓抑與反壓抑的相互衝擊激盪的心態在文學樣式中的透發和激射，是個性剛毅型及心志奮進型的才學之士力求飛揚，與沉悶的客觀現實、難以抗爭的重闈大網

〔註238〕夏承燾《唐宋詞欣賞》，百花文藝出版社，1980年，第105頁。

〔註239〕施議對《辛棄疾詞選評·前言》，《辛棄疾詞選評》，上海古籍出版社，2002年，第9～10頁。

〔註240〕葉嘉瑩《論辛棄疾詞》，《靈谿詞說》，第401頁。

的衝突激發所構成的逆反性。」〔註241〕這種「扼制與反扼制、壓抑與反壓抑」的矛盾衝突，正是「欲飛還斂」之一端。

這種人生遭遇對文學的催生作用，以及作者的獨創性，楊絳先生有段精當評語：

> 俗語「好事多磨」，在藝術的創作裏，往往「多磨」才能「好」。因為深刻而真摯的思想情感，原來不易表達。現成的方式，不能把作者獨自經驗到的生活感受表達得盡致，表達得妥帖。創作過程中遇到阻礙和約束，正可以逼使作者去搜索、去建造一個適合於自己的方式；而在搜索、建造的同時，他也錘鍊了所要表達的內容，使合乎他自建的形式。這樣他就把自己最深刻、最真摯的思想、情感很完美地表達出來，成為偉大的藝術品。好比一股流水，遇到石頭攔阻，又有堤岸約束住，得另覓途徑，卻又不能逃避阻礙，只好從石縫中迸出，於是就激蕩出波瀾，沖濺出浪花來。〔註242〕

辛棄疾「欲飛還斂」這一獨特手法，得力於此。

通常的文學作品，無論何種體裁，行文一向講究順流而至不滯於物的瀟灑自然，辛詞這一欲飛還斂的作文法，卻給人平地起峰驚聳突兀的訝異感。他打破了慣常的文學模式，擴大了文學的表現力。給人們帶來一種山窮水盡疑無路、柳暗花明又一村的刺激與驚喜，從而達到「陡然一驚，正是詞中妙境」〔註243〕的極端審美體驗。辛詞的這種「悲鬱」，如劉熙載所言：「吐棄到人所不能吐棄為高，涵茹到人所不能涵茹為大，曲折到人所不能曲折為深。」〔註244〕它造就了辛詞他人難以企及的藝術高度，成為辛詞最根本標誌。

（六）常態新變的中和美

由稼軒體的超越性，於文學的創新追求，筆者想到這樣一個命題：常態新變的中和美。

辛詞「別開天地，橫絕古今」〔註245〕的超越性，樹立了辛棄疾「南北兩

〔註241〕嚴迪昌《『稼軒風』與清初詞》，《辛棄疾研究論文集》，第 48 頁。
〔註242〕楊絳《藝術是克服困難》，《楊絳文集》（第四卷），第 275 頁。
〔註243〕（清）劉體仁《七頌堂詞繹》，《詞話叢編》，第 623 頁。
〔註244〕《藝概》卷二，第 59 頁。
〔註245〕《蓮子居詞話》卷一，《詞話叢編》，第 2408 頁。

朝，實無其匹」〔註246〕的經典地位，這是對他執著文學創新的一種回報。

「若無新變，不能代雄」〔註247〕，正是由於文學新變所帶來的超越，才使文壇呈現生機一片的繁榮景象。

辛棄疾對前人的超越是成功的典範，他所樹立的「稼軒體」，引領了後來廣大的追隨者，並形成蔚爲壯觀的稼軒詞派，所謂「南宋諸公，無不傳其衣缽」〔註248〕，可見其盛。但看稼軒詞派中堅人物陳亮、劉過，接武稼軒，致力創新，大膽超越，時人卻多有批判，劉辰翁言陳亮：「然陳同父傚之，則與左太衝入群嫗相似，亦無面而返。」〔註249〕陳模亦言劉過：「雖頗似其豪，而未免於粗。」〔註250〕後來的陳廷焯批判更是厲害，「陳同甫豪氣縱橫，稼軒幾爲所挫。而《龍川詞》一卷，合者寥寥，則去稼軒遠矣。」〔註251〕「改之全學稼軒皮毛，不則即爲《沁園春》等調，淫詞褻語，污穢詞壇。即以豔體論，亦是下品，蓋叫囂淫冶，兩失之矣。」〔註252〕陳亮、劉過如此，稼軒詞派其他人物當然更有自鄶以下之感。即使數百年後引領清詞中興的重要人物陳維崧，神似稼軒、超越稼軒，陳廷焯亦言其：「發揚蹈厲，而無餘蘊，究屬粗才。」〔註253〕學辛詞者，最後普遍淪爲這一狀況，「近人學稼軒，只學得莽字粗字，無怪乎入打油惡道」〔註254〕、「紙上奔騰，其中俄空焉，亦蕭蕭索索，如膈下風耳」〔註255〕、「不善學之，流入叫囂一派」〔註256〕，「叫囂打乖，墮入惡趣」〔註257〕，頗有畫虎不成反類犬的窘迫。

爲何除了一個辛棄疾卓立於世以外，其他辛派詞人會是這樣一副面目？筆者以爲，創新和超越固然總要，更重要的是得講藝術規律，這一藝術規律即是常態新變的中和美。

〔註246〕 （清）周濟《介存齋論詞雜著》，《詞話叢編》，第 1633 頁。

〔註247〕 《南齊書·文學傳論》，（梁）蕭子顯撰《南齊書》卷五二，中華書局，1972 年，第 908 頁。

〔註248〕 （清）周濟《宋四家詞選目錄序論》，《詞話叢編》，第 1644 頁。

〔註249〕 《辛稼軒詞序》，《須溪集》卷六。

〔註250〕 《懷古錄校注》卷中，第 61 頁。

〔註251〕 《白雨齋詞話》卷一，第 24 頁。

〔註252〕 《白雨齋詞話》卷一，第 24 頁。

〔註253〕 《白雨齋詞話》卷三，第 72 頁。

〔註254〕 （清）謝章鋌《賭棋山莊詞話》卷一，第 3330 頁。

〔註255〕 《賭棋山莊詞話》卷一，第 3330 頁。

〔註256〕 《白雨齋詞話》卷一，第 20 頁。

〔註257〕 《蓮子居詞話》卷三，《詞話叢編》，第 2450 頁。

　　文學的超越，有質變、量變兩種，質變即一代有一代之文學，「楚之騷、漢之賦、六代之駢語、唐之詩、宋之詞、元之曲」〔註258〕，即是如此。凡一文學初起之時，無不帶有強健生命，後經文人不斷變化，往精深處推進，使這一文學之大美完全展現出來，但「文體通行既久，染指遂多，自成習套。豪傑之士，亦難於其中自出新意」〔註259〕，所以當某一文學發展到一個頂峰，成為一種常態之後，也是它的衰息之時，這時必然有場新變。王國維言：「詩至唐中葉五代以後，殆為羔雁之具矣。故五代北宋之詩，佳者絕少，而詞則為其極盛時代。」〔註260〕又言：「至南宋以後，詞亦為羔雁之具，而詞亦替矣。此亦文學升降之一關鍵也。」〔註261〕詩、詞、曲的轉移，就是對這一常態僵化的「羔雁之具」的新變，才帶來另外一番生動之景。但這質變，並非蔑棄一切完全自樹面目的新文學。「反者，道之動」〔註262〕，只是「反」到哪裏？「動」至何處？才算完美。人們一向認為，越是創新，越能形成超越，也越能建立地位。實際情況並非如此，「論文之體有常，變文之數無方」〔註263〕，這超越，必須得講一種中和之美。

　　中和，亦稱中庸，《中庸篇》載：「喜怒哀樂之未發，謂之中；發而皆中節，謂之和。中也者，天下之大本也；和也者，天下之達道也。」〔註264〕可見中和即是道不離本、符合常情。文學新變也要遵循這一法則，《文心雕龍》所言「憑情以會通，負氣以適變」〔註265〕，講的正是文學新變的中和之境。楚、漢、魏、晉之文，看似面目各異，卻多有幽微相通之處，並為識者所重，「楚之騷文，矩式周人；漢之賦頌，影寫楚世；魏之策制，顧慕漢風；晉之辭章，瞻望魏采」〔註266〕，唐詩、宋詞、元曲，遞嬗演變，莫不如此。楊愼言：「詩詞同工而異曲，共源而分派」〔註267〕正是洞察文變之語。詩有樂府之名，但宋詞、元曲均別名樂府。僅從這一名稱，其內在的血脈相通、水乳交

〔註258〕　王國維《宋元戲曲史》，華東師範大學出版社，1995 年，第 1 頁。
〔註259〕　《人間詞話》，第 218 頁。
〔註260〕　《人間詞話》，第 223～224 頁。
〔註261〕　《人間詞話》，第 223～224 頁。
〔註262〕　《老子章句新釋》，第 53 頁。
〔註263〕　《文心雕龍・通變》，《文心雕龍注》卷六，第 519 頁。
〔註264〕　（宋）朱熹《四書集注》，中華書局，1983 年，第 18 頁。
〔註265〕　《文心雕龍・通變》，《文心雕龍注》卷六，第 521 頁。
〔註266〕　《文心雕龍・通變》，《文心雕龍注》卷六，第 520 頁。
〔註267〕　（明）楊愼《草堂詩餘序》，《詞集序跋萃編》，第 665 頁。

融，昭昭可見。

　　另外一種即為量變，同樣得講符合人情物理的中和之美，杜詩是中國詩壇高峰，但杜甫自言「頗學陰何苦用心」〔註268〕、「轉益多師是汝師」〔註269〕，正是抱著這樣「不薄今人愛古人」〔註270〕博採眾家之長的態度，在常態基礎上，不刻意、不造作，自然而然變化出奇，才不自覺轉入一種神奇之境，並形成自家面目。章學誠言：「以古人無窮之書，而拘於一時有限之心手。」〔註271〕所言極是。辛棄疾確立其稼軒體，同樣離不開這一規律，其實早在辛棄疾之前，南宋詞壇即存在一次大變前人風潮的詞體革新，龍榆生在《兩宋詞風轉變論》一文言：「且自金兵入汴，風流文物掃地都休。士大夫救死不遑，誰復究心於歌樂？大晟遺譜，既已蕩為飛煙，而『橫放傑出』之詞風，更何有於音律之束縛？此南宋初期之作者，惟務發抒其淋漓悲壯之情懷，不暇顧及文字之工拙與音律之協否，蓋已純粹自為其『句讀不葺之詩』。」〔註272〕本色詞到了周邦彥、李清照手裏，已臻極至，成為一種「常態」。南宋早年詞作者，如李綱、張孝祥、張元幹詞作激昂憤怒，純為發憤寫志，這樣超越常規的大變化，也使詞走入另外一種極端，照此下去，詞必然失去自身美感，不光本色詞走向下坡，豪壯詞亦終將不堪卒讀。辛詞題材方面有「英雄語」、「嫵媚語」、「閒適語」〔註273〕，風格方面「寄雄豪於悲婉之中」、「展博大於精細之內」、「行雋峭於清麗之外」〔註274〕，辛詞博大的形成，正是辛棄疾以一種自由出入的創作精神、取法前人變化前人、憑一己之氣作內心最深處發泄，本著「憑情以會通，負氣以適變」的通變精神，自然而然將詞導入一種中和之境，才確立其格、形成其體。岳珂言辛詞「脫去古今軫轍」〔註275〕，實欠商量。劉克莊言辛詞「掃空萬古」〔註276〕，亦為臆斷。只是從「稼軒體」到「稼軒詞派」，由「體」至「派」，弊端良多。「派」往往對某一「體」膜拜至極，認為其體已至極境，其他人物都難以相提並論，最終落入固步自封作

〔註268〕（唐）杜甫《解悶十二首》，《杜詩鏡銓》卷一七，第817頁。
〔註269〕（唐）杜甫《戲為六絕句》，《杜詩鏡銓》卷九，第399頁。
〔註270〕（唐）杜甫《戲為六絕句》，《杜詩鏡銓》卷九，第398頁。
〔註271〕《文史通義》內篇卷三，第288頁。
〔註272〕《龍榆生詞學論文集》，第247頁。
〔註273〕施議對《論稼軒體》，《中國社會科學》1987年第5期，第156頁。
〔註274〕陶爾夫、劉敬圻《南宋詞史》，黑龍江人民出版社，1992年，第145頁。
〔註275〕（宋）岳珂《桯史》卷三，第38頁。
〔註276〕（宋）劉克莊《辛稼軒詞序》，《後村先生大全集》卷九八。

繭自縛之境。楊萬里言：「傳派傳宗我替羞，作家各自一風流。」〔註277〕正切中宗派之弊。稼軒詞派亦是，在後學眼裏，眼裏只有一個辛棄疾，當然難以形成超越。缺乏會通，力求新變，怎麼可能？後繼者以爲辛詞「沉著痛快，有轍可循」〔註278〕，盡往「沉著痛快」處用力，「流入叫囂一派」，也是自然。反觀辛棄疾忘年交姜夔，學辛之外，會通眾家，以爲「一家之語，自有一家之風味」〔註279〕、「作詩求與古人合，不若求與古人異。求與古人異，不若不求與古人合而不能不合，不若求與古人異而不能不異。」〔註280〕抱一種迎而拒之、平心察之的從容平和態度，反倒在辛棄疾之後，成爲詞壇最具面目的「南宋一大家」〔註281〕，正是新變而達中和之典型。

　　「文律運周，日新其業。變則其久，通則不乏」〔註282〕，對常態的新變，追求的正是這一「通」字，「極高明而道中庸」〔註283〕，這正是「通」的彼岸、目的地。

〔註277〕　（宋）楊萬里《跋徐恭仲省幹近詩》，《誠齋集》卷二六，《四部叢刊》本。
〔註278〕　（清）周濟《宋四家詞選目錄序論》，《詞話叢編》，第 1644 頁。
〔註279〕　（宋）姜夔《白石道人詩說》，《歷代詩話》，第 683 頁。
〔註280〕　（宋）姜夔《白石道人詩集》，文淵閣《四庫全書》本。
〔註281〕　《白雨齋詞話》卷二，第 28 頁。
〔註282〕　《文心雕龍・通變》，《文心雕龍注》卷六，第 521 頁。
〔註283〕　《四書章句》，第 35 頁。

第六章　辛棄疾散文研究

一、文與詞的一個反差

　　孝宗朝政治大致可分爲前後兩段，前期是隆興、乾道年間的昂揚進取，生機勃勃，後期則是淳熙年間的退縮保守，沉悶老成。與時代潮流相應合，辛棄疾的文學創作，也具有明顯的前後趨向，隆興、乾道年間以文章爲主，淳熙年間則以詞作爲主。

　　作爲文學大家的辛棄疾，最引人注目無疑是其詞，考察孝宗年間的辛詞，卻能見到這樣一個奇怪現象，今以鄧廣銘《稼軒詞編年箋注》來看辛詞編年，孝宗年間辛棄疾有詞 253 首，其中作於隆興、乾道十四年間只有 19 首，而作於淳熙十六年間卻有 234 首之多，兩者時間長度大致相當，詞作數量簡直不成比例。另外從詞作水平來看，淳熙年間的詞作水平明顯高於隆興、乾道年間詞作水平，究竟該如何來看待這一文學現象？

　　就這一問題，對照辛棄疾文章，也許不難明白個中道理，辛棄疾今傳世文章 38 篇，其中作於隆興、乾道年間的文章 21 篇，作於淳熙年間文章僅 6 篇。辛棄疾一生最重要的文章，如《美芹十論》《九議》等，均是作於隆興、乾道，同時也代表著辛棄疾文章的最高藝術水平，而詞反倒顯得遜色。施議對言：「第一個十年，辛棄疾的文學成就主要體現於政論，歌詞並不怎麼出色。」〔註 1〕確是實情。這樣一看，這階段的文章剛好和他的詞作形成反比，又該如何來解釋這一狀況？

　　我們知道，隆興、乾道年間，國家一片生氣，這時期的辛棄疾，其生命

〔註 1〕　施議對《辛棄疾詞選評・前言》，《辛棄疾詞選評》，第 3 頁。

重心更多是放在如何實現志業方面，他的文章多是爲事功而作的政論文，反映其治國政策、恢復要略。淳熙年間，國家委靡消沉，辛棄疾才更多由文章轉到個人性情抒發的詞作上來，特別是他淳熙八年（1181）丟官罷職，更是完全轉到了詞的創作上來。

辛棄疾後來談及當年的遭遇，曾無限感慨寫道「卻將萬字平戎策，換取東家種樹書」（《鷓鴣天》），語調至爲沉痛。這裡的「萬字平戎策」，即隆興、乾道年間他上書孝宗的《美芹十論》和上書虞允文的《九議》兩組文章。這兩組文章其實包含了辛棄疾的巨大心血，絕不亞於後來殫精竭慮詞的創作，於《美芹十論》，辛棄疾自言：「罄竭精懇，不自忖量，撰成禦戎十論，名曰《美芹》。」〔註2〕辛棄疾費盡心思撰成的這兩組政論文章，也得到了後人的高度肯定，王水照論及兩宋政論文，認爲辛棄疾的《美芹十論》堪與蘇軾的《上皇帝書》、王安石的《上仁宗書》等文章媲美，「都是有名的長篇力作」〔註3〕。郭預衡亦言辛棄疾政論文：「代表著當時政論文的最高水平，也最有時代特徵。」〔註4〕但歷來研究辛棄疾者，皆於辛棄疾詞作給予足夠重視，鮮有注意其文章，其實辛棄疾這些苦心架構之作，成就極高，今即對辛棄疾孝宗朝文章作一論述。

二、政治才具全面展露

辛棄疾最重要文章是其政論文，這些文章充分顯示了他的政治家才能。

乾道元年（1165）辛棄疾向孝宗奏進《美芹十論》，在這組文章中，他詳細闡述了十件與國家恢復密切相關之事，分別爲《審勢》《查情》《觀釁》《自治》《守淮》《屯田》《致勇》《防微》《久任》《詳戰》，對這十篇文章，辛棄疾是頗爲自負的，自言：「其三言虜人之弊，其七言朝廷之所當行。先審其勢，次察其情，復觀其釁，則敵人之虛實吾既已詳之矣。然後以其七說次第而用之，虜固在吾目中。」〔註5〕這一組文章也是辛棄疾對金人全面攻取謀略的體現，展現了辛棄疾卓越的政治才能。

比如關於對金人的具體作戰方略，在當時主戰派中，辛棄疾的謀劃，可算是一條「奇計」，《美芹十論·詳戰》有這樣的籌劃：「今日中原之地，其形

〔註2〕 《辛稼軒詩文箋注》，第2頁。
〔註3〕 《王水照自選集》，第422頁。
〔註4〕 郭預衡《中國散文史》中冊，上海古籍出版社，2000年，第615頁。
〔註5〕 《辛稼軒詩文箋注》，第2頁。

易，其勢重者果安在哉？曰：山東是也。不得山東，則河北不可取，不得河北，則中原不可復。此定勢，非臆說也。古人謂用兵如常山之蛇，擊其首則尾應，擊其尾則首應，擊其身則首尾俱應。臣竊笑之。夫擊其尾則首應，擊其身則首尾俱應，固也；若擊其首則死矣，尾雖應，其庸有濟乎？方今山東者，虜人之首，而京、洛、關、陝，則其身其尾也。由泰山而北，不千二百里而至燕，燕者，虜人之巢穴也。自河失故道，河朔無濁流之阻，所謂千二百里者，從枕席上過師也。山東之民，勁勇而喜亂，虜人有事，常先窮山東之民；天下有變，而山東亦常首天下之禍。至其所謂備邊之兵，較之他處，山東號為簡略。且其地於燕為近，而其民素喜亂，彼方窮其民，簡其備，豈真識天下之勢也哉。今夫二人相搏，痛其心則手足無強力；兩陣相持，噪其營則士卒無鬥心。故臣以謂：使兵出泗陽，則山東指日可下；山東已下，則河朔必望風而震；河朔已震，則燕山者，臣將使之塞南門而守。」〔註6〕接著他又詳細闡述了這一出兵行動：「虜人列屯置戍，自淮陽以西，至於汧、隴，雜女真、渤海、契丹之兵，不滿十萬。關中、洛陽、京師三處，彼以為形勢最重之地，防之為甚深，備之為甚密，可因其為重，大為之名以信之：揚兵於川蜀，則曰：『關、隴，秦、漢故都，百二之險，吾不可以不爭。』揚兵於襄陽，則曰：『洛陽，吾祖宗陵寢之舊，廢祀久矣，吾不可以不取。』揚兵於淮西，則曰：『京師，吾宗廟社稷基本於此，吾不可以不復。』多為旌旗金鼓之形，陽為志在必取之勢。已震關中，又駭洛陽；又駭洛陽，又聲京師。彼見吾形，忌吾勢，必以十萬之兵而聚三地，而沿邊郡縣亦必皆守而後可。是謂『無所不備則無所不寡』。如此，則燕山之衛兵，山東之戶民，中原之籤軍，精兵銳卒必舉以至，吾乃以形箝之，使不得遽去，以勢留之，使不得遽休，則山東之地固虛邑也。山東雖虛，竊計青、密、沂、海之兵，猶有數千，我以沿海戰艦，馳突於登、萊、沂、密、淄、濰之境，彼數千兵者，盡分於屯守矣。山東誠虛，盜賊必起，吾誘群盜之兵，使之潰裂四出；而陛下徐擇一驍將，以兵五萬，步騎相半，鼓行而前，不三日而至兗、鄆之郊，臣不知山東諸郡將誰為王師敵哉。山東已定，則休士秣馬，號召忠義，教以戰守，然後傳檄河朔諸郡，徐以兵躡其後。此乃韓信所以破趙而舉燕也。天下之人，知王師恢復之意堅，虜人破滅之形著，則契丹諸國，如窩斡、鷓巴之事，必有相軋而起者。此臣所以使燕山塞南門而守也。彼虜人三路備邊之兵，將北

〔註6〕　《辛稼軒詩文箋注》，第54～55頁。

歸以自衛耶？吾已制其歸路，彼又虞淮西、襄陽、川蜀之兵，未可釋而去也。抑爲戰與守耶？腹心已潰，人自解體，吾又將突出其背而夾擊之。當此之時，陛下築城而降其兵亦可；驅而之北，反用其鋒亦可；縱之使歸，不虞而後擊之亦可。臣知天下不足定矣。」〔註7〕

　　辛棄疾這套計策，在四川、襄陽、淮河三面，分佈疑兵，然後宋軍主力，再由海上出軍，直搗山東，再下河朔，從而收復故國，這是一個十分大膽的作戰方案。於這一作戰方案，乾道六年（1170）在上虞允文的《九議》，辛棄疾甚至連帶兵將領都作了安排，「以精兵銳卒，步騎三萬，令李顯忠將之，由楚州出沭陽，鼓行而前。先以輕騎數百，擇西北忠勇之士，令王任、開趙、賈瑞等輩領之，前大軍信宿而行，以張山東之盜賊。如是不十日而至兗、鄆之郊，山東諸郡，以爲王師自天而下，欲戰則無兵，欲守則無援，開門迎降唯恐後耳。然後號召忠義，教以戰守，傳檄河北，諭以禍福，天下知王師恢復之意堅，虜人破滅之形著，城不攻而下，兵不戰而服，有不待智者然後知者。」〔註8〕

　　由後來宋軍和金人的作戰效果來看，辛棄疾這條計策，未嘗沒有合理成分。紹興三十二年（1162），剛到南宋的辛棄疾即向當時主持軍事的重臣張浚獻過這一奇謀，《朱子語類》「辛棄疾頗諳曉軍事」條記載：「某（辛棄疾）向見張魏公，說以分兵殺虜之勢。只緣虜人調發極難，元顏要犯江南，整整兩年，方調發得聚。彼中雖是號令簡，無此間許多周遮，但彼中人才逼迫得太急，亦易變，所以要調發甚難。只有沿淮有許多捍禦之兵。爲吾之計，莫若分幾軍趨關陜，他必擁兵於關陜；又分幾軍向西京，他必擁兵於西京；又分幾軍望淮北，他必擁兵於淮北，其他去處必空弱。又使海道兵搗海上，他又著擁兵捍海上。吾密揀精銳幾萬在此，度其勢力既分，於是乘其稍弱處，一直收山東。虜人首尾相應不及，再調發來添助，彼卒未聚，而吾已據山東。才據山東，中原及燕京自不消得大段用力。蓋精銳萃於山東，而虜勢已截成兩段去。又先下明詔，使中原豪傑自爲響應。是時，魏公答以：『某只受一方之命，此事恐不能主之。』」〔註9〕剛至宋廷，辛棄疾即向張浚提出這樣的「奇計」，沒有得到張浚同意，這和張浚戰略相左有關，張浚這時的作戰方略是渡

〔註7〕　《辛稼軒詩文箋注》，第55～56頁。
〔註8〕　《辛稼軒詩文箋注》，第84頁。
〔註9〕　《朱子語類》卷一一八，第2705～2706頁。

淮疾進，單刀直入。由張浚指揮的隆興北伐，大將李顯忠、邵宏淵渡淮北上，正是這一作戰方略體現。最終結果卻是符離一戰，宋軍以大敗告終。張浚去職，虞允文主政，辛棄疾這一「奇計」，同樣和虞允文分歧嚴重，這時虞允文雖然拋棄了張浚直接出兵淮上的作戰方案，卻是東西夾攻之計，東面由淮河北上，西面由四川、陝西出兵，然後會師中原。《宋史·虞允文傳》於乾道六年（1170）事，有記：「（孝宗）授（虞允文）少保，武安軍節度使，四川宣撫使，進奉雍國公。陛辭，上論以進取之方，期以某日會師河南，允文言：『異時戒內外不相應。』上曰：『若西師出而朕遲回，即朕負卿；若朕已動而卿遲回，即朕負卿。』」〔註10〕正是這一東西合圍作戰藍圖的體現。可惜虞允文到四川不久，兵未出而人已逝，這一作戰方案也無果而終。

辛棄疾對這套作戰方案是充滿自信的，在向虞允文上書《九議》，除了再次申述這一「出其所不趨，趨其所不意」〔註11〕的奇計妙策外，還聲稱「雖有良、平不能為之謀也」〔註12〕，即認為幫助劉邦建立西漢王朝的著名謀臣張良、陳平也未必有這樣妙計。並以一種十分堅毅的口氣說道：「某謹條具其所以規模之說，以備採擇焉。苟從其說而不勝，與不從其說而勝，其請就誅殛，以謝天下之妄言者。」〔註13〕這般難以抑止急不可待的語氣裏，簡直把自己作戰藍圖當成是國家恢復不二之選，也見出辛棄疾對自己政治才能的自負。

辛棄疾來自敵佔區，在金國生活二十餘年，曾「兩隨計吏抵燕山，諦觀形勢」〔註14〕。來到南宋以後，他十分重視諜報工作，對金人的虛實和底細應該是相當清楚明白。他不管是面見孝宗、張浚、虞允文都不改初衷堅持這套方案，自有他相當道理。雖然他的這套方案終南宋一朝也沒得到印證，但它至少顯示了辛棄疾的政治家眼光。

除《美芹十論》和《九議》以外，辛棄疾這時期寫作的《論阻江為險須藉兩淮疏》《議練民兵守淮疏》，提出「自古南北分離之際，蓋未有無淮而能保江者」〔註15〕的精辟之論。《論盜賊劄子》則對「深思致盜之由，講求彌盜

〔註10〕 《宋史》卷三八三，第 11799 頁。
〔註11〕 《辛稼軒詩文箋注》，第 83 頁。
〔註12〕 《辛稼軒詩文箋注》，第 84 頁。
〔註13〕 《辛稼軒詩文箋注》，第 70 頁。
〔註14〕 《辛稼軒詩文箋注》，第 1 頁。
〔註15〕 《辛稼軒詩文箋注》，第 64 頁。

之術，無恃其平盜之兵」﹝註16﹞提出了自己見解，充分體現了他對時勢的準確把握。

金諍先生言辛棄疾乃是「能文能武、上馬可率軍殺敵、下馬可謀國獻策」﹝註17﹞，由辛棄疾以上策論所展現的政治才具來看，可謂深有道理。

三、政論文的獨特文風

辛棄疾政論文所達到的藝術水平，劉克莊《辛稼軒集序》言：「辛公文墨議論尤英偉磊落。乾道、紹熙奏篇及所進《美芹十論》、上虞雍公《九議》，筆勢浩蕩，智略輻湊，有《權書》《衡論》之風。」﹝註18﹞劉克莊這裡的「紹熙」當爲年代誤記，《權書》《衡論》爲北宋蘇洵文章，他的政論文在當時獨樹一幟，以蘇洵作比，顯示了宋人對辛棄疾文章的推崇。郭預衡認爲辛棄疾這類文章，發端蘇洵，卻又超越了蘇洵，言道「辛棄疾這類文章確是北宋以來，包括蘇洵的論政論兵之文的繼續和發展」，同時進一步言道：「蘇洵論兵，主要是考古證今；辛棄疾論兵，則從現實情況出發，更切實際。其所達到的深度，又非蘇洵可比。」﹝註19﹞深入研讀，筆者以爲辛棄疾這兩組文章能達到這樣高度，除了識見的超卓以外，還與其所達到的藝術水平是分不開的，其藝術水平可用下面幾句話來作概括：結構分明、錯落有致；語言明快、比喻貼切；筆勢浩蕩、精練生動。

如《美芹十論》的《審勢第一》：

用兵之道，形與勢二。不知而一之，則沮於形，眩於勢，而勝不可圖，且坐受其弊矣。何謂形？大小是也。何謂勢？虛實是也。土地之廣，財賦之多，士馬之眾，此形也，非勢也；譬如轉嵌岩於千仞之山，轟然其聲，嵬然其形，非不大可畏也，然而暫留木拒，未容於直，遂有能迂迴而避禦之，至力殺形禁，則人得跨而逾之矣。若夫勢則不然，有器必可用，有用必可濟。譬如注矢石於高墉之上，操縱由我，不繫於人，有軼而過者，抨擊中射，惟意所向，此實之可慮也。自今論之，虜人雖有嵌岩可畏之形，而無矢石必可用之勢。其舉以示吾者，特以威而疑我也；謂欲用以求勝者，固知其未必能

﹝註16﹞《辛稼軒詩文箋注》，第108頁。
﹝註17﹞《宋詞綜論》，第173頁。
﹝註18﹞《後村先生大全集》卷九八。
﹝註19﹞《中國散文史》中冊，第615頁。

也。彼欲致疑，吾且信之以爲可疑；彼未必能，吾且意其或能：是亦未詳夫形、勢之辨耳。臣請得而條陳之：

虜人之地，東薄於海，西控於夏，南抵於淮，北極於蒙，地非不廣也；虜人之財，簽兵於民，而無養兵之費，靳恩於郊，而無泛恩之賞，又輔以歲幣之相仍，橫斂之不恤，則財非不多也；沙漠之地，馬所生焉，射御長技，人皆習焉，則其兵又可謂之眾矣。

以此之形，時出而震我，亦在所可慮，而臣獨以爲不足恤者，蓋虜人之地，雖名爲廣，其實易分。惟其無事，兵劫形制，若可糾合，一有驚擾，則忿怒紛爭，割據蜂起。辛巳之變，蕭鷓巴反於遼，開趙反於密，魏勝反於海，王友直反於魏，耿京反於齊、魯，親而葛王又反於燕，其餘紛紛所在而是，此則已然之明驗，是一不足慮也。

虜人之財，雖名爲多，其實難持。得吾歲幣，惟金與帛，可以備賞而不可以養士；中原廩窖，可以養士，而不能保其無失。蓋虜政龐而官吏橫，常賦供億，民粗可支，意外而有需，公實取一而吏七八之，民不堪而叛，叛則財不可得而反喪其資，是二不足慮也。

若其爲兵，名之曰多，又實難調而易潰。且如中原所簽，謂之「大漢軍」者，皆其父祖殘於蹂踐之餘，田宅罄於槌剝之酷，怨憤所積，其心不一；而沙漠所簽者，越在萬里之外，雖其數可以百萬計，而道里遼絕，資糧器甲，一切取辦於民，賦輪調發，非一歲而不可至。始逆亮南寇之時，皆是誅脅酋長，破滅資產，人乃肯從，未幾，中道竄歸者，已不容制，則又三不足慮也。

又況虜廷今日用事之人，雜以契丹、中原、江南之士，上下猜防，議論齟齬，非如前日黏罕、兀朮輩之葉。且骨肉間僭殺成風。如聞僞許王以庶長出守於汴，私收民心，而嫡少嘗暴之於其父，此豈能終以無事者哉？我有三不足慮，彼有三無能爲，而重之以有腹心之疾，是殆自保之不暇，何以謀人？

臣抑聞古之善覘人國者，如良醫之切脈，知其受病之處，而逆其必隕之期，初不爲肥瘠而易其智。官渡之師，袁紹未遽弱也，曹操見之，以爲終且自斃者，以嫡庶不定而知之。咸陽之都，會稽之遊，秦尚自強也，高祖見之，以爲「當如是」矣，項籍見之，以爲

「可取而代之」者，以民怨已深而知之。蓋國之亡，未有如民怨、
嫡庶不定之酷，虜今並有之，欲不亡何待？臣故曰「形與勢異」。惟
陛下實深察之。〔註20〕

這篇文章本來談的「形」與「勢」兩種抽象的東西，開篇「譬如轉嵌岩
於千仞之山，轟然其聲，嵬然其形，非不大可畏也，然而塹留木拒，未容於
直，遂有能迂迴而避禦之，至力殺形禁，則人得跨而逾之矣。若夫勢則不然，
有器必可用，有用必可濟。譬如注矢石於高墉之上，操縱由我，不繫於人，
有軼而過者，抨擊中射，惟意所向。」用十分精當的比喻，將一種抽象的東
西，十分形象貼切表達出來。接著再從金人之地、金人之財、金人之兵、金
人所用之人，層層遞進，將本來長篇大論也未必講得清楚的東西，經過這樣
結構上的巧妙安排，用十分精練的筆墨表現了出來，頗見功力。

再如《查情第二》：

兩敵相持，無以得其情則疑，疑故易駭，駭而應之必不能詳。
有以得其情則定，定故不可惑，不可惑而聽彼之自擾，則權常在我，
而敵實受其弊矣。古之善用兵者，非能務為必勝，而能謀為不可勝，
蓋不可勝者乃所以徐圖必勝之功也。我欲勝，彼亦志於勝，誰肯處
其敗？勝敗之情戰於中，而勝敗之機未有所決，彼或以兵來，吾敢
謂其非張虛聲以耀我乎？彼或以兵遁，吾敢謂其非匿形以誘我乎？
是皆未敢也。然則如之何？曰：「權然後知輕重，度而後知長短。」
定故也。「他人之心，予忖度之」，審故也。能定而審，敵情雖萬里
之遠，可坐察矣。今吾藏戰於守，未戰而常為必戰之待；寓勝於戰，
未勝而常有必勝之理。彼誠虛聲以耀我，我以靜應而不輕動；彼誠
匿形以誘我，我有素備而不可乘；勝敗既不能為吾亂，則固神閒而
氣定矣。然後徐以吾之心度彼之情，吾猶是，彼亦猶是，南北雖有
異處，休戚豈有異趣哉？

虜人情偽，臣嘗熟論之矣：譬如獰狗焉，心不肯自閒，擊之則
吠，吠而後卻；呼之則馴，馴必致齧。蓋吠我者忌我也，馴我者狎
我也。彼何嘗不欲戰？又何嘗不言和？惟其實欲戰而乃以和狎我，
惟其實欲和而乃以戰要我，此所以和無定論而戰無常勢也，尤不可
以不察。囊者兀朮之死，固嘗囑其徒，使與我和，曰：「韓、張、劉、

岳近皆習兵，恐非若輩所敵。」則是其情眞欲和矣。然而未嘗不進而不戰者，計出於忌我而要我也。劉豫之廢，亶嘗慮無以守中原，則請割三京；亶之弒，亮嘗懼我有問罪之師，則又請割三京而還梓宮；亮之隕，褒又嘗緩我追北之師，則復謀割白溝河，以丈人行事我；是其情亦眞欲和矣，非詐也。未幾，亶之所割，視吾所守之人非其敵，則不旋踵而復取之。亮之所謀，窺吾遣賀之使，知其無能爲，則中輟而萌辛巳之逆；褒之所謀，悟吾有班師之失，無意於襲，則又反覆而有意外之請。夫既云和矣，而復中輟者，蓋用其狃而謀勝於我也。

今日之事，揆諸虜情，是有三不敢必戰，二必欲嘗試。何以言之？空國之師，商鑒不遠，彼必不肯再用危道；萬一猖獗，特不過調沿邊戍卒而已，戍卒豈能必其勝？此一不敢必戰也。海、泗、唐、鄧等州，吾既得之，彼用兵三年而無成，則我有攻守之士，而虜人已非前日之比，此二不敢必戰也。契丹諸胡側目於其後，中原之士扼腕於其前，令之雖不得不從，從之未必不反，此三不敢必戰也。

有三不敢必戰之形，懼吾之窺其弱而絕歲幣，則其勢不得不張大以要我，此一欲嘗試也。貪而志欲得，求不能充其所欲，心惟務於僥倖，謀不暇於萬全，此二欲嘗試也。

且彼誠欲戰耶，則必不肯張皇以速我之備。且如逆亮始謀南寇之時，劉麟、蔡松年一探其意而導之，則麟逐而松年鴆，惡其露機也。今誠必戰，豈欲人遂知之乎？彼誠不敢必戰耶，貪殘無義，忿不顧敗，彼何所恤？以母之親，兄之長，一忤其意，一利其位，亮猶弒之，何有於我？況今沿海造艦，沿淮治具，包藏禍心，有隙皆可投，敢謂之終遂不戰乎？大抵今彼雖無必敢戰之心，而吾亦不可防其欲嘗試之舉。彼於高麗、西夏，氣足以吞之，故於其使之至也，坦然待之而無他；惟吾使命之去，則多方睨瞵，曲意防備。如人見牛羊未嘗作色，而遇虎豹則屬聲奮臂以加之，此又足以見其深有忌於我也。彼知有忌，我獨無是哉？我之所忌不在於虜欲必戰，而在於虜幸勝以逾淮，而逐守淮以困我，則吾受其病矣。（御之之術，臣具於《守淮》篇）

昔者黥布之心，爲身而不顧後，必出下策，薛公知之，以告高祖，而布遂成擒。先零之心，恐漢而疑罕開，解仇結約，充國知之，以告宣帝，而先零自速敗。薛公、充國非有風角鳥占之勝，枯莖朽骨之技，亦惟心定而慮審耳。朝廷心定而慮審，何情不可得？何功不可成？不求敵情之知，而觀彼虛聲詭勢以爲進退者，非特重困吾力，且失夫制勝之機爲可惜。臣故曰：「知敵之情而爲之處者，綽綽乎其有餘矣。」〔註21〕

文章先是分析「得其情」於戰爭勝負不可分離的道理，提出「古之善用兵者，非能務爲必勝，而能謀爲不可勝」這一新穎觀點，然後對其解答。道理講完以後，隨即變化筆墨，用明快比喻進入，用獰狗作比，以「吠我」、「馴我」兩種表現，很好寫出了金人對待南宋的態度。然後再拿實際例子進行剖析，可謂入情入理。接著再次轉換，用「三不敢必戰，二必欲嘗試」這樣精練的筆墨引出話題，直接點明了金國情勢，尖銳而又深刻。最後以歷史上成功戰例作收束，自然而然歸結到「知敵之情而爲之處者，綽綽乎其有餘矣」，將全篇中心順利昇華。整篇文章行文有法富有變化，有條有理而又順暢生動。

再如《自治第四》：

臣聞今之論天下者，皆曰：「南北有定勢，吳楚之脆弱不足以爭衡於中原。」臣之說曰：「古今有常理，夷狄之腥穢不足以久安於華夏。」

夫所謂南北有定勢者，粵自漢鼎之亡，天下離而爲南北，吳不能以取魏，而晉卒以並吳；晉不能以取中原，而陳亦終於斃於隋。與夫藝祖皇帝之取南唐、取吳越，天下之士遂以爲東南地薄兵脆，將非命世之雄，其勢固至於此。而蔡謨亦謂「度今諸人，必不能辦此，吾見韓盧東郭逡俱斃而已。」

臣以謂吳不能以取魏者，蓋孫氏之割據，曹氏之猜雄，其德本無以相過，而西蜀之地又分與劉備，雖願以兵窺魏，勢不可得也。晉之不能取中原者，一時諸戎皆有豪傑之風，晉之強臣，方內自專制，擁兵上流，動輒問鼎，自治如此，何暇謀人？宋、齊、梁、陳之間，自固也。至於南唐、吳越之時，適當聖人之興，理固應爾，

〔註21〕《辛稼軒詩文箋注》，第12～15頁。

無足怪者。由此觀之，所遭者然，非定勢也。

　　且方今南北之勢，較之彼時已大異矣：地方萬里，而劫於夷狄之一姓，彼其國大而上下交征，政龐而華夷相怨，平居無事，亦規規然模倣古聖賢太平之事，以誑亂其耳目。是以其國可以言靜而不可以言動，其民可與共安而不可與共危，非如晉末諸戎，四分五裂；若周秦之戰國，唐季之藩鎮，皆家自爲國，國自爲敵，而貪殘吞噬、剽悍勁勇之習，純用而不雜也。且六朝之君，其祖宗德澤涵養浸漬之難忘，而中原民心眷戀依依而不去者，又非得爲今日比。臣故曰：「較之彼時，南北之勢大異矣。」

　　當秦之時，關東強國莫楚若也，而秦楚相遇，動以數十萬之眾見屠於秦，君爲秦虜而地爲秦墟。自當時言之，是南北勇怯不敵之明驗；而項梁乃能以吳楚子弟驅而之趙，救鉅鹿，破章邯，諸侯之軍十餘壁皆莫敢動，觀楚之戰士無不一當十，諸侯之兵皆人人惴恐，辛以坑秦軍，入函谷，焚咸陽，殺子嬰，是又可以南北勇怯論哉？方懷王入秦時，楚人之言曰：「楚雖三戶，亡秦必楚。」夫彼豈能逆知其事之必至於此耶？蓋天道好還，亦以其理而推之耳。故臣直取古今常理而論之。

　　夫所謂古今常理者：逆順之相形，盛衰之相尋，如符契之必合，寒暑之必至。今夷狄所以取之者至逆也，然其所居者亦盛矣。以順居盛，猶有衰焉，以逆居順，故無衰乎？臣之所謂理者此也。不然，裔夷之長而據有中原，子孫又有泰山萬世之安，古今豈有是事哉？今之議者，皆痛懲往者之事，而劫於積威之後，不推項籍之亡秦，而猥以蔡謨之論晉者以藉口，是猶懷千金之璧，不能斡營低昂，而搖尾於販夫；懲蝮蛇之毒，不能詳覈其僞，而祈魄於雕弓，亦已過矣。故臣願陛下：姑以光復舊物而自期，不以六朝之勢而自卑，精心強力，日與二三大臣講求古今南北之勢，知其不侔而不爲之惑，則臣故當爲陛下言自治之策。

　　今之所以自治者不勝其多也：官吏之盛否，民力之豐耗，士卒之強弱，器械之良苦，邊備之廢置，此數者皆有司之事，陛下以次第而行之，臣不能悉舉也。顧今有大者二，陛下知之而未果行，大臣難之而不敢發者，一曰絕歲幣，二曰都金陵。臣聞今之所以待虜，

以緡計者二百餘萬，以天下之大而為生靈社稷計，曾何二百餘萬之足云？臣不為二百餘萬之緡也。錢塘、金陵俱在大江之南，而其形勢相去亦無幾矣，豈以為是數百里之遠而遽有強弱之辨哉？臣不能為數百里計也。然而絕歲幣則財用未可以遽富，都金陵則中原未可以遽復，是三尺童子之所知，臣之區區以是為言者，蓋古之英雄撥亂之君，必先內有以作三軍之氣，外有以破敵人之心，故曰「未戰養其氣」，又曰「先人有奪人之心」。今則不然，待敵則恃歡好於金帛之間，立國則借形勢於湖山之險，望實俱喪，莫此為甚。使吾內之三軍，習知其上之人畏怯退避之如此，以為夷狄必不可敵，戰守必不可恃，雖有剛心勇氣，亦銷鑠委靡而不振，臣不知緩急將誰使為戰哉？藉使戰，豈能必勝乎？外之中原民心，以為朝廷置我於度外，謂吾無事則知自備而已，有事則將自救之不暇，向之袒臂疾呼而促逆亮之斃，為吾響應者，它日必無若是之捷也。如是則敵人將安意肆志而為吾患。今絕歲幣，都金陵，其形必至於戰。天下有戰形矣，然後三軍有所怒而思奮，中原有所恃而思亂，陛下間取其二百餘萬緡者以資吾養兵賞勞之費，豈不為朝廷之利乎？然此二者，在今日未可遽行。臣觀虜人之情，玩吾之重戰，而所求未能充其欲，不過一二年，必以戰而要我，苟因其要我而遂絕之，則彼亦將自沮，而權固在我矣。

議者必曰：「朝廷全盛時，西、北二虜亦不免於賂，今我有天下之半，而虜倍西、北之勢，雖欲不賂得乎？」臣應之曰：「是趙之所以待秦也。」昔者秦攻邯鄲而去，趙將割六縣而與之和，虞卿曰：「秦之攻趙也，倦而歸乎？抑其力尚能進，且愛我而不攻乎？」王曰：「秦之攻我也，不遺餘力矣，必以倦而歸矣。」虞卿曰：「秦以其力，攻其力所不能取，倦而歸，王又以其力之不能攻以資之，是助秦自攻也。」臣以為虞卿之所以謀趙者，是今日之勢也。且今日之勢，議者固以東晉自卑矣，求之於晉，彼亦何嘗退金陵、輸歲幣乎？

臣竊觀陛下聖文神武，同符祖宗，必將陵跨漢唐，鞭笞異類，然後為稱，豈能鬱鬱久居此者乎？臣願陛下酌古以御今，毋惑於紛紜之論，則恢復之功，可必其有成。

古人云：「謀及卿士，謀及庶人。」又曰：「作屋道邊，三年不

成。」蓋謀貴眾，斷貴獨，惟陛下深察之。〔註22〕

這也是一篇頗不易作的文章，「南北有定勢，吳楚之脆弱不足以爭衡於中原」，是南宋主和派普遍論調，被奉爲至理名言，可謂堅如磐石，牢不可破。要想駁倒，至爲不易。辛棄疾針對這一論調，開篇即鮮明提出「古今有常理，夷狄之腥穢不可以久安於華夏」，這樣一句，和「南北有定勢，吳楚之脆弱不足以爭衡於中原」形成一種對仗，眞可謂擲地有金石聲。筆墨出奇之後，再順勢展開，先駁斥「南北有定勢」的論調，再申述「古今有常理」的觀點，兩廂對比，層次分明，中間再穿插諸多生動的歷史事例，或用問答式、或用排比式，行文活潑，以理服人，且能激發人心。葉嘉瑩言這些文章：「眞是千百年以下讀之，仍然可以使人爲之奮發興起。」〔註23〕也間接透露出辛棄疾筆墨的高超。

《九議》承襲了《十論》風格，由於其中許多觀點在《十論》中已經有了闡發，文章也相對短小了許多，但依然體現了上述特點，如「其四」這篇文章：

　　既知彼己之長短，其勝在於「攻其不備，出其不意」而已也，則莫若驕之，不能驕則勞之。蓋天下之言，順乎耳者傷乎計，利於事者忤於聽。上之人苟不以逆吾耳而易天下之事，某請效其說：

　　智者之作事也，精神之所運動，智術之所籠絡，以失爲得，轉害爲利，如反手耳，天下不得執而議也。日者兵用未舉而泛使行，計失之早也。夫用兵之道有名實，爭名者揚之，爭實者匿之。吾惟爭名乎？雖使者輩遣，冠蓋相望，可也。吾將爭實乎？吾之勝在於攻無備，出不意，吾則捐金以告之：「吾將與女戰也。」可乎？

　　謀不可以言傳，以言而傳，必有可笑者矣。陳平之間楚君臣，與出高祖於平城者，其事甚淺陋也，由今觀之，不幾於可笑歟？然用之而當其計，萬世而下，功名若是其美也。

　　某聞其使人之來，皆曰「南北之利莫若和」，某度之，必其兵未集而有是者。使之集，則使者健而言必勁矣。吾將驕彼，彼顧驕我，不探其情而爲之謀，某未知勝負之所在也。故上策莫如驕之，卑辭重幣，陽告之曰：「吾之請復陵寢也，將以免夫天下後世之議也，而

〔註22〕《辛稼軒詩文箋注》，第24～28 頁。
〔註23〕葉嘉瑩《論辛棄疾詞》，《靈谿詞說》，第443 頁。

上國實制其可否。上國不以爲可，其有辭於天下後世，顧兩國之盟
猶昔也。」彼聞是言也，其召兵必緩，緩則吾應之以急，急則吾之
志得矣。此之謂驕。

　　傳檄天下，明告之曰：「前日吾之謂也，今之境內矣，期上國之
必從也。今而不從，請絕歲幣以合戰。」彼聞是言也，其召兵必急，
急則吾應之以緩，深溝高壘，曠日持久，按甲勿動，待其用度多而
賦斂橫，法令急而盜賊起，然後起而圖之，是之謂勞。故彼緩則我
急，彼急則我緩，必勝之道也。兵法以詐立。

　　雖然，事有適相似者，里人有報父之仇者，力未足以殺也，則
市酒肉以歡之，及其可殺也，懸千金於市求匕首，又從而辱之，意
曰：「汝罃則我鬥。」曾不知父之仇則可殺，以酒肉之歡則可圖，又
何以罃爲哉？計虜人之罪，詐之不爲不信，侮之不爲無禮，襲取之
不爲不義，特患力不給耳。區區之盟，曾何足云？故凡求用兵之名
而泄其機者，是里人之報仇者也。〔註24〕

這篇文章談的是驕兵必敗道理，對如何驕兵提出了自己獨到見解。全文
層次分明，說理生動，比喻貼切，語言明快，篇製雖然短小，卻頗見功力。

辛棄疾政論文章變化多姿，明快生動，振人精神。從這裡看出他吸收了
先秦諸子散文和西漢賈誼文章的營養，熔諸子散文的說理生動和賈誼文章的
氣勢豐沛於一爐，形成了自己的文章法度，在中國優秀的政論文中，應該佔
有一席之地。

四、小品文的風采情致

辛棄疾政論文方正嚴肅，與此形成對照的閒適短文，卻是別具情致，饒
有意味，頗得小品文章之趣，很是值得一番品味。

一爲《啓箚》：

　　棄疾自秋初去國，倏忽見冬，詹詠之誠，朝夕不替。第緣馳驅
到官，即專意督捕，日從事於兵車羽檄間，坐是倥傯，略亡少暇。
起居之間，缺然不講，非敢懈怠，當蒙情亮也。指吳會雲間，未龜
合併，心旌所向，坐以神馳。右謹具呈。〔註25〕

〔註24〕《辛稼軒詩文箋注》，第76～78頁。
〔註25〕《辛稼軒詩文箋注》，第101頁。

一爲《新居上梁文》：

「百萬買宅，千萬買鄰」，人生孰若安居之樂？一年種穀，十年
種木，君子常有靜退之心。久矣倦遊，茲焉卜築。稼軒居士，生長
西北，仕宦東南。頃列郎星，繼聯卿月。兩分帥閫，三駕使軺。不
特風霜之手欲龜，亦恐名利之髮將鶴。欲得置錐之地，遂營環堵之
宮。雖在城邑闤闠之中，獨出車馬囂塵之外。青山屋上，古木千章；
白水田頭，新荷十頃。亦將東阡西陌，混漁樵以交歡；稚子佳人，
共團欒而一笑。夢寐少年之鞍馬，沉酣古人之詩書。雖云富貴逼人，
自覺林泉邀我。望物外逍遙之趣，「吾亦愛吾廬」；語人間奔競之流，
「卿自用卿法。」始扶修棟，庸慶拋梁：

拋梁東，坐看朝暾萬丈紅。直使便爲江海客，也應憂國願年豐。
拋梁西，萬里江湖路欲迷。家本秦人眞將種，不妨賣劍買鋤犁。
拋梁南，小山排闥送晴嵐。繞林烏鵲棲枝穩，一枕薰風睡正酣。
拋梁北，京路塵昏斷消息。人生直合住長沙，欲擊單于老無力。
拋梁上，虎豹九關名莫向。且須天女散天花，時至維摩小方丈。
拋梁下，雞酒何時入鄰舍。只今居士有新巢，要輾軒窗看多稼。
伏願上梁之後，早收塵跡，自樂餘年。鬼神呵禁不詳，伏臘倍
承自給，座多佳客，日悅芳樽。〔註26〕

這兩篇文章寫的都是辛棄疾的愉悅情致，文章以四言爲主，駢散結合，
句式上給人一種流暢無阻的行雲流水。《啓箚》「指吳會雲間，未龜合併，心
旌所向，坐以神馳」，寫情生動，行文瀟灑。《新居上梁文》，散體句式穿插富
有民間意味的詩句，文采裴然，跌宕多姿，其中的「雖在城邑闤闠之中，獨
出車馬囂塵之外。青山屋上，古木千章；白水田頭，新荷十頃。亦將東阡西
陌，混漁樵以交歡；稚子佳人，共團欒而一笑。夢寐少年之鞍馬，沉酣古人
之詩書。雖云富貴逼人，自覺林泉邀我。望物外逍遙之趣，『吾亦愛吾廬』；
語人間奔競之流，『卿自用卿法。』」作者喜愛田園的逍遙情懷顯露無遺。辛
棄疾晚年詞中，多愛寫陶淵明，其實從這篇早期文章中，就已經體現出他和
陶淵明極爲相似的情味和心境來。整篇文章意境高遠，寫景生動，韻散結合，
琅琅上口，如行雲流水般瀟灑自然，顯示了高超的藝術水平。

〔註26〕 《辛稼軒詩文箋注》，第 102～103 頁。

第七章　辛棄疾詩歌研究

辛棄疾孝宗朝有詩 45 首，這些詩作按體裁可分為兩類，一為律詩，一為絕句，體式不同，寫作內容也相應有所變化。

一、律詩的詠史抒懷

辛棄疾個性豪邁，腹笥豐厚，所作律詩豪放大氣，融會經史，是其人其詩的典型結合。

> 青衫匹馬萬人呼，幕府當年急急符。愧我明珠成薏苡，負君赤
> 手縛於菟。觀書到老眼如鏡，論事驚人膽滿軀。萬里雲霄送君去，
> 不妨風雨破吾廬。（《送別湖南部曲》）〔註 1〕

本詩是淳熙七年（1180），辛棄疾由湖南改帥江西時所作，「青衫匹馬萬人呼」，一襲青衫，匹馬而出，萬人驚呼，神氣凜凜，出語激爽驚人，顯示了辛棄疾昂揚之姿。「幕府當年急急符」，「急急符」，緊急之意，寫的是辛棄疾當年建飛虎軍事，辛棄疾建飛虎軍，孝宗阻攔，以致出金牌制止，辛棄疾不為所動，藏匿金牌，直到飛虎軍建成。「愧我明珠成薏苡」，「薏苡」，即薏米。《後漢書・馬援傳》載，馬援在交趾作戰，曾以薏苡充作軍糧。軍還，馬援將其作為種子載上一車帶回。後來馬援去世，有人上書誣陷馬援，說他以前帶回的都是明珠文犀。辛棄疾名高天下，謗亦隨之，這裡用廉價的薏苡和珍貴的珍珠作對比，反用其事，透露出自己一腔忠義被人誣陷的命運。「負君赤手縛於菟」，這裡「君」指對方，「於菟」，老虎。本句講的是別人認為自己有縛虎的本領，但現在卻辜負了對方的期望。「觀書到老眼如鏡，論事驚人膽滿

〔註 1〕《辛稼軒詩文箋注》，第 143 頁。

軀」，觀書到老，依然眼明如鏡。評論時事，依然語出驚人，渾身是膽。「萬里雲霄送君去，不妨風雨破吾廬」，杜甫《茅屋爲秋風所破歌》有：「安得廣廈千萬間，大庇天下寒士俱歡顏，風雨不動安如山。」〔註2〕見出辛棄疾博大胸懷。

這首詩顯示了辛棄疾高飛遠逸不可阻遏的心胸志向，劉克莊於此詩深爲折服，言道：「此篇悲壯雄邁，惜爲長短句所掩。」〔註3〕可見世人的推崇之情。

> 當年宮殿賦昭陽，豈信人間過夜郎。明月入江依舊好，青山埋骨至今香。不尋飯顆山頭伴，卻趁汨羅江上狂。定要騎鯨歸汗漫，故來濯足戲滄浪。（《憶李白》）〔註4〕

辛棄疾豪放大氣，氣質情感和李白頗爲相似，「當年宮殿賦昭陽」，指李白當年在宮廷的受寵情形。「豈信人間過夜郎」，指李白晚年被流放夜郎。兩句寫出了李白前後判若雲泥的人生遭遇。「明月入江依舊好，青山埋骨至今香」，寫出了對李白的敬仰之情。「不尋飯顆山頭伴，卻趁汨羅江上狂」，飯顆山頭伴，指杜甫，李白《戲贈杜甫》詩有「飯顆山頭逢杜甫」〔註5〕，「汨羅江上狂」，指屈原。兩句意爲，李白狂放的精神氣質偏遠於杜甫，而接近於屈原。「定要騎鯨歸汗漫，故來濯足戲滄浪」，騎鯨，杜甫《送孔巢父謝病歸遊江東兼呈李白》寫有「若逢李白騎鯨魚，道甫問訊今如何？」〔註6〕濯足戲滄浪，《孟子‧離婁上》載：「有孺子歌曰：『滄浪之水清兮，可以濯我纓；滄浪之水濁兮，可以濯我足。』孔子曰：『小子聽之，清斯濯纓，濁斯濯足，自取之也。』」〔註7〕另《容齋隨筆》「李太白」條載：「世俗多言李太白在當塗採石，因醉泛舟於江，見月影俯而取之，遂溺死，故其地有捉月臺。」〔註8〕辛棄疾兩句寫的是李白的瀟灑，卻包含有痛惜之意。

本詩充滿了對李白的崇敬和嚮往之情，但從頭至尾卻夾雜有一層濃濃的傷情。

〔註2〕 《杜詩鏡銓》卷八，第364～365頁。
〔註3〕 《後村詩話後集》卷二，《後村先生大全集》卷一七六。
〔註4〕 《辛稼軒詩文箋注》，第138頁。
〔註5〕 《李太白全集》卷三〇，第1403頁。
〔註6〕 《杜詩鏡銓》卷一，第32頁。
〔註7〕 《孟子譯注》，第170頁。
〔註8〕 （宋）洪邁《容齋隨筆》卷三，上海古籍出版社，1978年，第33頁。

當年韓非笑說難，先生事業最相關。能令父子君臣際，當在干
戈揖遜間。秋浦山高明月在，丹陽人去晚風閒。可憐千古長江水，
不與渠儂洗厚顏。(《江行弔宋齊丘》)〔註9〕

五代十國的宋齊丘，字超回，將孔丘、顏回嵌入自己名字當中，可見宋
齊丘的不凡抱負，但宋齊丘實際是個反覆無常行爲醜惡的小人。據陸游《南
唐書》載，五代十國時候，正當南唐烈祖李昇任升州刺史時，宋齊丘往依之，
後李昇取吳，宋齊丘任中書侍郎，左僕射同平章事。南唐代吳，元宗李璟即
位，宋齊丘廣植朋黨，傾軋異己，被賜歸九華山。周世宗攻掠南唐，宋齊丘
再次被南唐起用，他利用親信陳覺使周，卻準備假借周的勢力殺掉和自己敵
對的嚴續，事情後來被揭發出來，宋齊丘被流放青陽，賜死。辛棄疾這首詩
裏痛斥了宋齊丘兩面三刀的小人作風，「當年韓非笑說難，先生事業最相關」，
韓非，戰國法家學派的代表人，代表作爲《說難》，文中痛陳了士人游說君王
的艱難。兩句說的是韓非當年因游說君王死於非命，現在宋齊丘因爲周師入
侵南唐，其黨徒欲逞口舌之勞借周師排除異己，這和韓非當年因「說難」死
於非命是一個樣。「能令父子君臣際，當在干戈揖遜間」，宋齊丘官場捭闔，
曾經離間李昇父子，欲立李昇少子爲王，而奪李璟之位，此爲父子干戈。另
外，宋齊丘爲李昇謀吳地最力，但吳王禪讓於李昇，宋齊丘認爲非出己手，
力阻勸進，堅不署表。這裡「君臣揖遜」，也是對宋齊丘的揭露批判。「秋浦
山高明月在，丹陽人去晚風閒」，秋浦，池州貴池縣。丹陽，青陽之誤，歸屬
池州，爲宋齊丘終老之地。本句意爲，宋齊丘來到池州，當地山水也因他蒙
羞。但明月清風依舊，並不因爲他的存在而改變。「可憐千古長江水，不與渠
儂洗厚顏」，對宋齊丘的厚顏無恥，痛加貶斥。

這首詩立場鮮明，顯示了辛棄疾不屑小人愛憎分明的個性。

老奴權至使將軍，非所宜蒙定可矉。嫫母侏儒曾一笑，鮑壺藤
蔓便相縈。解紛已見立談頃，漏網從今太橫生。豈是人間重生女？
只應詩老例多情。(《和人韻》)〔註10〕

本詩看似懷古，其實是影射時事，孝宗後期愛用近習，宦官多有居高位
者，辛棄疾此詩，是對這一現象的無情諷刺。「老奴權至使將軍，非所宜蒙定

〔註9〕《辛稼軒詩文箋注》，第140頁。
〔註10〕《辛稼軒詩文箋注》，第168頁。

可黥」，老奴，指唐玄宗朝宦官高力士，曾被冊封爲將軍；蒙，原諒之意；黥，古代對犯人所施行的一種刑罰。兩句意爲，高力士這樣的人，用阿諛奉承之術而登上高位，危害了國家，應該受到刑罰才對。「嫫母侏儒曾一笑，匏壺藤蔓便相縈」，嫫母，醜女；侏儒，矮子。兩句也是諷刺小人、宦官形成黨羽，如匏壺、藤蔓一般抱成一團。「解紛已見立談頃，漏網從今太橫生」，《史記·滑稽列傳》載淳于髡用隱語說齊威王，「談言微中，亦可以解紛。」〔註11〕《史記·平津侯主父列傳》載，主父偃爲人耿直，「大臣皆畏其口，賂遺累千金，人或說偃曰：『太橫矣。』」〔註12〕辛棄疾用在這裡，講的是像淳于髡、主父偃這樣的忠直之士卻不受當朝重用，對時事頗有譏諷。「豈是人間重生女？只應詩老例多情」，這句出自白居易的《長恨歌》，說的是楊貴妃受到唐玄宗寵幸的事，因爲宦者貌似女人，一樣是意存諷刺。從本詩也可看出，辛棄疾對庸者居於高位賢者驅逐在外的極度憤懣。

> 已把年華遜得翁，滿前依舊祖遺蹤。謝家固不多安石，阮氏還能幾嗣宗？今是昨非當謂夢，富妍貧醜各爲容。修然白髮猶何事，祇好三人自一龍。（《新年團拜後和主敬韻並呈雪平》）〔註13〕

本詩是辛棄疾老邁之歎，「已把年華遜得翁，滿前依舊祖遺蹤」，講的是自己步入老境的悲歎。「謝家固不多安石，阮氏還能幾嗣宗？」像謝安、阮籍那樣的精英人物都凋落了，見出自己的傷情。「今是昨非當謂夢，富妍貧醜各爲容」，流露出辛棄疾不問世事、不管是非的消極無奈。「修然白髮猶何事，祇好三人自一龍」，三人一龍，出自《三國志·魏書·華歆傳》注引《魏略》：「華歆與邴原、管寧俱遊學，三人相善，時人號三人爲一龍，歆爲龍頭，原爲龍腹，寧爲龍尾。」〔註14〕辛棄疾用在這裡，頗有自嘲意味。這首詩寫於淳熙十年（1183），辛棄疾在家閒居，本詩看似嗟老歎卑，流露出辛棄疾蕭索寂寞的情懷。但其中用謝安、阮籍、華歆、邴原、管寧這些不凡人物作比，也間接透露出辛棄疾不屈志向和高遠懷抱。

> 書窗夜生白，城角曉增悲。未奏蔡州捷，先歌梁苑詩。餐氈懷雁使，無酒羨羔兒。農事勤憂國，明年喜可知。（《詠雪》）〔註15〕

〔註11〕　《史記》卷一二六，第3197頁。
〔註12〕　《史記》卷一一二，第2961頁。
〔註13〕　《辛稼軒詩文箋注》，第169頁。
〔註14〕　《三國志集解》卷一三，第374頁。
〔註15〕　《辛稼軒詩文箋注》，第159頁。

　　詠雪，一般容易聯想到「傾耳希無聲，在目皓已潔」〔註16〕的美好，以及「晚來天欲雪，能飲一杯無？」〔註17〕的溫情，辛棄疾這裡看似一首詠物詩，其實是抒發自己志向的豪邁之作。「書窗夜生白，城角曉增悲」，一夜大雪，醒來時候，書房一片白色。凌晨城上吹起了號角聲，不覺增添一層悲涼之意。「未奏蔡州捷，先歌梁苑詩」，蔡州捷，《舊唐書‧李愬傳》載，元和十一年（816）冬，天降大雪，唐將李愬率領大軍出征，最後攻克了蔡州，活捉了敵酋吳元濟。「梁苑詩」，《西京雜記》載，西漢的梁孝王招集許多賢能之士聚在園內，被人稱作梁園，後來梁園常用來指文人聚會盛況。於這一盛況，西晉謝惠連《雪賦》寫道：「歲將暮，時既昏。寒風積，愁雲繁。梁王不悅，遊於兔園。乃置旨酒，命賓友。招鄒生，延枚叟。相如末至，居客之右。俄而微霰零，密雪下。王乃歌北風於《衛詩》，詠南山於《周雅》。」〔註18〕兩句意爲，看著這大雪天，想起的是當年李愬雪夜入蔡州的情形，只是遺憾自己不能像李愬那樣建立不朽功業，而只能像梁園文人那樣，對著雪景，歌詠一番罷了。「餐氈懷雁使」，講的是西漢蘇武的故事，《漢書‧蘇武傳》載，蘇武出使匈奴，單于欲招降蘇武，蘇武不降，匈奴將蘇武投置大窖當中，天降大雪，蘇武將旃毛和著大雪一起吞咽，數日不死，匈奴以爲神。後來漢使對匈奴謊稱漢天子射雁上林，得一書信，言蘇武還在匈奴，單于歸還了蘇武。「無酒羨羔兒」，蘇軾《趙成伯家有麗人，僕忝鄉人，不肯開樽，徒吟春雪美句，次韻一笑》詩自注：「世傳陶穀學士買得黨太尉家故妓。遇雪，陶取雪水，烹團茶，謂妓曰：『黨家應不識此。』妓曰：『彼粗人，安有此景，但能於銷金暖帳下，淺斟低唱，吃羊羔兒酒。』陶默然，愧其言。」〔註19〕這兩句倒過來理解更加容易一些，大雪天裏，我酒器粗陋，而且也沒有羊羔兒那樣的好酒，所以並不羨慕黨家那銷金帳裏淺斟低唱的享樂生活，我心中所向往的是蘇武那樣歷經千錘萬擊依然對國家耿耿忠心的義士。「農事勤憂國，明年喜可知」，兩句反映了辛棄疾關注民生疾苦的心情，都說瑞雪兆豐年，現在天降瑞雪，想來明年的農業，一定有個喜人的收成吧。

　　本詩爲淳熙年間辛棄疾閒居帶湖時候所作，因爲他人的中傷，辛棄疾罷

〔註16〕　（東晉）陶淵明《癸卯歲十二月作與從弟敬遠》，逯欽立校注《陶淵明集》卷三，中華書局，1979年，第78頁。
〔註17〕　《白居易集》卷一七，第356頁。
〔註18〕　《文選》卷一三，第591～592頁。
〔註19〕　《蘇軾詩集》卷四七，第2527頁。

職不在任上，「居廟堂之高則憂其民，處江湖之遠則憂其君」，退處江湖，但「位卑未敢忘憂國」，顯示了他非同一般的懷抱。

辛棄疾律詩總的來看，史的特點十分濃厚，顯示了辛棄疾積極用世的胸襟抱負，同時他的詠史詩議論甚少而褒貶自見，避免了宋人「以議論為詩」的毛病。

二、絕句的人生感歎

辛棄疾的絕句和律詩呈現出截然不同的兩般面目，他的絕句出語自然，頗有哲理意味，給人以某種思索。

> 百憂常與事俱來，莫把胸中荊棘栽。但只熙熙閒過日，人間無處不春臺。(《即事二首》其二〔註20〕

「百憂常與事俱來，莫把胸中荊棘栽」，對一個欲有作為的人來說，志存高遠，現實無奈，那麼百端的憂愁也就緊隨而至了。辛棄疾一生胸中多有不平，誠如他在《偶作》一詩所寫：「至性由來稟太和，善人何少惡人多？君看瀉水著平地，正作方圓有幾何？」〔註21〕這種憤激之語，正是「胸中荊棘」體現。「莫把胸中荊棘栽」，對以前自己的某種否定，見其憤激之情。「但只熙熙閒過日，人間無處不春臺」，《老子》有「眾人熙熙，如享太牢，如登春臺」〔註22〕，辛棄疾企慕陶淵明、劭雍生活態度，某些時候確實做到了熙熙度日、如登春臺的適意快活。這裡其實寫出的是自己備受官場打擊，而今和光同塵不問世事的消極態度。細細思量，頗具反諷意味。

> 自古蛾眉嫉者多，須防按劍向隨和。此身更似滄浪水，聽取當年《孺子歌》。(《再用韻二首其一》)〔註23〕

這首詩顯示了辛棄疾對待誹謗中傷的態度，「自古蛾眉嫉者多，須防按劍向隨和」，屈原《離騷》有「眾女嫉余之蛾眉兮，謠諑謂余以善淫」〔註24〕，託喻志士被宵小中傷情形。隨和，和氏璧。漢鄒陽《獄中上書自明》言：「臣聞明月之珠，夜光之璧，以暗投人於道，眾莫不按劍相眄者。」〔註25〕用美

〔註20〕《辛稼軒詩文箋注》，第 147 頁。
〔註21〕《辛稼軒詩文箋注》，第 148 頁。
〔註22〕《老子章句新釋》，第 23 頁。
〔註23〕《辛稼軒詩文箋注》，第 147 頁。
〔註24〕《楚辭補注》，第 14～15 頁。
〔註25〕《文選》卷三九，第 1771 頁。

人、寶玉作比，十分形象寫出了自己處境，同時也暗喻有高潔情懷在內。「此身更似滄浪水，聽取當年《孺子歌》」，滄浪水，前面《憶李白》一詩有解。辛棄疾這裡用《孟子》這段話，顯示了自己清者自清、濁者自濁不屑詆謗打擊的豪邁氣度。

> 人生憂患始於名，且喜無聞過此生。卻得少年耽酒力，讀書學劍兩無成。

> 人言大道本強名，畢竟名從有處生。昭氏鼓琴誰解聽？亦無虧處亦無成。

> 閒花浪蕊不知名，又是一番春草生。病起小園無一事，杖藜看得綠陰成。(《偶題三首》)〔註26〕

這一組詩，顯示了辛棄疾對「名」的反思，辛棄疾是個十分渴望功名的人物，「贏得身前身後名」(《破陣子》)，是他畢生奮鬥的目標，但幾經人生的摧折與打擊，辛棄疾對「名」也有了更進一步認識。第一首「卻得少年耽酒力，讀書學劍兩無成」，語多憤慨。第二首「昭氏鼓琴誰解聽？亦無虧處亦無成」，《莊子‧齊物論》載：「是非之彰也，道之所以虧也。道之所以虧，愛之所以成，果且有成與虧乎哉？果且無成與虧乎哉？有成與虧，故昭氏之鼓琴也。無成與虧，故昭氏之不鼓琴也。」〔註27〕借用莊子語，是對自己抑鬱胸懷尋求的某種解脫。第三首「病起小園無一事，杖藜看得綠陰成」，寫的正是自己超脫功名後的逍遙自適。

> 此心一似篆煙灰，好向君王早乞骸。何處幽人來問訊？橫擔竹杖過溪來。

> 春酒頻開赤印灰，一尊忘我更忘骸。青山只隔二三里，恰似高人呼不來。(《信筆再和二首》)〔註28〕

辛棄疾退居以後，頗有嗟老歎卑之語，這兩首詩「此心一似篆煙灰，好向君王早乞骸」，見其無聊心境。而「春酒頻開赤印灰，一尊忘我更忘骸」，更見其沉浸酒中排憂泄憤之意圖。

辛棄疾的絕句多有一種人生感喟蘊於其中，盤旋著一股深深的憤懣之情，這和他自身處境息息相關，國家的不振，志業的不伸，都使急於事功的

〔註26〕 《辛稼軒詩文箋注》，第149～150頁。
〔註27〕 《莊子集解》，第11～12頁。
〔註28〕 《辛稼軒詩文箋注》，第171頁。

辛棄疾備感壓抑憂鬱。同時個人家庭生活的不幸，也給他以沉重打擊，辛棄疾這時期專門寫有哭幼子去世的五絕十五首，對幼子的夭折是無限悲痛。國事、家事的種種傷痛，都使他發泄某種激憤，並尋求某種解脫，他的絕句以人生感慨爲多，也在情理當中。

對自己詩歌，辛棄疾曾自言「酒腸未減長鯨吸，詩思如抽獨繭絲」〔註29〕，可見他在詩的創作方面是用盡心力。同時言道「我詩聊復而，語拙意則眞」〔註30〕，其詩與其文其詞相比，對瞭解辛棄疾，具有極強的互補性。於辛棄疾完整人生的理解和他對整個文學的貢獻，辛棄疾詩自有它本身的意義，這也是它不可或缺的價值所在。

辛棄疾生活時代是詩歌極爲繁榮的時代，以尤、楊、范、陸「中興四大詩人」領袖的詩壇，使當時詩歌創作呈現出一派欣欣向榮的繁盛局面。如宋人方回言：「中興以來，言詩必曰尤、楊、范、陸。誠齋時出奇峭，放翁善爲悲壯，公與石湖，冠冕佩玉，度騷婉雅。」〔註31〕辛棄疾詩作藝術水平和四大詩人相比，差距不小，論其個性及人生經歷，他和陸游多有相似之處，但多在軍伍當中的辛棄疾，卻沒有寫下幾首從軍之詩，氣魄也無陸游之大。據陳模《懷古錄》載：「蔡光工於詞，靖康間陷於虜中。辛幼安嘗以詩詞參請之，蔡曰：『子之詩則未也，他日當以詞名家。』」〔註32〕可見早年辛棄疾其詩與其詞相比，即有不小差距。楊愼亦言：「辛稼軒，辭極工矣，而詩殊不強人意。」〔註33〕對這一現象，鄒祗謨言道：「詞者，詩之餘也。乃詩人與詞人，有不相兼者……以辛幼安之豪氣，而人謂其不當以詩名而以詞名，其詩與詞若有分量，不可得而逾者乎？」〔註34〕確實，文學史上像蘇軾那樣的全才型人物，畢竟寥若星辰，更多的人是在某一方面格外出色，辛棄疾亦不例外，在他登上詞壇高峰的同時，也不可避免使他的詩作顯得遜色了許多。

〔註29〕 辛棄疾《佚詩一聯》，《辛稼軒詩文箋注》，第 241 頁。
〔註30〕 辛棄疾《題前岡周氏敬業堂》，《辛稼軒詩文箋注》，第 218 頁。
〔註31〕 《四庫全書總目・梁溪遺稿提要》，《欽定四庫全書總目》（整理本）卷一五九，第 2127～2128 頁。
〔註32〕 《懷古錄校注》卷中，第 60 頁。
〔註33〕 （明）楊愼《詞品》，《詞話叢編》，第 408 頁。
〔註34〕 （清）鄒祗謨《梅村詞序》，《詞集序跋萃編》，第 541 頁。

第八章　辛棄疾後期論略

　　淳熙十六年（1189）孝宗禪位光宗，希望「英武類己」〔註1〕的光宗能夠完成自己畢生未竟的恢復大業，可一旦登上帝位的光宗，卻無一毫英武之氣，有的只是軟弱與無能，他一方面身體羸弱多病，對國事難以全身心投入，一方面受制於皇后李鳳娘，毫無反抗之力。「自治如此，何暇謀人？」〔註2〕寄希望於這樣的人攘外復國，無異於癡人說夢。紹熙四年（1193），在一片怨聲當中，內外交困的光宗被群臣趕下帝位，寧宗即位。

　　寧宗年幼，朝政更多交到宰執大臣手中，趙汝愚、韓侂冑先後執政。這一時期，經過半個多世紀的對抗，金國此時也呈現出強弩之末的衰勢，韓侂冑決定興兵北伐，建立蓋世功業，整個國家也呈現一片昂揚之勢。

　　此時的辛棄疾，作爲南宋當時碩果僅存具有軍政才能的人物，光宗、寧宗時期，兩度出山，爲畢生致力的抗金大業輾轉奔走、勉力爲之。先是光宗紹熙三年（1192）被任命爲福建提點刑獄，次年被任命爲福建安撫史，但在紹熙五年（1194），即被罷免。寧宗時候，韓侂冑志在復國，大用主戰人士，辛棄疾自然在入選之列，嘉泰三年（1203），辛棄疾被任命爲浙江安撫史。宋金勢必開戰，許多愛國志士都爲辛棄疾的起用感到莫大鼓舞，黃榦即言辛棄疾：「單車就道，風采凜然，已足以折衝於千里之外。」〔註3〕陸游《送辛幼安殿撰造朝》一詩亦滿懷豪情寫道，「忽然起冠東諸侯，黃旗皀纛從天下」、

〔註1〕　《宋史》卷三六，第 693 頁。
〔註2〕　辛棄疾《美芹十論・自治》，《辛稼軒詩文箋注》，第 25 頁。
〔註3〕　黃榦《與辛稼軒侍郎書》，《勉齋集》卷四。

「天山掛斾或少須，先挽銀河洗嵩華」〔註4〕，都對辛棄疾寄予厚望。嘉泰四年（1204），辛棄疾面見韓侂冑，言「金國亂亡，願屬元老大臣備兵，爲倉卒應變之計」〔註5〕，同時提醒韓侂冑現在還不是出兵時候，當「更須二十年」〔註6〕。只是言者諄諄，聽者藐藐，急於建功的韓侂冑並未聽從辛棄疾勸告，反而在開禧元年（1205）罷免了辛棄疾，旋即發動了傾全國兵力與金一決勝負的開禧北伐。

開禧北伐，以宋的全線崩潰而告終，「百年教養之兵，一日而潰；百年葺治之器，一日而散；百年公私之蓄藏，一日而空；百年中原之人心，一日而失。」〔註7〕經此一戰，南宋再無崛起可能。

國勢呈現這樣一副摧折敗落難以收拾的景象，怎不讓人傷情無限，絕望到底。開禧二年（1206），漠北草原的鐵木眞一統蒙古諸部，號稱成吉思汗。喑嗚叱吒，河嶽變色，一個遠比金人強大的政權正式確立。山雨欲來風滿樓，南宋國勢風雨飄搖不堪扶持，一年之後，開禧三年（1207），一代愛國志士辛棄疾就在這樣四海秋氣當中，與世長辭，走完了自己悲劇的一生。

一、文：國事的憂慮牽掛

辛棄疾爲文，基本都關乎時事，孝宗年間他事功最著，上《十論》、進《九議》，下筆萬言、洋洋灑灑、語言豪邁、氣勢凌厲，退居之後，不關朝政，辛棄疾更多放在詞作方面，作文甚少。光宗、寧宗年間，辛棄疾兩度出仕，旋出旋已，居官皆不甚久，偶而爲文，篇幅亦不甚長，也不再有了當年萬言書的豪情。這時文章中印象最深刻的是其中的國事之憂和知音之痛，或直接或間接都透露出辛棄疾於國家的深深隱憂，今就此作一考察。

（一）國事之憂

如《論荊襄上流爲東南重地》：

> 臣竊觀自古南北之分，北兵南下，由兩淮而絕江，不敗則死；由上流而下江，其事必成。故荊襄上流爲東南重地，必然之勢也。雖然，荊襄合而爲一，則上流重；荊襄分而爲二，則上流輕。上流

〔註4〕 《陸游集・劍南詩稿》卷五七，第1384頁。
〔註5〕 《續資治通鑑》卷一五六，第4217頁。
〔註6〕 （元）袁桷《跋朱文公與辛稼軒手書》，《延祐四明志》卷五，《四部叢刊》本。
〔註7〕 （宋）程珌《丙子輪對箚子》，《洺水集》卷二。

輕重，此南北之所以爲成敗也。六朝之時，資實居揚州，兵甲居上流。由襄陽以南，江州以西，水陸交錯，壤地千里，屬之荊州，皆上流也。故形勢不分而兵力全，不事夷狄而國勢安。其後荊襄分而梁以亡，是不可不知也。今日上流之備，亦甚固矣，臣獨以爲緩急之際，猶泛泛然未有任陛下之責者。臣試言之：

假設虜以萬騎由襄陽南下，衝突上流，吾輩倉卒不支，陛下將責之誰耶？責襄陽軍帥，則曰：「虜以萬騎衝突，臣以步兵七千當之（襄陽戍兵，入隊可戰之人，猶未滿此數），大軍在鄂，聲援不及，臣欲力戰，眾寡不敵，是非臣之罪也。」責鄂渚軍，則曰：「臣朝聞警，夕就道，卷甲而趨之，日且百里，未至而襄陽不支矣，是非臣之罪也。」責襄陽守臣，則曰：「臣守臣也，知守城而已，軍則有帥。戰而不支，虜騎衝突，是非臣之罪也。」責荊南守臣，則曰：「荊與襄兩路，道里相去甚遠，襄陽之不支，虜騎衝突，是非臣之罪也。」彼數人者以是辭來，朝廷固無辭以罪之也。然則上流之重，果誰任其責乎？

陛下胡不自江以北，取襄陽諸郡合荊南爲一路，置一大帥以居之，使壤地相接，形勢不分，首尾相應，專任荊襄之責。自江以南，取辰、沅、靖、澧、常德合鄂州爲一路，置一大帥以居之，使上屬江陵，下連江州，樓艦相望，東西聯互，可前可後，專任鄂渚之責。屬任既專，守備自固，緩急之際，彼且無辭以逃責。如此，上流之勢固不重哉！外不失兩路之名，內可以爲上流之重，陛下何憚而不爲？

雖然，臣聞之：天下之勢有離合，合必離，離必合。一離一合，豈亦天地消息之運乎？周之離也，周不能合，秦爲驅除，漢固合之。漢之離也，漢不能合，魏爲驅除，晉故合之。晉之離也，晉不能合，隋爲驅除，唐故合之。唐之離也，唐不能合，五季驅除，吾宋合之。然則已離者不必合，豈非盛衰相乘，萬物必然之理乎？厥今夷狄，物夥地大，德不足，力有餘。過盛必衰，一失其御，必將豪傑並起，四分五裂。然後有英雄者出，鞭笞天下，號令海內，爲之驅除。當此之時，豈非天下方離方和之際乎？以古準今，盛衰相乘，物理變化，聖人處之，豈非栗栗危懼，不敢自暇之時乎？故臣敢以私憂過

　　　計之切，願陛下居安慮危，任賢使能，修車馬，備器械，使國家有

　　屹然金湯萬里之固，天下幸甚，社稷幸甚。〔註8〕

　　這是紹熙四年（1193），辛棄疾被宋光宗召見，進呈的一道奏章。辛棄疾初到南宋，更加注重淮河的重要性，上書孝宗有《美芹十論・守淮》《議練民兵守淮疏》等奏章，提醒國家應該小心防衛淮河，才能阻止敵人入侵。光宗年間，經過他的深思熟慮，這時其戰略思想已經有所推進，「自古南北之分，北兵南下，由兩淮而絕江，不敗則死；由上流而下江，其事必成。故荊襄上流為東南重地，必然之勢也」，鮮明提出荊襄之地的重要性，這裡強調的是，歷史證明，南北相攻，敵人由淮河渡過長江，必然失敗。淮河既然這麼難以突破，那麼敵人假如由上游荊襄之地進攻，則成功可能性很大。這樣荊襄就取代淮河，成為國家防衛的重中之重。但現在襄陽兵力不足，且「荊襄分而為二」，各自為政，缺乏統一步調，十分危險。應該合襄陽諸郡為荊南一路，專門委任一員將領統一指揮，這樣才能護住荊襄，保住國家平安。

　　辛棄疾這篇文章文采一般，其重要性在於他為國謀劃超乎一般之上的預見性。

　　文章末尾言：「天下之勢有離合，合必離，離必合。一離一合，豈亦天地消息之運乎？」言國家南北分裂既久，這時有走向統一的跡象。但這統一的力量來自於宋？還是來自於金？下面繼續寫道：「厥今夷狄，物夥地大，德不足，力有餘。過盛必衰，一失其御，必將豪傑並起，四分五裂。然後有英雄者出，鞭笞天下，號令海內，為之驅除。」這段話其實透露出辛棄疾的深深憂慮。為尊者諱，辛棄疾這裡沒有講宋的虛弱，而是講金國雖然人多地廣，但盛極而衰，已經難以統一天下，這時極有可能會出現這一情形，一旦控制不住的話，必然會有第三種新生力量興起，一統天下。明白人都知道，此時蒙古正受金人控制，但漸趨強大的蒙古正為力圖擺脫金人統治而努力，而後來正是蒙古這一後出英雄，成為三方最強勢力，並最終一匡天下。更有意味的是，蒙古後來進攻南宋，也正是利用南宋襄陽兵力的不足，分割荊襄，突破襄陽，而席捲江南，覆亡南宋。辛棄疾這道奏章的預見性，可謂長遠，誰謂空言無益於國事哉？宋人周密深感惋惜，言道：「猶記乾道壬辰，辛幼安告君相曰：『仇虜六十年必亡，虜亡，則中國之憂方大。』紹定足驗矣。惜乎斯

〔註8〕　《辛稼軒詩文箋注》，第119～120頁。

人之不用於亂世也。」〔註9〕梁啓超更是深感痛心，言道：「後此元兵南犯，卒以荊襄分爲二而次第淪沒，臨安遂不可支。先生不幸言中，有餘痛矣。觀此可知先生雖在邊閫，無一日忘國家大計。而所言未嘗一見採納，無怪其以痛憤悲吒終其身也。」〔註10〕

這篇文章還有一點值得特別關注的是辛棄疾關於「離」與「合」，即國家分裂與統一的看法，辛棄疾言道：「天下之勢有離合，合必離，離必合。一離一合，豈亦天地消息之運乎？周之離也，周不能合，秦爲驅除，漢固合之。漢之離也，漢不能合，魏爲驅除，晉故合之。晉之離也，晉不能合，隋爲驅除，唐故合之。唐之離也，唐不能合，五季驅除，吾宋合之。然則已離者不必合，豈非盛衰相乘，萬物必然之理乎？」講的是歷史規律，每個朝代，國家一旦分裂，當局皆不能恢復，都是由另外一方驅除，然後第三支力量再一匡天下。照這一規律推測，那麼北宋失國，南宋必然不能恢復，金驅除了宋，同樣不能一統天下，只能是另外的第三支力量。辛棄疾這裡對「離」與「合」所持意見，可以同他早年上書孝宗的《美芹十論・觀釁》談「離」與「合」作一對比，當時辛棄疾認爲「自古天下離合之勢常繫乎民心」，並闡述道：「服則合，叛則離。秦漢之際，離合之變，於此可以觀矣：秦人之法慘刻凝密，而漢則破觚爲圜，與民休息，天下不得不喜漢而怒秦；秦人則役繁賦重不恤，而漢則寬仁大度，務從簡約，天下不得不喜漢而怒秦。怒之方形，秦自若也，怒之既積，則喜而有所屬，秦始不得自保，遂離而合於漢矣。」〔註11〕但《論荊襄上流爲東南重地》這道奏章，辛棄疾卻是不言民心，而是言「天地消息之運」帶有某種宿命化色彩的抽象道理，間接透露出辛棄疾對國勢的無奈之情。

不過，在這般心理驅使下，辛棄疾依然懇切告誡光宗：「聖人處之，豈非栗栗危懼，不敢自暇之時乎？故臣敢以私憂過計之切，願陛下居安慮危，任賢使能，修車馬，備器械，使國家有屹然金湯萬里之固。」無時不在一心繫念永遠是國家的禍福安危，從這篇文章其中深意以及對國家邊事的關切上，能夠感受到辛棄疾知其不可而爲之的執著精神。

再如《跋紹興辛巳親征詔草》：

〔註9〕　（宋）周密《浩然齋意抄》，文淵閣《四庫全書》本。
〔註10〕　梁啓超《辛稼軒先生年譜》，《梁啓超全集》，第5185頁。
〔註11〕　《辛稼軒詩文箋注》，第20～21頁。

> 使此詔出於紹興之初，可以無事仇之大恥；使此詔行於隆興之
> 後，可以卒不世之大功。今此詔與此虜俱存也，悲夫！〔註12〕

　　嘉泰四年（1204）時任浙江安撫史的辛棄疾，寫了這樣一則跋語。紹興
三十一年（1161），完顏亮興兵南下，高宗發出「親征詔」，與金對壘。四十年
時間一晃而過，嘉泰四年，辛棄疾閱讀此詔，有感而發，寫下了這段激憤之
語。高宗當年這篇「親征詔」，出自南宋大手筆洪邁之手，極有氣勢，全文如
下：「朕履運中微，遭家多難。八陵廢祀，可勝抔土之悲；二帝蒙塵，莫贖終
天之痛。皇族尚淪於沙漠，神京猶污於腥膻。銜恨何窮，待時而動。未免屈
身而事小，庶期通好以彌兵。屬戎虜之無厭，曾信盟之弗顧，怙其篡奪之惡，
濟以貪殘之凶，流毒遍於華夷，視民幾於草芥。赤地千里，謂殘暴而無傷；
蒼天九重，以高明為可悔。輒因賀使，公肆嫚言。指求將相之臣，坐索淮漢
之壤。吠堯之犬，謂秦無人。朕姑務於含容，彼尚飾其奸詐。嘯厥醜類，驅
吾善良。胡氛浸結於中原，烽火逐交於近甸。皆朕威不足以震疊，德不足以
綏懷，負爾萬邦，於今三紀。撫心自悼，流涕無從。方將躬縞素以啓行，率
貔貅而薄伐。取細柳勞軍之制，考澶淵卻狄之規。詔旨未頒，歡聲四起。歲
星臨於吳分，冀成淝水之動；鬥士倍於晉師，當決韓原之勝。尚賴股肱爪牙
之士，文武大小之臣，戮力一心，捐軀報國，共雪侵陵之恥，各肩恢復之圖。
播告邇遐，明知朕意。」〔註13〕文章起筆，「朕履運中微，遭家多難。八陵廢
祀，可勝抔土之悲；二帝蒙塵，莫贖終天之恨。皇族尚淪於沙漠，神京猶污
於腥膻。銜恨何窮，待時而動」，堂堂正正，氣勢充沛。結尾「尚賴股肱爪牙
之士，文武大小之臣，戮力一心，捐軀報國，共雪侵陵之恥，各肩恢復之圖」，
大氣磅礴，振奮人心。辛棄疾跋語「使此詔出於紹興之初，可以無事仇之大
恥」，紹興之初，當時國家有岳飛、韓世忠等中興名將，如果高宗是一個戮力
恢復的有志明君，國家完全有恢復之可能。「使此詔行於隆興之後，可以卒不
世之大功」，隆興年間，金國多亂，孝宗兢兢業業，力圖恢復，但符離一敗，
竟偃旗息鼓再無用兵之舉，坐看大好機會失去。兩次機會喪失，時間不覺已
到寧宗嘉泰年間，這時南宋對金用兵已成定論，閒居已久的辛棄疾也被委以
方面，擔任浙江安撫史要職，包括主政的韓侂胄在內，許多主戰人士都認為
經此一戰，將使山河重光。辛棄疾此時卻認為南宋最好的收復時機是在紹興、

〔註12〕　《辛稼軒詩文箋注》，第 129 頁。
〔註13〕　《三朝北盟會編》卷二三二，第 1670～1671 頁。

隆興年間，不是現在，並發出「今此詔與此虜俱存也，悲夫」的泄氣之語，在透露出心底深深隱憂之時，也見出他的某種預感。難怪開禧敗後，程珌《丙子輪對箚子》痛心言道：「目擊橫潰，爲之推尋其由，無一而非棄疾預言於二年之先者。」〔註14〕而鄧廣銘也言辛棄疾是當時朝野上下爲數有限之一，是「眞能知己知彼，能就彼己形勢作出恰當的比較和分析，從而作出精確的具有說服力的判斷的人」〔註15〕，並深有所感仿傚此文寫道：「使稼軒得用於隆興之初，可以大展其軍事的長才；使稼軒得用於乾道年間，可以立不世之大功。今竟使稼軒專以詞人被稱於後世也，悲夫！」〔註16〕對這位有志之士的悲劇一生深表同情和不平。

（二）知音之痛

辛棄疾志向高遠，懷抱不凡，這樣的人，往往容易被俗世所遺棄。金諍先生在釋辛棄疾《青玉案》（東風夜放花千樹）一詞言道：「辛棄疾一生在官場排擠傾軋、在坎坷失意中度過，他缺少知音，缺少志同道合的伴侶，總是慨歎著『無人會登臨意』，他既是『眾裏尋他千百度』而總是不能實現自己的理想的那位男主人公，又是獨自在幽暗冷清中寂寞而立的那位女主人公。」〔註17〕這樣一個備感孤獨的人，因此對其具有同樣理想的人，更有一種深切的知音之渴，當年他和陳亮的相會鵝湖，同朱熹的泛舟武夷，就是這樣體現。當知己離世，更有一種自我生命的悲愴蘊含其中，辛棄疾這時期爲陳亮、朱熹寫作的兩篇祭文，就深深體現了這種知音之痛。

一是《祭陳同父文》：

> 嗚呼！同父之才，落筆千言。俊麗雄偉，珠明玉堅。人方窘步，我則沛然。莊周李白，庸敢先鞭？
>
> 同父之志，平蓋萬夫，橫渠少日，慷慨是須。擬將十萬，登封狼胥。彼藏馬革，殆其庸奴。
>
> 天於同父，既豐厥稟。智略橫生，議論風凜。使之早遇，豈愧衡尹？
>
> 行年五十，猶一布衣。閒以才豪，跌宕四出。要其所厭，千人

〔註14〕《洺水集》卷二。
〔註15〕鄧廣銘《辛棄疾詞鑒賞·序言》，《辛棄疾詞鑒賞》，第3頁。
〔註16〕《鄧廣銘治史叢稿》，第276頁。
〔註17〕《宋詞綜論》，第191頁。

一律。

　　不然少貶，動顧規檢，夫人能之，同父非短。

　　至今海內，能誦三書，世無楊意，孰主相如？

　　中更險困，如履冰崖，人皆欲殺，我獨憐才。

　　脫廷尉繫，先多士鳴。耿耿未阻，厥聲浸宏。蓋至是而世未知同父者，益信其為天下之偉人矣。

　　嗚呼！人才之難，自古而然。匪難其人，抑難其天。使乖崖公而不遇，安得徵吳入蜀之休績？太原決勝，即異時落魄之齊賢。方同父之約處，孰不望夫上之人，謂握瑜而不宣？今同父發策大廷，天子親置之第一，是不憂其不用。以同父之才與志，天下之事孰不可為？所不能自為者，天靳之年。

　　閩浙相望，信問未絕，子胡一病，遽與我訣？嗚呼同父，而止是耶？

　　而今而後，欲與同父憩鵝湖之清陰，酌瓢泉而共飲，長歌相答，極論世事，可復得耶！

　　千里寓辭，知悲之無益，而涕不能已。嗚呼同父，尚或臨監之否？〔註18〕

　　陳亮為辛棄疾生前第一知音，陳亮抱負不凡，和辛棄疾引為同志，兩人當年「憩鵝湖之清陰，酌瓢泉而共飲，長歌相答，極論世事」，是怎樣的豪情滿懷。紹熙四年（1193），陳亮得中狀元，蟄伏多年，本來希望大展宏圖，不料卻旋即去世。陳亮一生牢落，功業未展，抱恨而終，辛棄疾甚悲其志，這篇祭文氣勢逼人，如風雨突至，揮灑淋漓，「擬將十萬，登封狼胥。彼藏馬輩，殆其庸奴」，陳亮才大，這樣的人才過早凋喪，實在讓人深感痛惜，全文以「嗚呼」始，以「嗚呼」終，足見其悲。

　　另外本篇文章關於冥冥之中「天」的叩問，夾雜有辛棄疾無可奈何的敬畏之情，「人才之難，自古而然。匪難其人，抑難其天」、「以同父之才與志，天下之事孰不可為？所不能自為者，天靳之年」，這兩句寫的是陳亮，亦見出辛棄疾以他人之酒杯澆胸中不平之塊壘，更能感受到對自己命運的深深不安，心緒頗為複雜。

　　再是《祭朱晦庵文》：

〔註18〕《辛稼軒詩文箋注》，第122～123頁。

　　　　所不朽者，垂萬世名。孰謂公死，凜凜猶生。〔註19〕

　　慶元六年（1200），朱熹卒。其時正值「慶元黨禁」，國家大禁朱子之學，朱熹逝世，連門下弟子大多也不敢赴弔。辛棄疾與朱熹交好，朱熹生前對他多有推許勉勵，朱熹《答辛幼安啓》寫道：「卓犖奇材，疏通遠識。經綸事業，有股肱王室之心；遊戲文章，亦膾炙士林之口。」〔註20〕紹熙三年（1192）辛棄疾寫了《壽朱晦翁二首》，其一爲：「西風卷盡護霜筠，碧玉壺天月色新。鳳歷半千開誕日，龍山重九逼佳辰。先心坐使鬼神伏，一笑能回宇宙春。歷數唐虞千載下，如公僅有兩三人。」〔註21〕可見辛棄疾對朱熹的傾倒推服。朱熹講學福建，辛棄疾後來在福建爲官，兩人還曾有同遊武夷泛舟水上的雅興，相互贈答，寫作《武夷棹歌》。這樣的相知之情怎能忘卻？此時此刻，風雨滿城，烏雲密佈，辛棄疾仍不畏一切隻身前往，「所不朽者，垂萬世名。孰謂公死，凜凜猶生」，足有振聾發聵警醒世人的獅子吼作用。這篇祭文全篇雖已不見，只留下這短短數語，但遠超長篇大論，四句十六字，短語鏗鏘，擲地有聲，如有千鈞之力。至今讀來，仍能見其風采，致人勇氣。

　　「此時高山與流水，應有鍾期知妙旨」〔註22〕，辛棄疾一生對知音極爲渴求愛慕，但「寶瑟泠泠千古調，朱絲絃斷知音少」（《蝶戀花》）、「流水高山弦斷絕，怒蛙聲自咽」（《謁金門》），這晚年的知音之痛，眞使他疾首痛心，悲愴無限。對此吳世昌言道：「他從福建歸來之後，同甫、晦庵，相繼的去世。『白髮多時故人少』（《感皇恩》），如今再想寫與一二知己，泛雪中的鵝湖，釣武夷的清溪，高歌狂嘯，痛論中原的形勢，舒泄鬱積的牢騷，是再也不可復得了。再看自己飄然一身，就這樣英雄老去。還記得從前酒酣耳熱，曾經笑對人道：『君如無我，問君懷抱向誰開？』可是現在自己的懷抱，又向誰開？」〔註23〕朱熹去世，辛棄疾另外還寫有《感皇恩・讀莊子，聞朱晦庵即世》一詞：「案上數編書，非莊即老。會說忘言始知道。萬言千句，不自能忘堪笑。朝來梅雨霽，青青好。　　一壑一丘，青衫短帽。白髮多時故人少。子云何在。應有玄經遺草，江河流日夜，何時了？」更是一種茫茫無際的憂

〔註19〕　《辛稼軒詩文箋注》，第125頁。
〔註20〕　《朱熹集》卷八五，四川教育出版社，1996年，第4414頁。
〔註21〕　《辛稼軒詩文箋注》，第186頁。
〔註22〕　辛棄疾《和趙國興知錄贈琴》，《辛稼軒詩文箋注》，第231頁。
〔註23〕　吳世昌《辛棄疾論略》，《羅音室學術論著》（第二卷），第316頁。

思了。「只今欲解無弦嘲，聽取長松萬壑風蕭騷」〔註24〕，知音不在，剩下的只有蕭瑟和寂寞。

中國士人，較一般人更多承載了於家國的一份責任，因此其憂患意識也更爲深重。辛棄疾後期文章，篇章短小，用力也不如以前。但從這些文章當中，無論是上書君王，還是痛哭知己，都能夠深切感受到他心中佔據第一位的是國家的安危和恢復的大業，能夠體會到那種文字背後的深深憂患意識。陳亮《復吳叔異》言：「古人之於文也，猶其爲仕也。仕將以行其道也，文將以載其道也。」〔註25〕辛棄疾文章，是「文以載道」的典型代表，也見出他「士志於道」的不變精神所在。

二、詩：苦悶的宣泄消解

辛棄疾後期詩歌，較以前詩歌有了進一步深化，這時期他一共有詩 98 首，不光數量遠超前期，同時在寫作深度上也有了進一步突進。這時一個最顯著特徵就是，抒憂寫愁篇什佔了最大比例，顯示了他鬱鬱難展的懷抱。

（一）胸多不平

鏌耶三尺照人寒，試與挑燈子細看。且掛空齋作琴伴，未須攜去斬樓蘭。（《送劍與傅岩叟》）〔註26〕

「鏌耶三尺照人寒，試與挑燈子細看」，辛棄疾有詞寫道「醉裏挑燈看劍」（《破陣子》），情景與此類似，看劍，包蘊的是壯志在胸。但後邊「且掛空齋作琴伴，未須攜去斬樓蘭」，琴和劍是相反意象，更多具有閒適意味，辛棄疾《和趙興國知錄贈琴》一詩寫有「低頭兒女調音節，此器豈因渠輩設？」〔註27〕辛棄疾「笑盡人間，兒女恩怨」（《沁園春》），懷抱大不類一般兒女子，詩中最後兩句宣泄出自己的滿腹牢騷。

人才長與世相疏，若謂無才即厚誣。方朔長身無飯吃，人間飽死幾侏儒。（《再用儒字韻二首其一》）〔註28〕

這首詩多有對時事的影射，《漢書・東方朔傳》載，東方朔爲自己和侏儒同等待遇，深感不平，曾對漢元帝言：「朱儒長三尺餘，奉一囊粟，錢二百四

〔註24〕 辛棄疾《和趙國興知錄贈琴》，《辛稼軒詩文箋注》，第 231 頁。
〔註25〕 《陳亮集》（增訂本）卷二九，第 397 頁。
〔註26〕 《辛稼軒詩文箋注》，第 201 頁。
〔註27〕 《辛稼軒詩文箋注》，第 231 頁。
〔註28〕 《辛稼軒詩文箋注》，第 237 頁。

十。臣朔長九尺餘，亦奉一囊粟，錢二百四十。朱儒飽欲死，臣朔饑欲死。」
〔註29〕辛棄疾這裡，顯露了一片抑鬱不平之氣，「人才長與世相疏，若爲無才
即厚誣」，明顯是對眞正才士廢棄不用的一種憤慨，同時也揭示了某種眞理。
「方朔長身無飯吃，人間飽死幾侏儒」，這裡的長身和侏儒，對比顯著，抒發
的正是庸者居於高位，如自己一般賢者被廢置一邊的牢騷。

> 安樂常思病苦時，靜觀山下有雷頤。十千一斗酒無分，六十三
> 年事自知。錯處眞成九州鐵，樂時能得幾縷絲？新春老去惟梅在，
> 一任狂風日夜吹。(《感懷示兒輩》) 〔註30〕

這是辛棄疾六十三歲時寫作的一首詩，「安樂常思病苦時，靜觀山下有雷
頤」，雷頤，《周易·象傳》載：「《頤》卦（震上艮下，雷下山上），山下有雷，
是《頤》卦。君子因此謹愼言語，節制飲食。」〔註31〕辛棄疾一生「不平之
鳴，隨處輒發」，由於招致很多打擊中傷，這時才體會到謹愼言語的重要性。
「十千一斗酒無分，六十三年事自知」，辛棄疾一生好酒，這時因多病止酒，
對人生也有了更多一層反思。「錯處眞成九州鐵，樂時能得幾縷絲？」兩句用
典，唐昭宗時，羅紹威鎮魏，因遇戰亂，己不能支，請求朱溫增援，朱溫留
魏半載，將魏地蓄積席捲一空，羅紹威甚爲悔恨，言道：「合六州四十三縣鐵，
不能爲此錯也。」〔註32〕《隋唐嘉話》卷下載：「張昌儀兄弟，恃易之、昌宗
之寵，所居奢溢，逾於王者。末年有人題其門曰：『一兩絲，能得幾時絡？』
昌儀見之，遽命筆續其下曰：『一日即足。』未幾禍及。」〔註33〕這裡上句講
的是國家大事多有錯誤，下句講的是自我人生多有煩憂。「新春老去惟梅在，
一任狂風日夜吹」，辛棄疾喜歡以梅自喻，寫出的是滿腹傷情。

辛棄疾這一首詩也引起了時人的強烈共鳴，不斷有和詩出現，辛棄疾在
以後詩中還有本詩的多首次韻之作，《趙文遠見和用韻答之》《傅岩叟見和用
韻答之》《諸葛元亮見和用韻答之》，無一例外寫的都是苦悶憂傷。將辛棄疾
這組詩作和早年他與陳亮唱和的那組《賀新郎》作一對比，看得出暮年的國
事不振，給他造成怎樣的傷情。

> 窮處幽人樂，徂年烈士悲。歸田曾有志，責子且無詩。舊恨王

〔註29〕　《漢書》卷六五，第 2843 頁。
〔註30〕　《辛稼軒詩文箋注》，第 237 頁。
〔註31〕　周振甫《周易譯注》，中華書局，1991 年，第 95 頁。
〔註32〕　（宋）司馬光編著《資治通鑒》卷二六五，中華書局，1956 年，第 8660 頁。
〔註33〕　（宋）李昉《太平廣記》卷一八八，文淵閣《四庫全書》本。

夷甫，新交蔡克兒。淵明去我久，此意有誰知？（《感懷示兒輩》）
〔註34〕

這和上邊同樣是「示兒」詩，「窮處幽人樂，徂年烈士悲」，寫出的是自己現在壯志消去消極度日的晚年之悲。「歸田曾有志，責子且無詩」，陶淵明歸耕田園，並寫有《責子》詩，辛棄疾這裡表現的是和陶一般的心境。「舊恨王夷甫，新交蔡克兒」，王夷甫，即晉人王衍，前邊論述多有敘及。「蔡克兒」，蔡謨，《晉書·王導傳》載，王導路遇蔡謨，「（蔡謨）戲導曰：『朝廷欲加公九錫。』導弗之覺，但謙退而已。謨曰：『不聞餘物，惟有短轅犢車、長柄麈尾。』導大怒，謂人曰：『吾往與群賢共遊洛中，何曾聞有蔡克兒也。』」〔註35〕辛棄疾這裡寫出的是對小人的憤恨之情。「淵明去我久，此意有誰知？」陶淵明當年見世道不可挽救，歸耕隴畝，辛棄疾晚年對國事多是失望，這裡也有同樣感慨。

小亭獨酌興悠哉，忽有清愁到酒杯。四面青山圍欲合，不知愁自那邊來？（《鶴鳴亭獨飲》）〔註36〕

飽飯閒遊繞小溪，欲將往事細尋思。有時思到難思處，拍碎闌干人不知。（《鶴鳴亭絕句四首其一》）〔註37〕

這是辛棄疾登上鶴鳴亭寫作的兩首詩，上一首「忽有清愁到酒杯」，可見辛棄疾心底深處的悲愁無時不在。「四面青山圍欲合，不知愁自那邊來？」愁如山來，密佈周遭，累積壓抑，難以掙脫。下一首「有時思到難思處，拍碎闌干人不知」，辛棄疾一生都生活在困惑當中，終其一生都在尋找答案，但這困惑卻是一生未解。這兩句寫出了他五內難安舉措無主的矛盾心情，早年詞作「江南游子，把吳鈎看了，欄杆拍遍，無人會，登臨意」（《水龍吟》），此時依然是「拍碎闌干人不知」，這一生該是如何哀痛。

（二）佛理消愁

既然辛棄疾周身愁苦密佈，困惑難解，那麼必然同時要尋求消解，辛棄疾的消解之道就是沉浸佛禪、捲進理學，力求超脫，安撫內心。

宋代是中國佛學的一個高峰，禪宗樹立了它的絕對地位，宋時士大夫人

〔註34〕《辛稼軒詩文箋注》，第246頁。
〔註35〕《晉書·王導傳》，《晉書》卷六五，第1752～1753頁。
〔註36〕《辛稼軒詩文箋注》，第256頁。
〔註37〕《辛稼軒詩文箋注》，第256頁。

家幾乎無不與禪宗結上瓜葛，周裕鍇師言：「禪宗發展到唐末五代，逐漸由下層民眾轉向士大夫。禪宗門下的野老村婆日趨減少，幢幢往來的盡是士大夫的身影。」〔註38〕「宋代耽於禪悅的士大夫不勝枚舉，士大夫的心理深深打了禪宗的烙印。」〔註39〕辛棄疾退居以後，徘徊帶湖、鉛山，居住之地，禪寺僧院，在在有之，往來僧人，談空說有，辛棄疾留下了一組禪宗詩歌，這在他的文和詞中都沒有過表露，很是值得留意。

> 從今數到七十歲，一十四度見梅花。何況人生七十少，云胡不歸留此耶？（《書清涼境界壁二首》其一〔註40〕

「清涼境界」爲福州境內一處禪寺，慶元元年（1195），辛棄疾遊經此地寫下此詩，辛棄疾時年五十六歲，想到大半生已經蹉跎而過，內心甚是悲苦，情緒不免落寞，「云胡不歸留此耶」，對僧人生活的心嚮往之，顯示了自己對佛教的親近和依戀。

> 頗覺參禪近有功，因空成色色成空。色空靜處如何說？且坐清涼境界中。（《醉書其壁二首》其一〔註41〕

由本詩可以看出，辛棄疾曾有一段時間專門修行坐禪，並且見出成效，對佛教教旨也頗有自己心得。「因空成色色成空」，可見辛棄疾此時對佛教研究所達到的某種高深境界，「色空靜處如何說？且坐清涼境界中」，從一種不能言說的態度看來，辛棄疾此語深得佛教三昧。

> 淨是淨空空即色，照應照物物非心。請看窗外一輪月，正在碧潭千丈深。（《題金相寺淨照軒詩》）〔註42〕

金相寺爲福建鉛山境內一處寺院，辛棄疾常去那裡坐禪論道。起頭「淨是淨空空即色，照應照物物非心」，一來就進入到一種高深禪意當中。「請看窗外一輪月，正在碧潭千丈深」，佛家喜用水月比喻人間的一切幻相，如「一月印一切水，一切水印一月」，辛棄疾這句和佛家意味正同。蒙培元言：「佛教哲學的全部問題就在於如何超越『染心』而實現『清靜心』。」〔註43〕吳言生言：「所有的禪詩，其主旨都是明心見性。用詩學的譬喻來說，就是要見到

〔註38〕 周裕鍇《中國禪宗與詩歌》，上海人民出版社，1991年，第33頁。
〔註39〕 《中國禪宗與詩歌》，第79頁。
〔註40〕 《辛稼軒詩文箋注》，第190頁。
〔註41〕 《辛稼軒詩文箋注》，第191頁。
〔註42〕 《辛稼軒詩文箋注》，第203頁。
〔註43〕 蒙培元《心靈超越與境界》，人民出版社，1998年，第87頁。

我們每個人的本來面目。」〔註44〕「禪宗指出，人人皆有佛性，佛性處迷而不減，在濁而不昏。無論是什麼人，都自有其靈明覺知之性，即本源的、未受污染的心。只有見到了這個本源心，也就見到了我們的本來面目。」〔註45〕辛棄疾這首詩，追求的正是這一境界。從辛棄疾這首詩對「心」的領悟來看，追尋的正是這一妙旨。

　　　萬事隨緣無所為，萬法皆空無所思。惟有一條生死路，古今往

　來更何疑？（《書停雲壁二首》其二〔註46〕

　　辛棄疾有堂名停雲，本詩寫出了辛棄疾歷經磨難，此時一片灰色的蒼涼心境。「惟有一條生死路，古今往來更何疑」，辛棄疾志在天下，卻歷經挫折，這是他如今靜心思考由佛教教義所得出的一種體悟。這種體悟，和以前的人生觀形成一種反動，這種反動，也見出辛棄疾對佛教浸淫之深。

　　　圓覺十二菩薩問，吾取一二餘鄙哉。若是如來真實語，眾生卻

　自勝如來。（《戲書圓覺經後》）〔註47〕

　　　二十五輪清淨觀，上中下期春秋齋。本來欲造空虛地，那得許

　多纏繞來。（《讀圓覺經》）〔註48〕

　　《圓覺經》，全稱《大方圓覺修多羅了義經》，佛教典籍一種，《戲書圓覺經後》一詩「吾取一二餘鄙哉」，取其一二，鄙薄其餘，這首詩一方面體現了辛棄疾對佛教教義有著某種精深的研究，另一方面也體現了禪宗本身蔑視法語真理皆從自己胸中流出的一種獨立精神。「眾生卻自勝如來」，正是這一精神的體現。

　　《讀圓覺經》一詩，是對前面一首詩的補充，「二十五輪清淨觀，上中下期春秋齋」，《圓覺經》所講人要達到佛的境界，必須克服人間各種各樣的煩惱和魔障。「本來欲造空虛地，那得許多纏繞來」，本來修行參禪追求的是一種空明虛靜之境，何至有如此之多的煩惱來纏繞？其實辛棄疾一生煩惱痛苦極多，本詩在對《圓覺經》的否定當中，其實體現的是某種肯定，從這裡可以看出，辛棄疾沉浸佛理，確實消解了不少塵世當中他心底的煩惱和苦悶。

〔註44〕 吳言生《禪宗詩歌境界》，中華書局，2001 年，第 1 頁。
〔註45〕 《禪宗詩歌境界》，第 3～4 頁。
〔註46〕 《辛稼軒詩文箋注》，第 205 頁。
〔註47〕 《辛稼軒詩文箋注》，第 206 頁。
〔註48〕 《辛稼軒詩文箋注》，第 206 頁。

漸識空虛不二門，掃除諸幻絕根塵。此心自擬終成佛，許事從
今只任眞。有我故應還起滅，無求何自別冤親？西山病叟支離甚，
欲向君王乞此身。(《丙寅九月二十八日作，明年將告老》)〔註49〕

本詩寫於開禧二年（1206）九月二十八日，南宋的開禧北伐，以全線失
敗告終，抗金大業付諸流水，國勢再無任何希望。這也意味著辛棄疾一生孜
孜追求的事業完全破滅，「漸識空虛不二門，掃除諸幻絕根塵」，致力抗金，
恢復故國，這一切也許只是諸般幻相罷了，萬法皆空才是不二法門。「此心自
擬終成佛，許事從今只任眞」，見出辛棄疾沉浸佛教後的某種無奈。「有我故
應還起滅，無求何自別冤親？」這裡的「我」與「求」，顯然指的是抗金復國，
竭力去掉這一「我」與「求」，見出內心的抑鬱。「西山病叟支離甚，欲向君
王乞此身」，完全是一種消極避世心情。

這首詩更深切體現是辛棄疾於國事無望的無奈之情，他口口聲聲說按佛
教教旨掃除「我」，滅去「求」，但從詩中最後二句「西山病叟支離甚，欲向
君王乞此身」，感覺出辛棄疾依然執著於我，並沒做到眞正佛教徒一般解脫。
也可以看到辛棄疾親近禪門，更多是因爲對現實的不滿和志業的不酬，進而
尋求佛教的消解，說到底還是自己悲痛人生的一種逃避罷了。他在《丁卯七
月題鳴鶴亭三首》其二寫的「功名此去心如水，富貴由來色是空」，並言「客
來聞說那堪聽，且喜近來耳漸聾」〔註50〕，也是和上邊同樣心理。

辛棄疾愁苦消解另一方面體現在理學的認同上。

徐復觀言：「各民族的文學創造，必定受到各民族傳統及流行思想的正反
深淺各種程度不同的影響。」〔註51〕宋代理學興盛，辛棄疾生活時代更是
一個理學繁榮時期，理學思想當時滲透到社會的各個階層，生活的方方面
面，當然也影響到詩的創作上來，呂肖奐即言「理學詩派在南宋影響尤大」
〔註52〕，在這樣的背景之下，辛棄疾也寫作了不少頗有理學意味的詩篇。

辛棄疾前期詩多詠史懷古，但自從隱居帶湖以後，想到自己因爲個性剛
烈而備受打擊，十分抑鬱低沉，他的思想由此也發生了大的轉折，這一轉折，
即由過去急於事功的有志之士，變到現在帶有恬退保守任性逍遙的隱者意
味。此時的生活，恰如他在《鶴鳴偶作》一詩所寫：「朝陽照屋小窗低，百鳥

〔註49〕　《辛稼軒詩文箋注》，第 254 頁。
〔註50〕　《辛稼軒詩文箋注》，第 262 頁。
〔註51〕　《中國文學精神》，第 6～7 頁。
〔註52〕　呂肖奐《宋詩體派論》，四川民族出版社，2002 年，第 312 頁。

呼簪起更遲。飯飽且尋三益友，淵明康節樂天詩。」〔註53〕這裡的「康節」，即宋代著名理學家邵雍。辛棄疾的理學詩，深受邵雍影響。

邵雍，字堯夫，自號安樂先生，人稱康節先生，北宋著名理學家。邵雍一生都在一個樂字上，刻意營造個人的安樂窩，所作詩篇，快樂愜意、平淡淺易、而蘊有某種哲理，形成獨具一格的「康節體」，對南宋詩人影響尤著，所謂「堯夫《擊壤》，蔚成風會」〔註54〕。辛棄疾退居之後，和邵雍處境相似，也竭力追求邵雍一般逍遙安樂的人生境界，詩學邵雍也是自然趨勢。再加上個人的切身遭遇和體悟，「名利奔馳，寵辱驚疑」、「而今老矣，識破機關」（《行香子》），對理學自然也有了更多認同。

> 東舍延朝爽，西林媚夕曛。有生同擾擾，何路出紛紛？暖日鴻鷺伴，空山鳥獸群。本來同一致，休笑眾人醺。（《答余叔良韻》）〔註55〕

這首詩刻畫出了辛棄疾閒適心情，「東舍延朝爽，西林媚夕曛」，寫出的是景物的宜人。「有生同擾擾，何路出紛紛」，體現了辛棄疾對世俗之士爭名奪利的厭惡和否定。「暖日鴻鷺伴，空山鳥獸群」，落筆到自然美景，蘊含有逍遙世外意味。「本來同一致，休笑眾人醺」，辛棄疾這裡認為不能譏笑眾人，大家立身一致才是處世道理，從這滿含反諷的話語裏，可見自然之樂並未消去他的愁苦。

> 莫被閒愁撓太和，愁來只用道消磨。隨流上下寧能免？驚世功名不用多。閒看蜂衙足官府，夢隨蟻鬥有干戈。疏簾竹簟山茶碗，此是幽人安樂窩。（《丁卯七月題鳴鶴亭三首》其一）〔註56〕

> 種竹栽花猝未休，樂天知命且無憂。百年自運非人力，萬事從今與鶴謀。用力何如巧作奏，封侯元自曲如鈎。請看魚鳥飛潛處，更有雞蟲得失不？（《丁卯七月題鳴鶴亭三首》其三）〔註57〕

辛棄疾的退居，總的來說是迫不得已，而非心甘情願，和邵雍生在承平盛世，退居林下，過一種身心備感愉悅徹底的隱士生活是完全不同。他詩學邵雍，抒發邵雍的人生哲理，其實都有一種不得已的心情在內。身如邵雍，

〔註53〕《辛稼軒詩文箋注》，第 255 頁。
〔註54〕《談藝錄》，第 545 頁。
〔註55〕《辛稼軒詩文箋注》，第 166 頁。
〔註56〕《辛稼軒詩文箋注》，第 261 頁。
〔註57〕《辛稼軒詩文箋注》，第 263 頁。

心思卻不可能如劭雍，即便一時如劭雍一般逍遙自適，多帶有排憂解愁心情在內。從辛棄疾這兩首詩所寫「閒看蜂衙足官府，夢隨蟻鬥有干戈」、「用力何如巧作奏，封侯元自曲如鉤」，看得出來，辛棄疾對當時社會是深感不平的。他沉浸在山水田園、魚鳥花草之中的「安樂窩」，更多是這種悲恨心理的發泄道，即他自己所言「莫被閒愁撓太和，愁來只用道消磨」。

實際上辛棄疾無論是沉浸佛禪，還是如劭雍一般刻意營造自己的「安樂窩」，看來都並未收到真正的消憂排愁作用，從他下面一組詩可以清晰見出。

> 兒童談笑覓封侯，自喜婆娑老此丘。棋鬥機關嫌狡獪，鶴食吞啖損風流。強留客飲渾忘倦，已辦官注百不憂。我識簞瓢真樂處，詩書執禮易春秋。

> 一氣同生天地人，不知何者是吾身？欲依佛老心難住，卻對漁樵語益真。靜處時呼酒賢聖，病來稍識藥君臣。由來不樂金朱事，且喜長同壟畝民。

> 老去都無寵辱驚，靜中時見古今情。大凡物必有終始，豈有人能脫死生。日月相催飛似箭，陰陽爲寇慘於兵。此身果欲參天地，且讀《中庸》盡至誠。（《偶作三首》）〔註58〕

這一組詩，也是辛棄疾現存寫作最晚的幾首，詩學劭雍的同時，更顯示了辛棄疾於儒家文化的充分自信，「欲依佛老心難住」，看出辛棄疾對佛教、道家的不徹底態度。而「我識簞瓢真樂處，詩書執禮易春秋」、「此身果欲參天地，且讀《中庸》盡至誠」，從這發自心底的話語裏，更見出辛棄疾對儒家文化的深深服膺和極度自信。在辛棄疾早期哲理詞中，筆者談到，部分哲理詞顯示了辛棄疾對儒家文化的滿腹懷疑甚至有些排斥的態度，但歷經人生的百折千回、艱辛悲愴，最後卻是對儒家文化的完全傾服。確實，辛棄疾身上最本質的原色，還是不可動搖的儒家精神。

中國古代士人，一向是達則兼濟天下，窮則獨善其身，進則儒家，退則佛老，從以上看來，辛棄疾的思想是駁雜的。對他這樣一個無時不在都憂心國事的人來說，儘管在詩中不斷敘說頗類道家的劭雍安樂窩的情趣，並且以佛教教義爲旨歸，但最終支撐他的依然是以儒家思想爲根本。恰如他在《讀語孟二首》所寫「道言不死真成妄，佛說無生更轉誣陷。要識死生真道理，

〔註58〕《辛稼軒詩文箋注》，第149～150頁。

須憑鄒魯聖人儒。」「屏去佛經與道書，只將《語》《孟》味眞腴。出門俯仰見天地，日月光中行坦途。」〔註59〕將儒家文化放至一種光明正大之境，辛棄疾所具有的百折不撓剛毅堅卓的性格，於此可見。既然這種精神如此堅毅執著，那麼尋求「道」的解脫，也必然沒有可能，注定其一生必然打上濃厚的悲劇色彩。

三、詞：悲鬱的蔓延擴展

辛棄疾詞作以悲鬱爲主，及至晚年，國家局面較之早期更呈江河日下不可挽救之勢。辛棄疾一生爲之奮鬥的目標，眼看漸行漸遠，難以捕捉。人生至桑榆晚景，理想如西山落日，這種悲鬱較之前期，更爲深沉浩茫。辛棄疾整個後期詞雖也不乏山水之娛、歌舞之樂，但最感人肺腑動人心魄當是這種流轉蔓延充塞四壁的悲鬱。

（一）一生多錯

辛棄疾的悲鬱之情，一種體現在對整個人生的否定和命運的悲歎。

> 舉頭西北浮雲，倚天萬里須長劍。人言此地，夜深長見，斗牛光焰。我覺山高，潭空水冷，月明星淡。待燃犀下看，憑欄卻怕，風雷怒，魚龍慘。　　峽束蒼江對起，過危樓，欲飛還斂。元龍老矣，不妨高臥，冰壺涼簟。千古興亡，百年悲笑，一時登覽。問何人又卸，片帆沙岸，繫斜陽纜。（《水龍吟・過南劍雙溪樓》）

本詞爲辛棄疾在福建爲官所作，南劍，州名，州治在今福建南平。雙溪樓，因劍溪和樵川兩條河流在此匯合而得名。關於劍溪的得名，歷史有這樣一個動人傳說，據《晉書・張華傳》記載，晉國大臣張華，看見天上斗宿和牛宿之間常有紫氣堆積，向雷煥請教，雷煥說，這是劍氣衝天之故，寶劍應當在江西豐城地區。於是張華派雷煥去江西豐城尋劍，果然從地下覓得兩劍，一名「龍泉」，一名「太阿」，兩人各佩一把。張華死後，寶劍失蹤。雷煥死後，其子佩帶，一次經過劍溪，寶劍忽然從腰間躍出，落入水中，趕緊叫人下水尋找。尋劍人潛入水中，不見寶劍，只見有兩條數丈巨龍，盤在水底。這時整個水面也是光彩照人，波浪翻滾。傳說動人，聯繫到自己奮鬥事業和平生遭際，辛棄疾有感而發，寫下了這曲動人詞章來。

「舉頭西北浮雲，倚天萬里須長劍」，開篇大氣，辛棄疾詞中多愛寫「西

〔註59〕《辛稼軒詩文箋注》，第208頁。

北」，指的是北方淪落的中原地區。收復故國，立功塞上，最需要的就是一掃浮雲的萬里長劍。這裡的「長劍」，顯然帶有比喻的成分。「人言此地，夜深長見，斗牛光焰」，這裡是聯繫到劍溪的傳說，斗牛光焰，指天上斗宿和牛宿之間的紫氣，代指龍泉、太阿兩劍。「我覺山高，潭空水冷，月明星淡」，寫的是劍溪夜景，江潭空曠，溪水清冷，月亮高照，星光黯淡，幾句似乎寓有現實的嚴酷。「待燃犀下看，憑欄卻怕，風雷怒，魚龍慘」，本待點燃犀牛角，直到水下尋覓寶劍，但卻害怕天上風雷變色，水中魚龍驚動。上闋寫物，一方面隱含有作者理想長在，更有迫於現實壓力彷徨矛盾的心理。下闋則直接抒懷，「峽束蒼江對起，過危樓，欲飛還斂」，劍溪、樵川二水匯合，本該奔騰飛濺，但由於峽谷約束，經過雙溪樓時候，不得不收斂許多。這裡其實也寫出了作者人生的不如意，行走世上，道路崎嶇，就如同這過峽江水一般，備受壓抑，不能一展懷抱。「元龍老矣，不妨高臥，冰壺涼簟」，元龍，漢末陳登。陳登眼見世道紛亂，高臥家中，不問世事。辛棄疾意為，如今人已老去，還不如像當年陳登一樣，睡在涼席上面，飲著美酒瀟灑度日為好。「千古興亡，百年悲笑，一時登覽」，辛棄疾登樓，常有古今同慨之歎，感慨當中，更寓有一襟清淚。「問何人又卸，片帆沙岸，繫斜陽纜」，為何會突然轉入漁人，寫這樣一副場景？聯繫辛棄疾《偶作》一詩所寫「卻對漁樵語益眞」〔註60〕，看得出，這幾句其實也甚有意味，看那漁人，不問世事變化，每天只管早上搖船出門，晚上泊船歸家，這不正是自己由衷羨慕的生活。

這首詞上闋寫尋劍不果，代指早年自己致力追求的抗金大業，難以實現。這樣的情況下，整個人生也才轉入消沉頹廢中來，「元龍老矣，不妨高臥，冰壺涼簟」、「問何人又卸，片帆沙岸，繫斜陽纜」，正是這一悲涼心境的如實寫照。

> 壯歲旌旗擁萬夫，錦襜突騎渡江初。燕兵夜娖銀胡䩪，漢箭朝
> 飛金僕姑。　　追往事，歎今吾，春風不染白髭鬚。卻將萬字平戎
> 策，換得東家種樹書。（《鷓鴣天》）

本詞題序為「有客慨然談功名，因追念少年時事，戲作」，士人的「立功」之心在辛棄疾身上表現最為突出，但一生追求的功名，最終沒有到來，晚年辛棄疾對功名多有反思和否定，如《鷓鴣天》所問「歸休去，去歸休，不成

人總要封侯？」就是這一心理。本詞是辛棄疾憶及少年撫今追昔而作，「壯歲旌旗擁萬夫，錦襜突騎渡江初」，寫出的是辛棄疾正當年少渡江南來意氣風發的神采。「燕兵夜娖銀胡䩞，漢箭朝飛金僕姑」，燕兵，指金人軍隊；銀胡䩞，箭袋；金僕姑，箭名。辛棄疾當年率五十騎闖入敵軍大營，活捉叛徒張安國，這一英雄壯舉，如今回憶起來，更是激動不已。上闋激昂，下闋卻陡地一轉，「追往事，歎今吾，春風不染白髭鬚」，對往事的追憶神往，對今天的悲歡感傷，辛棄疾此時心境，可謂沉痛。年歲老去時不我待也就罷了，最激憤是最後一句「卻將萬字平戎策，換得東家種樹書」，完全是無可奈何絕望至極的灰心。再看全詞，前邊愈是激昂，愈增下邊傷情。

時代弄人，籠罩在這一時代帷幕下的仁人志士往往會有相同命運，並生發出一致感慨，陸游《蝶戀花》一詞寫道：「一卷兵書，歎息無人付。早信此生終不遇，當年悔草長楊賦。」〔註61〕和辛棄疾本詞情感相通。時代之悲，身不由己，有如此類。

> 少日嘗聞：富不如貧，貴不如賤者長存。由來至樂，總屬閒人。且飲瓢泉，弄秋水，看停雲。　　歲晚情親，老語彌眞。記前時勸我殷勤：都休殢酒，也莫論文。把相牛經，種魚法，教兒孫。（《行香子》）

「由來至樂，總屬閒人。且飲瓢泉，弄秋水，看停雲」，辛棄疾這時過的完全是一種閒雲野鶴的隱者生活。「都休殢酒，也莫論文。把相牛經，種魚法，教兒孫」，辛棄疾功名心重，當年對兒孫也是期望甚殷，「看取辛家鐵柱，無災無難公卿」（《清平樂·爲兒鐵柱作》），希望兒子將來步入仕途，有番作爲。這時卻教導兒孫過一種躬耕隴畝的農人生活，也見出辛棄疾的抑鬱來。另外辛棄疾還有一首寫給兒孫的《西江月》詞，和本詞情懷類似，「萬事雲煙忽過，百年蒲柳先衰。而今何事最相宜？宜醉宜遊宜睡。　　早趁催科了納，更量出入收支。乃翁依舊管些兒：管竹管山管水。」早年功名奔走熱情萬分的辛棄疾，這時竟然只有「宜醉宜遊宜睡」、「管竹管山管水」，如此百無聊賴的心情，讀來眞是無限傷情在心頭。其含意恰如朱德才所言：「一邊參悟人生，一邊卻又自傷不遇，感慨萬千，牢騷滿腹。」〔註62〕

> 吾道悠悠，憂心悄悄，最無聊處秋光到。西風林外有啼鴉，斜

〔註61〕 《陸游集·渭南文集》卷四九，第2469頁。
〔註62〕 《辛棄疾詞選》，第209～210頁。

陽山下多衰草。　　長憶商山，當年四老，塵埃也走咸陽道。爲誰
書到便幡然，至今此意無人曉。(《踏莎行》)

「吾道悠悠，憂心悄悄」，提筆就把內心一腔憂思寫了出來。「最無聊處秋光到。西風林外有啼鴉，斜陽山下多衰草」，西風呼嘯，烏鴉啼叫，斜陽西下，衰草連天，一片衰颯淒慘。「長憶商山，當年四老，塵埃也走咸陽道」，《史記‧高祖本紀》載，劉邦當年欲廢太子，呂后和大臣張良不願，張良請來商山四老來到太子身邊，劉邦一見，也去了廢太子之意。「爲誰書到便幡然，至今此意無人曉」，商山四老，劉邦當年也徵召不起，爲何接到張良書信便離開山中來到長安？他們心中想法，直到今天，依然無從知曉。

本詞上下兩闋對立明顯，俞陛雲言：「西風斜日，已極荒寒，更兼衰草啼鴉，愈形淒黯，攗顏長望，正脩然有遁世之懷。忽憶及漢時四皓，以箕穎高名，乃棄商山之芝，而索長安之米，世之由終南捷徑者，固有其人，宿德如園、綺，而亦幡然應聘，意誠莫曉。稼軒特拈出之，意固何屬，亦莫能曉也。」〔註63〕

俞陛雲言「亦莫能曉」，筆者以爲可否可以這樣理解，上闋言「吾道悠悠，憂心悄悄」，暗含憂心國事在內，劉熙載言：「辛稼軒風節建豎，卓絕一時，惜每有成功，輒爲議者所沮。觀其《踏莎行‧和趙興國》有云：『吾道悠悠，憂心悄悄。』其志與遇概可知矣。」〔註64〕即爲此意。下闋言商山四老，講的也是國事，其中當有相關成分在內，商山四老，人已老去，爲何還參與國事？「塵埃也走咸陽道」，正見出作者對四老的否定，也透露出辛棄疾自己心跡來。本詞寫於慶元中期，辛棄疾從福建安撫史位置被彈劾罷免，閒居在家。詞中透露出的即是辛棄疾對紹熙年間自己出仕的一種反思，那時出山，自己也和當年商山四老相似，這時對四老出山的貶斥，也見出辛棄疾對自己晚年出仕的一種否定。「吾道悠悠，憂心悄悄」，既然「心」不能被別人所理解，「道」不能通行於天下，人生老去，如秋風夕陽，還能做些什麼呢？

甚矣吾衰矣。悵平生，交遊零落，只今餘幾？白髮空垂三千丈，一笑人間萬事。問何物，能令公喜？我見青山多嫵媚，料青山，見我應如是。情與貌，略相似。　　一尊搔首東窗裏。想淵明，停云

詩就，此時風味。江左沉酣求名者，豈識濁醪妙理。回首叫，雲飛風起。不恨古人吾不見，恨古人不見吾狂耳。知我者，二三子。（《賀新郎》）

「甚矣吾衰矣。恨平生，交遊零落，只今餘幾？」人已衰老、友朋遠去、個人孤獨，起筆一片衰颯之氣。「白髮空垂三千丈，一笑人間萬事」，見出辛棄疾對時事所持的漠然態度。「問何物，能令公喜？我見青山多嫵媚，料青山，見我應如是。情與貌，略相似」，只有青山，能給詞人以撫慰。「一尊搔首東窗裏。想淵明，停云詩就，此時風味。江左沉酣求名者，豈識濁醪妙理」，人生老去，青山嫵媚，嚮往淵明，沉浸詩酒，不負韶光。「回首叫，雲飛風起」，剛才還說自己追求隱者的逍遙，這時卻是一轉。劉邦回鄉，寫有《大風歌》，其中有「大風起兮雲飛揚，威加海內兮歸故鄉」〔註65〕的豪壯之句，辛棄疾這裡暗含有一種勃勃雄心在內。「不恨古人吾不見，恨古人不見吾狂耳」，口氣十分自負。最後一句「知我者，二三子」，又完全是淚灑襟袍的痛苦。

本詞筆墨最見波瀾，起筆「甚矣吾衰矣」，情緒低落；接下來「料青山，見我應如是」，致人精神；再以後「想淵明，停云詩就，此時風味」，益見風采；再接下「回首叫，雲飛風起」，壯志凌雲；但最後「知我者，二三子」，卻又是痛苦不堪。詞作以「甚矣吾衰矣」起筆，以「知我者，二三子」收束，中間越是精神、越是豪壯，越增全篇的悲愴。

六十三年無限事，從頭悔恨難追。已知六十二年非。只應今日是，後日又尋思。　少是多非惟有酒，何須過後方知。從今休似去年時。病中留客飲，醉裏和人詩。（《臨江仙・壬戌歲生日書懷》）

這是嘉泰二年（1202）辛棄疾為自己六十三歲生日所寫，生日本該開懷才對，作者卻是一腔悔情，滿腹恨事。「六十三年無限事，從頭悔恨難追」，辛棄疾一生總在不斷否定自己，「笑塵勞三十九年非」（《滿江紅》）、「四十九年前事，一百八盤狹路」（《水調歌頭》）、「試回頭五十九年非，似夢裏歡娛覺來悲」（《哨遍》），這時到了六十三歲，依然還在否定自己，而且否定得比以前還要厲害。「已知六十二年非。只應今日是，後日又尋思」，過去錯了也就罷了，更可怕的還在於，明知過去六十二年都是錯的情況下，只怕今天依然如此，往後又來追悔。陶淵明《歸去來兮辭》言「悟已往之不諫，知來者之

〔註65〕《先秦漢魏晉南北朝詩》，第87頁。

可追」〔註66〕，顯示了對未來的信心。辛棄疾這裡，不光對現在不抱信心，對未來同樣不抱希望，完全是絕望到底。辛棄疾另還有詞寫道「恨如新，新恨了，又重新」（《上西平》）、「舊恨新愁相間」（《錦帳春》），周身所纏，盡是恨事。

這首詞可謂沉痛，上闋於過去和將來都給予無情否定。下闋渾渾噩噩，沉浸醉鄉，更增傷情。身似不繫之舟，心如已灰之木，人生之痛，孰大於此？

> 烈日秋霜，忠肝義膽，千載家譜。得姓何年？細參辛字，一笑
> 君聽取：艱辛做就，悲辛滋味，總是辛酸辛苦。更十分、向人辛辣，
> 椒桂搗殘堪吐。　　世間應有，芳甘濃美，不到吾家門戶。比著兒
> 曹，累累卻有，金印光垂組。付君此事，從今直上，休憶對床風雨。
> 但贏得、靴紋皺面，記余戲語。（《永遇樂·戲賦辛字，送茂嘉十二
> 弟赴調》）

嘉泰年間族弟辛茂嘉將去為官，辛棄疾有感而發，就自家姓氏「辛」字而作一詞，本詞也可看作辛棄疾對自己一生的一個總結。「烈日秋霜，忠肝義膽，千載家譜」，出語鏗鏘，辛家的世代忠義，躍然紙上。「得姓何年？細參辛字，一笑君聽取」，這裡一轉，就「辛」字進行講解。「艱辛做就，悲辛滋味，總是辛酸辛苦。更十分、向人辛辣，椒桂搗殘堪吐」，這個「辛」字，與它有關的意義，盡是「艱辛做就」、「悲辛滋味」、「辛酸辛苦」，以及「更十分、向人辛辣，椒桂搗殘堪吐」，暗喻命運的多艱。下闋「世間應有，芳甘濃美，不到吾家門戶」，「芳甘濃美」和「辛」形成對比，也見其悲情。「比著兒曹，累累卻有，金印光垂組」，講的是辛茂嘉現在的仕途得意。「付君此事，從今直上，休憶對床風雨」，對床夜語，唐白居易《雨中招張司業宿》詩有「能來同宿否？聽雨對床眠」〔註67〕，可謂情意懇切。辛棄疾這裡講的是，你現在只管青雲直上，莫以兄弟情意為念。「但贏得、靴紋皺面，記余戲語」，「靴紋皺面」，滿是皺紋的面貌如同靴子紋路，比喻人的老去。前面對族弟還寄予厚望，這裡又進入另外一種情境，宦海浪高，只是將來到你滿面皺紋頓然老去時候，再回頭想想我今天給你講的一席話。這一席話，當然就是辛棄疾前面講的與辛字有關的種種困苦與艱難。在對整個家世進行否定的時候，當然更多是對自己悲劇人生所給予的一種合理解釋。辛棄疾晚年的

〔註66〕《陶淵明集》卷五，第160頁。
〔註67〕《白居易集》卷二六，第581頁。

痛悔之情，非同一般。

　　　　江頭日日打頭風，憔悴歸來邴曼容。鄭賈正應求死鼠，葉公豈
　　是好眞龍？　　勑居無事陪犀首，未辦求封遇萬松。卻笑千年曹孟
　　德，夢中相對也龍鍾。（《瑞鷓鴣‧乙丑奉祠歸，舟次餘干賦》）

　　這是辛棄疾作於開禧元年（1205）秋的一首詞，嘉泰年間，辛棄疾應韓
侂冑之邀，曾有過短暫出仕，這也是辛棄疾一生最後一次出仕。辛棄疾這次
出山本來是抱有極大希望的，但卻被無情罷免。越是努力，越是徒勞；越是
熱切，越是冰涼，辛棄疾內心極爲苦痛。「江頭日日打頭風」，是自己爲官的
眞實寫照，「憔悴歸來邴曼容」，邴曼容，《漢書‧兩龔傳》言邴曼容「養志自
修，爲官不肯過六百石，輒自免去」〔註68〕，其實辛棄疾渴望大用，這次出
山對韓侂冑言「願屬元老大臣備兵，爲倉卒應變之計」，這「元老大臣」絕對
含有自己在內。以邴曼容自況，純屬自嘲。「鄭賈正應求死鼠，葉公豈是好眞
龍」，用的是兩則寓言故事，鄭賈，《戰國策‧秦策》載，鄭人稱未曾雕琢的
玉爲「璞」，周人稱未曾曬乾的鼠爲「樸」，周人懷「樸」來鄭賈處，鄭賈見
是「樸」，不是自己所要的「璞」，遂罷。葉公，劉向《新序‧雜事》載，葉
公子高好龍，家中處處雕畫都是龍，天上眞龍聞而下之，葉公見到眞龍，魂
飛魄散，趕緊逃離。這兩句體現的是辛棄疾對自己被徵召的憤恨之情。認爲
那些主持局面的大臣，求的只是「死鼠」和「假龍」，自己這樣的「璞玉」和
「眞龍」，當然被棄置。陳亮當年說辛棄疾被朝廷擱置一旁，是「眞虎不用」，
和這裡是同樣意思。下闋「勑居無事陪犀首，未辦求封遇萬松」，犀首，據
《史記‧張儀列傳》載：「陳軫曰：『公何好飲也？』犀首回答：『無事也。』」
〔註69〕辛棄疾這裡意爲，遭此挫折，今後自己應當像犀首那樣，唯酒是好，
不要求得封侯之意，寧願與松爲友。「卻笑千年曹孟德，夢中相對也龍鍾」，
曹孟德，三國曹操，一代雄主。可笑千年以前的曹孟德，在夢中和他遇見，
也已經是老態龍鍾。曹操《步出夏門行》寫有「老驥伏櫪，志在千里；烈士
暮年，壯心不已」〔註70〕，是老當益壯的典型形象。辛棄疾以前也曾寫有「憑
誰問，廉頗老矣，尙能飯否？」（《永遇樂‧京口北固亭懷古》），一樣充滿自
信。但在歷經人生的風雨吹打之後，這時的辛棄疾卻是完全服老，這一服老，

〔註68〕《漢書》卷七二，第 3083 頁。
〔註69〕《史記》卷七〇，第 2301 頁。
〔註70〕《先秦漢魏晉南北朝詩》，第 354 頁。

更是對現實的完全絕望。

（二）木石含悲

錢穆論及中國文人與自然的關係言：「生命接觸不止人與人，乃有宇宙萬物，禽獸蟲魚草木，山水土石。人之性情亦多接觸於此而發，乃若此等亦同有與己相類似之生命。」〔註71〕很好道出了自然風物多有自我生命之寄託。辛棄疾後半生多是在家賦閒，放浪林間，縱情山水，目睹一草一木、一山一石，皆增其傷情，足見其悲。

> 暗香橫路雪垂垂，晚風吹，曉風吹。花意爭春、先出歲寒枝。畢竟一年春事了，緣太早，卻成遲。　　未應全是雪霜枝，欲開時，未開時。粉面朱唇，一點半胭脂。醉裏謗花花莫恨：渾冷淡，有誰知？（《江神子‧賦梅，寄余叔良》）

宋人最愛詠梅贊梅，清雅高潔的梅，多帶有自況身世意味，辛棄疾也是這般。「暗香橫路雪垂垂，晚風吹，曉風吹」，北宋詩人林逋以梅為妻，寫梅有「暗香浮動月黃昏」〔註72〕的名句，「暗香」後來多用來代指梅。本句意為，看那梅花，橫路開放，散發幽香，它不僅要承受大雪壓枝的重壓，還要經受從早到晚的急風侵襲。「花意爭春、先出歲寒枝。畢竟一年春事了，緣太早，卻成遲」，梅花最先開放，本是報春，在這寒冬季節，許多人認為，春天早已遠去，它此時開放，但在某種意義上說，也是四季開放最晚的花朵。「緣太早，卻成遲」，充滿了一種「總輸他覆雨翻雲手」〔註73〕的痛惜。「未應全是雪霜枝，欲開時，未開時。粉面朱唇，一點半胭脂」，這裡寫的是梅花的美，梅花冬天開放，人們都說它傲霜凌雪，不畏風寒，顯得孤傲。其實並非全是這樣，在它欲開未開時候，你看它，就如同一個點著胭脂有著粉紅面孔的美人一般。這裡寫了梅花的嫵媚一面，頗見新意。「醉裏謗花花莫恨：渾冷淡，有誰知？」把梅花比喻為美人，這都是我醉酒的話，如果唐突了梅花，希望梅花不要把我怨恨。可是，想想你如果全是清冷素雅，有幾個人真能欣賞呢？

「愛將蕪語追前事，更把梅花比那人」（《鷓鴣天》），辛棄疾本詞看似寫

〔註71〕　錢穆《略論中國文學》，《現代中國學術論衡》，第246頁。
〔註72〕　（宋）林逋《山園小梅》，《林和靖先生詩集》卷二，《四部叢刊》本。
〔註73〕　（清）顧貞觀《金縷曲》，龍榆生編選《近三百年名家詞選》，上海古籍出版社，1979年，第66頁。

梅，其實更多是自悲身世，「暗香橫路雪垂垂，晚風吹，曉風吹」，「畢竟一年春事了，緣太早，卻成遲」，聯想辛棄疾本身經歷，其自我人生未嘗沒有一種辛酸滋味橫亙其中。「醉裏謗花花莫恨：渾冷淡，有誰知？」切切關心當中，更包蘊有一種難以言說的淒涼寂寞。劉士林言：「正是在『不愉快』乃至『痛苦』等心理體驗中，精神生命才真正與自然或者說自身的自然狀態區別開，並且也正是在人與自然、與社會甚至是與他潛意識的激烈矛盾中，一個精神生命才越來越具有了遺世而獨立的超越性內涵。」〔註74〕梅花所具有的遺世而獨立的意味，也是在於後人賦予梅花所具有的「超越性」精神。劉熙載言：「昔人詞詠古詠物，隱然只是詠懷，蓋其中有我在也。」〔註75〕辛棄疾本詞，我愛梅花，梅花如我，正是自己痛苦人生的物化表現。

> 雁霜寒透幕。正護月雲輕，嫩冰猶薄。溪奩照梳掠。想含香弄粉，豔妝難學。玉肌瘦弱，更重重龍綃襯著。倚東風、一笑嫣然，轉盼萬花羞落。　　寂寞，家山何在？雪後園林，水邊樓閣。瑤池舊約，鱗鴻更仗誰託？粉蝶兒只解尋桃覓柳，開遍南枝未覺。但傷心，冷落黃昏，數聲畫角。（《瑞鶴仙·賦梅》）

和上詞一樣，這也是一首賦梅之作，「雁霜寒透幕。正護月雲輕，嫩冰猶薄」，寫的是梅花經受冰霜的情形。「溪奩照梳掠。想含香弄粉，豔妝難學。玉肌瘦弱，更重重龍綃襯著」，龍綃，一種光潔薄紗。本句寫的是梅花不同一般的高雅秀潔姿態。「倚東風、一笑嫣然，轉盼萬花羞落」，寫出了梅花的笑傲群芳和自己的由衷喜愛之情。上闋用擬人手法，描繪了梅花的美麗。下闋「寂寞，家山何在？雪後園林，水邊樓閣」，這樣美麗的梅花，無奈卻要接受落寞淒苦的命運。「瑤池舊約，鱗鴻更仗誰託？」梅，你一定是來自天宮瑤池，只是這送往天庭的書信能夠讓誰捎帶去呢？「粉蝶兒只解尋桃覓柳，開遍南枝未覺」，叫那圍著花朵轉來轉去的蝴蝶捎去好嗎？它們一個個不都是飛在天上嗎？但這些蝴蝶，整天只會圍著桃花柳葉打轉，縱然梅花枝頭開遍，也是渾然未覺，像沒看見一般。「但傷心，冷落黃昏，數聲畫角」，畫角吹響，又到黃昏時候，我傷心如此美麗的梅花，只能日復一日傷心冷落下去。

本詞寫梅，先寫梅花的美貌丰姿。如這般動人的梅花，竟然只能流落荒寒，無人欣賞，有的只是淒清孤獨。陸游《梅花絕句》寫道：「聞道梅花坼曉

〔註74〕 劉士林《苦難美學》，湖北人民出版社，2004年，第430頁。
〔註75〕 《藝概》卷四，第118頁。

風，雪堆遍滿四山中。何方可化身千億，一樹梅花一放翁」〔註 76〕，辛棄疾
和陸游都有著梅花即我的幽幽情愫。

關於梅花，辛棄疾還寫有諸多詞句，「正梅花萬里雪深時，須相憶」（《滿
江紅‧蜀道登天》）、「對梅花，一夜苦相思」（《滿江紅‧曲几蒲團》）、「詩句
到梅花，春風十萬家」（《菩薩蠻‧旌旗依舊長亭路》）、「一夜夢千回，梅花入
夢來」（《菩薩蠻‧錦書誰寄相思語》），都可見辛棄疾對梅的喜愛之情，張
毅言：「梅在宋代已成爲高潔的象徵，寫梅的韻勝格高和孤芳自賞，也就是作
者潔身自好的孤傲寂寞。當時士人的這種孤傲寂寞常與國事之不堪、家運之
不濟有關，因此容易使人覺得它別有寓意，意境深遠。」〔註 77〕

> 依欄看碧成朱，等閒褪了香袍粉。上林高選，匆匆又換，紫雲
> 衣潤。幾許春風，朝薰暮染，爲花忙損。笑舊家桃李，東塗西抹，
> 有多少，淒涼恨。　　擬倩流鶯說與，記榮華，易消難整。人間得
> 意，千紅萬紫，轉頭春盡。白髮憐君，儒冠曾誤，平生官冷。算風
> 流未減，年年醉裏，把花枝問。（《水龍吟》）

本詞題序爲：「寄題京口范南伯知縣家文官花。花先白，次綠，次緋，次
紫。《唐會要》載學士院有之。」題中「文官花」，即海仙花，一種名貴之花，
花開先白、後綠、再緋、轉紫，人們常以此比喻官位的步步升遷，所以又名
文官花。「依欄看碧成朱，等閒褪了香袍粉。上林高選，匆匆又換，紫雲衣潤」，
寫的是海仙花不知不覺間，花色由碧綠變成紅色，由紅色變成紫色。「幾許春
風，朝薰暮染，爲花忙損。笑舊家桃李，東塗西抹，有多少，淒涼恨」，再看
那些桃花李花，縱然東塗西抹，卻也不及海仙花一分，到頭來，還不是淒涼
一片。下闋「擬倩流鶯說與，記榮華，易消難整。人間得意，千紅萬紫，轉
頭春盡」，這其實是辛棄疾自我人生觀的感悟，想到自己年少意氣風發，年老
一片蕭索，「記榮華，易消難整」、「千紅萬紫，轉頭春盡」正是其悲痛心理的
抒發。「白髮憐君，儒冠曾誤，平生官冷」，儒生爲官，追求治國平天下，忙
碌一世，白髮蒼蒼，到頭還不是一場虛空。「算風流未減，年年醉裏，把花枝
問」，既然如此，還不如年年醉酒，徘徊花間爲好。

本詞由花及人，花朵縱然美麗，春天離去還不是一片蕭瑟。人生更是如
此，奔走官場一生，失望只會更大，所謂「風流總被雨打風吹去」（《永遇樂》），

〔註 76〕《陸游集‧劍南詩稿》卷五〇，第 1231 頁。
〔註 77〕張毅《宋代文學思想史》，中華書局，1995 年，第 221 頁。

辛棄疾晚年多有這等感慨。

辛棄疾還有兩首寫自己與酒杯對話的詞，戲謔當中亦見其情。

> 杯、汝來前，老子今朝，點檢形骸。甚長年抱渴，咽如焦釜。於今喜睡，氣似奔雷。汝說「劉伶，古今達者，醉後何妨死便埋」，渾如此，歎汝於知己，真少恩哉。　更憑歌舞為媒。算合作、人間鴆毒猜。況怨無大小，生於所愛。物無美惡，過則為災。與汝成言：「勿留亙退，吾力猶能肆汝杯。」杯再拜，道「麾之即去，招亦須來」。（《沁園春》）

> 杯、汝知之乎？酒泉罷侯，鴟夷乞骸。更高陽入謁，都稱齏白。杜康初筮，正得雲雷。細數從前，不堪餘恨，歲月都將麴蘗埋。君詩好，似提壺卻勸，沽酒何哉！　君言病豈無媒，似壁上、雕弓蛇暗猜。記醉眠陶令，終至全樂。獨醒屈子，未免沈蓄。欲聽公言，慚非勇者，司馬家兒解覆杯。還堪笑，借今宵一醉，為故人來。（《沁園春》）

辛棄疾一生好酒，再加上人生多困，酒更成了他的消愁良藥，辛棄疾曾言「一飲動連宵，一醉長三日」（《卜算子》），可見對酒的喜愛。但這時年歲老去，健康不佳，被迫戒酒。割捨自己一生所愛之物，也見出其晚年心境。前一首「更憑歌舞為媒。算合作、人間鴆毒猜」，言酒與歌舞結媒，害人不淺，簡直有如鴆毒。後一首「細數從前，不堪餘恨，歲月都將麴蘗埋」，想到從前歲月，有的只是無限遺恨，這種遺恨，不為別的，就在於大好時光被酒所埋沒。兩首詞，一首把酒喻為鴆毒，一首把自己一生過錯全部歸之於酒，可見心情之惡。

辛棄疾與酒，吳世昌有段動情的表述：「看著江南的山水，處處可愛，看著江南的人事，事事堪哀。啊啊，『醉眠陶令，終至全樂；獨醒屈子，未免沈蓄』（《沁園春》），試問除卻醉鄉，更哪有一角淨土，可以供他靈魂的安息？不是醉酒，更哪有人間仙液，可以止他心頭的隱痛。」〔註78〕辛棄疾這裡對酒完全否定，遊戲筆墨，更見出無限抑鬱。

> 恨之極，恨極銷磨不得。萇弘事人道後來，其血三年化為碧。
>
> 鄭人緩也泣：「吾父，攻儒助墨。十年夢沉痛化余，秋柏之間既為食。」　相思重相憶，被怨結中腸，潛動精魄。望夫江上岩岩立。

〔註78〕《羅音室學術論著》（第二卷），第406頁。

嗟一念中變，後期長絕。君看啓母憤所激，又俄頃爲石。　　難敵，
最多力。甚一忿沈淵，精氣爲物，依然困鬥牛磨角。便影入山骨，
至今雕琢。尋思人世，只合化，夢中蝶。(《蘭陵王》)

本詞題序爲：「己未八月二十日夜，夢有人以石研屛見餉者，其色如玉，
光潤可愛。中有一牛，磨角作鬥狀。云：『湘潭里中有張其姓者，多力善鬥，
號張難敵。一日，與人搏，偶敗，忿赴河而死。居三日，其家人來視之，浮
水上，則牛耳。自後並水之山往往有此石，或得之，里中輒不利。』夢中異
之，爲作詩數百言，大抵皆取古之怨憤變化異物等事，覺而忘其言，後三日，
賦詞以識其異。」慶元五年（1195），閒居瓢泉的辛棄疾做了一個奇怪的夢，
夢見有人送他一塊光潤如玉的石磨屛，屛上畫的是一頭磨礪頭角準備打鬥的
怒牛。送屛人告訴他，屛上這個圖案，是因爲湘中大力士張難敵與人搏擊失
敗，憤而投河，精魂上了石頭的緣故。

顯然這一頗爲神異的故事，深深打動了詞人，以致作者夢中「作詩數百
言」，以誌其事。「大抵皆取古之怨憤變化異物等事」，怨憤同時也是辛棄疾的
一個生命重心所在，和詩相比，用幽長的詞寫來，自然更具「怨憤」意味。
一般詞爲上下兩闋，這首詞竟用三闋來進行抒寫，足見這一故事所引起辛棄
疾的無限感慨。「夢是潛意識的創造」〔註79〕，全詞看似寫的張難敵故事，其
實更是自己內心深處悲恨意緒的宣泄。

第一闋，「恨之極，恨極銷磨不得」，起筆凝重，將心中那難以排解的憂
鬱愁恨和盤托出。辛棄疾曾自言「天與文章，看萬斛，龍文筆力」(《滿江紅》)，
這裡得到了很好印證。「萇弘事人道後來，其血三年化爲碧」，萇弘化碧，《莊
子·外物》載：「萇弘死於蜀，藏其血三年，化而爲碧。」〔註80〕血化碧玉，
這恨該是多麼深重。「鄭人緩也泣：『吾父，攻儒助墨。十年夢沉痛化余，秋
柏之間既爲食。』」這一故事見《莊子·列禦寇篇》：「鄭人緩也，呻吟裘氏之
地，只三年而緩爲儒。河潤九里，澤及三族。使其弟墨，儒墨相與辯，其父
助翟，十年而緩自殺。其父夢之曰：『使而子爲墨者，予也。闔胡嘗視其良，
既爲秋柏之實矣。』」〔註81〕攻儒助墨，講的是事功態度，但最終自殺，以致
冤魂告語，深致其怨。

〔註79〕楊絳《事實—故事—眞實》，《楊絳文集》(第四卷)，第297頁。
〔註80〕《莊子集解》，第176頁。
〔註81〕《莊子集解》，第210頁。

　　第二闋「相思重相憶，被怨結中腸，潛動精魄。望夫江上岩岩立」，望夫石，出自《幽明錄》：「武昌陽新縣北山上有望夫石，若人立者。傳昔有貞女，其夫以役，走赴國難，攜弱子餞送此山，立望而死，形化爲石。」〔註82〕「嗟一念中變，後期長絕。君看啓母憤所激，又俄頃爲石」，啓母，據《漢書・武帝紀》注載：「啓生而母化爲石。」〔註83〕用兩個人化爲石的故事，可見其恨。「嗟一念中變，後期長絕」，這怨恨該是多麼深重。

　　第三闋「難敵。最多力。甚一忿沈淵，精氣爲物，依然困鬥牛磨角。便影入山骨，至今雕琢」，寫了許多恨事，才聯想到張難敵，可見難敵之恨不亞以上古人。「尋思人世，只合化，夢中蝶」，古往今來，這許許多多恨事堆聚一起，一個人要做到解脫，該是多麼困難。這又回到開頭「恨之極，恨極銷磨不得」上來。眞要解脫，也許唯一辦法就是「只合化，夢中蝶」，但人要化成蝴蝶是絕無可能，還是擺脫不了這一悲哀。

　　宗白華言「美之極，即雄強之極」，並高聲讚歎道「力就是美」〔註84〕。辛棄疾這首詞用諸多神話意象抒發自己悲情苦意，這諸多意象有一個共同特點，都很有力，可以說是「力之美」的最高體現。辛棄疾本人的悲劇，也是一種「力的悲劇」。

> 亭上秋風，記去年嫋嫋，曾到吾廬。山河舉目雖異，風景非殊。功成者去，覺團扇、便與人疏。吹不斷、斜陽依舊，茫茫禹跡都無。　　千古茂陵詞在，甚風流章句，解擬相如。只今木落江冷，眇眇愁余。故人書報：「莫因循、忘卻尊罍。」誰念我，新涼燈火，一編《太史公書》。（《漢宮春・會稽秋風亭觀雨》）

　　「詞境極不易說，有身外之境，風雨、山川、花鳥一切皆是。有身內之境，爲因乎風雨、山川、花鳥發於中而不自覺之一念，身內身外，融合爲一，即詞境也。」〔註85〕嘉泰三年（1203），辛棄疾任浙江安撫史，於會稽修建一亭，秋風襲來，秋雨落下，作者深有所感，寫作此詞。「亭上秋風，記去年嫋嫋，曾到吾廬」，亭上秋風襲來，記得去年我在瓢泉家中閒居，就曾遇見，也是這般，這一句透露出作者思家情緒。「山河舉目雖異，風景非殊」，一語雙

〔註82〕　（南朝）劉義慶《幽明錄》，《筆記小說大觀》三十一編七冊，第 4026～4027頁。

〔註83〕　《漢書》卷六，第 190 頁。

〔註84〕　宗白華《美學散步》，上海人民出版社，1981 年，第 218 頁。

〔註85〕　《宋詞舉》，第 126 頁。

關，一方面講的是會稽和瓢泉風景不同，更暗含有山河之悲。東晉南渡，士人聚集新亭，發出「風景不殊，正自山河有異」的喟歎。此時南宋偏安，和當年東晉也是一樣。「功成身去，覺團扇、便與人疏」，漢班婕妤失寵，寫有《怨歌行》一詩：「新裂齊紈素，鮮潔如霜雪。裁爲合歡扇，團團似明月。出入懷君袖，動搖微風發。常恐秋節至，涼風奪炎熱。棄捐篋笥中，恩情中道絕。」〔註86〕後來人們常用團扇比喻世道變化和人情炎涼。「吹不斷、斜陽依舊，茫茫禹跡都無」，大禹治水，造福人類，立下蓋世功勞，傳說他最後就是死在會稽。辛棄疾有一首《生查子》詞贊大禹之功：「悠悠萬世功，矻矻當年苦。魚自入深淵，人自居平土。　　紅日又西沈，白浪長東去。不是望金山，我自思量禹。」顯示了對大禹的高度推崇。這一時候，秋風秋雨，斜陽依舊，只是再想找尋大禹的蹤跡，卻渺茫難尋。「千古茂陵詞在，甚風流章句，解擬相如」，茂陵，漢武帝陵號，代指漢武帝，漢武帝寫有《秋風辭》一詩，甚美。這一時節想起寫下《秋風辭》的漢武帝來，他的文采風流，和司馬相如也能夠媲美。「只今木落江冷，眇眇愁余」，屈原《湘君》寫道：「帝子降兮北渚，目眇眇兮愁余。嫋嫋兮秋風，洞庭波兮木葉下。」〔註87〕辛棄疾這裡寫的是跟屈原有著一般的愁思。「故人書報：『莫因循、忘卻蒓鱸。』」辛棄疾詞中有幾處提到張翰棄官回鄉的故事，可見他自己對家的依戀之情。「誰念我，新涼燈火，一編《太史公書》」，《太史公書》，指司馬遷的《史記》。誰想到在這秋風夜雨時候，我正就著一星燈火，翻讀《太史公書》。

「深於情者」往往能夠「對宇宙人生體會到至深的無名的哀感」〔註88〕，這首詞因亭上秋風秋雨念到家、想到國，「亭上秋風，記去年嫋嫋，曾到吾廬」、「故人書報：『莫因循、忘卻蒓鱸。』」講的都是對家的思念。「功成身去，覺團扇、便與人疏」，既然這般，就應該抽身離去，回到家中。但「山河舉目雖異，風景非殊」、「斜陽依舊，茫茫禹跡都無」、「千古茂陵詞在，甚風流章句，解擬相如」，想到東晉士人、想到大禹、想到漢武帝，這些一個個建立功業的有志之上，自己功業未展，和他們相比，又怎能歸去？去意彷徨，人生實艱，結句「誰念我，新涼燈火，一編《太史公書》」，餘味深沉幽長，和這無邊夜色一般，留下茫茫憂思。

〔註86〕　《先秦漢魏晉南北朝詩》，第117頁。
〔註87〕　《楚辭補注》，第64～65頁。
〔註88〕　《美學散步》，第214頁。

「蓋世所傳詩者，多出於古窮人之辭也。凡士之蘊其所有，而不得施於世者，多喜自放於山巔水涯，外見蟲魚草木風雲鳥獸之怪類，往往探其奇怪。內有幽思感憤之鬱積，其興於怨刺，以道羈臣寡婦之所歎。」〔註89〕辛棄疾詞，人們一向認為以言志的豪邁為主，實際上應該以悲鬱居首才對，早年動人的多為悲鬱樂章，晚年更是如此。「日月相催飛似箭，陰陽為寇慘於兵」〔註90〕，國家不見希望，自身無情老去，只是壯年那份懷抱，早已根深蒂固種植自己心中，不論何時、何地、何種方式，都難以排遣驅除。人生至此，暮年之悲、國家之歎、功業之恨，紛至沓來湧上心頭，「問何人會解連環？」（《漢宮春·立春》）這種困惑，終其一生也未曾破解，時時刻刻縈繞心頭。既然這種困惑終身未解，也注定其一生必然是場悲劇。般般困惑交織，種種矛盾匯集，悲涼之霧，遍被華林，辛棄疾的悲鬱，正在於此。

〔註89〕 （宋）歐陽修《梅聖俞詩集序》，《歐陽文忠公文集》卷四二，《四部叢刊》本。

〔註90〕 辛棄疾《偶作》，《辛稼軒詩文箋注》，第265～266頁。

結語：怕是秋天風露　染教世界都香

緲鉞先生在其晚年所著《二千多年來中國士人的兩個情結》一文寫道：

有兩個問題經常困擾中國士人的心靈：一個是道與勢的矛盾；一個是求知之難與感知之切。這兩個問題也可以說是兩個「情結」。〔註1〕

於「勢與道的矛盾」，文章闡述道：「士人有道（文化學術），而統治者（君主）有勢（政治權力）。士人的理想是以道指導勢，或輔助勢，所謂為王者師，為王者佐；而君王則要以勢制道，使士人為臣、為奴。」〔註2〕於「求知之難與感知之切」，文章闡述道：「士人有志用世，想得時行道，必須求得君主的知賞。但是才智之士真正能得到君主的知賞，如諸葛亮之遇劉備，那是極難得的；一般來說，都是失望。」〔註3〕

緲先生的一席話，是他一生致力中國文化研究悟出的真理光芒，對理解中國傳統士人具有超乎尋常之意義，辛棄疾諸多作品當中，我們能夠深深體會到其心靈深處的這兩個情結。「有宋一代，士大夫持『道』或『義』為出處的最高原則。」〔註4〕具有「英雄之才，忠義之心，剛大之氣」〔註5〕的辛棄疾，上下求索、往而不返，然而他所癡癡奉行的「道」，在無情的現實面前盡被無情粉碎，他那熱烈的感知之情終於也成一片冰冷。辛棄疾一生是悲劇的，其詞正是悲劇人生的真切反映和如實寫照，然而也正是這種悲劇性，也才格

〔註1〕《緲鉞全集》，河北教育出版社，2004年，第455頁。
〔註2〕《緲鉞全集》，第455頁。
〔註3〕《緲鉞全集》，第456頁。
〔註4〕《朱熹的歷史世界》，第225頁。
〔註5〕謝枋得《祭辛稼軒先生墓記》，《疊山先生文集》卷七。

外具有了超越時空的意義。在嚴酷的現實與理想的破滅面前，他那堅毅執著燃盡寸心的精神從未有過絲毫動搖，這正是辛棄疾最動人心魄處，也是華夏民族最值得珍惜之物。迴翔反顧，是爲了遠瞻前行，古人的偉大精神，今天同樣具有非凡之意義。

王國維言，無高尚偉大之人格，必無高尚偉大之文學。這是一條人生與文學的至理名言。和辛棄疾同爲「濟南二安」之一的李清照，在山河破碎國勢飄搖之際，流離無依、自顧不暇，依然滿懷豪情寫下了「老矣不復志千里，但願相將過淮水」〔註6〕的愛國勵志之句，李清照抒寫的不只是個人胸懷，也是整個南宋有志之士的一致心聲。但李清照沒能渡過淮水，後來的辛棄疾同樣也沒能渡過淮水，他們的人生無疑都是一場悲劇。然而正是這種悲劇也才鑄就了他們人格的偉大和文學的光輝，「讀蘇、辛詞，知詞中有人，詞中有品，不敢自爲菲薄」〔註7〕，夏承燾先生亦言通過辛詞，「國族精魂將怙以振滌」〔註8〕。偉大文學超越時空，於後世人格砥礪精神磨練所具有的重大意義，正在於此。

中華民族，能夠成爲四大文明古國唯一沒有文明中斷的民族，正是因爲有了辛棄疾這類愛國志士前赴後繼的不懈努力，才有中華文化的輝煌和它對整個人類的偉大貢獻，一生極愛稼軒的梁啓超在《新民說》一文言：

> 凡一國之能立於世界，必有其國民獨具之特質。上自道德法律，下至風俗習慣、文學美術，皆有一種獨立之精神。祖父傳之，子孫繼之，然後群乃結、國乃成，斯實民族主義之根柢源泉也。我國同胞能數千年立國於亞洲大陸，必有所具特質，有宏大高尚完美，鰲然異於群族者，吾人所當保存之而勿失墜也。〔註9〕

中華民族歷經艱難困苦，最終能摶成一堅固民族，並使祖國文化從未有過間斷，「必有所具特質，有宏大高尚完美」方能如此。「斯道亙天垂地而不可亡者也」〔註10〕，「惟有民族文化才是最經得起時間考驗的精神力量」〔註11〕，對祖國文化，應當有這份自信。

〔註6〕　《重輯李清照集》，第 115 頁。
〔註7〕　謝章鋌《賭棋山莊詞話》卷九，《詞話叢編》，第 3444 頁。
〔註8〕　夏承燾《稼軒詞編年箋注序》，《稼軒詞編年箋注》，第 22 頁。
〔註9〕　《梁啓超全集》，第 657 頁。
〔註10〕　王夫之《讀通鑒論》，中華書局，1975 年，第 496 頁。
〔註11〕　余英時《文史傳統與文化重建》，生活・讀書・新知三聯書店，2004 年，第

　　「三峰一一青如削，卓立千尋不可干。正直相扶無依傍，撐持天地與人看。」〔註12〕如辛棄疾這樣的偉大人物和不朽作品，正是我國寶貴財富，確實應當珍惜、保存、發揚，進而使中華民族在未來世界煥發勃勃生機。

〔註12〕辛棄疾《江郎山和韻》，《辛稼軒詩文箋注》，第 259 頁。

430 頁。

參考文獻

1. 《十三經注疏》，（清）阮元校刻，中華書局，1980 年。
2. 《詩集傳》，（宋）朱熹集注，上海古籍出版社，1980 年。
3. 《老子章句新釋》，張默生編著，成都古籍書店影印，1990 年。
4. 《禮記》，（清）陳澔注，上海古籍出版社，1987 年。
5. 《論語集釋》，（清）程樹德撰，中華書局，1990 年。
6. 《孟子譯注》，楊伯峻譯注，中華書局，1960 年。
7. 《莊子集解》，（清）王先謙集解，上海書店出版社，1986 年。
8. 《楚辭補注》，（宋）洪興祖撰，中華書局，1983 年。
9. 《戰國策新校注》，（漢）劉向撰，繆文遠校注，巴蜀書社，1987 年。
10. 《史記》，（漢）司馬遷著，中華書局，1982 年。
11. 《漢書》，（漢）班固著，中華書局，1962 年。
12. 《三國志集解》，（晉）陳壽著，盧弼集解，中華書局，1982 年。
13. 《晉書》，（唐）房玄齡等撰，中華書局，1974 年。
14. 《陶淵明集》，逯欽立校注，中華書局，1979 年。
15. 《先秦漢魏晉南北朝詩》，逯欽立輯校，中華書局，1983 年。
16. 《江文通集彙注》，（南朝）江淹著，（明）胡之驥注，中華書局，1984 年。
17. 《列仙傳》，文淵閣《四庫全書》本。
18. 《世說新語箋疏》（修訂本），（南朝）劉義慶撰，周祖謨箋疏，上海古籍出版社，1993 年。
19. 《鍾嶸詩品講疏》，（南朝）鍾嶸著，許文雨講疏，成都古籍書店影印，1983 年。

20. 《文心雕龍注》，（南朝）劉勰著，范文瀾注，人民文學出版社，1958 年。

21. 《李太白全集》，（唐）李白著，（清）王琦注，中華書局，1977 年。

22. 《杜詩鏡銓》（唐）杜甫著，（清）楊倫注，上海古籍出版社，1980 年。

23. 《白居易集》，（唐）白居易著，中華書局，1979 年。

24. 《韓昌黎詩繫年集釋》，（唐）韓愈著，錢仲聯集釋，古典文學出版社，1957 年。

25. 《柳河東集》，（唐）柳宗元著，上海人民出版社，1974 年。

26. 《李賀詩歌集注》，（唐）李賀著，（清）王琦注，上海古籍出版社，1978 年。

27. 《花間集校》，（五代）趙崇祚輯，李一氓校，人民文學出版社，1958 年。

28. 《花間集評注》，李冰若撰，河北教育出版社，1999 年。

29. 《新唐書》，（宋）歐陽修，宋祁撰，中華書局，1975 年。

30. 《全唐詩》，（清）曹寅等編，中華書局，1960 年。

31. 《太平廣記》，（宋）李昉編，文淵閣《四庫全書》本。

32. 《古今事文類聚》，（宋）祝穆編，文淵閣《四庫全書》本。

33. 《樂章集校注》，（宋）柳永著，薛瑞生校注，中華書局，1994 年。

34. 《歐陽文忠公文集》，（宋），歐陽修著，《四部叢刊》本。

35. 《蘇軾詩集》，（宋）蘇軾著，中華書局，1982 年。

36. 《蘇軾文集》，（宋）蘇軾著，中華書局，1986 年。

37. 《蘇軾詞編年校注》，（宋）蘇軾著，鄒同慶，王宗堂校注，中華書局，2002 年。

38. 《豫章黃先生文集》，（宋）黃庭堅著，《四部叢刊》本。

39. 《資治通鑒》，（宋）司馬光編著，中華書局，1956 年。

40. 《李清照集箋注》，（宋）李清照著，徐培均校注，上海古籍出版社，2002 年。

41. 《重輯李清照集》，（宋）李清照著，黃墨谷輯，齊魯書社，1981 年。

42. 《于湖居士文集》，（宋）張孝祥著，上海古籍出版社，1980 年。

43. 《誠齋集》，（宋）楊萬里著，《四部叢刊》本。

44. 《范石湖集》，（宋）范成大著，上海古籍出版社，1981 年。

45. 《范成大筆記六種》，（宋）范成大撰，中華書局，2002 年。

46. 《陸游集》，（宋）陸游著，中華書局，1976 年。

47. 《老學庵筆記》，（宋）陸游撰，中華書局，1979 年。

48. 《葉適集》，（宋）葉適著，中華書局，1961 年。

49. 《朱熹集》，（宋）朱熹著，四川教育出版社，1996 年。

50. 《朱子語類》，（宋）黎靖德編，中華書局，1986 年。

51. 《稼軒詞編年箋注（定本）》，（宋）辛棄疾著，鄧廣銘箋注，上海古籍出版社 2007 年。

52. 《辛稼軒詩文箋注》，（宋）辛棄疾著，辛更儒箋注，上海古籍出版社，1995 年。

53. 《辛棄疾集編年箋注》，（宋）辛棄疾著，辛更儒箋注，中華書局，2015 年。

54. 《陳亮集》（增訂本），（宋）陳亮著，中華書局，1987 年。

55. 《陳亮龍川詞箋注》，（宋）陳亮著，姜書閣箋注，人民文學出版社，1980 年。

56. 《止齋集》，（宋）陳傅良撰，文淵閣《四庫全書》本。

57. 《姜白石詞編年箋校》，（宋）姜夔著，夏承燾箋校，上海古籍出版社，1981 年。

58. 《中興小紀》（宋）熊克撰，文淵閣《四庫全書》本。

59. 《朝野類稿》，（宋）趙升撰，文淵閣《四庫全書》本。

60. 《鶴林玉露》，（宋）羅大經撰，中華書局，1983 年。

61. 《漫塘集》，（宋）劉宰撰，文淵閣《四庫全書》本。

62. 《勉齋集》，（宋）黃榦撰，《四部叢刊》本。

63. 《夢粱錄》，（宋）吳自牧撰，文淵閣《四庫全書》本。

64. 《橫浦集》，（宋）張九成著，文淵閣《四庫全書》本。

65. 《後樂集》，（宋）衛涇著，文淵閣《四庫全書》本。

66. 《後村先生大全集》，（宋）劉克莊著，《四部叢刊》本。

67. 《詞源注》，（宋）張炎著，蔡嵩雲箋釋，人民文學出版社，1963 年。

68. 《碧雞漫志》，（宋）王灼著，《詞話叢編》本。

69. 《懷古錄校注》，（宋）陳模撰，鄭必俊校注，中華書局，1993 年。

70. 《皇宋中興兩朝聖政》，國家圖書館出版社，2007 年。

71. 《建炎以來繫年要錄》，（宋）李心傳撰，中華書局，1988 年。

72. 《建炎以來朝野雜記》，（宋）李心傳撰，中華書局，2000 年。

73. 《齊東野語》，（宋）周密撰，中華書局，1984 年。

74. 《容齋隨筆》，（宋）洪邁著，上海古籍出版社，1978 年。

75. 《四朝聞見錄》，（宋）葉紹翁撰，中華書局，1989 年。

76. 《桯史》，（宋）岳珂撰，中華書局，1982 年。

77. 《武林舊事》，（宋）周密撰，西湖書社，1981 年。

78. 《西山集》，（宋）眞德秀著，《四部叢刊》本。

79. 《須溪集》，（宋）劉辰翁著，文淵閣《四庫全書》本。

80. 《樂府指迷》，（宋）沈義父撰，《詞話叢編》本。

81. 《宋史》，（元）脫脫撰，中華書局，1977 年。

82. 《宋史紀事本末》，（明）陳邦瞻撰，中華書局，1977 年。

83. 《三朝北盟會編》，（宋）徐夢莘撰，上海古籍出版社，1987 年。

84. 《宋會要輯稿》，（清）徐松輯，中華書局，1957 年。

85. 《宋稗類鈔》，（清）潘永因編，書目文獻出版社，1985 年。

86. 《續資治通鑒》，（清）畢沅撰，中華書局，1979 年。

87. 《全宋詞》，唐圭璋輯，中華書局，1965 年，

88. 《全宋詩》，北京大學古文獻研究所編，北京大學出版社，1991 年。

89. 《金史》，（元）脫脫撰，中華書局，1975 年。

90. 《金史紀事本末》，（清）李有棠著，中華書局，1980 年。

91. 《歸潛志》，（金）劉祁著，中華書局，1983 年。

92. 《金文最》，（清）張金吾編纂，中華書局，1990 年。

93. 《元好問全集》（增訂本）（金）元好問著，山西古籍出版社，2004 年。

94. 《錢塘遺事》，（元）劉一清撰，上海古籍出版社，1985 年。

95. 《元詩選》，（清）顧嗣立編，中華書局，1987 年。

96. 《全金元詞》，唐圭璋編，中華書局，1979 年。

97. 《宋元詞話》，施蟄存，陳如江輯錄，上海書店出版社，1999 年。

98. 《歷代名臣奏議》，（明）揚士奇編，上海古籍出版社，1989 年。

99. 《詩藪》，（明）胡應麟撰，中華書局，1958 年。

100. 《西湖遊覽志餘》，（明）田汝成輯撰，上海古籍出版社，1998 年。

101. 《藝苑卮言》，（明）王世貞撰，《詞話叢編》本。

102. 《日知錄集釋》，（清）顧炎武著，黃汝成集釋，嶽麓書社，1994 年。

103. 《宋論》，（清）王夫之著，中華書局，1964 年。

104. 《廿二史箚記校證》，（清）趙翼著，王樹民校證，中華書局，1984 年。

105. 《陔餘叢考》，（清）趙翼著，河北人民出版社，1990 年。

106. 《欽定四庫全書總目》（整理本），（清）紀昀等撰，中華書局，1997 年。

107. 《白雨齋詞話》，（清）陳廷焯撰，人民文學出版社，1960 年。

108. 《詞學集成》，（清）江順詒撰，《詞話叢編》本。

109. 《詞苑叢談校箋》，（清）徐軌編著，人民文學出版社，1988 年。

110. 《詞苑萃編》，（清）馮金伯撰，《詞話叢編》本。

111. 《賭棋山莊詞話》，（清）謝章鋌撰，《詞話叢編》本。

112. 《復堂詞話》，（清）譚獻撰，《詞話叢編》本。

113. 《蒿庵論詞》，（清）馮煦撰，《詞話叢編》本。

114. 《金粟詞話》，（清）彭孫遹撰，《詞話叢編》本。

115. 《蓮子居詞話》，（清）吳衡照撰，《詞話叢編》本。

116. 《蓼園詞評》，（清）黃蓼園著，《詞話叢編》本。

117. 《七頌堂詞繹》，（清）劉體仁撰，《詞話叢編》本。

118. 《介存齋論詞雜著》，（清）周濟撰，《詞話叢編》本。

119. 《宋四家詞選目錄序論》，（清）周濟撰，《詞話叢編》本。

120. 《遠志齋詞衷》，（清）鄒祇謨撰，《詞話叢編》本。

121. 《皺水軒詞筌》，（清）賀裳撰，《詞話叢編》本。

122. 《填詞雜說》，（清）沈謙撰，《詞話叢編》本。

123. 《石洲詩話》，（清）翁方綱撰，人民文學出版社，1981年。

124. 《銅鼓書堂詞話》，（清）查禮撰，《詞話叢編》本。

125. 《海綃說詞》，陳洵撰，《詞話叢編》本。

126. 《藝概》，（清）劉熙載撰，上海古籍出版社，1978年。

127. 《原詩·一瓢詩話·說詩晬語》，（清）葉燮等著，人民文學出版社，1979年。

128. 《歷代詩話》，（清）何文煥輯，中華書局，1981年。

129. 《歷代詩話續編》，丁福保輯，中華書局，1983年。

130. 《清詩話續編》，郭紹虞主編，上海古籍出版社，1983年。

131. 《梁啟超全集》，梁啟超著，北京出版社，1999年。

132. 《王國維遺書》，王國維著，上海古籍書店印行，1983年。

133. 《蕙風詞話·人間詞話》，況周頤著，王國維著，人民文學出版社，1960年。

134. 《魯迅全集》，魯迅著，人民文學出版社，1981年。

135. 《中國風俗史》，張亮采著，東方出版社，1990年。

136. 《兩宋思想述評》，陳鍾凡著，東方出版社，1996年。

137. 《龍榆生詞學論文集》，龍榆生著，上海古籍出版社，1997年。

138. 《近三百年名家詞選》，龍榆生編選，上海古籍出版社，1979年。

139. 《宋詞舉》，陳匪石編著，金陵書畫社，1983年。

140. 《宋詞通論》，薛礪若著，開明書店，1949年。

141. 《陳寅恪詩集》，陳寅恪著，清華大學出版社，1993 年。

142. 《金明館叢稿初編》，陳寅恪著，上海古籍出版社，1982 年。

143. 《唐代政治史述論稿》，陳寅恪著，上海古籍出版社，1997 年。

144. 《元白詩箋證稿》，陳寅恪著，上海古籍出版社，1978 年。

145. 《詞論》，劉永濟著，上海古籍出版社，1981 年。

146. 《詞曲史》，王易著，東方出版社，1996 年。

147. 《詞史》，劉毓盤著，上海書店，1985 年。

148. 《唐五代兩宋詞選釋》，俞陛雲選釋，上海古籍出版社，1985 年。

149. 《詞與音樂》，劉堯民著，雲南人民出版社，1985 年。

150. 《顧隨文集》，顧隨著，上海古籍出版社，1986 年。

151. 《國史大綱》，錢穆著，商務印書館，1996 年，

152. 《國學概論》，錢穆著，商務印書館，1997 年。

153. 《現代中國學術論衡》，錢穆著，生活・讀書・新知三聯書店，2001 年。

154. 《月輪山詞論集》，夏承燾著，中華書局，1979 年，

155. 《瞿髯論詞絕句》，夏承燾著，中華書局，1983 年。

156. 《唐宋詞欣賞》，夏承燾撰，百花文藝出版社，1980 年。

157. 《唐宋詞選釋》，俞平伯選釋，人民文學出版社，1979 年。

158. 《詞話叢編》，唐圭璋輯，中華書局，1986 年。

159. 《詞籍序跋萃編》，施蟄存主編，中國社會科學出版社，1994 年。

160. 《鄉土中國》，費孝通著，北京出版社，2005 年。

161. 《繆鉞全集》，繆鉞著，河北教育出版社，2004 年。

162. 《詩詞散論》，繆鉞著，上海古籍出版社，1982 年。

163. 《靈谿詞說》，繆鉞，葉嘉瑩著，上海古籍出版社，1987 年。

164. 《談藝錄》，錢鍾書著，中華書局，1986 年。

165. 《管錐編》，錢鍾書著，中華書局，1979 年。

166. 《宋詩選注》，錢鍾書選注，人民文學出版社，1995 年。

167. 《七綴集》，錢鍾書著，生活・讀書・新知三聯書店，2002 年。

168. 《錢鍾書散文》，錢鍾書著，浙江文藝出版社，1997 年。

169. 《楊絳文集》，楊絳著，人民文學出版社，2004 年。

170. 《悲劇心理學》，朱光潛著，安徽教育出版社，1986 年。

171. 《美學散步》，宗白華著，上海人民出版社，1981 年。

172. 《辛稼軒年譜》，鄧廣銘著，上海古籍出版社，1997 年。

173. 《辛棄疾（稼軒）傳》，鄧廣銘著，上海人民出版社，1956 年。

174. 《陳龍川傳》，鄧廣銘著，生活・讀書・新知三聯書店，2007 年。

175. 《鄧廣銘治史叢稿》，鄧廣銘著，北京大學出版社，1997 年。

176. 《羅音室學術論著》，吳世昌著，中國文聯出版公司，1991 年。

177. 《詞林新話》，吳世昌著，北京出版社，2000 年。

178. 《詞學雜俎》，羅忼烈著，巴蜀書社，1990 年。

179. 《筆記小說大觀》，臺灣新興書局，1984 年。

180. 《迦陵論詞叢稿》，葉嘉瑩著，上海古籍出版社，1980 年。

181. 《南宋名家詞講錄》，葉嘉瑩著，天津古籍出版社，2005 年。

182. 《辛棄疾論叢》，劉乃昌著，齊魯書社，1979 年。

183. 《稼軒詞縱橫談》，鄭臨川著，巴蜀書社，1987 年。

184. 《唐宋文學論集》，王水照著，齊魯書社，1984 年。

185. 《宋代文學通論》，王水照主編，河南大學出版社，1997 年。

186. 《王水照自選集》，王水照著，上海教育出版社，2000 年。

187. 《唐宋詞史》，楊海明著，江蘇古籍出版社，1987 年。

188. 《唐宋詞通論》，吳熊和著，浙江古籍出版社，1989 年。

189. 《宋明理學與文學》，馬積高著，湖南師範大學出版社，1989 年。

190. 《詞學研究論文集》，華東師範大學古典文學教研室編，上海古籍出版社，1982 年。

191. 《詞與音樂關係研究》，施議對著，中國社會科學出版社，1985 年。

192. 《顧易生文史論集》，顧易生著，復旦大學出版社，2002 年。

193. 《超越文學——文學的文化哲理思考》，周憲著，生活・讀書・新知三聯書店，1997 年。

194. 《陳亮評傳》，董平，劉宏章著，南京大學出版社，1996 年。

195. 《兩宋史論》，吳履全著，中州書畫社，1983 年。

196. 《兩宋文學史》，程千帆，吳新雷著，上海古籍出版社，1991 年。

197. 《詩詞箚叢》，吳小如著，北京出版社，1988 年。

198. 《南宋黨爭與文學》，沈松勤著，人民出版社，2005 年。

199. 《南宋史稿》，何忠禮，徐吉軍著，杭州大學出版社，1999 年。

200. 《士與中國文化》，余英時著，上海人民出版社，1987 年。

201. 《朱熹的歷史世界》，余英時著，生活・讀書・新知三聯書店，2004 年。

202. 《文史傳統與文化重建》，余英時著，生活・讀書・新知三聯書店，2004 年。

203. 《中國轉向內在——兩宋之際的文化內向》，劉子健著，江蘇人民出版

社，2002 年。

204. 《士大夫政治演生史稿》，閻步克著，北京大學出版社，2015 年。

205. 《中國文化與悲劇意識》，張法著，中國人民大學出版社，1989 年。

206. 《國際宋代文化研討會論文集》，孫欽善等主編，四川大學出版社，1991 年。

207. 《科舉制度與中國文化》，金諍著，上海人民出版社，1991 年。

208. 《宋詞綜論》，金諍著，巴蜀書社，2001 年。

209. 《中國禪宗與詩歌》，周裕鍇著，上海人民出版社，1991 年。

210. 《宋代詩學通論》，周裕鍇著，巴蜀書社，1997 年。

211. 《心靈超越與境界》，蒙培元著，人民出版社，1998 年。

212. 《個體信仰與文化理論》，劉小楓著，四川人民出版社，1997 年。

213. 《宋代文學思想史》，張毅著，中華書局，1995 年。

214. 《宋代地域文化》，程民生著，河南大學出版社，1997 年。

215. 《宋代詞學資料彙編》，張惠民編，汕頭大學出版社，2000 年。

216. 《禪宗詩歌境界》，吳言生著，中華書局，2001 年。

217. 《苦難美學》，劉士林著，湖北人民出版社，2004 年。

218. 《宋詩體派論》，呂肖奐著，四川民族出版社，2002 年。

219. 《辛棄疾詞鑒賞》，齊魯書社，1986 年。

220. 《辛棄疾研究論文集》，孫崇恩等編，中國文聯出版公司，1993 年。

221. 《李清照辛棄疾研究論文集》，山東大學出版社，1997 年。

222. 《辛棄疾詞心探微》，劉揚忠著，齊魯書社，1990 年。

223. 《唐宋詞流派史》，劉揚忠著，福建人民出版社，1999 年。

224. 《辛棄疾詞選》，朱德才選注，人民文學出版社，1998 年。

225. 《辛棄疾年譜》，蔡義江，蔡國黃著，齊魯書社，1987 年。

226. 《辛棄疾研究》，辛更儒著，人民出版社，2008 年。

227. 《辛棄疾研究叢稿》，辛更儒著，研究出版社，2009 年。

228. 《辛棄疾評傳》，王延梯著，陝西人民出版社，1981 年。

229. 《辛棄疾評傳》，鞏本棟著，南京大學出版社，1998 年。

230. 《辛棄疾詞選評》，施議對撰，上海古籍出版社，2002 年。

231. 《辛棄疾資料彙編》，辛更儒編，中華書局，2005 年。

232. 《中國古代文學通論·宋代卷》，劉揚忠主編，遼寧人民出版社，2005 年。

233. 《清代辛稼軒接受史》，朱麗霞著，齊魯書社，2005 年。

234. 《辛棄疾詞新釋輯評》，朱德才，鄧紅梅主編，中國書店，2005 年。

235. 《藝術哲學》，（法國）丹納著，傅雷譯，敦煌文藝出版社，1994 年。

236. 《悲劇的誕生》，（德國）尼采著，周國平譯，生活‧讀書‧新知三聯書店，1986 年。

237. 《悲劇的超越》，（德國）雅斯貝爾斯著，亦春譯，工人出版社，1988 年。

後　記

　　這本十年前寫成的博士論文，今日出版，感慨良多。

　　我在川大讀本科時候，接觸到辛詞，心有戚戚，頗為留意。後來 2000 年在四川大學攻讀碩士，我和導師金諍先生談到對辛棄疾的理解，金先生鼓勵我做下去，說現在很多的研究，往往號稱「填補空白」，導致研究格局越來越小，很不利於自己將來發展。可研究大家就不一樣了，能夠方方面面給人啟示，一旦貫通，頗有觸處生春的喜悅。金先生的一席話，給了我很大勇氣，但以我當時的學力，研究辛棄疾是有難度的。加上金先生在 2001 年 12 月 31 日去世，我少了叩問推敲的機會，所以辛棄疾研究也就擱置了。2005 年我投入馬德富先生門下攻讀博士，我再次萌動研究辛棄疾的願望，馬先生開始有些顧慮，後來和我往復切磋相互溝通，也贊同了我的想法，並以他高遠的眼光，給我指出問題的關鍵和要點所在，經過兩年的耕耘，論文終於得以完成。畢業之後，時不時翻閱論文，並作一些補正。馬先生幾次問起我論文出版事宜，我都說自己慢慢修改再說，出版不著急。沒想到 2017 年，馬先生因小恙罹病，卻在 4 月 23 日突然去世。面對此景，痛何如之！還有一位我素來敬仰的劉黎明先生，劉先生為人極為方正，又極為熱忱，於學問最是專一，對我多有開導，不料劉先生卻於 2013 年 5 月 20 日突然去世。一旦念及，頓感痛楚。

　　每個人前進的一小步，都離不開周圍的扶持推動，尤其是老師的無私教誨。那種和煦慈愛、勉勵勸進，循循然、藹藹然，令人油然而生暖意。「非師不傳，不敢自由」，正因為老師的無私傳授，我們才能立身為人。

　　學問推敲，多是同道之間的心曲溝通，即錢鍾書先生所言「二三素心人商量培養之事」，但金先生、馬先生、劉先生這樣的「素心人」皆已遠去，這

本書稿，也凝聚有他們的心血，一旦思之，不勝彷徨、悲痛。「心思不能言，腸中車輪轉」，差可謂之。

不過我還是決定將本書修改一通，促成出版。儘管金先生、馬先生、劉先生看不見了，但至少讓人知道他們曾經為一個學生的栽培付出過怎樣心血。還有，對三位先生的在天之靈不知算不算一個小小的告慰。人，既是血肉之身，更是心魂之靈，我相信好的魂靈會一直流轉存留。

回首一個人的成長，「母校」二字，格外沉重。我在四川大學求學十年，每一次的進步，都拜母校所賜。除上邊三位先生以外，王紅先生、周裕鍇先生、謝謙先生等人也都給我諸多滋養。金先生去世，王紅先生成為我碩士生導師，王先生至今都對我關愛有加。無論何時何地，都予人溫暖，哪怕是在最孤獨絕望時候，總是讓人燃起希望，心生動力。這本書的寫作，離不開這樣親切的激勵。

論文開題時候，得到了項楚先生、周裕鍇先生、羅國威先生的悉心指點。論文寫出後，匿名評審當中，中國社會科學院劉揚忠先生、陶文鵬先生，西南大學劉明華先生，廣西大學陳自力先生，華中師範大學戴建業先生，在給予充分肯定的同時，也提出了中肯意見。論文答辯當中，周裕鍇先生、羅國威先生、祝尚書先生、呂肖奐先生、吳明賢先生也都給予了良好建議。在論文修改時候，對諸位先生的指點，我都進行了很好吸納，在此深深感謝。

博士階段，與我同門的岳振國君對我多有照顧。同學童龍超、鄧艮、楊小平、蔣玉斌、李建武、史冬冬、陽清、李志艷、李為華、任湘雲、胡蔚、荊雲波等人對我也多有幫助。雖然各在一方，難得會面，一旦想到那段歲月，很是溫馨。

父母對我的讀書一直寄予厚望，兩個兄弟對我這個兄長從沒有過任何計較，那種天然的親情關懷，令人感動。妻子韓興蓉在我讀博期間，一個人擔當全家，任勞任怨。如今小女采玥也已經十歲，頗為知事。我能夠安心愉悅面對一切，離不開家庭的和睦溫暖。

本書出版當中，尤為感謝花木蘭文化出版有限公司，他們以極高的效率審閱通過了此書的出版，他們敬業的精神、對人的尊重，值得敬佩。交接往來的楊嘉樂先生，我們素未謀面，但他總是第一時間提及注意事項，並作最好溝通和服務，這樣一種品格精神，讓人敬重。

二〇一八年四月十二日　沱江河畔